피구라와 알레고리

피구라와 알레고리

모더니즘의 세속화 과정과 상상공간의 헤테로토피아

ⓒ 김영룡, 2022

초판 1쇄 발행 2022년 1월 21일

지은이   김영룡
펴낸이   이기봉
편집   좋은땅 편집팀
펴낸곳   도서출판 좋은땅
주소   서울특별시 마포구 양화로12길 26 지월드빌딩 (서교동 395-7)
전화   02)374-8616~7
팩스   02)374-8614
이메일   gworldbook@naver.com
홈페이지   www.g-world.co.kr

ISBN   979-11-388-0597-1 (03800)

피구라와 알레고리

모더니즘의 세속화 과정과
상상공간의 헤테로토피아

김영룡 지음

본 연구는 피구라와 알레고리 같은 '토포스 topos'를 설명하기 위하여 근대이후의
'성스러운 공간'이 모더니티의 미학과 사상의 헤테로토피아적 혼재의 장소이며
이러한 논의는 매우 다양한 의미 연관 하에 존재한다는 지점에서 출발한다.

좋은땅

in memoria di

maria e josef k.

이 저서는 2017년 정부(교육부)의 재원으로 한국연구재단의 지원을 받아 수행된 연구임

(NRF-2017S1A6A4A01021549)

서문

　본 연구는 피구라와 알레고리 같은 '토포스 topos'를 설명하기 위하여 근대 이후의 '성스러운 공간'이 모더니티의 미학과 사상의 헤테로토피아적 혼재의 장소이며 이러한 논의는 매우 다양한 의미 연관하에 존재한다는 지점에서 출발한다. 일찍이 짐멜 Georg Simmel, 베버 Max Weber, 프로이트 Siegmund Freud, 바르부르크 Aby Warburg, 카시러 Ernst Cassirer, 벤야민 Walter Benjamin과 같은 일련의 사상가들의 저작에서는 자연과학과 정신과학의 엄격한 구분을 넘어서는 새로운 학문적 지향성에 대한 고민이 나타나며 이와 동시에 그러한 문제의식의 해결책의 일환으로 종교성에 대한 연구를 시도한다. 단테와 밀튼의 경우에서 실례를 찾을 수 있듯이, 중세의 수사학적인 피구라 개념은 서구의 기독교 전통에 만연한 교리해석학적 전통에 기대여 새로이 '세속적인' 문학적 형상들, 즉 세속적인 '피구라'를 창조함으로써, 서구의 문학사는 새로운 문학의 형상화의 길을 나아간다. 아우어바흐 Erich Auerbach는 알레고리와의 구분을 통해서 자신의 피구라 개념이 지닌 진리 현현성을 주장한다. 즉, 알레고리 Index de allegoriis는 지표가 표 상하는 의미 연관을 넘어서는 추상 적인 표징을 포함하는 반면에 피구 라 Index figurarum에서는 실제적인 역사적 존재에 근거하여 리얼리즘을  내포한다는 것이다. 아우어바흐는 더 나아가서 『미메시스』를 통해서, 알 레고리는 지구상의 '수평적인' 이야기의 전개라면, 피구라적 서사는 천상 과 지상간의 '수직적인' 이동의 특성을 지닌다고 설파함으로써, 한시적이 며 인과관계에 근거한 알레고리적 서사와 운명론적이며 종말론적인 의미 를 내포한 피구라적 서사를 구분 지은 바 있다.

이미 19세기 중반 보들레르와 플로베르의 문학에서 구현되었던 신의 부재 상황에 대한 시적 표현과 성스러움의 극단적인 세속화는 20세기 초 반의 문학에서는, 가령 릴케와 발레리의 시학의 특징을 이룬다. 다른 예 술과 철학의 논의에서도 성스러움의 극화와 상징화가 다양하게 이뤄진 다. 전통적인 종교적 아우라 Aura의 소멸과 그 세속적 수용의 확대는 성 스러움/영성의 서사적인 권위의 추락을 낳았는데, 이러한 성스러움의 전 도(顚倒)는 법철학적인 관점에서는 베버의 카리스마 이론에서 잘 드러나 듯이, 여러 영성적 개념들이 원래의 종교적 개념을 넘어서 세속적인 영역 으로 침입해 가는 '탈마법화' 과정이 진전되었다. 칼 슈미트 Carl Schmitt 의 '정치적 신학 Politische Theologie'의 논의 역시 빼놓을 수 없다. '신의 죽음'으로 시작된 20세기가 지속적인 세속화 과정을 통해서 도달한 귀결 이, 아감벤의 '호모 사케르 Homo sacer'에서와 같이 '성스러움'과 '세속적 인 것'의 헤테로토피아적인 '예외적 상황 Ausnahmenzustand'에 대한 논

피구라와 알레고리

의로 나아가는 지점에서 본 저술은 시작하며, 궁극적으로 작금의 이론적 논구를 해명하는 일은 20세기에 일어난 탈마법화/재세속화 과정의 연장선상하에서만 이해할 수 있을 것이다. 이러한 작금의 이론적 논구를 설명하고자 본 연구에서는 벤야민의 초기저작인 「신학적-정치적 단편 Theologisch-politisches Fragment」에 대한 고찰에서 시작한다. 알레고리와 피구라적 토포스와 카리스마, 예외적 상황에 대한 본 연구는 모더니즘의 성스러움의 현현, 즉 성현 Hierophany의 미학적 형상화에 대한 규명을 공간미학의 관점에서 추구하고자 하는 일환이다.

목차

서문 7

················· ·≫≫≫≫· ·≪≪≪≪· ·················

1. 알레고리의 시학

삶의 시화와 문학의 탈신화:
시적 자아의 정체성 위기와 새로운 문학적 대응 양상

······ ·‹‹‹‹‹‹‹ · ‹‹‹‹‹‹‹· ······

2. 헤테로토피아와 내러티브

뉴미디어와 시적 자아의 공간:
사적 영역과 공적 영역의 분화와 상호 매체적 서사

3. 피구라의 서사학

성스러움의 모더니티: 피구라의 서사학

❧ 1 ❧

알레고리의
시학

삶의 시화와 문학의 탈신화:
시적 자아의 정체성 위기와 새로운 문학적 대응 양상

1.1
주체의 담론과 신화적 상상력

A. 공간적 전회와 종교적 전회: 세속화와 탈신화

인공지능과 소위 제4차 산업이라는 작금의 화두에 있어서 인간성의 본질에 대한 물음과 함께 다시금 떠오르는 문제의식으로 종교적 영성(靈性)을 들 수 있다. 주지하다시피 역사적으로 살펴보자면 서구의 모더니즘은 세속화 Säkularisierung 과정과 그 맥을 같이한다. '신은 죽었다 Gott ist tot'(Nietzsche 2003, 481)라는 프리드리히 니체의 유명한 명제로 일반화될 수 있는 이러한 세속화의 과정은 종교적 영성에 대한 인간적 이성의 승리를 공언한 바 있다. 이를 통해서 전통적인 기독교 문화의 전통에 기반한 유럽의 신학과 철학뿐 아니라 문학과 예술 일반의 토대는 무너져 내렸다. 종교적 영성의 사멸과 함께 모더니즘의 이성은 인류의 가치관을 지배하게 된 것이다. 그러나 서구의 지성사를 보자면 중세의 종교적 미몽 이래로 점차 미약해지던 종교적 관심은 19세기의 과학 맹신주의와 산업화의 시기를 거치면서 세기말과 미적 모더니즘의 시기에 다시금 고조되었음을 알게 된다. 20세기 서구의 종교성을 강타한 이러한 '세속화 논쟁'은 역설적으로 1917년 루돌프 오토 Rudolf Otto의 기념비적 연구를 필두로 한, '성스러움 das Heilige'에 대한 새로운 관심과 논의로 발전하였다 (Otto 2004, 1). 주지하다시피 인류학 혹은 민속학적 관심뿐 아니라 종교학 및 종교사회학적 관심은 20세기 초반 기존의 인문학 및 사회과학과 더불어 예술 분야에 많은 족적을 남겼다. '성스러움'은 무엇보다도 예술이론 및 철학적 논의뿐만 아니라 다양한 예술 장르에서 형상화되어 나타나는데, 특히 문학의 경우에는 다양한 캐릭터와 독자적 시학으로 형상화되었다. 따라서 서구의 '모더니티'를 이해하는 데 있어서 '성스러움'의 세속화 과정에 대한 논의를 연구하는 것은 필수 불가결한 일이다. 뿐만 아니라 '성스러움 das Heilige'의 세속화 과정, 즉 이성화 과정은 모더니즘의 본질을 '탈마법화 Entzauberung' 혹은 '탈신화화 Entmythisierung'의 과정에서 읽어 내는 소위 '계몽의 변증법'에서 읽어내는 논지들과도 그 맥락이 닿는다.

탈마법화된 '모던'의 세계 이미지는 이미 오래전부터 포스트 모던한 버츄얼한 가상의 이미지로 가공되었으며, 인간의 이성은 슈퍼 컴퓨터와 알파고로 대변되는 인공지능의 기계적 이성으로 대체되어 가는 작금의 현실에서 다시금 '종교적 전회 religious turn'(Vries 1999, 참조)가 이야기되고 있음은 결코 우연이 아니다. 시작은 레비나스 Emmanuel Lévinas, 마리옹 Jean-Luc Marion, 데리다 Jacque Derrida의 후기 작품에 나타난 '종교적 전회'가 논의되는가 싶더니, 바디우 Alain Badiou, 낭시 Jean-Luc Nancy, 아감벤 Giorgio Agamben, 심지어 하버마스 Jürgen Habermas에 이르는 당대의 사상가들이 종교적 테마를 다룬다. 작금의 '종교적 전회'는 단지 철학적 논의의 경향성을 넘어서 문화학적 논의와 이미지학, 사회학 및 문예학의 이론적 논의에 새로운 시사점을 제공한다(Treml/

Weidner(Hrsg.) 2007, 참조). 문학연구와 문화연구의 사고전환을 요청하는 공간적 전회(spatial turn: Edward Soja)에 대한 관심은 현대의 공간담론에 대한 논의를 새롭게 규정짓고 있다.

문화사적으로 보자면 공간적 전회와 종교적 전회는 배경사적으로 동일한 발생사적 근원을 가지고 있다고 보아도 될 듯싶다. 가령 세속화 Säkularisierung/Secularization라는 단어는 라틴어로 시간, 시대 또는 세기를 뜻하는 'saeculum'에서 파생하였다. 처음에는 '성스러움'과 '영성'이 지니는 영원성에 대비되는 시간의 유한성에 의해 규정되는 현세라는 의미로 사용되다가 점차 교회 재산의 국가 재산으로의 편입을 의미하게 되었다. 오늘날 세속화의 과정이 의미하는 바는 1) 넓은 의미에서 보자면 교회와 국가의 분리과정 2) 천국, 원죄, 구원 등과 같은 종교적 개념이 철학과 시대정신에 투영되어 가는 과정 3) 오늘날 사회에서 일반화된 영성화 과정에 대한 대립 개념 등과 같이 매우 다양한 스펙트럼에서 이야기된다. 개념화의 출발점이 되는 교회재산의 국유화라는 의미에서의 세속화 개념은 베스트팔렌조약의 프랑스 측 대표인 앙리 도르레앙 Henry d'Oréans 이 1646년 5월 8일 뮌스터에서 가톨릭령의 프로테스탄트령으로의 전이를 주장 séculariser하면서 처음 사용하였다고 한다. 이후 영국의 헨리 8세 등에 의하여 수도원 재산의 몰수를 뜻하는 의미로 사용되었으며, 프랑스 혁명기에 수많은 수도원들이 이런 의미에서 '세속화'되었다. 그러나 가장 광범위하게 진행된 '세속화'는 나폴레옹 전쟁의 와중에 감행된 신성로마제국의 와해에 따른 교구령 및 수도원령의 해체에서 볼 수 있다. 9만 5천 제곱킬로미터에 이르는 방대한 교회령이 '세속화'되었으며, 영지에 속한 300만 명의 인구가 지배자를 바꾸게 된 것이다. 이로써 교권에 속한 재산을 속권인 국가권력이 강제로 편입시키는 것을 의미하는 법률용어로서 세속화의 개념이 뿌리내리게 된 것이나, 이는 중세적인 교회의 권위가 속세의 권력에 의해 추방되는 —최소한 '세속적인 영역에서는— 과정이 일단락을 맺은 것을 의미하며, 이로써 모던의 시작을 의미한다 할 것이다. 더 나아가 세속화 개념은 문화 및 사회영역으로 이러한 근대의 의미가 발산되면서 새로운 국면을 맞이한다. 종교적 사유방식과 삶의 형식은 이성적인 방식에 의해서 대치되고, 반면에 종교적 가치관에 입각한 독법에 따르자면 모던한 사유와 삶의 형식들은 부적절한 재화로 입증되고 탈신용화되었다. 이는 탈마법화된 모던사회의 진보에 대한 열정과 선험적 고향 상실성의 멜랑콜리의 대립으로 상징화된다. 이는 과학기술에 근거한 자본주의적인 생산력과 종교 및 교회 사이의 갈등이 상호 제로섬 게임으로 대립된 것이다. 주지하다시피 모더니즘의 '성스러움'은 근대의 세속화 과정, 즉 '탈마법화 Entzauberung'의 과정을 통해서 전도(顚倒)되어, 내재화되어 버린 상이한 의미의 '성스러움'이며, 단순한 종교성을 탈피한 '성스러움'이다(Canal u. a. (Hg.) 2013, 3). 따라서 본 저술의 후반부에서는 탈마법화/탈신화화되어 모던한, 즉 세속화되어 버린 시대의 성스러움의 문학적/문화학적 현현(顯現)에 대해 천착하고자 한다.

디지털 시대에는 사적 영역과 공공 영역의 구분이 사라질 것이라는 논의에서 보자면 공간적 전회는 생활 세계에서의 현실의 재현과 그 의미의 재생산과정에서 도출되는 상징과 그 질서 체계에 대해 새로이 시선을 돌리려는 노력의 일환으로 이해될 수 있다. 현대 사회에서 '공간'이란 대상을 구분 지우고 차별성을 부여할 수 있는 가능성의 기반으로 여겨지며, 따라서 상징적 범주의 전제가 된다. 공간은 '세계에 대한 우월적인 문화적 합의'를 도출해 내는 이미지 또는 문화적 구조를 의미한다 할 것이다 (Muschg 1996, 50). 더군다나 공간의 생산과 재생산은 사회적 생산의 과정으로 이해되어야 할 것이다.

이미 19세기 중반 보들레르와 플로베르의 문학에서 구현되었던 신의 부재 상황에 대한 시적 표현과 성스러움의 극단적인 세속화는 20세기 초반의 문학에서는, 가령 릴케와 발레리의 시학의 특징을 이룬다. 다른 예술과 철학의 논의에서도 성스러움의 극화와 상징화가 다양하게 이뤄진다. 전통적인 종교적 아우라 Aura의 소멸과 그 세속적 수용의 확대는 성스러움/영성의 서사적인 권위의 추락을 낳았는데, 이러한 성스러움의 전도(顚倒)는 법철학적인 관점에서는 막스 베버의 카리스마 이론에서 잘 드러나듯이, 여러 영성적 개념들이 원래의 종교적 개념을 넘어서 세속적인 영역으로 침입해 가는 '탈마법화' 과정이 진전되었다. 칼 슈미트 Carl Schmitt의 '정치적 신학 Politische Theologie'(1922)의 논의 역시 빼어 놓을 수 없다. 그러나 20세기 말 '성스러움'에 대한 새로운 논의를 점화시켰던 아감벤 Giorgio Agamben의 '호모 사케르 Homo sacer'라는 개념에 이르러서는 종교적인 영역과 세속적인 영역이 서로 중첩되는 바, 더 이상 분리되지 못한다(Agamben 2002, 92). '신의 죽음'으로 시작된 20세기가 지속적인 세속화 과정을 통해서 도달한 귀결이, '성스러움'과 '세속적인 것'의 헤테로토피아적인 '예외적 상황 Ausnahmenzustand'에 대한 논의로 나아가는 지점에서 본 저술은 시작하며, 궁극적으로 작금의 이론적 논구

를 해명하는 일은 20세기에 일어난 탈마법화/재세속화 과정의 연장선상
하에서만 이해할 수 있을 것이다.

B. 제의적 희생과 시인의 우울:
'모든 탈신화화는 희생이 아무 쓸모없고 불필요했었다는 경험의 표현'

일찍이 20세기의 이론가들은 19세기의 시간적인 나열성의 논리 연관에
서 벗어나 지식을 병렬적으로 재배치하고자 하는 시도의 일환으로 탈중
심화된 세계의 공간개념 즉, 모더니티의 '공간'을 인지하고 창조해 냈다.
일례로 벤야민 Walter Benjamin의 '파사쥬'와 '일방통행' 그리고 '대도시/베
를린', 아감벤 Giorgio Agamben의 '호모 사케르', '예외상황', '수용소', 라투
르 Bruno Latour와 울가 Steve Woolga의 '실험실', 푸코 Michel Foucault의
'아카이브', '병원', '감옥', 슬로터다이크 Peter Sloterdijk의 '스타디움', 키틀
러 Friedrich Kittler의 '차고', 바슐라르 Gaston Bachelard의 '집'의 경우를
실례로 들 수 있다(Güntzel 2001). 더군다나 리요타르 J. F. Lyotard 의 '환
초', 데리다의 '토굴'과 '아카이브' 모델들에서는 철학적 지식들이 공간화
되어 있다. 추상적인 사고 형태가 공간적 형상화로 환원되는 동안 자신들
의 성찰을 공간화시킨다. 무엇보다도 근대이후의 '성스러운 공간'은 모더
니티의 미학과 사상의 접점이며 매우 다양한 의미 연관하에 존재한다. 이
는 '탈신화화'되고 서사의 중심이 상실된 현대 사회의 서사조건의 변화를
'사적 공유화'가 낳은 새로운 현실인식에 대한 논의를 통해서 해명 가능하
다 할 것이다.

현대인의 삶이 지닌 정체성 위기에 덧붙여 21세기의 멀티미디어적 통신환경은 '주관성의 객관화'를 이야기하거나, 서사의 중심을 이야기하기 더욱 어렵게 한다. 더욱이 디지털 시대에서는 사적 영역과 공공 영역의 구분은 점차 없어진다. 페이스 북, 인스타그램, 트위터와 블로그의 범람에 따른 소위 '인터넷 신상털기', 구글과 같은 서치엔진의 발전, 인터넷 수색, 해킹, 위치추적, 폐쇄회로 카메라, 휴대폰 도청 등을 통해서 사적인 영역은 자발적이든지 비자발적이든지 최소한 가상적인, 공적인 공간에서 그 내면의 모습들을 더 이상 감출 수 없다. 이뿐만 아니라 속도로 특징 지워지는 뉴미디어 시대에서는 '회상/기억'의 요소는 '현재성'과 '인스턴트성과 라이브적 특성'을 위해서 소멸된다. 왜냐하면 더 이상 아는 것이 힘이 아니라, 속도는 바로 권력 그 자체이기 때문이다. 공간이 시간성에 의해 치환되는 이런 논의는 무엇보다도 비릴리오의 속도학을 들 수 있다(Virilio, 2000). 이 지점에서 우리는 다음과 같은 문제의식을 던져 볼 수 있다. 신화와 계몽의 변증법에서 이야기되는 '탈(脫)신화화된'(Bohrer 1983, 413) 현실인식이 더 이상 유효하지 않는 것일까? 고전적인 서사의 중심이 상실됨과 동시에 우리는 주관성의 객관화 과정을 보았으며, 이는 픽션의 발흥을 낳은 역사철학적 배경이 되었다. 주·객관 세계의 분리와 '세계상의 탈중심화'(피아제)의 과정은 전래의 세계를 시간화시키는 데 성공한 바 있다. '탈 신화화된 현실인식' 또는 '공적 영역의 사유화', 그 어떻게 이야기된다 하더라도 이런 방식의 탈 중심화된 세계상은 도치(倒置)되었다. 탈신화화되고 세속화된 세상이 다시금 성스러워지는 상황, 탈세속화 혹은 '예외적 상황'의 서사 미학적 배경은 무엇이라고 보아야 할까? 이를 위해서 우선 우리는 이제 '사적 영역의 공유화'가 낳은 서사의 '새로운'

조건들에 대해서 진지하게 이야기해야 하지 않을까? 주지하다시피 (포스트) 모던한 시대의 문학적 서사는 공간성의 시간화를 통한 시간의 탈공간화를 향해 나아가는 듯하다. 가령 19세기말의 진지한 모더니즘 소설들에서나 21세기 벽두의 팝 문학 계열의 여러 베스트셀러에게서 주체의 담론 Subjektdiskurs은 신화적 형상 속에서 이미지화되어 나타나고 있으며 작금의 신화적 소재들에 대한 문학을 위시한 문화계 전반의 관심 증대는 단지 새로운 디지털 미디어의 출현에 따른 재매개적 표상의 발전에 따른 것으로만 치부 할 성질은 아니다(Febel 2004, 참조). '문명의 근원텍스트'(호르크하이머/아도르노)로서 신화는 항시 새로이 읽혀져야 할 것이며, '신화에의 작업'(블루멘베르크)은 해석학이자 미메시스의 작업일 것이며, '신화에의 매료됨'(슐레지어)은 텍스트화된 신화의 순응적 요소에 기인한 것일 것이다. 주체가 신화적 힘들로부터 자유로워지는 고난에 찬 역정인 오디세이에서, 특히 사이렌과 오디세우스의 조우에서 '회상/기억'의 요소는 탈신화화의 과정을 거치면서 오히려 '현재성'과 '인스탄트/라이브적 특성'을 위해서 소멸된다.

호르크하이머 Max Horkheimer(1895-1973)와 아도르노 Theodor W. Adorno(1903-1969)가 망명지 미국에서 집필한 『계몽의 변증법 Dialektik der Aufklärung』(1944/47)의 문제의식은 주지하다시피 다음의 테제에 축약되어 있다.

부르주와 상품경제의 확대로 말미암아 신화의 어두운 지평이 산술적 이성의 태양으로 밝게 비춰지고, 이러한 산술적 이성의 차가운 광선아래 새로운 야만성의 싹이 움튼다.

(Horkheimer/Adorno 1994, 38)

마치 또 하나의 '신화'처럼 여겨졌던 프랑크푸르트학파의 학문적 오디세이의 귀결이 되는 이 "철학적 단상(Philosophische Fragmente)"은 호르크하이머가 행한 도구적 이성에 대한 비판과 동일선상에 놓여 있는 논의로 이야기될 수 있다. 나치의 집권에 따른 망명, 새로이 뉴욕의 컬럼비아 대학에 둥지를 튼 사회연구소, 그리고 다시금 미국 서부로 이주해야만 했던 프랑크푸르트학파 두 거장의 당대의 현실에 대한 (역사철학적)분석은 자신들의 눈앞에서 자행되는 홀로코스트와 파시즘의 횡행, 미국의 자본주의가 잉태한 현혹적인 '문화산업'의 논리에 대한 비판적 문제의식에 기초한다. 프랑크푸르트 학파의 비판 이론은 그 학제적 연구방법론에 있어서 성가를 발휘한다. 그럼에도 우리는『계몽의 변증법』의 집필을 준비하던 시기의 토론이 정신분석학에 대한 논구에 집중되어 있음을 보게 된다. 정신분석학적 방법론은 타부와 망상을 진리에 대한 추구로 이끌어 내고자 한 전래의 계몽정신의 일환이라고 보았기 때문이다. 네오 마르크시즘적 출발점에서 시작한 프랑크푸르트 학파의 정신적 노정에서 자칫 '비과학적'이라 홀대받기 쉬웠던 정신분석학과 변증법적 사유의 접합을 이끌어 낼 수 있었던 '사고의 전환'은 근대의 논리 실증주의적 방법론이 지닌 한계에 대한 인식에서 출발한다. 탈마법화로의 계몽은 근대의 정신이기도 하지만, 상상력을 붕괴시키고 신화적 사고를 해체시켰다고 보기 때문이다.

예로부터 진보적 사유를 쫓아 가장 포괄적인 의미의 계몽은 인간의 공포를 몰아내고, 인간을 주인으로 자리 잡게 하는 목표를 따랐다. 그러나 이제 계몽되어진 세계는 승리를 구가하는 재앙의 상징기호에서 빛을 발하고 있다. 계몽의 프로그램은 세계의 탈마법화였다. 계몽은 신화를 해체하려 했고 지식의 힘으로 상상력을 무너트리려 했다.

(Horkheimer/Adorno 1994, 9)

주지하다시피 여기에서는 이성 ratio의 지배를 일반화시켜 '계몽'이라고 규정한다. 이성과 신화의 대립이라는 일반적인 계몽에 대한 이해를 넘어서서 두 저자가 시도하는 현실 분석은 베이컨식의 '인식과 권력은 동의어'라는 논의를 넘어서고자 하는 시도이다. 신인 동형론 Anthropomorphismus으로서의 신화의 원리는 신화역시 계몽의 산물임을 보여 주고 있을 뿐이다. 계몽의 도구를 두 사람은 개념(화)라고 보고, 신화 역시 이미 이러한 개념화의 소산이며, 이러한 의미에서 보자면 신화의 세계 역시 계몽의 단계로 파악될 수 있다. 개념화에 성공한 소크라테스 이후의 이론적 인간은 자연을 객관화시키는 주체로 자신들의 위치를 격상시키고, 자연에 대한 지배를 정당화시킨다. 그러나 그 대가로 우리가 치러야 하는 바는 '소외'이며, 이러한 즉물화의 논리는 역으로 인간사의 제 관계에서도 관철되게 된다.

신화는 계몽으로 넘어가며 자연은 단순한 객체의 지위로 떨어진다. 인간이 자신의 힘을 증가시키기 위해 치르는 대가는 힘이 행사되는 대상으로 부터의 소외이다.

(Horkheimer/Adorno 1994, 15)

이는 자본주의 사회 내에서 상품의 교환가치의 추상화의 한 표현 양상으로 이해될 수 있는 것이다. 결국 주체가 아무 저항 없이 상품경제의 총체적 지배에 몸을 내맡김으로써 계몽의 정신은 다시금 '신화'로 회귀하게 되어 버린다는 것이다. "애니미즘이 사물들에 영혼을 불러 넣었다면, 산업화는 영혼을 물화시켰다." 이러한 논리에 따르자면 윤리, 문화산업 그리고 학문은 이와 마찬가지로 도구적 이성의 형식주의의 발아래 놓이게 되고, 인간과 자연에 대한 총체적 지배를 가능하게 하는 현혹적인 연관관계에 봉사할 뿐이다.

『계몽의 변증법』을 집필하던 시기의 호르크하이머와 아도르노는 인류가 처한 야만적 현실에 대한 회한의 감정에 사로 잡혀 있었음이 확실하다. 그럼에도 이 저작의 중심을 이루고 있는 오디세우스의 이야기를 다루는 부분에서 그들은 모험을 가능하게 하는 것은 고향에 대한 향수라고, 웃음은 '고향'으로 가는 길을 약속해 준다고 적고 있다. '주체가 신화적 힘으로부터 도망쳐 나오는 도정'에 대한 묘사로서의 오디세이는 '신화적 세계에서 탈출한 상태'로서의 '고향'에 대한 추구이며, 이를 묘사하는 호머의 '회상 Eingedenken' 속에서만 '희망'이 이야기된다. '고향'과 '화해' 사이의 은폐된 심연, 즉 '계몽에 대한 (새로운) 계몽'의 가능성에 대해서는 우리 시대의 어느 누구도 쉽사리 이야기할 수 없어 보인다. 다시금 호르크하이머와 아도르노의 말을 따르자면, '왜냐하면 서사시는 소설이 됨으로써 비로소 동화로 넘어가는 것이기 때문이다.'

우리는 호머의 오디세이에 대한 회상을 이즈음에서 한번 되짚어 보아야 할 듯싶다. 옛 이야기는 10여 년에 걸친 트로이전쟁이 끝나자 고향 이타카로 돌아가는 오디세우스 일행의 고난에 찬 항해를 전하고 있다. 다시금 10여 년이 더 걸린 저주에 가득 찬 오디세우스의 귀향길, 즉 오디세이는 호머의 서사시뿐 아니라 우주 미아가 된 가족의 이야기에서와 같은 공상과학 영화의 소재에 이르기까지 시대를 넘어서 여전히 주어진 운명을 스스로 개척하는 불굴의 인간상을 보여 주는 메타퍼가 되었다. 어찌할 수 없는 자연의 위력 앞에 이리 밀리고 저리 밀리면서도 고향 이타카의 항구를 찾아나서는 오디세우스가 이러 저러한 어려움을 극복하는 과정에서 후세의 사람들은 이성의 힘으로 자연을 길들이는 계몽의 정신을 읽어 내고 있는 것도 무리는 아닐 성싶다. 아름다운 부인 펠레로페가 20년간 온갖 유혹을 뿌리치며 오매불망 기다리는 고향으로 향한 오디세우스의 강건함에게 어쩌면 자신의 모습을 보고 있었을지도 모른다. 한시도 잊을 수 없었던 고향에 대한 그리움이 인생 노정에 지친 이들에게는 어떤 위안이지 않았을까. 마치 오디세우스의 귀향의 노정이 아무리 험난하고 힘들지라도, 충견 아르고스가 20년이 지난 후에도 주인의 귀환을 알아차리고 숨을 거두는 장면의 찡한 감동을 나 역시 갖게 되리라는 희망이 나그네를 길에서 멈추지 않게 하지는 않았을까. '운명적'이라는 수식어를 여기저기에 덧붙이길 잊지 않았을 테고. 그러나 만일 되돌아갈 고향이 우리에겐 원래 존재하지 않았다면? 아니 이런 억측은 우리의 오디세우스에겐 금물인 것 같다. 아름다운 키르케의 유혹도 뿌리치고, 가야 할 길을 재촉하는 오디세우스를 기다리는 사이렌들의 유혹의 노래 소리도 단호한 오디세우스의 귀향길을 막을 순 없었다. 한 줌의 밀랍으로 귀를 틀어막고 쇠사슬로 돛대에 제 몸을 묶은 채 우리의 오디세우스는 아름다운 사이렌의 유혹을 벗어나고 있다. 사람들이 오디세우스의 기발한 꾀를 이야기하는 대목이다. 아니 오디세우스라고 대변되는 인류가 이성의 힘을 빌려 감히 대항할 수 없었던 자연의 폭거를 보기 좋게 따돌리는 본보기로서 수많은 이들이 인용하는 이야기일 것이다. 그런데 정말 오디세우스는 한 줌의 밀납과 한 다발의 사슬에 완전히 신뢰하고 자신의 꾀에 천진난만한 기쁨을 느끼며 사이렌들을 향해 배를 저어 갔단 말일까? 이 사건에 대해서 우리는 또 다른 이야기를 들을 수 있다. 사이렌들에게는 오디세우스 일행을 유혹하고 궁극적으로는 난파시킬 그들의 노래보다도 더 끔찍한 무기를 가지고 있었다고 한다. 자신의 꾀로 사이렌의 노래 소리를 피했다고 하는 오디세우스에게는 미안한 이야기이지만, 사이렌들은 그때 노래하지 않았다는 것이다. 더 이상 유혹하고 싶은 마음은 그들에게 남아 있지 않았고, 오디세우스 일행의 배가 그들을 통과해 갈 적에, 다만 오디세우스의 커다란 두 눈에 비치는 것들을 가능한 한 오래 붙잡고 싶었다고들 한다. 오디세우스는 사이렌이 진정 노래를 했었는지 듣지 못해 알 수 없었는데도, 또 다른 이야기에는 오디세우스는 첨부터 사이렌이 노래를 부르지 않을 것을 알았기에 그토록 용감하게 배를 저어 갔다고 한다. 모두들 한편의 연극을 천연덕스럽게 한 셈일까? 내려오는 이야기 하나를 마저 덧붙인다면, 고향에 되돌아 간 오디세우스는 다들 알고 있듯이 사랑하는 아내와 늠름한 아들 텔레마코스와 행복하게 여생을 마친 게 아니란다. 무료함에 좀이 쑤셔 이번에는 머나먼 대서양으로의 여행을 떠나 산채만 한 파도에 휩쓸려 이 세상을 떠난 오디세우스의 근황을 단테는 『신곡』의 「지옥」 편에서 전하고 있기도 하다.

호머의 이야기에서 호르크하이머와 아도르노는 계몽을 운명의 힘으로 부터 탈출하는 데 실패한 시도로 파악하고 호머의 회상에서 살아남은 시인의 우울을 읽어 낸 셈이다. 해방의 황폐한 공허는, 신화적 폭력의 저주가 도망자를 항상 앞지르는 모습으로 나타난다. 신화적 사유와 계몽적 사유에 대한 서술의 또 다른 차원은 탈신화의 궤도가 근본 개념들의 변형과 분화로서 규정되는 대목에서만 보인다. 마법적 사유는 사물과 인격, 탈영혼성과 영혼성, 조작의 대상과 행위, 행위자들 사이의 구분을 낳고 있지 않다. 이런 의미에서 보자면 하버마스의 말처럼 '탈신화화가 비로소 우리에게 자연과 문화 사이의 결합으로 나타나는 마법을 푼다.' 계몽의 과정은 자연의 탈사회화와 인간세계의 탈자연화를 야기하는 것이다. 이러한 '세계상의 탈중심화'(피아제)의 과정은 전승된 세계상을 시간화시킬 수 있었으며, 전래의 세계관은 그 자체 변경될 수 있는 세계에 대한 해석으로서 구별될 수 있게 되었다. 외면 세계는 존재자의 객관적 세계와 규범의 사회적 체계와 분화되며, 이 양자는 다시금 모두 주관적인 체험의 세계인 내면세계와 구별되어 나타난다.

이러한 탈마법화/합리화의 과정은 문학과 예술의 영역에서도 실현된다. 실재 세계와 묘사된 세계의 분화가 이뤄진다. 기호로서의 문자는 과학으로 나아가며, 기호로서의 언어는 자연을 인식하기 위한 계산의 도구로 전락하는 반면에 (형상)이미지로서의 언어는 자연의 모상으로서 남게 되지만, 계몽의 과정을 거치며 완결된, 이러한 '기호와 형상의 분리'는 다른 한편에서는 근대의 '픽션' 개념을 낳게 된다. 근대에 생성된, 과학적 세계관이 반영된 현실 세계와 구분되어 원칙적으로 '자율적'인 이러한 '픽션/허구'의 개념은 환상, 허구, 거짓이라고 여겨지지 않았으며 심지어 현실의 감춰진 또 다른 측면의 알레고리로 이해된 적이 없다. 이러한 픽션의 자율성은 미디어와 연관성 속에서 보자면 시간과 공간의 측면에서 해석될 수 있다. 즉 회화를 중심으로 하는 '주관성의 객관화'(파노프스키)과정은 광학과 시점의 차이에 대한 인식과 허구적 공간의 구성을 낳았으며, 서사의 시간성에 대한 재발견은 소설 형식의 흥기를 낳았다. 화가 또는 작가 중심의 시점에 대한 강조는 커뮤니케이션의 측면에서 보자면 현실과 그 묘사된 세계 사이의 일치성에 대한 믿음이 깨어진, 즉 '세계상의 탈중심화'의 특징이다(Todorov 2005).

서구 문학사에서 보자면 18세기에 이르러 소설은 서사 기법상의 혁신을 통해서 전통적인 서사 장르들을 제치고 가장 인기 있는 문학 형식으로 자리 잡았다. 이후 새로이 등장한 사진은 회화를 위시한 여러 예술 분야에 새로운 시야를 제공하였다(Wagner 1996, 29). 무엇보다도 20세기 초반에 이루어진 영화의 발전은 전통적인 문학 영역, 특히 연극 무대에서는 볼 수 없었던 '이차적인 환상성'(Benjamin 1991, 495)을 낳고 있다. 이제 우리가 '문학'을 이야기한다고 할 때는 더 이상 텍스트 중심의 문헌학적 전통에만 머무르지 않는다. 뉴 미디어의 발명과 디지털 기술의 발전은 21세기 새로운 문화 지형도를 예고한다. '문학'은 이미 오래전부터 더 이상 '활자로 구성된 텍스트'만을 의미하지 않고, '멀티미디어에 기반하여 디지털화된 네트워킹'(Ledgerwood 1998; Mahne 2007)의 심미화 과정을 염두에 두고 있으며, 현대의 문학 행위들은 상호 매체적 역동성에 많은 부분 빚지고 있다. 다양한 시각적 형식의 차이는 문자텍스트에서 이미지를 읽어 내듯이, 이미지가 텍스트를 읽는 방법을 제시한다. 인문학의 새로운 패러다임에 대한 요구에는 이미지 시대의 인문학에서 전통적인 해석학으로 이해할 수 없는 영역이 점점 증가하고 있다는 인식에 크게 작용한다. 이미지는 폐쇄된 영역을 재현하는 것이 아니라, 시간성과 공간성 속에서 '현전 presentation'하면서 살아 움직이고 내러티브를 구성하며 다양한 미디어문화콘텐츠를 생산하기 때문이다. 이미지의 미디어형식과 이야기 방식, 이미지의 현실과 미디어문화와의 관계, 새로운 학문으로서의 이미지학과 미디어문화에의 적용 및 응용 등은 모두 이러한 이미지존재론을 바탕으로 하면서 새로운 해석방법을 요구하고 있다. 또한 이미지문화는 미디어의 내러티브, 공연예술의 텍스트와 표현언어, 이미지로서의 수행성 문화, 디지털문화예술 분야 등 미디어문화로 확장되면서 이미지 인문학 및 디지털 인문학을 형성하고 있다.

컴퓨터로 글쓰기를 하게 되면서 전통적인 아날로그적 인쇄와는 상이한 물질적 처리 과정을 경험하고 있는 우리에게 매체의 변화는 저자와 독자, 담화의 주체와 대상, 텍스트, 이미지, 소리를 포함하는 모든 형태의 문화적 교환행위를 새롭게 조명하는 데 매우 중요하다. 19세기에 이미 언어의 물질성에 대한 논의가 이뤄지고 있지만, 인쇄기술이 낳은 매체사적 변화에 주목하기 시작한 것은 19세기 말에 타자기의 도입 이후 일이다. 인쇄는 쓰기의 재생산을 용이하게 했으며, 인쇄는 공간적으로 텍스트를 유포시키는 데 가능하게 함으로써 쓰기의 민주화를 낳았다. 그러나 인쇄는 여전히 전통적인 쓰기의 형식이 갖는 물질적 속박을 그대로 지녔다. 구텐베르크에서 현대의 자동화된 설비에 이르기까지, 언어의 흔적을 고정시키는 기술적 유형이 무엇이든지 간에, 인쇄는 철저하게 시공간의 제약을 받는 속성을 벗어날 수 없다. 인쇄와 함께 언어가 말과 필사로부터 벗어났지만 동시에 그것이 속하는 물질에 단단히 묶이게 되었다. 이러한 인쇄문화에서는 독자들이 보는 모든 인쇄본은 같은 것이어야 하며, 특히 같은 판본일 경우 차이가 있으면 안 된다. 책의 '저자'가 쓴 것과 독자가 읽는 것이 동일해야 한다는 신뢰감이 있어야 한다. 이것이 '아날로그적'인 인쇄문화에서의 작가성의 근간이 되는 것이다 할 것이다. 19세기에 이르러 인문학의 학문분과들이 제도 속으로 편입되는 과정에서 아날로그 저자는 문화상품에 대한 지배력을 상실하고, 저작권의 이름으로 20세기 내내 부는 정보로 정의되고 저작권은 이를 지키는 힘으로서 나타난다. 우리 앞에 놓여 있는 새로운 매체 상황은 '현실이 대중에 적응하고 또 대중이 현실에 적응하는 현상이며 사고의 면에서는 물론이고 직관의 면에서도 무한한 중요성을 지니게 될 하나의 발전과정'이기 때문이다. 아날로그 시대의 작가는 반응하지 않는 독자들을 상대로 인쇄된 페이지에 단단히 고정된 채 말하는 반면에 컴퓨터로 대변된 디지털 글쓰기의 저자들은 다른 공간에서 이야기한다. 텍스트의 이동과 수정이 용이한 디지털 세계에서 아날로그 저자의 공간적 안정성이 침식되어 나타난다.

1960년대의 로랑 바르트 Roland Barthes에 의해 선언된 '작가의 죽음'이라는 테제와 '누보 로망'과 '누보 누보 로망'의 발흥은 자칫 '자서전의 규약'을 해소시키고, 자서전이라는 문학적 장르의 사망까지도 선고할 수 있었음에도 작금의 자서전적 글쓰기는 무척 활성화되었다. 문자문화의 위기가 이야기되고 전통적인 문학관이 흔들리는 작금의 디지털 시대에 있어

피구라와 알레고리

서는 아우구스티누스의 『고백록』에서 재구성된 성령의 감읍과 그 은사에 대한 자전적인 서술이 지니는 종교적(호소적) 특성은 새로운 의미 맥락하에서 다시 읽혀야 할 것이다. 중세의 종교적 가치관에 기반하여 하느님의 계시를 통해서 문제시되었던 ―아우구스티누스의 『고백록』에서 모델적으로 나타나는― 교육적 글쓰기와 자아 정체성의 상관관계는 이후 서구 사회에서 종교적 지향성을 벗어나 주관적인 정향성을 띄게 된다. 데카르트 이래 주체적인 저자의 내면에 존재하였던 '상상의 공간'은 책이라는 인쇄기술이 낳은 새로운 매체/열린 마음속에서 독자들의 독서 행위를 통해서 계속적으로 상상력의 공간을 만들어 왔으며 문학이라는 역사 철학적 기재로 발전시켰다. 이점이 초연결 사회의 뉴미디어적 환경하에서 대두되는 '새로운' 가상성에 대한 선험적 이해의 초석이 된다. 개인의 정체성은 심리적이면서 동시에 사회적 역할과 사회적 코드, 사회적 행위모형에 있어서의 정향성을 제시하는 균형적인 행위로 나아가게 된다.

출발점으로부터 멀리 벗어날 수 있다면, 이는 성공적인 계몽일 것이다. 그러나 오디세이의 이야기에서 볼 수 있듯이 신화의 이야기는 근원으로의 회귀를 '지연'시킬 뿐이다. 인류는 계몽의 세계사적 과정에서 근원으로부터 점점 더 멀어지지만, 신화적 반복의 강제로부터 해방되지 못한다. 완전히 합리화된 현대세계는 오직 가상적으로만 탈마법화된 세계이다. 우리의 '경험세계'의 심미화 과정, 즉 객관적 세계의 기술적 규정과 사회적 세계의 매개적 연결이라는 관점에서 심미적인 것은 '버츄얼한 것'이라는 의미를 지니게 된 것이다. 의식의 심미화는 결국 우리가 의식의 전제가 되는 토대들 Fundamente을 더 이상 바라보지 못하고, 현실을 우리가 이전에는 단지 예술의 산물로만 이해하였던 표현양식 Verfassung으로만 받아들이게 된다는 것을 의미한다. 신화와 계몽의 변증법에 놓여 있는 탈중심화된 세계인식의 이해의 근저에는 이데올로기 비판뿐만 아니라 문화비판의 준엄한 칼날이 번뜩인다. '주관성의 객관화'가 '객관성의 주관화' 또는 사적 영역의 침탈로 이어지는 디지털 시대에 있어 출발점으로부터 멀리 벗어난다는 것은 공간적으로나 시간적으로나 무의미해 보인다. 우리는 이와 유사한 단절의 시기를 르네상스라 부르는 시기의 회화사에서 찾아볼 수 있다. 이시기에 우리는 뒤러의 자화상으로 대변되듯이 신(神)적인 것이 점차 인간화됨을 보게 되고, 인간이 신격화되는 과정이 뒤따른다. 그럼에도 이러한 개인의 발견이 주관의 자의성으로 환원된, 타인들과 고립된 개인의 승리를 의미하는 것이 아니라는 점에 주목해야 한다. 르네상스기의 이 화가들은 항상 동일한 사고방식과 해석의 코드를 공유하고 있을 뿐 아니라, 모두 여전히 기독교의 교리 테두리 안에 있었고 어떤 대상과 몸짓의 규범적 의미를 잊지 않고 있었다. 더욱이 그들은 모든 사람들에게 보이고 그림에 의해 재현되는 공동체와 관계를 맺고 있었다. 그들의 인본주의는 결코 개인주의는 아니었던 것이다. 반면에 우리가 현재 직면하고 있는 '가상현실'은 정신을 통해서가 아니라 가상세계에서는 드러나지 않는 가시적 육체를 통해서 자아를 규정하고 있다. 가상현실과 같은 투명한 테크놀로지는 데카르트적 자아를 단순히 반복하는 것이 아니라 오히려 재매개한다고 주장된다(볼터/그루신). 우리는 현대의 가상적인 탈마법화의 세계를 탈신화화된 세계인식의 '재매개적' 발현으로 이해할 수 있지 않을까? 이것이 바로 *사적 영역의 공유화*가 초래한 서사의 위기를 넘어서는 글쓰기 전략일 것이다. 주체가 신화적 힘들로부터 도망쳐

오는 도정의 묘사로서 이야기되는 사이렌과의 조우에서 오디세우스가 고안해 내었던 기지(機智)의 이야기를 통해서 오디세우스가 '시민적 개인'의 원형으로 등극할 수 있었다면, 이런 점에서 우리는 '구텐베르크 갤럭시'를 벗어나 디지털 이미지에 의한 새로운 총체적 매체 환경의 우주 속에서 이뤄질 21세기의 '오디세이'에 대해서 관심을 가져야 할 것이며, 다음과 같은 카프카의 오디세이 해석은 시사하는 바가 크다. 카프카의 「사이렌의 침묵」은 다음과 같이 끝을 맺는다.

"여기에는 부록처럼 덧붙여진 이야기가 하나 더 전래되고 있다. 사람들이 말하건데, 오디세우스는 어찌나 꾀 많고, 얼마나 마치 여우 같은 인간 이어서 인지, 심지어 운명의 여신마저도 오디세우스의 속마음은 꿰뚫어 보지 못했다는 것이다. 비록 인간의 오성으로는 도저히 파악할 수 없는 일이기는 하지만, 오디세우스 아마도 실재로는 사이렌들이 침묵한다는 사실을 알아차렸을 것이고, 사이렌들과 신들에게 위에서 이미 이야기된 거짓 행위를 그가 짐짓 방패로 내세운 것이라는 것이다."

인문학은 현대 사회가 자신의 정체성에 대한 질문에 해답을 그 전통 속에서 미리 선취해서 간직하고 있는 유일한 학문일지 싶다. 그러나 그 해답을 읽어 내는 것은 여전히 각자의 몫이다. 고대 로마의 신들 중에는 앙게로나 Angerona라는 침묵의 여신이 있다. 입술을 가리우는 그녀의 손가락은 마치 침묵을 종용하는 듯하다. 연구자들은 앙게로나의 침묵을 고대 그리스의 밀의종교에서 비전(秘傳)에 견주어 위대한 침묵의 힘이라고 칭한다(Agamben 2012, 94). 엘레우시스 밀의종교의 비전가들 initiates에게 비의는 단어와 상징 이전의 이미지와 표징의 형태로 전수되었을 것이다. 단어와 사물을 연결지우는 이름과 단어, 그리고 그러한 연결 관계를 묘사하는 상징체계 이전의 '침묵'의 힘은 카프카의 '사이렌들의 침묵'의 이야기 근간을 이룬다 할 것이다. 탈신화되고 세속화된 '모던한' 시대의 삶의 정체성에 대한 질문에 대한 해답은 마치 이러한 '비전(秘傳)'에 견줄 만하지 않을까 싶다. 표징으로서의 비전은 그 지시내용과의 연관성(지표성)하에서만 침묵을 깨트릴 것이다. 이는 결코 인간의 산술적 이성 ratio으로는 풀 수 없다.

1.2

기억의 토포스와 도시의 토폴로지

C. '철학적 - 신학적 단편': 피구라와 알레고리

짐멜 Georg Simmel, 베버 Max Weber, 프로이트 Siegmund Freud, 바르부르크 Aby Warburg, 카시러 Ernst Cassirer, 벤야민 Walter Benjamin과 같은 일련의 사상가들의 저작에서는 자연과학과 정신과학의 엄격한 구분을 넘어서는 새로운 학문적 지향성에 대한 고민이 나타나며 이와 동시에 그러한 문제의식의 해결책의 일환으로 종교성에 대한 연구를 시도한다 (Treml/Weidner(Hrsg.) 2007, 55-72). '신의 죽음'/'탈마법화'로 시작된 20 세기가 지속적인 세속화 과정을 통해서 도달한 귀결이, '성스러움'과 '세속적인 것'의 헤테로토피아적인 예외적 상황인 호모 사케르 Homo sacer(아감벤)에 대한 논의로 나아가는 작금의 이론적 논구를 설명하기위하여 우선 벤야민의 초기저작인 「신학적-정치적 단편 Theologisch-politisches Fragment」을 살펴보는 것은 가장 우선적인 일이라고 보인다.

벤야민의 초기 에세이 「신학적-정치적 단편 Theologisch-politisches Fragment」은 벤야민의 생애를 가로지르는 근원적 사유의 출발점이다

(Lindner(Hg.) 2006, 175). 주지하다시피 벤야민의 생애에서 신학적 사유와 정치적 사유의 대립은 이제껏 많은 시사점을 남긴다. 특히 벤야민 최후의 저술이자 그의 사상의 정수라고 평가되는 '역사철학테제'에도 벤야민의 신학적사유와 정치적 사유의 대립은 일관되게 나타난다. 기약은 없지만 그리 머지않은 죽음의 순간을 예감한 벤야민의 마지막 기록이자 유언으로 여겨지는 이 텍스트는 많은 이들에게 『로마서』를 기록한 사도 바오로의 일화와 견주어 이해되고, 특히 불치병으로 시한부 판정을 받은 자유베를린 대학의 유대계 철학자 타우베스 Jacob Taubes의 일화는 가히 전설적이다. 타우베스는 마치 '유언을 집필하는 심정으로' 1987년 1월, 일주일간에 걸쳐 하이델베르크 대학의 신학부에서 행한 강연에서 『로마서』 8장과 벤야민의 「신학적- 정치적 단편」 사이의 2000년의 시간을 뛰어넘는 유사성을 설파한 바 있으며, 이 논집에 영감을 받은 아감벤 Giorgio Agamben은 다시금 바오로 서간과 벤야민의 역사철학 테제 사이의 '피구라적' 유사성을 기록하고 있다. 벤야민의 초기 저술인 「신학적- 철학적 단편」에서 최후의 저작인 「역사의 개념에 관하여」에 이르기 까지 벤야민의 사유를 관류하는 신학적 가치관과 세속적 가치관의 대립과 해소의 상관관계는 메시아적 시간관에서 그 마지막 표현을 이루고 있다 할 것이다.

우선 「신학적-정치적 단편」의 집필시기에 대해서는 논란의 여지가 많다. 달리 아무런 제목이 없었던 벤야민의 이 원고에 '신학적-정치적 단편'이라는 제목을 부여한 아도르노 Th. W. Adorno의 주장에 따르자면, 1937년 연말에서 1938년 연초에 벤야민과 같이 산 레모에 머물던 아도르노 부부는, 벤야민이 이시기 자신이 다루는 문제의식 중에서 가장 최신의 것이라 하면서, 이 '단편'의 원고를 보여 주었다고 한다. 아도르노의 이러한 추론에 따라서 여러 가지 정황상의 모순에도 불구하고 1955년 처음 간행될 때에 이 텍스트의 생성연도를 1938년 무렵으로 못 박았지만, 이후 벤야민 전집의 간행자인 티데만 Rolf Tiedemann은 여러 가지 점을 고려하여 이 텍스트의 생성연대를 1920년에서 1921년 사이로 규정지운다(Benjamin 1991, 946). 이러한 논지에 있어서 이 당시가 청년 벤야민이 유대주의에 대한 관심이 무릇 싹트기 시작한 점과 무엇보다도 텍스트에서 언급된 에른스트 블로흐 Ernst Bloch의『유토피아의 정신 Geist der Utopie』(1918)에 대한 벤야민의 집중적인 작업이 1919년 가을부터였다라는 사실이 아마도 가장 큰 이유로 작용한 듯하다. 벤야민의 친구 숄렘 Gershom Scholem은 이 텍스트의 생성시기에 대해서 다음과 같이 기억하고 있다. "그러나 특히 강렬하게 유대적인 것에 접근하려던 이 시기에 벤야민의 다른 일들이 그로 하여금 유대세계에 발을 들여 놓는 것을 방해하였다. 벤야민이 이 시기에 쓴 특징적인 글로 그 자신은 제목을 붙이지 않았지만, 나중에 아도르노가 「신학적-정치적 단편」이라는 제목으로 출간하였고 아마도 착오로 1938년에 쓴 것으로 분류한 짧은 텍스트를 들 수 있다. 두 페이지 정도의 이 글에 들어 있는 내용은 모두 1920/1921년 벤야민을 지배하던 사고와 그의 특유한 용어들을 보여 준다."(Scholem 1975, 117) '구원되지 못한 역사와 메시아적 구원 사이의 극단적인 차별'이라는 유대주의적 전통(Weigel 1997, 71)이 이 텍스트를 이해하는 열쇠라고 생각하는 숄렘의 생각과 병행하여 최근의 논의들은 「신학적-정치적 단편」의 생성시기를 숄렘이 추측했던 시기보다 조금 늦게 1922/1923년경으로 생각하기도 한다(Lindner(Hg.) 2006, 175). '속세의 질서는 하느님 나라의 이념에 기초하여 건설될 수 없다.'라는 명제는 메시아적인 것과 역사적인 것, 혹은 종교와 정치를 구분하는 시금석인 바, 어원적으로 '세속적인 profan'이라는 단어가 pro fanum, 즉 '성전 밖에'라는 뜻에서 도출되었다고 본다면 '세속적인' 혹은 '속세적인 weltlich'이라는 단어는 의미론적으로 항시 성스러움 das Heilige을 염두에 두고 있다. 성경에서는 성스러움과 세속성의 차이를 다음과 같은 『탈출기』의 모세와 하느님의 만남을 통해서 그려 보인다.

> 4. 모세가 보러 오는 것을 주님께서 보시고, 떨기 한가운데에서 "모세야, 모세야!" 하고 그를 부르셨다. 그가 "예, 여기 있습니다." 하고 대답하자,
> 5. 주님께서 말씀하셨다. "이리 가까이 오지 마라. 네가 서 있는 곳은 거룩한 땅이니, 네 발에서 신을 벗어라."
>
> (탈출기, 3장 4-5절)

공간의 일부는 다른 부분과 질적으로 다를 수 있다. 거룩한 공간, 강력하고 성스러움이 현현하는 공간이 존재한다면 반대로 거룩하지 않고, 일관적이지도 못하고 형태도 없는, '카오스적' 공간 역시 존재한다. 이런 맥락에서 엘리아데 M. Eliade가 종교적 인간에게 공간이란 균질적인 것이라고 말하는 것이며, 현대의 이론가들은 19세기의 시간적인 나열성의 논리 연관에서 벗어나 지식을 병렬적으로 재배치하고자 탈중심화된, 혹은 더 이상 '성스럽지 못한' 세계의 공간개념, 즉, 모더니티의 '공간'을 인지하고 창조해 냈다.[1] 추상적인 사고 형태가 공간적 형상화로 환원되는 동안

---

1   일례로 이미 언급한 바와 같이 벤야민의 '파사쥬'와 '일방통행' 그리고 '대도시/베를린',

자신들의 성찰을 공간화시킨다. 무엇보다도 '성스러움'에 대한 새로운 논의를 점화시켰던 아감벤 Giorgio Agamben의 '호모 사케르 Homo sacer'라는 개념에 이르러서는 종교적인 영역과 세속적인 영역이 서로 중첩되어 더 이상 분리되지 못한다.

이러한 배경하에서 보자면 청년 벤야민의 「신학적-정치적 단편」에서는 메시아적인 것/종교적인 것에 대비되는 역사적/세속적인 공간의 질서는 결코 카오스적이지 않다는 문제의식에서 출발하며, 그의 '니힐리즘'의 벤야민의 정신사적 토폴로지에서 매우 독특한 자리 매김하고 있어 보인다. 이런 점에서 벤야민의 초기작 「신학적-정치적 단편」은 그의 생애의 걸쳐 관통하는 사상적 본류의 맹아를 품고 있다(Lindner(Hg.) 2006, 175). 단지 3단락으로 이뤄진 육필 원고 2쪽 분량의 소소한 이 글은 벤야민의 추후 여러 저작들에 내재되어 있는 사유의 가장 근원적 형태를 지니고 있어 특히 한편으로는 벤야민의 사상에 내재한 메시아주의와 다른 한편으로는 정치와 신학의 대립항에 대한 규명하는 단초로 여겨진다(Benjamin 1991, 948). 우선 「신학적-정치적 단편」의 전문을 다음과 같이 소개하고자 한다.[2]

아감벤 Giorgio Agamben의 '호모 사케르', '예외상황', '수용소', 라투르 Bruno Latour와 울가 Steve Woolga의 '실험실', 푸코 Michel Foucault의 '아카이브', '병원', '감옥', 슬로터다이크 Peter Sloterdijk의 '스타디움', 키틀러 Friedrich Kittler의 '차고', 바슐라르 Gaston Bachelard의 '집'의 경우를 실례로 들 수 있다. 더군다나 리요타르 J. F. Lyotard 의 '환초', 데리다의 '토굴' 과 '아카이브' 모델들에서는 철학적 지식들이 공간화 되어 있다.

2   기존의 여러 번역들과 참고문헌들에 기반하여 새로이 정리하였으나, 여러 곳에서 노출되는 불민함은 벤야민이 이 글에서 행하는 사유의 깊이와 혜안에 저자의 능력이 아직 멀

[신학적-정치적 단편]

메시아가 스스로 모든 역사적 사건들을 완결지우는 바, 이는 말하자면 역사적 행위가 메시아 자신에 대해 갖는 관계를 우선 구원하고, 종결하고 또 창조한다는 의미에서이다. 이리하여 역사적인 것은 그 어떤 것도 그 자체로 메시아적인 것에 연관 짓기를 바랄 수 없다. 따라서 하느님의 나라는 결코 역사적 디나미스 (Dynamis, 동인)의 텔로스 (Telos, 목적인)가 아니다. 하느님의 나라는 목표로 설정될 수 없다. 역사적으로 보자면, 하느님의 나라는 목표가 아니라 종말이다. 이렇게 보자면, 세속의 질서는 하느님 나라의 이념에 기초해서 건설될 수 없으며, 따라서 신정정치는 결코 정치적인 의미를 지니지 않고, 단지 종교적 의미만을 지닐 뿐이다. 신정정치가 지닌 정치적 의미를 매우 강력하게 부정하였던 것은 에른스트 블로흐가 쓴 '유토피아의 정신'이 지닌 가장 위대한 업적이다 할 것이다.

세속적인 것의 질서는 행복의 이념에 의해 고양되어야 한다. 이 세속적인 질서가 메시아적인 것에 대해 맺는 관계가 역사철학이 보여 주는 핵심적인 교훈극들 중의 한편이라 할 것이다. 그리고 신비주의적 역사관은 이러한 관계에 의해서 규정되는 바, 이러한 역사관이 지닌 문제점을 다름과 같이 그림으로 규명해 보자. 만일 화살표의 한 방향이 세속적인 것의 디나미스가 작용하는 그런 목표를 가리키고, 다른 화살표 방향은 메시아적 의지의 방향을 나타낸다면, 자유로운 인류의 행복추구는 당연히 이 메시아적 지향성으로부터 멀리 떨어지려 노력할 것이며, 그러나

었다는 점을 방증해 주는 것이리라 이해해 주시기 바랍니다.

피구라와 알레고리

마치 어떤 힘이 자신의 길을 가는 것만으로, 마주 오는 길에 놓인 다른 힘을 촉진할 수 있듯이, 세속적인 것의 질서는 메시아 왕국의 도래를 촉진할 수 있다. 세속적인 것은 결코 그 왕국의 범주는 못 되지만, 그 자체 가장 적확한 범주들의 하나로서, 메시아왕국의 도래가 암암리에 가까이에 와 있다는 개념 범주임에는 틀림없다. 왜냐하면 행복 안에서 모든 지상의 존재들은 그 몰락을 추구하고 있으며, 단지 행복 안에서만 그 몰락은 찾아질 수 있도록 지상의 존재들에게 규정되어 있다. —물론 마음이 지닌 직접적인 메시아적인 힘, 즉 내면의 개별적인 인간들이 지닌 직접적인 메시아적 집약성은 불행을 통해서, 고통의 의미 속에서 관철된다. 불멸성으로 인도하는 종교적인 원상 복구 restitutio in integrum의 사유는, 몰락의 영원성으로 인도하는 세속적인 원상복구와 상응하며, 이 영원히 무상한, 그 총체성 속에서 덧없는, 공간적으로나 시간적으로나 그 총체성 속에서 덧없이 흘러만 가는 세속적인 것이 지닌 리듬감은 메시아적 자연이 지닌 리듬감과 상응하고, 이것은 행복이다. 왜냐하면 그 영원하고 총체적인 무상함에서 유래한 자연은 메시아적이기 때문이다.

이 무상함을 추구하는 것, 또한 자연이기도 한, 인간의 이러한 단계들을 위한 것이기도 하지만, 이러한 추구는 세계정치의 과제인데, 그 방법은 니힐리즘이라 불러야 할 것이다.

(Benjamin 1991b, 203-204)

「신학적-정치적 단편」의 첫 번째 단락에서 벤야민은 역사적인 것 das Historische과 메시아적인 것 das Messianische을 구분지우며 문장을 시작한다. 이는 완결성으로 이해되는 메시아적 상황과 인간적 이성의 유한성에 기초한 세속적 상황에 대한 제시와 다름 아니기에 벤야민은 다음과 같이 역사적 사건에 대한 메시아의 행위가 갖는 의미를 설명하고자 한다. 즉, "메시아가 스스로 모든 역사적 사건들을 완결지우는 바, 이는 말하자면 역사적 행위가 메시아 자신에 대해 갖는 관계를 우선 구원하고, 종결하고 또 창조한다는 의미에서이다. 이리하여 역사적인 것은 그 어떤 것도 그 자체로 메시아적인 것에 연관 짓기를 바랄 수 없다." 이 부분에서 메시아는 역사적 사건을 완성시키고 종결지우는 주체이며, 심지어 역사적 사건이 메시아에 대해서 갖는 관계마저도 메시아 스스로가 규정하고 해소하고 심지어 구원과 창조를 한다는 점에서 메시아는 역사를 규정한다 할 수 있다. 이러하다면 역사는 그 지향성을 스스로 결정하지 못하며, 현실의 역사적인 존재는 유한적인 존재임에도 그 끝을 스스로 종결지우지 못한다. 메시아는 역사적 사건이 자신에게 맺는 관계를 구원하고 종결지을 수 있지만, 역사적인 것은 결코 메시아와 관계 맺기를 원하지 않는다. 왜냐하면 역사는 항시 '지금 이 순간 Jetzzeit'의 시간을 나타내지 종결의 시간을 의미하지 않기 때문이며, 이는 벤야민이 자신의 생애를 종결지우는 순간을 염두에 두고 작성한 「역사철학테제」에서 앙겔루스 노부스 Angelus Novus가 응시하는 바가 세속적인 시간의 잔해이어야 하는 이유이다(김영룡 2015, 182). 벤야민은 계속해서 메시아적인 것의 질서와 세속적인 것의 질서를 나누고자 하는데, 메시아적 질서는 바로 하느님의 나라이며, "따라서 하느님의 나라는 결코 역사적 디나미스(Dynamis, 동인)의 텔로스(Telos, 목적인)가 아니다. 하느님의 나라는 목표로 설정될 수 없다. 역사적으로 보자면, 하느님의 나라는 목표가 아니라 종말이다." 많은 연구자들은 이 대목에서 청년 벤야민이 이시기 신칸트주의 철학에 경도되어 있었음을 읽어낸다(Lindner(Hg.) 2006, 177). 무엇보다도 헤르만 코헨 Hermann Cohen의 『철학의 체계 내에서 종교의 개념 Der Begriff der Religion im System der Philosophie』(1915)에 드러나는 메시아 개념은 벤야민에게 영향을 주었다. 역사적 사건을 완성시키는 벤야민의 메시아는 바로 코헨의 메시아와 다름 아니지만 벤야민의 메시아는 자신도 역사의 귀결을 모르는 메시아가 아닐지. 메시아가 모든 역사적 사건을 종결짓고 나면, 이제야 메시아가 또다시 역사적 사건이 자신의 완결에 대해 갖는 관계를 종결짓는다는 일견 모순적인 종말론은 결코 현실정치의 범주를 넘어서 있는 것이며, 메시아의 나라는 결코 세속적인 체계로는 설명 불가하다. 칸트의 범주론, 코헨의 메시아론 그리고 사도 바오로의 기다림의 미학으로는 더 이상 설명될 수 없는 벤야민의 메시아는 그리하여 역사의 원동력 혹은 목표가 절대로 아니며 단지 그 역사의 종말일 뿐이다. 첫 단락은 다음과 같이 세속적인 것의 질서가 결코 메시아적이 아니라며, 블로흐의 『유포피아의 정신』에 대한 평가로 끝맺는다. 그래서 "이렇게 보자면, 세속의 질서는 하느님 나라의 이념에 기초해서 건설될 수 없으며, 따라서 신정정치는 결코 정치적인 의미를 지니지 않고, 단지 종교적 의미만을 지닐 뿐이다. 신정정치가 지닌 정치적 의미를 매우 강력하게 부정하였던 것은 에른스트 블로흐가 쓴 '유토피아의 정신'이 지닌 가장 위대한 업적이다 할 것이다." 벤야민과 블로흐가 원했던 세속의 질서는 무신론적 메시아니즘 atheistischer Messianismus의 다른 얼굴이 아니었을까? 한편 유대 묵시문학의 전통에 따르자면, 메시아적 시간과 종말론적 시간을 구분하고 있다 한다. 미래로 향하는 예언이 아닌 시간의 종말을 관조하는 묵시문학의 저술자는 역사의 종말을 보고서야 기록할 수 있을 것이며, 따라서 벤야민이 '과거가 완벽하게 기록될 수 있는 것은 인류가 구원되고 난 후의 일이다.'라고 이야기하는 것이다. 인류 최후의 날에 자신의 시계를 맞추고 있는 셈이다. 반면에 우리가 살고 있는 시간은 종말론적인 상황이 아니다. 메시아적인 시간은 이 세계의 종말의 시간이 아니라, 종말에 이르는 시간이 얼마 남지 않았다고 믿는 그 어느 지점의 순간, 혹은 현시간과 종말의 사이에 있는 내가 살아가는 그 어느 시점이다 할 것이다.

벤야민의 텍스트는 그리하여 두 번째 단락에서 하느님 나라의 이념이 아니라 세속적인 행복감에서 세속적인 질서의 기초를 찾고 있다. "세속적인 것의 질서는 행복의 이념에 의해 고양되어야 한다. 이 세속적인 질서가 메시아적인 것에 대해 맺는 관계가 역사철학이 보여 주는 핵심적인 교훈극들 중의 한 편이라 할 것이다. 그리고 신비주의적 역사관은 이러한 관계에 의해서 규정되는 바, 이러한 역사관이 지닌 문제점을 다음과 같이 그림으로 규명해 보자. 만일 화살표의 한 방향이 세속적인 것의 디나미스가 작용하는 그런 목표를 가리키고, 다른 화살표 방향은 메시아적 의지의 방향을 나타낸다면, 자유로운 인류의 행복추구는 당연히 이 메시아적 지향성으로부터 멀리 떨어지려 노력할 것이며, 그러나 마치 어떤 힘이 자신의 길을 가는 것만으로, 마주 오는 길에 놓인 다른 힘을 촉진할 수 있듯이, 세속적인 것의 질서는 메시아 왕국의 도래를 촉진할 수 있다." 세속적인 질서는 행복에 기반하고 있으며, 비록 세속적인 질서는 메시아적 이념과 같은 방향성을 지니지 못하지만 결국 메시아의 도래를 가능하게 한다는 것이다. 메시아적 지향성으로부터 자유로워지고 싶어 하는 인류의 행복

피구라와 알레고리

추구가 세속적 질서의 기초가 된다면, 메시아의 의지와 세속적인 것의 질서가 추구하는 방향성은 항시 상호 충돌을 야기한다는 것인가?

상호 상이한 힘들의 충돌이 예견되는 일촉즉발의 위기상황, 이 지점에 메시아는 출현하는 것이 아닐까? 벤야민은 위기탈출의 가능성을 세속성이 담보하는 행복에는 몰락의 기운을 내포하고 있으며 이러한 몰락에의 추구가 메시아의 도래를 담보한다고 믿는다. "세속적인 것은 결코 그 왕국의 범주는 못 되지만, 그 자체 가장 적확한 범주들의 하나로서, 메시아 왕국의 도래가 암암리에 가까이에 와 있다는 개념 범주임에는 틀림없다. 왜냐하면 행복 안에서 모든 지상의 존재들은 그 몰락을 추구하고 있으며, 단지 행복 안에서만 그 몰락은 찾아질 수 있도록 지상의 존재들에게 규정되어 있다. 물론 마음이 지닌 직접적인 메시아적인 힘, 즉 내면의 개별적인 인간들이 지닌 직접적인 메시아적 집약성은 불행을 통해서, 고통의 의미 속에서 관철된다." 메시아의 도래는 아마도 고통에 잠긴 개개인의 마음속에서 이뤄지는 것일까? 메시아적/세속적 그리고 불행/행복의 변증법은 가장 자연스러운 것이며 이는 메시아적이다. 그리하여 벤야민은 무상한 이 세상의 이치를 다음과 같이 설파하며 두 번째 단락을 끝맺는다. "불멸성으로 인도하는 종교적인 원상 복구 restitutio in integrum의 사유는, 몰락의 영원성으로 인도하는 세속적인 원상복구와 상응하며, 이 영원히 무상한, 그 총체성 속에서 덧없는, 공간적으로나 시간적으로나 그 총체성 속에서 덧없이 흘러만 가는 세속적인 것이 지닌 리듬감은 메시아적 자연이 지닌 리듬감과 상응하고, 이것은 행복이다. 왜냐하면 그 영원하고 총체적인 무상함에서 유래한 자연은 메시아적이기 때문이다."

세속적인 질서의 근원은 행복이며, 이 행복은 바로 메시아적 자연이 지닌 리듬감이며, 무상함에서 출발한 자연이 바로 메시아적이기 때문이라는 벤야민의 범신론적 신학관을 따라서 다음과 같은 세 번째 단락의 결론으로 이 짧지만 결코 쉽지만은 않은 텍스트를 끝맺고 있다. "이 무상함을 추구하는 것, 또한 자연이기도 한, 인간의 이러한 단계들을 위한 것이기도 하지만, 이러한 추구는 세계정치의 과제인데, 그 방법은 니힐리즘이라 불러야 할 것이다." 구원의 순간을 기다리는 자의 태도는 결코 미래와 영원만을 기다리는 것이 아니라 '지금 이때'가 과거와 현재의 응축이라는 말로써 이해되는 한, 바로 그 순간, 지난 시간의 빚을 청산해야 함을 의미한다. 현실이 무상하여 덧없이 흘러가는 것이 세속적인 것들의 가장 세속적인 질서의 근간을 이룬다면, 현실 정치는 이러한 덧없음에 대한 추구에 지나지 않을 것이다. 메시아적 자연에 유래한 행복의 감정이 무상함의 정치로 변화되고 다시금 몰락의 과정을 통해서 메시아의 도래를 꿈꾸게 되는 과정이 메시아가 종결지우는 역사적 사건이 아닐까 싶다. 그러나 메시아의 도래는 종말을 의미하는, 니힐리즘적일 수밖에 없다.

신학과 정치, 혹은 종교와 역사의 대립은 세계사의 가장 핵심적인 디나미스로 여겨진다. 역사적 사건을 완결시키는 메시아적 위력은 곳곳에 그 흔적을 남기고 있으나 서구의 근세는 몰아적 자연이 낳은 메시아적 의무감이 고통의 순간을 관통하는 변환점을 낳고 있는데, 그 실례로 우리는 『젊은 베르테르의 슬픔/ 젊은 베르터의 고뇌(고통)』의 유명한 마지막 구절을 다음과 같이 상기해 볼 수 있다.

책상 위에는 『에밀리아 갈로티』가 펼쳐진 채 놓여 있었습니다.(…)
낮 12시에 베르테르는 숨을 거두었습니다. 법무관이 그곳에 있으면서
여러 가지로 조치를 취했으므로 소동은 가라앉았습니다. 밤 11시경 베
르테르는 법무관의 주선으로 원했던 곳에 묻혔습니다. 법무관과 그의
아이들은 관을 따라갔습니다. 알베르트는 갈 수가 없었습니다. 로테의
생명이 염려스러웠기 때문입니다. 일꾼들이 관을 메고 갔습니다. 성직
자는 한 사람도 동행하지 않았습니다.

(Goethe 1982, 124).

노년의 괴테가 '세속적인 복음서'라 칭하기도 했던 『베르테르/베르터』
의 마지막 장면은 레싱의 에밀리아 가로티의 결말과도 유사하게 주인공
은 죽음으로 끝을 맺고, 주검을 따르는 성직자는 한 명도 없었다는 마지
막 구절에서 의미하는 바와 같이, 인간사의 가장 중요한 사랑과 죽음은
더 이상 형이상학적 논구에 의해서가 아니라 소설적 상황 속에서 규명되
며, 이 자리에 더 이상 종교적 규율은 잉여적일 뿐이다, 즉 베르테르/베르
터의 사랑은 세속적이다. 그의 로테에 대한 사랑은 행복을 추구하는 세
속적인 인간의 그것이며, 그의 사랑은, 그의 행복에의 추구는 —벤야민의
「신학적-정치적 단편」에서의 도식에 따르자면— 몰락을 예고한다. "왜냐
하면 행복 안에서 모든 지상의 존재들은 그 몰락을 추구하고 있으며, 단
지 행복 안에서만 그 몰락은 찾아질 수 있도록 지상의 존재들에게 규정되
어(Benjamin 1991, 203)" 있기 때문이다. 죽음에 이르는 과정과 죽음이 남
긴 것은 우울이며 또한 허무일 뿐이다. 구원은 단지 "불행을 통해서, 고통
의 의미 속에서 관철된다."

아감벤에 따르자면 로마의 법학자들은 짐짓 '세속적인 것 혹은 성스러움을 속화시키는 것'의 의미를 다음과 같이 잘 알고 있었다 한다(Agamben 2005, 70).

성스러운 것이나 종교적인 것은 모종의 방식으로 신들에게 속하는 것이었다. 그 자체로 성스러운 것이나 종교적인 것은 인간의 자유로운 사용과 상업거래에서 떼어졌다. 이것들은 판매되거나 저당 잡힐 수도 없었으며, 그 사용권을 양도하거나 지역권이 부과될 수도 없었다. 이처럼 특별한 이용불가능성을 위반하거나 침해하는 모든 행위가 바로 신성모독적 행위였다. 성스러운 것이나 종교적인 것은 천상의 신들이나 저승의 신들을 위해서 배타적으로 비축된 것이었다.(천상의 신들을 위한 경우에는 정확히 '성스러운'이라고 불렸으며, 저승의 신들을 위한 경우에는 단순히 '종교적'이라고 불렸다.) 그리고 '봉헌하다(신에게 바치다) SACRARE'가 인간이 만든 법의 영역에서 사물을 떼어 낸다는 것을 가리키는 용어였다면, 거꾸로 '세속화하다'는 사물을 인간이 자유롭게 사용하도록 돌려준다는 뜻이었다. 그래서 고대 로마의 위대한 법학자 가이우스 트레바티우스 테스타는 이렇게 썼다. "엄격한 의미에서 '세속적'이란 과거에는 성스럽거나 종교적이었던 것이 인간의 사용과 소유로 되돌려지는 것을 가리키는 용어이다." 그리고 '순수한'이란 더 이상 죽은 자들의 신들에게 할당되지 않고 이제 '성스럽지도, 신성하지도, 종교적이지도 않은 이 모든 명칭에서 자유로워진' 장소였다.

(아감벤 2010, 107-108)

세속적인 것이란 더 이상 성스럽지도, 신성하지도 그리고 더 이상 종교적이지 않은 것이며, 넓게 보자면 '인간적'이라는 말과 유사하다 할 것이다. 벤야민이 말하는 세속적인 질서는 더 이상 성스럽지 않고, 더 이상 신에게 바쳐진 공간이 아니고 인간의 주체적인 자유의지에서 행복을 추구하는 공간일 것이다. 그럼에도 벤야민의 텍스트에서 주장하는 바는 세속적인 질서는 메시아에 의해서 완결된다는 것이다. 벤야민은 「신학적-정치적 단편」의 첫 번째 단락에서 벤야민은 다음과 같이 역사적 사건에 대한 메시아의 행위가 갖는 의미를 설명하고자 하기 때문이다. 즉, "메시아가 스스로 모든 역사적 사건들을 완결지우는 바, 이는 말하자면 역사적 행위가 메시아 자신에 대해 갖는 관계를 우선 구원하고, 종결하고 또 창조한다는 의미에서이다. 이리하여 역사적인 것은 그 어떤 것도 그 자체로 메시아적인 것에 연관 짓기를 바랄 수 없다. (…)하느님의 나라는 목표로 설정될 수 없다. 역사적으로 보자면, 하느님의 나라는 목표가 아니라 종말이다. 벤야민은 메시아주의에 기반 한 신학적 세계에 반하여 세속적인 세계는 행복의 이념에 기초하고 있다. 더 나아가서 세속적인 질서의 행복 추구는 몰락에 이르는 길을 통해서 다시금 메시아적이 된다는 역설이 벤야민이 니힐리즘의 본질이다. 따라서 비록 그 완결은 목표에 대한 지향성이 아니라 종말을 향한 무한 질주일 수 있다고 믿으면서도, 세속적 질서에서는 불길하고 뒤틀리고 하찮은 조롱거리로 여기는 마치 '곱추 난장이 Das bucklichte Männlein'에 대한 에피소드처럼, 수치심이 은밀하게 위대한 영광스러움과 어떤 연관을 맺는 것은 메시아적이다. 이 모든 것은 메시아가 종결짓는, 그 최후의 날에 우리가 되찾아야만 할 담보물이다.

살펴본 바와 같이 청년 벤야민의 삶에 있어서 신학적 사유와 정치적 사유의 대립은 많은 시사점을 보여 준다. 더군다나 발터 벤야민 생애 마지막 글이자 메시아적 사유의 정수라고 평가되는 '역사철학테제'에서도 신학적 사유와 정치적 사유의 대립은 일관되게 보인다. 모더니즘의 세속화 과정의 전면에서 질곡의 개인사를 살았던 벤야민의 삶에서는 역설적으로 신학적인 논의가 매우 주요한 측면을 차지하고 있었던 셈이다. 아감벤적 의미의 '호모 사케르'라는 개념에서 논구하고자 하는 헤테로토피아적 논의의 시작은 벤야민의 초기 에세이에서 잘 들어나 있는 셈이며, 더군다나 벤야민의 모더니즘 미학은 당대를 같이 살았던 에리히 아우어바흐 Erich Auerbach의 이론적 논의(피구라)와 더불어서 세속화된 문학적 상징에 대한 고민의 결과물(알레고리)라 할 수 있다. 고전적인 수사학적 전통에서 보자면 종교적 이적에 대한 '세속적인' 표징의 한 형태로 이해되던 '피구라 figura' 개념은 에리히 아우어바흐 Erich Auerbach에 의해서 문학연구의 주요 개념으로 계승된다(Largier 2012, 38). 이미 단테와 밀튼의 경우에서 실례를 찾을 수 있듯이, 중세의 수사학적인 피구라 개념은 서구의 기독교 전통에 만연한 교리해석학적 전통에 기대여 새로이 '세속적인' 문학적 형상들, 즉 세속적인 '피구라'를 창조함으로써, 서구의 문학사는 새로운 문학의 형상화의 길을 나아간다. 그럼에도 아우어바흐의 이론적 논구에서 주목할 만한 점은 알레고리와의 구분을 통해서 자신의 피구라 개념이 지닌 진리 현현성을 주장한다. 즉, 알레고리 Index de allegoriis는 지표가 표상하는 의미 연관을 넘어서는 추상적인 표징을 포함하는 반면에 피구라 Index figurarum에서는 실제적인 역사적 존재에 근거하여 리얼리즘을 내포한다는 것이다. 아우어바흐는 더 나아가서 『미메시스』를 통해서, 알레고리는 지구상의 '수평적인' 이야기의 전개라면, 피구라적 서사는 천상과 지상간의 '수직적인' 이동의 특성을 지닌다고 설파함으로써, 한시적이며 인과관계에 근거한 알레고리적 서사와 운명론적이며 종말론적인 의미를 내포한 피구라적 서사를 구분지은 바 있다.

D. 경험의 토폴로지와 서사의 공간

근대 이후 '공간'은 매우 다양한 의미 연관하에 존재한다. 공간은 근대사상의 모든 장소이기도 하다. 작금의 '공간 담론' 혹은 '공간적 전회 spatial turn'[3]에서 궁극적으로 추구하고자 하는 바는 우리를 물리학적으

---

3   최근 문화 연구에 일반화되어 있는 공간 담론에 대한 지대한 관심은 서구문화사에 뿌리 깊은 공간/시간의 이원적인 인식 모델 전통에 유래한다. 유클리드 Euclid에서 칸트 Immanuel Kant에 이르는 서구의 철학사에서 공간의 범주는 인식론적인 이론화 과정에서 주요한 역할을 차지했다. 더군다나 20세기 초반에 이르러서 카시러 Ernst Cassirer를 중심으로 한 미학 담론, 하이데거 Martin Heidegger의 현상학적인 철학 논의, 짐멜 Georg Simmel 의 사회학 담론과 슈펭글러 Oscar Spengler의 인류학 담론 등에 공간 담론의 영향이 여실히 드러나고 모더니즘의 중심적인 문화사적 개념이 되었다. 주지하다시피 발터 벤야민 Walter Benjamin의 경우에도 아우라 Aura 개념과의 연속성 속에서 공간의 담론이 이야기되었다. 뿐만 아니라 전후 20세기 후반기의 공간담론은 무엇보다도 볼노프 Otto Friedrich Bollow 의 노작인 『인간과 공간 Mensch und Raum』(1963)과 미셸 푸코 Michel Foucault의 『또 다른 공간』과 앙리 레페브르 Henri Lefebvre의 『공간의 생산』에 의해서 특징 지워졌으며, 작금에 는 소자 Edward Soja의 '공간적 전회 spatial turn'라는 명제에 따라서 다양한 담론들이 만들 어지고 있다. 인문학은 궁극적으로 현대 사회가 그 자신의 정체성에 대한 지식을 학문의 형 태로 유지할 수 있는 장소일 것이다. 작금의 문화연구의 중심에는 구텐베르크 시대로부터 인쇄문화가 낳은 이성중심주의에 대한 비판의식이 놓여 있다. 더구나 현대인의 삶이 지닌

로 둘러싼 '실체'로서의 공간 이해가 아니라, 문학 및 문화학의 측면에서 이야기되고 설명되는 '공간성'에 대한 이해이다. 공간적 전회는 생활세계 Lebenswelt에서의 현실의 재현과 그 의미의 재생산과정에서 도출되는 상징과 그 질서 체계에 대해 새로이 시선을 돌리려는 노력의 일환으로 이해될 수 있다. 우리는 공간 속에 존재하며, 공간을 경험하고 여러 공간을 가로질러 이동하기도 하는, 공간 속의 '세계 내적인 존재'이기도 하지만, '공간'은 여전히 매우 추상적인 개념이다. '공간'은 위치를 규정하고 경계를 짓는 기본으로 작용하며, 현대 사회에서 대상을 구분 짓고 차별성을 부여하는 기초로 여겨지기에, 상징적 범주의 전제가 되기도 한다. 반면에 근대의 산업화와 커뮤니케이션 기술의 발전은 우리 주변의 익숙한 공간으로부터 낯설고 머나먼 무경계의 공간으로 나아가는 공간개념의 무한한 확장을 낳았다. 전통적인 '생활 공간 Lebensraum'과는 차별적인 근대의 '세계 공간'은 기존의 경험적 한계를 넘어서 무한히 넓고 머나먼 거리로의 확장과 범위규정을 전제로 하고 있다. 더구나 푸코의 표현대로 우리는 동시성의 시대, 병렬의 시대에 살고 있는지 모른다.[4] 더군다나 '가상 공간'이

정체성 위기에 덧붙여 21세기의 멀티미디어적 통신환경은 '주관성의 객관화'를 이야기하거나, 서사의 중심을 이야기하기 더욱 어렵게 한다. 작금의 공간에 대한 관심은 생활 세계에서의 현실의 재현과 그 의미의 재생산과정에서 도출되는 상징과 그 질서 체계에 대해 새로운 관점으로 바라보려는 노력의 일환으로 이해될 수 있다. '공간적 전회'의 발생사적 논의와 그 문화학적 맥락에 대한 상세한 설명은 다음의 문헌들을 참조하기 바란다. Bachmann-Medick, Doris: Cultural Turns, Reinbek, 2006; Döring, Jörg/ Thielmann, Tristan : Spatial Turn, Bielefeld, 2007.

4   가까움과 멂, 나란히 함과 서로 분열됨이 한 시대에 살고 있다는 생각은, 사물들의 질서가 시간적인 순차성이 아니라, 공간적인 병존성에 의존하고 있다는 생각을 하게 만든다. 지구화라는 담론은 더군다나 근대 이래 우위에 놓여 있던 시간의 문제가 공간의 문제로

이야기되는 작금의 디지털시대에 우리는 사적 영역과 공적 영역의 구분이 사라짐을 목도하고 있으며, '주관성의 객관화'가 '객관성의 주관화' 또는 사적 영역의 '침탈'로 이어지는 한에 있어서는 '공간적'으로 넓게 확장되거나, 출발점으로부터 멀리 벗어난다는 것이 별다른 의미가 없어 보인다. 더군다나 현대의 '공간적 전회'에 대한 논의의 이면에는 학문적 패러다임의 영역에서 변화뿐만 아니라 공공의 의식에서의 변화를 수반한다. 이는 공간적으로 뿐만 아니라 시간적으로도 그러하다.

여기에서는 공간성의 시간화가 아니라 시간의 탈공간화가 가능할 수 있을 것인가 하는 문제를 논구하기 위해서 '경험의 지형학'을 현대의 문화 및 문학적 논의 속에서 발터 벤야민의 자전적인『베를린의 유년시절』에서 실례를 들어 규명해 보고자 한다.

문예학과 문화학의 연구 대상은 단순히 주어진 공간의 단순 모사나 그 재현의 양식과 틀에 국한되지 않는다. 문학적 형식이나 예술적 형상화를 통해서 재현되는 공간은 단순히 이미 존재하는 대상의 단순 재현을 의미하는 것이 아니라, 위상학적인 의미에서 재생산된다 할 것이다. 따라서 위상학 Topologie은 지형학 Topographie이나 지도학 Kartographie과는

대체되는 것을 이야기하는 셈이다. vgl. Foucault, Michel : Von anderem Räumen, in: ders.: Schriften in vier Bänden. Dits et Ecrits, Bd. 4, Frankfurt M., 2005, s. 931-942. 이러한 논의의 전개는 문예이론의 경우에서도 새로운 '공간성'을 염두에 두어야 하며, '상호작용적 픽션'의 가능성이 열려 있는 '서사의 공간'에서 행해지는 뉴 미디어시대의 문학적 글쓰기에서 삶의 연관성을 여전히 추구해야 하는 것을 역설적으로 보여 준다.

다르게 공간 일반에 관한 학문임과 동시에 공간의 생산과 재현과 그 소비의 역학을 비판적으로 성찰하는 이론적 논의를 함의한다 할 것이다. 문학의 경우에 있어서는 이러한 위상학적 함의와 더불어서 그 서사의 위상학/토폴로지를 이야기할 수 있다. 특히나 '공간적 전회'를 야기한 소위 '포스트모던' 공간 이론가인 소자 Edward Soja[5]의 경우에는 보르헤스의『알렙 El Aleph』에 대한 설명을 통해서 자신의 이론을 전개한다. '서로 다른 공간들'이 상호 중첩적으로 관계를 맺고 있어, 모든 시간과 공간이 마치 '모든 우주'가 함축되어 있는 '알렙'에서 자신의 공간 개념의 실례를 보고자 한다. 보르헤스는 '알렙'이란 지구상의 유일무이한 장소로서 이곳에는 동시성과 역설의 공간이 무한하게 전개되어서 전통적인 언어로는 더 이상 재현할 수 없는 공간이라고 다음과 같이 이야기하고 있다.

> 그리고 나는 '알렙'을 보았다. 이제 나는 말로 형용할 길 없는 내 이야기의 중심부에 이르러 있다. 바로 여기서 작가로서의 나의 절망이 시작된다. 모든 언어는 상징들의 알파벳이다. 그것의 사용은 말을 하는 사람들이 함께 공유하고 있는 하나의 과거를 전제하지 않고는 불가능하다. 그렇다면 어떻게 다른 사람들에게 두려움에 뒤덮인 나의 기억이 간신히 감싸 안고 있는 무한한 '알렙'을 전달해 줄 수 있단 말인가? (…) 그러나 그것에 대한 나의 이러한 전달 방식은 문학과 허의로 오염되지 않을 수

---

5   에드워드 소자 Edward Soja는 미국의 시라큐스 대학에서 지리학 박사학위를 받았고, 현재는 UCLA의 도시계획과에서 강의를 하고 있다. 대표적인 저서로는『포스트모던 지리학 Postmodern Geographies』(1989),『제3의공간 Thirdspace』(1996),『포스트메트로 폴리스 Postmetropolis』(2000) 등이 있다.

가 없을 것이다. 적어도 무한한 총체성을 단지 부분에 불과할지라도 열거할 수 있느냐 하는 핵심적인 문제만큼은 해결이 무망하다. 나는 그 장려한 찰나 속에서 황홀하거나, 또는 셀 수 없을 정도로 수많은 경이로운 광경들을 보았다. 가장 놀라웠던 것은 서로 겹치거나 투명해져 버리는 법 없이 모든 것들이 같은 지점 속에 위치해 있다는 사실이었다. 내 눈이 보았던 것은 동시적인 것이었다. 그러나 내가 글로 옮기는 것은 연속적이다.

(보르헤스 1989, 228~229)

더 이상 연속적이지 않고, 동시적인, 즉 더 이상 시간에 의해서 순차적이지 않고, 공간적으로 중층적인 존재인 '알렙'의 존재를 발견한 소설 속의 화자 보르헤스는 더 이상 '연속적인(순차적인)' 글과 말로는 이 공간성을 묘사할 수 없다는 자괴감에 휩싸이는데, 이것이 '포스트 모던한 현대'의 서사가 직면한 새로운 공간성의 전제가 되는 것이라고 여겨진다. 소자는 포스트모던 지리학의 해석이 직면한 일종의 딜레마를 보르헤스의 관찰이 구체화시키고 있다 한다(Soja 1989, 2). 공간을 바라보는 것은 매우 동시적인 현상이지만 이 공간을 설명하는 것은 시간적 순차성에 얽매여 있으며, 우리가 할 수 있는 것은 단지 널리 만연해 있는 시간의 낟알 속에 공간을 삽입하고 강조하면서 창조적으로 재구성하여 시공간을 병존시키는 것이라는 것이다. 주지하다시피 소자에게 현대의 도시들 중에서 로스앤젤레스의 경우는 '알렙'과도 같이 '동시성'이 이야기된 실례로 작용하기도 하였다. 이는 소자의 '제3의 공간 Thirdspace'라는 개념과 연관 지어 이야기되는데, 제3의 공간이란 공간이론의 고전이라 할 만한 르페브르 Henri Lefebvre의 이론 전개에서서 보자면, 공간의 실행(인지된 공간), 공간의 표현(계획된 공간)과는 대비되는 표현의 공간(거주된 공간)에 비견할 만하다. '제3의 공간'은 공간과 공간성을 둘러싼 이분법적 사고를 넘어서 공간에 대한 이해를 확장시킨다. 이는 공간이 우리네 삶을 구조화하는 데 차지하는 결정적인 역할을 강조하기에 남음이 없다. 소자는 르페브르의 '거주된 공간' 개념을 '제3화 Thirding' 혹은 '삼각변증법 Trialectics'이라는 용어로 표현하고자 한 것이다. 소자가 설명하고자 하는 것은 공간과 시간 그리고 사회적 존재, 즉 지리, 역사, 사회라는 세 가지 요소들 간의 변증법('삼각변증법')을 통해서 전통적인 이야기 전개 방식을 '공간화'시키는 것이다. 제3의공간은 공간적 상상이 '제3화'되어 이뤄지는 공간이며, 비록 전통적인 물질적, 정신적 공간이라는 이원론에 의지하지만, 범위, 실체 및 의미상 그들을 뛰어 넘나드는 확장된 공간을 의미한다. 제3의 공간은 역사성이 우세한 제1의 공간과 상상력의 측면에서 작용하는 제2의 공간과 변별되며, 이는 공간성이 세계를 구축하는 실제적 구성요소로도 작용됨을 보여 준다.

『알렙』의 경우에서는 '알렙'이라는 공간의 복잡성을 성찰하는 것이 관건이 아니라, 텍스트 속에서 공간이 매개되고 물질화되는 과정의 복잡성을 비판적으로 바라보고 있는 셈이다. 줄거리가 진행되는 과정에서 보르헤스의 이야기는 표면과 심연의 상호의존성을 보여 주는 서사모델과는 거리를 둔다 할 것이며, 알렙의 존재는 표층과 심층, 의미와 재현 사이의 매개성의 문제를 야기하는 위상학적 문제가 관건이 된다. 모든 재현에 내재하는 이러한 패러독스는 텍스트의 물질성 혹은 텍스트 공간의 가시성 속에서 지양된다. 뿐만 아니라 이야기의 미로 속에서 '알렙'이 위상학적 도구로 공간인식을 개시해 주는 기호적 깊이와 텍스트는 상호 모순적이다. 텍스트의 매체성과 물질성만이 서사의 토폴로지를 이해가능하게 한다. 『알렙』의 이야기가 시간성과 죽음에 대한 강조에서 출발하는 이유가 여기에 있다 할 것이다. 주인공 베아뜨리스 비테르보의 죽음이 이야기의 시작을 알리고, 재현을 통한 삶의 살해와 시간의 유한성에 대한 이해와 공간의 무한성 사이의 긴장과 갈등이 미로와도 같은 이야기의 의미구조를 낳고 있으면 이것은 서사의 토폴로지로 이해될 것이다. 뿐만 아니라 까르로스 아르헨띠노의 이야기를 통해서 드러나는 고대부터 내려오는 저승으로의 하강 descensus ad infernos에 대한 모티브는 『알렙』에서는 '알렙'이라는 제3의 공간의 존재가 다음과 같이 지하실에 존재함으로써, 알렙이라는 존재는 텍스트 표면과 심연의 상징적 위계질서에 대한 모델로 작동되고 있어 보인다.

"그것은 부엌의 지하실에 있어" 그는 괴로움 때문에 한풀 꺾인 목소리로 말했다. "그건 내 거야. 그건 내 거야. 나는 그것을 학교에 들어가기 전의 어린 시절에 발견했었지. 지하실의 계단이 아주 가팔랐기 때문에 삼촌들은 내가 그 계단을 내려가지 못하도록 했지. 그런데 누군가가 그 지하실에는 어떤 '세계'가 존재하고 있다고 말하는 거였어. 나중에 알게 된 거지만 그것은 어떤 '트렁크' 하나를 두고 한 말이었지. 하나 나는 정말로 그곳에 어떤 세계가 있는 걸로 생각했지. 나는 몰래 지하실에 내려갔고, 금지된 계단에서 굴러 떨어지고 말았지. 눈을 떴을 때 나는 '알렙'을 보게 된 거야." "알렙 ?" 나는 되풀이 물었다. "그래. 전혀 흐트러짐 없이 모든 각도에서 본 지구의 모든 지점들이 있는 곳이지. (…)"

(보르헤스 1989, 224)

지하실을 통해 묘사되는 기호의 심연에는 알렙의 시선에 의해서 가능해진 진리의 개시가 놓인 듯하다. 전통적인 질서와 규범이 더 이상 맞아떨어지지 않고, 전통적인 미학의 전형성과 규정성이 더 이상 작동하지 않았던 이 시기의 일반화된 문화코드는 위기의식이라 할 것이다. 지하 세계로의 하강이라는 이야기의 전형이라 할 수 있는 오르페우스 신화에서 오르페우스가 에우리디케를 향하여 지하로 내려갈 때, 예술은 밤을 열리게 하는 힘이다. 밤은 예술의 힘을 통해 오르페우스를 맞아들인다. 이리하여 밤은 포근한 내밀성이 된다. 최초의 밤의 이해와 조화가 되는 것이다. 그러나 오르페우스가 지하로 내려간 것은 에우리디케를 향해서이다. 그에게 있어서 에우리디케는 예술이 도달할 수 있는 극단이다. 진짜 에우리디케는 이름 뒤에 감추어져 있으며, 베일 속에 덮여 있다. 예술이며, 욕망, 죽음이며 밤은 하나의 지점을 향하고 있는 듯하다. 에우리디케는 바로 그 지점, 심오하게 어두운 그 지점이다. 에우리디케, 그녀는 밤의 본질이 또 다른 밤처럼 다가오는 순간이다. 벤야민의 『유년시절』의 경우에서도 다음과 같이 지하실에 살고 있는 '곱추 난장이 Das bucklichte Männlein'에 대한 에피소드를 통해서 자신의 유년시절의 회고를 마감하고 있다.[6]

---

6 『베를린의 유년시절』은 각기 제각각의 소제목을 지닌 41편의 에세이로 이뤄져 있다. 이 41편의 에피소드 중 12편은 「프랑크푸르트 신문 Frankfurter Zeitung」에 1933년 2월에서 3월 사이에 『베를린의 유년시절』이라는 제목과 함께 게재되었으며, 이후에도 이 신문과 『문학 세계 Literarische Welt』와 같은 잡지에 산발적으로 1938년에 이르기까지 넓은 시간차

"사람들은 임종을 앞둔 사람의 눈에 '주마등'이 스쳐 지나간다고 하지만, 그것은 곱추 난쟁이가 우리들 모두에 대해서 간직하고 있는 상들로 이뤄져 있다고 생각한다. (…) 나는 그를 본 적이 없다. 단지 그만이 나를 항시 바라보고 있었다. 숨바꼭질하던 나, 수달의 우리 앞에 있던 나, 그 겨울날 아침에도, 부엌 복도 앞 전화기 앞에서도, 나비 잡던 맥주공장에서도, 금관악기 음악이 울려 퍼지던 스케이트장에서도 그는 항시 나를 바라보고 있었다. 이미 오래전에 그는 소임을 다했다. 다만 마치 가스등 불이 타는 듯한 목소리의 그의 음성만이 세기말의 문턱을 넘어서 여전히 속삭이고 있을 뿐. 〈귀여운 아가야, 아 제발, 이 작은 꼽추 아저씨를 위해 같이 기도해 주렴!〉"

(Benjamin 1987, 79)

　　'근원적인 일그러진 모습'인 장애인 꼽추 아저씨의 모습은 그러나 명백하게 어떤 한 가지 상징성으로만 환원될 수 없다. 기억의 공간을 규정짓고 저장하고 계속적으로 반추하며, 경우에 따라서는 자아정체성의 문제

를 두고 게재된다. 특히 「포쓰신문 Vossische Zeitung」에는 수차례 본명으로, 그 후 수차례 가명(Detlef Holz, C. Conrad)으로 여러 편이 실렸다. 저널리스트 출신의 폰타네 Theodor Fontane의 경우에서와 유사하게 벤야민의 저널리스트 경험은 『베를린의 유년시절』의 생산 구조에 지대한 영향을 끼쳤을 뿐만 아니라 분절화된 에피소드 구조와 서사의 병행적 특성을 각인시켰다. 죠르쥬 바타이유가 벤야민의 요청으로 파리 국립도서관에 감춰두었던 원고 뭉치가 1981년에 다시 발견되기 이전에도 '꼽추난장이'의 이야기가 『베를린의 유년시절』의 가장 마지막 순서를 차지할 에피소드라는 점에 대해서는 이견이 없었다. '능동적인 회상 Eingedenken'의 일례로 유명한 이 단락은 『베를린의 유년시절』의 '주요 사건들'에 대한 회고조의 기억을 통해서 자서전적 특성을 잘 보여 주고 있는 셈이다.

에 깊이 관여하는 자의식의 언어적 특성이 이 단락에서는 마치 꼽추 아저씨와 같은 '왜곡된 이미지의 근원적 모습'으로 상징화되는 것이다. 오르페우스가 지옥으로 찾으러 간 것, 그것은 단 한 가지이다. 오르페우스의 작품의 모든 영광, 그의 예술의 모든 힘, 그리고 심지어 낮의 아름다운 밝은 빛 아래 누리는 행복한 삶의 욕망조차 이 단 하나의 관심에 희생이 되니 그것은 밤 속에 밤이 감추고 있는 것, 또 다른 밤, 모습을 드러내는 그 감춤을 직시하는 일이다. 벤야민이 유년시절의 기억 속으로 침잠하고자 하는 바도 이러한 오르페우스의 열망에 비견할 만하지 않나 싶다. 20세기의 문턱에 서 있던 어린 화자는 더 이상 자의식(自意識)에만 국한된 것이 아니라 무의식의 세계를 그리기도 하고 있으며, 자의적(恣意的)인 것만이 아닌 세상을 바라보고 있다. 아우라와 통제된 시선사이의 상호작용을 통해서 마치 천을 짜듯이 텍스트를 구성하는 계기들을 토해 내고 있으며, 이는 바로 기억의 공간을 규정짓는다. 언어적인 재현의 경우에서, 이렇게 뒤틀리고 왜곡된 이미지들을 다시금 언어적으로 묘사하려 시도한다면 그의 유년기는 '언어적으로 올바르게' 제시될 수 없다. 분절적이고, 알레고리만이 남은 조각난 유년기의 회상이 이야기되는 지점이다. 마치 일그러진 글자의 흔적을 되새기는 것과 같은 망각의 기억에 대한 시학이 그려내는 유년기의 모습은 어쩌면 모든 매개로부터 자유로운 실재의 한 측면을 보여 주는 것이다. '항시 나를 바라보고 있었던 그의 시선', 즉 아우라적 시선은 항시 다른 기억의 층위들 속에서 아우라를 담보하고 있는 것이다. 따라서 이러한 벤야민의 추구와 기억의 작업은 망각의 분산을 야기하는 것이지, 어떠한 불변의 과거 이미지를 끄집어 내려는 시도가 아니며, 그와 반대로 긍정적인 방황을 추구하는 것이다. 이는 페터 쫀디의 설명처럼 벤야민의 '유년시절에 대한 회상' 작업은 "공간에서는 미로가 그러한 것처럼, 시간에서는 기억이 그러하여, 기억은 지나간 것들 속에서 아직 도래하지 않은 미래의 징후를 찾기"(Szondi 1973, 84) 위한 것이다. 기억과 망각의 변증법은 주지하다시피 주체의 사회적 차원으로의 확장을 낳기도 한다. 상징의 조화로운 통일성이 파괴됨으로써 동시에 경험한 인식의 주체와 객체의 몰락을 미학적으로 그려 내려는 시도는 알레고리적으로, 또는 '우회적으로', 아니면 일그러진 왜곡된 모습으로 유년기의 자아를 반추하려 시도하고 있다. 일그러진 모습의 작은 곱추 인간의 모습은 왜곡되어 언어적으로는 재현 불가능하지만, 구성적인 망각의 시점을 규정짓는 상징성의 차연을 보여 주고 있는 셈이다. 마치 보르헤스의 '알렙'이 세상의 모든 이미지/이야기를 하나의 공간에 동시적으로 보여 주고 있다면 벤야민의 '곱추' 역시 모더니즘의 알레고리로 읽힌다. 벤야민의 『유년시절』에서는 일견 여러 에피소드들이 연대기적 연관성과 무관하게 배열되어 있는 것처럼 보인다. 아도르노는 1950년 벤야민 생전에 간행된 텍스트들을 모아서 한 권의 책으로 『베를린의 유년시절』을 간행한다. 점차 누락된 원고들이 보완되었지만 여전히 문제가 되었던 것은 이 에피소드들을 어떤 순서로 배열하는가 하는 문제였다. 실은 벤야민이 생전에 세 차례나 출간을 시도했다는 사실을 기억하고 있었던 아도르노의 뜻에 따라 잠정적인 순서가 정해졌지만, 1981년에 이르러서 파리의 국립도서관에서 벤야민의 다른 원고들과 함께 1938년에 타자기로 작성한 『베를린의 유년시절』의 최종원고가 발견되면서 편집상의 논란거리는 해소되었다. 벤야민이 정한 순서는 일견 맥락 없는 에피소드들의 나열처럼 보인다. 1938년의 원고에서 벤야민은 30편만을 추려서 놓았으며, 여러 판본상의 대조 결과 이후

최종 출간본은 총 42편이 실린다. 벤야민은 이야기의 시간, 즉 연대기적 기술법칙을 무시하고 있으며, 각기 에피소드들은 다른 에피소드들과는 무관하고 그 자체로서 완결성을 지니는 에피소드들이 극도의 절제되고 능숙한 언어 이미지들로서 상호 병렬적으로 나타난다. 종래의 자전적 이야기에 비하자면, 『베를린의 유년시절』에서는 옛 어린 추억이 더 이상 이야기로 표현되지 않고, 이미지들의 나열과 그 조합으로 나타난다. 더욱이 『베를린의 유년시절』에 보이는 이미지들은 자기 지시적일 뿐 대상 지시적이지 않다. 여기에서는 기억의 공간이 바로 텍스트의 자기 이미지로 보일 뿐이다. 보르헤스의 '알렙'과 같이 벤야민의 유년기의 추억은 모든 서사공간의 응축이자 이미지의 병렬적/동시적 현현의 계기로 이해되는 것이다.

E. '오르페우스의 시선'과 '승리기념탑'

벤야민에게 베를린은 출생지/고향 이상의 의미를 지닌 듯하다. 모든 귀향 Heimkehr에는 모호함이 스며 있다. '모든 철학은 향수'라고 한 노발리스의 말을 따르지 않더라도 모든 동경과 향수가 지향하는 고향/집이라는 관념은 마치 신화적 환상속의 이상향처럼 작용한다. 벤야민은 수차례에 걸친 긴 여행, 대학생활, 파리와 카프리, 이비차 등지에서의 긴 체류 등으로 장기간 베를린을 비웠지만, 그 어느 누구보다도 도시의 구석구석을 잘 알고 있었다. 일천한 전통의 독일 제국의 수도가 되기에는 너무나 유구한 역사를 지닌 베를린의 역사와 전통에 대한 벤야민의 해박함에 대해서, 일찍이 아도르노는 마치 창세기에 나열된 이름들을 외우듯이 벤야민이 베릴린 곳곳의 지명뿐 아니라 도로 이름들을 줄줄 꿰고 있었다고 회상한 바 있다(Benjamin 1987, 111). 다가오는 종말의 위기감에서 망명을 염두에 두고 있던 1932년 아마도 되돌아오지 못할 고향 베를린에 대한 추억들을 글로써 남길 결심을 한다. 그가 서문에서 밝히고 있듯이 주체할 수 없을 고향에 대한 그리움과 기약 없는 오디세이를 목전에 두고 벤야민은 어린 시절의 추억을 우연적인 전기적 사실 보다는 필연적인 사회적인 측면에서 시간의 비회귀성뿐만 아니라 이미지 공간의 동시성에 대해서 관심을 갖는다. 아도르노와 호르크하이머에 따르면, '고향'과 '화해' 사이에 놓여 있는 심연을 은폐하면서, 신화적인 세계를 '시간'의 내부로 끌어들이는 행위는 마치 문명이 선사시대에 대해 행하는 복수와 같이 끔찍한 것이리라. 지나간 재난을 회상 속에서 계속 붙잡아 둘 수 있는 가능성 속에서 호머가 지니는 '탈출'의 법칙을 읽어 낼 수 있다고 한다(Horkheimer/Adorno 1994, 86). 이러한 경험의 원근법화(니체)는 어느 날 학교에 지각한 어린 벤야민의 마음에서도 잘 읽힌다.

"학교 운동장의 시계는 나의 죄악으로 말미암아 망가진 듯 보였다. 그 시계는 '너무 늦은' 시간을 가리키고 있었다. 그리고 내가 스쳐 지나가는 교실 문들에서는 비밀회동의 중얼거림이 복도로 새어 나왔다. 저 문 너머에 있는 교사와 학생들은 한 통속인 것이다. 아니면 어떤 한 사람을 기다리는 듯 모두가 조용히 입을 다물고 있었다. 나는 살그머니 소리 나지 않게 문고리에 손을 가져갔다. 태양이 마치 내가 서 있는 자리의 반점을 삼켜 버린 듯하다. 들어가야 했기에 나의 그린 데이를 욕보인 것이다. 어느 누구도 알아보지 못했고, 그저 바라만 볼 뿐이다. 마치 악마가 페터 슐레밀의 그림자를 그렇게 했듯이, 선생님은 수업 시작할 때에 나에게서 내 이름을 유보했다. 난 더 이상 내 차례가 돌아오지 않길 바랐다. 조용히 종이 칠 때까지 버텨 냈다. 그러나 하느님의 은총이 함께하진 않았다."

(「너무 늦게 오다 Zu spät gekommen」)

윗글에서 지각한 어린 자아가 복도에서 문을 열고 들어가면서 느끼는 것은 치욕감이다. 지나간 시간에 대한 이야기, 특히나 유년기의 기억에 대한 집착은 이제 더 이상 되돌아갈 수 없는 그 시절에 대한 아쉬움이기도 하지만 그 기억의 공간이 되는 그곳에 다시 되돌아 갈 수 없게 된다는 아픔의 귀결일 것이다. '태양이 삼켜 버린 반점'과 함께 사라져 버린 것은 ("그린 데이"로 표상된) 시간으로부터 자유로움이며, 더군다나 교실 저편의 모두 한통속인 그들은 나를 바라만 볼 뿐 어느 누구하나 아는 체하지 않는다. 시간이 정지된 그린 데이는 태양이 '내가 서 있는 반점'을 삼키는 순간 사라진다. 시간의 멈춤이 '정상화'되면서 대하는 공간에서 나는 그저 개성이 상실된 대중으로만 보이며, 마치 그림자를 빼앗긴 페터 슐레밀의 처지와 유사하다. 지각한 아이가 이러한 치욕감 속에서도 복도를 지나 교실에 가야 하는 이유는, 마지막 종이 칠 때까지 버티기 위함일 것이다.[7] 그

---

7   태양으로 상징되는 시간성이 내가 서 있는 공간의 어둠(반점)을 빨아들이고, 어둠이 제거된, 즉 시간성의 노예가 된 나의 어린 시절 기억은 교실 안의 몰개성화된 뭇 학생들의 유년 시절 기억을 대변하는 것이리라. 한편 「달 Der Mond」의 경우에서도 시간성이 빛으로 이야기되는 것을 찾아볼 수 있다. 달빛이 비추는 공간은 해가 뜬 낮 시간의 공간과 '적대적이거나 동시적인 공간'을 만들어 낸다. 은은한 달빛은 해가 사라진 어둠의 공간에 시간의 족적을 남기기에 충분하다. 시간은 빛이라는 매개체를 통해서 공간성을 확보하고 있는 셈이다.

럼에도 하느님의 은총이 함께하지 않았다는 것은 마치 오르페우스의 이야기를 연상시킨다. 오르페우스가 사랑하는 여인이 죽은 후에, 이미 시간적으로 늦은 후에 지옥으로 찾으러 간 것, 그것은 단 한 가지이다. 오르페우스의 작품의 모든 영광, 그의 예술의 모든 힘, 그리고 심지어 낮의 아름다운 밝은 빛 아래 누리는 행복한 삶의 욕망조차 이 단 하나의 관심에 희생이 되니 그것은 밤 속에 밤이 감추고 있는 것, 또 다른 밤, 모습을 드러내는 그 감춤을 직시하는 일이다. 참을성 없음, 그것이 오르페우스의 죄이다. 그의 잘못은 무한을 고갈시키고자 했다는 것, 끝나지 않는 것에 끝을 맺으려 했다는 것, 심지어 자기 잘못의 몸짓조차 끝없이 참고 견디지 못했다는 것이다. 참을성 없음, 그것은 시간의 부재에서 벗어나고자 하는 자의 오류이다. 오르페우스의 신화는 우리에게 다음과 같이 말한다. 우리가 창작을 한다는 것은 오로지 깊이의 무절제한 경험과 하강의 기억이 그 경험 자체로만 추구되지 않을 때에만 가능하다고 말이다. 깊이는 혹은 지하세계로의 하강은 자신을 그 어둠속에 담글 때, 제 작품 속에 제 모습을 감출 때에만 그 모습을 드러낸다. 자기의 부재를 감추지 않는 베일에 싸인 존재, 그녀의 무한한 부재의 현존인 망령이라는 부재 속에 오르페우스는 보이지 않는 그녀를 보았으며, 온전한 상태 그대로의 그녀를 만졌던 것이다. 오르페우스가 에우리디케를 쳐다보지 않았더라면, 그는 그녀를 끌어당기지 않았을 것이다. 물론 그녀가 지금 거기 있는 것은 아니다. 그러나 그 시선 속에는 오르페우스 자신도 부재이다. 오르페우스 또한 그녀만큼 죽은 상태인 것이다. 즉, "희생의 원리는 그 비합리성으로 말미암아 덧없는 것임이 증명되지만 동시에 희생의 원리는 자신이 지니고 있는 '합리성'에 힘입어 계속 존속한다."(아도르노/호르크하이머) 되돌릴 수 없는 시간의 흐름에 잠겨 있는 우리네의 삶에서 그 시간의 흐름에 저항할 수 없다는 것은 어쩌면 죄책감마저 드는 것이 아닐까?

『유년시절』에서 시간의 공간화 과정은 기억의 기념비적 장소에 중첩된 감각의 기억들로 형상화된다. 대도시의 길 찾기를 미로 찾기뿐만 아니라 마치 숲속에서의 산책에 비유하며 어린 시절 티어가르텐에서의 꽃 찾기를 통해서 색채감을 형상화하기도 하고(「티어가르텐 Tiergarten」), 「로지아 Loggien」에서는 포도나무 넝쿨 같은 사랑의 감정을, 「색채들 Die Farben」에서는 정자의 울긋불긋한 유리창들에 대한 기억에서 달콤한 초콜릿의 미각을, 「전화기 Das Telefon」와 「카이저파노라마 Kaiserpanorama」에서는 새로운 미디어에 대한 기억을 그려내고 있다. 유년기의 시간체험이 상징적인 기념비적 도시공간에 중첩되어 나타나는 가장 적합한 일례로 우리는 「승리 기념탑 Die Siegessäule」을 제시할 수 있다.

> "그것은 마치 매일 한 장씩 뜯어내는 일력(日曆)의 빨간 날짜처럼 넓은 광장에 서있었다. 마지막 스당승전기념일과 함께 (달력을 뜯듯이) 허물었어야 했지 않을까. 내가 어릴 적에는 스당기념일이 없는 한 해를 도저히 상상할 수 없었다. 스당 전투가 끝나고 오직 축제의 퍼레이드만이 남아 있었다."

승리 기념탑은 어린 아이 개인의 유년기적 추억을 간직한 장소를 넘어서는 문화적 기억의 저장 매체이다. 이것은 정기적인 추모와 기억의 재구성을 통한 정체성 정립의 사회적 기제인 것이다. 스당 기념비는 더 이상

스당전투의 승리를 무한하게 상징하는 대명사로서 존재하는 것이 아니며, 이 전투가 끝나고서 기념일에 퍼레이드로서만 그 유효성을 증명하고 있었듯이 어떠한 기억의 이미지도 영원성의 가치를 지니지 못하고, 상대적인 유효성을 지닐 뿐이다.[8] 원래 그러나 기념비/추모비에 전제가 되는 기억의 통일성이 오래전에 이미 그 유효성을 상실한 것이라면, 그것은 능동적인 의미에서 더 이상 문화적 기억의 공간이 될 수 없다.[9] 지도를 보는 것이 실제 여행을 결코 대체할 수 없는 것과 마찬 가지로, 직접적인 세계 지각은 어떤 상징체계를 통해서도 대체되지 않는다. 그러나 매개적인 것과 비매개적인 것이 사회현실에서 이제 더 이상 간단하게 구분될 수 없는 미디어시대에는 이러한 직접 경험은 그다지 중요하지 않다. 우리는 습관적으로 '우리의 세계'라고 부르는 구성체 속에서 우리의 방향성을 제공하는 합리성의 상징적 도구들을 제시한다. 텍스트의 배열들 속에서 사고의 이미지들이 반복되며 변화하고 매번 새로운 배열을 통해서 문학의 이미지는 만들어지고 담지된다 할 것이다. 이 점이 『베를린의 유년시절』을 읽는 독자들에게 해석상의 많은 어려움을 낳게 하는 것이라 할 것이다. "내가 그토록 동경한 이유는 그것이 유년시절의 기억과 일치하기 때문이다. 내가 그토록 갈구한 것은 유년시절 그 자체일 뿐이었다."(『도서카드상자 Der Lesekasten』)

---

8   여기에서 달력의 공휴일을 표시하는 붉은 색 활자는 시간의 흐름과 그 기억을 가리키는 이미지로서 뿐만 아니라, 동시에 시대의 변화에 따른 그 이미지의 유효성의 종말을 의미한다.

9   이는 일찍이 벤야민이 『일방통행 Einbahnstraße』의 헌사에 적었던 다음과 같은 현실 인식과 다름 아니다. "삶의 구조는 오늘날 더 이상 확신보다는 현실의 실재적 위력하에 놓여 있는 셈이다."

현대의 커뮤니케이션과 운송수단의 발전은 우리 주변의 익숙한 공간으로부터 낯설고 머나먼 무경계의 공간으로 시선을 넓혀 나아가는 과정이다. 뿐만 아니라 경험의 동질성이 상실되고 더 이상 상호 이해 가능한 이야기의 교환이 불가하다고 이야기된 '포스트 모던한' 현대에 우리는 이미 종료 선언을 받았던 공간 문제가 다시 대두됨을 목도하고 있다. '세계화'는 신자유주의와 뉴미디어시대의 새로운 공간 개념으로 귀환한다. 하나 이러한 공간의 재발견은 패러독스하게도 새로이 공간과의 결별을 염두에 두고 있는 듯하다. 그러나 영원성에 무심하고 지속성을 회피하는 문화를 상상하기 어렵다. 또한 문화가 지닌 순간성과 지속성, 즉, 삶의 유한성과 문화적 성취의 불멸성 사이의 간극을 연결해 주는 가교 역할을 해 온 것은 다름 아닌 과거에 대한 회상과 미래에 대한 신뢰였다. 벤야민이 유년기 베를린의 구석구석에 대한 회상을 통해서 그토록 찾아 헤맸던 것이 바로 이것이었지 않을까 싶다. 『유년시절』은 생애의 마지막 15년간 벤야민이 지속적으로 되묻던 문제의식과 맞닿아 있다. 모더니티의 원초적 모습을 담고 있는 것이다. 그가 풀고자 했던 역사적 원형성의 문제는 이 책에서 기억의 직접성을 통해 해명되었으며, 다시 되돌릴 수 없는 시간의 유한성에 대한 아픔은 마치 자기 자신의 파국에 대한 알레고리로 읽힌다. 그러나 다가올 역사의 종말을 감지한 벤야민에게 이러한 깨달음은 너무 늦은 감이 있다.

"어떤 도시에서 길을 잘 모른다는 것은 별일이 아니다. 그러나 그곳에서 마치 숲에서 길을 잃듯이 헤매는 것은 훈련을 필요로 한다. 헤매는 사람에게 거리의 이름들이 마치 마른 잔가지들이 뚝 부러지는 소리처럼 들

피구라와 알레고리

려오고, 움푹 팬 산의 분지처럼 시내의 골목들이 그에게 하루의 시간 변화를 분명히 알려줄 정도가 되어야 도시를 헤맨다고 말할 수 있다. 이러한 기술을 나는 늦게 배웠다."

(「티어가르텐」)

길을 잃지 않게 도와주는 완벽한 지도를 만드는 것은 불가능한 일일까? 모든 시도가 실패로 끝나고 나서야 깨달은 바는 실패 그 자체에서 시작할 때야 완벽한 지도를 그릴 수 있다는 것이다. 질서를 손앞에 붙잡을 수 없다는 사실을 늘 상기 시켜 주는 질서만이 공황 상태와 마비 상태를 피하게 해 준다. 그러므로 최상의 해결책은 이 세상을 이 세상의 지도로 사용하는 것이다.

시공을 초월하여 언제 어디서나 동시에 존재한다는 현대의 유비쿼터스의 개념은 인류의 미래가 지향하는 방향성/길을 상징하는 이미지이다. 길이란 대상들 사이의 간격을 의미하고 유비쿼터스의 사회가 의미하는 바는 공간적 거리감의 부재를 뜻하는 것이라면, 전통적인 통로/길의 상실을 뜻하는 것이기도 하다. 익숙한 길을 가고 있을 때에는 그 길의 의미와 소중함을 알아차리지 못한다. 길은 의미와 목적을 상징하는 암호이다. 내 인생의 길을 잃어버리는 것은 삶의 방향 상실이기도 하거니와 더불어 자유의 상실이기도하다. 그러나 길이란 장애가 없는 공간이기도 하고 더불어 거리감의 상징이다. 거리감의 상실을 낳은 커뮤니케이션과 운송수단의 발전은 자칫 우리에게 전통적인 길의 의미를 앗아갈 지도 모른다. 그래서 우리네 삶의 방향성을 잃지 않기 위해서는 벤야민에게 '길을 잃는'

훈련이 필요한 것이다.

　일찍이 프루스트 문학의 열렬한 추종자였던 벤야민은 1929년 『문학
세계Die Literarische Welt』에 에세이 「프루스트의 이미지 Zum Bilde
Prousts」를 발표한 바 있다. 벤야민은 이 에세이에서 '신비주의자의 침잠
과 산문작가의 기량 및 풍자가의 열광, 그리고 학자의 폭넓은 지식과 편
집광의 일방적인 자의식이 한데 어우러진 하나의 자전적 작품'의 이미지
를 프루스트의 문학 세계에서 찾고자 한다. 허구와 자전적 사실의 모호한
교차가 낳은 의미의 미로를 찾아가는 과정이 현대의 화자를 찾아가는 길
이라고 본 벤야민은 "프루스트의 이미지는 시와 삶 사이의 걷잡을 수 없
이 커 가고 있는 간극이 획득할 수 있었던 최대의 인상학적 표현"이라고
쓰고 있다. 벤야민이 프루스트의 작품에서 도출해 내고 싶었던 점은 무엇
보다도 프루스트의 작품이 '실제로 일어났던 삶이 아니라 삶을 체험했던
사람이 바로 그 삶을 기억하는 방식으로 삶을 기술하고 있다.'라는 사실이
다. 벤야민은 프루스트의 삶과 작품의 상관관계를 다음과 같이 적극적인
회상 Eingedenken의 개념을 통해 설명하고자 한다.

　　"(…) 여기에서 기억하는 작가에게 가장 중요한 역할을 하는 것은 그가
　　체험한 내용이 아니라 그러한 체험의 기억을 짜는 일, 다시 말해 적극적
　　인 회상 Eingedenken을 하는 일이기 때문이다. 아니 이보다 더 적합
　　한 표현은 기억을 짜는 것이 아니라 망각을 짜는 일이라고 말할 수도 있
　　을 것이다. 프루스트가 비자발적 기억 mémoire involontaire이라고
　　부르는 비자발적인 회상은 흔히 기억이라고 불리는 것보다는 오히려 망

각에 훨씬 더 가까운 것이 아닐까? 기억이 씨줄이고 망각이 날줄이 되고 있는 이러한 무의지적 회상이라는 작업은 회상하는 일이라기보다는 오히려 회상하는 일의 반대가 아닐까?"

(Benjamin 1991b, 311)

일찍이 벤야민은 서사의 전제조건을 서사가와 청중 사이에 존재하는 경험의 공유 가능성에서 찾고자 했다. 전통적인 서사가들은 자신들의 서사의 기반을 의도적으로 과거의 경험을 상기하는 자발적 기억 mémoire volontaire에서 찾았다는 것이다. 최근 인지 서사학의 연구 역시 이러한 서사의 경험적 공간에 대한 연구를 도모하고 있다. 가령 허먼 David Herman은 『스토리 논리 Story Logic』(2002)에서 서사를 통해서 그려진 심상 모델 mental model에 대한 규명을 하고자 '스토리월드 Storyworld'라는 개념을 제시하며 새로운 내러티브 연구를 시도한다.[10] 이에 따르자면 서사를 해석하는 작업은 말하자면 이야기된 세계에서 스토리 월드를 (재)구성하는 작업이라고 보아야 할 것이다. 담론 모델에 비견될 만한 스토리월드의 개념화 과정에서 눈에 띄는 점은 허먼이 스토리월드를 이루는 마이크로한 측면과 매크로한 측면으로 나눈다는 점이다. 재현된 서사적 세계 내에서 로컬한 영역과 글로벌한 영역을 구분하고 있는 셈인데, 이점이 마치 서사의 가능성을 동일한 경험 공간의 존재에서 찾았던 벤야민의 논

---

10 허먼에게 있어서 서사분석이란 서사체에 약호화되어 있는 스토리월드를 해석자가 재구성하는 과정임을 밝혀 내는 것이다. 허먼의 스토리월드 연구는 서사되어진 세계와 수용자 내면에 재현된 세계 사이의 상관관계에 대해서 주목하고 있으며, 스토리월드가 의미하는 바는 일반적으로 담론모델 discourse model에 비견할 만하다. (Herman 2002, 5)

지와 일견 맥락이 맞는 부분이다. 주지하다시피 (포스트)모더니티의 시대에 의식적 기억은 더 이상 문학적 창작의 전제가 되지 못한다. 가령 현대의 대도시에서 마주치는 충격들과 복합적 자극들은 무의식의 영역을 향한다. 이해되지 못하는 사건과 이해되지 못하고 '경험'되어 '기억'되는 일상은 무의식에 자국을 남겨, 이제 망각된 것과, 아직 망각되지는 않았지만 감춰지고 잃어버린 것의 흔적을 새긴다. 의식에서는 지워졌지만, 무의식이 보존하고 있는 무의지적 기억의 파편적이고 이질적인 자료들은 현대 사회의 혹독함과 의식적 회상의 소멸로부터 살아남은 개인의 과거에 대한 중요한 흔적으로 남아 있다. 프루스트는 수천페이지에 달하는『잃어버린 시간을 찾아서』를 통해서 이와 같이 감춰지고 덮인 과거의 체험들이 비자발적 기억의 순간을 통해서 서서히 다시 획득되는 사건들을 이야기하고 있다.[11]

벤야민의 유년기의 체험에서는 비자발적 기억의 순간들이 더 이상 실제적 삶의 공간이 아니라 어린 아이의 눈에 보이는 주술과 마법과 이미지와 환상의 공간으로 자리매김되어 있는 셈이다. 벤야민의 이야기 공간은 어린아이의 눈에 보였던 마법의 공간으로 그려지고 있으며, 수많은 이야깃거리로 가득 찬 기억의 공간은 더 이상 실제 삶의 공간이 아니며, 말보다는 이미지로 다가오는 주술의 구조로 각인되어 있다. 가령 베를린의 구

---

11 이러한 회상의 과정은 감각 지각들의 유사 연관, 즉 과자 맛, 접시에 수저를 부딪치며 놓는 행위, 구두끈을 묶을 적의 자세 등과 같은 미묘한 감각현상들의 알아차림을 통해서 이전 사건들의 기억이 되살아남을 경험하게 한다. 프루스트는 소설의 주인공들이 회상에 도달하는 과정을 일정한 방식으로 기술하고 있는 셈이다.

석구석을 잘 알고 있었던 벤야민과 마찬가지로 「은신처 Verstecke」의 화자 역시 어려서 숨바꼭질하던 주택의 구석구석 숨을 곳을 잘 알고 있다. "심장이 두근거렸고, 나는 숨을 참았다. 여기에서 나는 이야깃거리들로 가득 찬 세계에 들어온 것이다. 이 세계는 말이 필요 없이 내게 다가오고 매우 명백하게 드러났다. 교수형을 당한 사람만이 오랏줄과 교수형대의 의미를 깨치는 법이다. 현관 가림막 뒤에 숨은 아이는 바람에 펄럭거리고 허연 것, 유령이 되기도 하고 아이가 그 밑에 쪼그려 앉아 있는 식탁은 그 아이를 식탁의 네 다리가 네 기둥으로 변한 사원의 나무 우상으로 만들기도 한다. 그리고 문 뒤에서 아이는 그 자신이 또 하나의 문이다. 아이는 마치 육중한 가면과 같이 이 문을 쓰고, 마법사가 되어 아무것도 모르고 문을 들어서는 모든 이들에 주술을 걸리라. 그리고 어떤 경우에도 결코 발각되어서는 안 된다. 만일 아이가 얼굴을 찌푸리면, 사람들을 그에게, 그냥 시간이 흐르게 놔두고, 그대로 있기만 하면 된다고 말한다. 나는 이 놀이에서 가장 진실된 것을 이렇게 숨어 있는 동안에 발견했다. 나를 발견한 사람들은 나를 마치 식탁 밑의 우상처럼 굳게 만들었고, 커튼 속의 귀신으로 영원히 집어넣을 수 있었고, 평생 육중한 방문 안에 가두어 놓을 수도 있었다." 유년시절의 체험과 기억이 머무는 장소는 무엇보다도 육중한 방문 저편의 공간이며, 방문 저편에 자리 잡은 유년시절의 자아는 방문/가면으로 자칫 평생 격리될 수 도 있을 것이다. 유년시절의 기억의 편린들은 마치 가면과 같이 자아를 감추는 방문 저편에 어린 화자의 모습으로 자리 잡고 있는 셈이다. 또한 육중한 문 저편에 가면을 쓰고 숨어 있던 어린 주인공은 누군가에게 발각되었을 때, 자기만의 기억의 공간을 침입하는 데몬들에게 '자유를 외치며' 저항했던 기억을 적고 있다. 은밀한 내면의 공간을 무장해제 당하지 않으려는 어린 주인공의 노력은 가상하게도 데몬과의 전투에서 절대 지치지 않았다. "집은 이때 가면들의 병기창이었다. 그럼에도 일 년에 한 번씩은 그곳의 비밀스러운 장소인 텅 빈 동공과 경직된 입속에 선물들이 놓여 있었다. 주술적 경험은 과학이 되었다. 나는 엔지니어로서 이 음산한 주택을 주술로부터 해방시켰으며, 부활절 달걀을 찾았었다."(「은신처 Verstecke」) 이야기 꾼 벤야민의 주술에 걸려 있는 유년기의 기억을 마법에서 구원하는 해법을 찾았던 것일까?

 명제적 언어와 과학이 인간의 경험을 상징화하려는 시도의 전부가 아니라는 것은 자명하다. 언어로 세상을 재단하고 감각적으로 세상을 경험하는 것과는 다른 방식으로 상징과 이미지가 생성된다 할 수 있으며('비감각적 유사성 die unsinnliche Ähnlichkeit'), 우리의 감정적 체계는 언어나 수학적 상징의 디지털 상징체계가 결코 적절하게 재현할 수 없는 방식으로 의미의 경계를 합치고, 연관시키고, 반향하고 가로지르고 있다. 주지하다시피 기호화 Code의 디지털 체계는 연속적인 아날로그의 스펙트럼을 재생산하지 않고 특정영역만을 '디지털화'한다. 명제적 언어에 익숙한 명제적 상징화/디지털 이미지화 역시 이와 같이 우리 경험의 총체에 대한 생각보다는 모델과 표본만을 추출하여 전체인 양 상징화시키며 그 이미지를 재생산하고 있는 것이다. 작금의 디지털 미디어에 의해서 강조되는 문화콘텐츠/문화원형의 '재가공'의 과정에서는 기술적으로 디지털 미디어의 속성상 미시적으로 이뤄지는 디지털이미지화의 특질뿐만 아니라 거시적인, 문화학적 차원에서의 이러한 의미 연관관계의 단절현상이 발생할 수 있는 인식론적인 배경이 바로 여기에 있다. '집단적 무의식(원형)

은 결코 밀폐된 개인적인 체계가 아니다. 이는 세계를 향해 열려 있는 객관성이다.'라는 명제로서 원형 이미지를 설명하고자 한 전통적인 이론적 논구에서 보자면, 정체성(일치) Identität에 대한 내안의 다른(차연적인)나 Anima/Animus의 시선이 세계를 만들어 making/unmaking 낸다.[12] 벤야민이 예의 '작은 곱추'의 '근원적으로 일그러진 모습'을 통해서 언어적으로는 재현 불가능하지만, 구성적인 망각의 시점과 시선을 규정짓는 (포스트) 모더니티의 상징성에 내재한 차연성을 보여 주고 있다면, 유년기의 기억을 재구성하려는 벤야민의 시도는 아우라와 통제된 시선 사이의 상호작용을 통해서 마치 천을 짜듯이 텍스트를 구성하는 계기들을 토해 내고 있으며, 이는 바로 기억의 공간성을 규정짓는다.

살펴본 바와 같이 벤야민의 『베를린의 유년시절』에서 이야기되는 자전적 기억의 공간에 대한 논의는 주체의 자화상/자아정체성의 확립의 문제를 규명하려는 시도와 맥을 같이한다. 여기에서 자전적 기억은 정적이지 않고, 지속적인 재해석과 기억의 되새김 과정을 통해서 항시 기억의

---

12 Jung, Carl Gustav: Archetypen, München, 2001, S. 24. 이런 의미에서 보자면 명제적 상징과 추론적 재현의 양식은 상호 보완적이라는 것은 자명할 것이다. vgl. Wortmann, Volker. Authentisches Bild und Authentisierte Form, Köln 2003. 이미지의 귀환, 도상적 전환으로 대변되는 담론의 '명제적 상징성'은 텍스트와 이미지관계의 경직성에 대한 해체에서 출발하였다면, 이는 이미지가 지니는 아날로그적 특성 —즉 논리중심주의와 문자문화의 명제적 특성에 대한 비판적 논의 연장선에서 보자면, 이러한 '디지털 이미지'의 존재론적 함의는 아날로그적 사유체계의 보완을 통해서 삶의 진정성을 담보할 수 있을 때 충족될 것이다. 이러한 상징성은 망각이 날줄이 되고 회상이 씨줄이 되는 문화적 기억의 다른 모습이지 않을까 싶다.

현재적 의미와 과거의 실제 일어난 일 사이의 차연을 드러나게 한다. 벤야민의『유년시절』이 적실하게 보여 주고 있듯이, 자전적 기억의 스토리텔링에 있어서는 상징화의 과정이 주요한 역할을 담당한다. 그럼에도 벤야민의 유년기의 기억 속에서 존재하는 '나'는 서구의 집단적 기억의 역사에 꿋꿋하게 버텨 온 주체 Subjekt라 칭(稱)해질 만하다. 유년기의 자아가 바라보는 세계에서는 그러나 항시 사안에 대한 전체의 모습이라기보다는 왜곡되거나 혹은 축소된 미니멀한 세계만이 관건이 된다. 이는 사물의 시선이며 더 나아가서 카메라의 뷰파인더에서 바라보는 세상과 다름 아니며, 마성적인 세계를 텍스트에 옮기는 언어의 시선이기도 하다. 더불어 살펴본바와 같이 벤야민의 '공간'에 대한 강조는 자전적 기억에 혼재하는 시공간의 패러다임 전환과 아우라적인 시선을 통해서 이해될 수 있다.

이점에서 보자면 자전적 기억에 대한 연구에 있어서 관건이 되는 것은 기억의 서사구조와 서술형식이라 할 것이다. 여타의 자서전 글쓰기와 달리 벤야민의『유년시절』에서는 성인 서술자 자신의 기억이 관건이 되는 것이 아니라, 유년기의 기억에 이르는 시발점이 되는, 유년기의 어린 서술자의 눈에 비치는 마성적이고 애니미즘적인, 요지경과도 같은 세기말의 대도시 베를린의 응축된 이미지가 마치 '알렙'과도 같이 시공간의 물리적 한계를 뛰어넘어서 '파노라마'처럼 병렬적으로 저장되어 있다. 여기에서는 시간적 배열이나 내레이션보다는 마치 의미의 미로와 같이, 맥락 없는 다양한 에피소드들이 서로 맞물려 네트워크를 형성하고 있다. 자전적 기억의 측면에서 보자면, 완성된 자아의 형성과 그 서사적 구현이라는 자전적 글쓰기의 원래의 목표는 벤야민의 『유년시절』에서는 더 이상 자율적이지 않고, 모든 규준으로부터 자유롭지도 못한 (모더니즘 시대의) 세속화된 주체의 존재를 알리는 데 기여하고 있는 셈이다.

1.3
지각의 로지스틱과 공간의 내러티브

F. 탈신화화된 공간과 '선험적 고향 상실'

공간을 둘러싼 작금의 문화학적 논의는 공간의 '물질성'에 대해서도 주목한다. 대상을 구분 짓는 공간뿐 아니라 대상을 표상하는 방식으로서의 공간에 대해서도 이야기할 수 있는 것이다. 일정한 속성을 지닌 내용물을 담지하는 컨테이너로써 생각한다는 의미에서 공간은 물질적 사물로 여겨지며, 간혹 공간은 그 의미를 재생산하는 사회적 관계로부터 독립된 존재로 착각되기도 한다. 이는 대상에 대한 관찰을 통해서 현실이 지닌 의미구조와 대상의 개념성 사이의 혼동을 야기시키는 우를 범할 수도 있기 때문에 현대 문화이론의 담론들은 인간이 만들어 내 소통적 요소들을 '공간적 형상'으로 전이시키고자 하며, 이러한 전이를 지형학적으로 자리매김하고자 한다. 그리고 주지하다시피 이러한 점이 바로 공간의 매체성을 이야기할 수 있는 지점이다.

다른 한편으로는 새로운 공간성의 전제가 되는 디지털 매체에 대한 논의는 공간의 매체사적 단절을 의미한다. 디지털 시대가 낳은 새로운 공간

피구라와 알레고리

의 미래상에 대한 논의의 중심에는 역설적이게도 다시금 공간의 매개성이 놓여 있다. 더 이상 중심이 존재하지 않고 고정될 수 없으며, 끊임없이 '코드 전환'되면서 매번 새로이 네트워크로 결합되는 '리좀(Rhizome)'과도 같은 방식으로 계속 엮이는 비물질적인 구조의 공간성이 구현된다. 네트워크와 리좀, 즉 질 들뢰즈와 펠릭스 가타리가 『천의 고원』에서 현대의 사고와 지식의 수많은 탈중심적 차원을 제시한 이 리좀 뿌리는 뉴미디어 시대의 매체인 인터넷, 모바일, 다중 매체 터미널처럼 일종의 직접적인(또한 민주적인) 소통의 가능성을 연상시키고, 위계질서를 탈 공간화한 새로운 미로공간을 구현한다. 기술적으로 이에 상응하는 것은 수백만 개의 잘못 조종된 기구로 이뤄진 광역대 케이블의 설치이다. 결과는 광범위한 '코드의 변환'인데, 그것은 시뮬레이션, 인공지능, 가상현실로써 다른 지식공간과 대안적 세계들뿐 아니라 변화된 존재 양식을 열어 준다. 롤랑 바르트와 미셸 푸코 이래 이런 맥락에서 이뤄진 일반적 예측 중 하나를 보면 '저자의 죽음'을 예견하고 있다. 이는 주체의 종말, 또는 담론의 주체로서의 인간의 종말을 의미하는 것이며, 또한 분석의 틀과물질적 존재기반으로서의 공간의 사멸을 이야기하는 것이기도 하다. 뿐만 아니라 '세계란 완전한 환상일 뿐'이라는 장 보드리야르의 전제를 이야기하지 않더라도, 뉴미디어와 디지털 시대의 통신기술이 낳은 버츄얼한 공간은 '공간 상실'에 대한 우려를 심화시킨다. 현대의 버츄얼한 공간에 대한 논의에 있어서 가령 실재/비실재의 이분법적 논의를 통해서 공간의 사멸과 그에 따른 공간적 담론의 소멸을 주장한다는 것은 인간 감각의 매개 없이 존재 가능한 심상과 환상의 실제성을 이야기하는 것과 같다. 어떤 기술적 발전과 시각기술이 있다 한들, 시선이란 기하학적 가시성만으로 고정될 수 없다. 오히려 역사적으로 조건 지어진 시각에 의해서 공간은 창출되는 것이 아닐까? 텔레마틱적으로 공간을 관찰한다는 것이 과연 가능할까 하는 질문과 그 답변이 낳는 모순성에 대한 논의는 제쳐 두더라도 뉴미디어 시대의 공간성을 특징짓는 것은 '사이버스페이스 Cyberspace'에 대한 논의일 것이다.

　　매체의 발전은 동시대인들의 감수성의 변화를 촉진시킨다. 지난 수년간에 걸친 급속도의 컴퓨터의 발전과 인터넷의 발전에 따른 사회적·문화적 변화는 우리의 인지능력의 전제조건들 까지 바꿔 놓았다. 윌리엄 깁슨 William Gibson의 SF소설 『뉴로맨서 Neuromancer』(1984)는 그 출간과 동시에 문화의 영역에까지 침투한 컴퓨터적 가상 현실의 문제를 최초로 다룬 고전이 되었으며, 무엇보다도 그가 묘사한 미래의 세계는 30년이 지난 지금 많은 부분 설득력 있게 현실로 다가온다. 중고타자기로 쓰인 당대 가장 하이테크적인 상상력의 기록인 윌리엄 깁슨의 뉴로맨서 3부작(『뉴로맨서』(1984), 『카운트 제로』(1986), 『모나리자 드라이브』(1988))에서는 컴퓨터와 통신의 결합을 통한 인터넷의 버츄얼한 세계에 대한 예견뿐 아니라 우리가 일상적으로 사용하고 있는 '사이버스페이스'라는 신조어를 만들어 낸 것으로도 유명하다. 사이버스페이스를 자유자재로 넘나들던 주인공 케이스는 어찌하여 신경계를 손상당하고 그 치료를 위해서 일본 치바에 머물고 있다. 미세한 신경계의 훼손을 통해서 그는 더 이상 사이버스페이스로 들어갈 수 없게 되었는데 육체적 현실을 초월하는 버츄얼한 세계인 사이버스페이스를 더 이상 들어갈 수 없는 케이스의 멜랑콜리가 이 SF소설의 전반부를 나름대로 진지하게 만드는 기제랄까. "(…) 엘리트답게 처신한다는 것은 육체를 은근히 무시할 줄 안다는 뜻이었다. 육체란 그저 고깃덩어리에 불과했다. 그랬는데… 케이스가 바로 그 육체라는 감옥에 처박힌 것이다." 핵전쟁 후 대기업군들이 지배하는 음울한 지구의 모습, 고도의 통제된 현실 사회의 이면에는 인공지능에 의해 지배되는 또 다른 세계가 펼쳐 있고, 이러한 어둠의 세계의 중심에는 두 대의 인공지능이 놓여 있다. 인공지능 1호기 (인터뮤트)는 공간적으로 떨어져 있는 두 번째 인공지능 '뉴로맨서'와의 상호 교류에 대한 열망에서 주인공 케이스를 그러한 임무의 적임자로 선택한다. 케이스의 손상된 신경계치료해 주면서 혈관 속에 독주머니를 넣어 그를 통제하며 '뉴로맨서'를 찾는 모험의 길로 케이스를 내몰아 간다는 이야기는 마치 한편의 인디아나 존스 영화에서와 같은 박진감을 보여 주기도 하고, 이러저러한 잡다한 묘사와 탐정소설적인 미로 찾기 게임을 보는 듯하다.

『뉴로맨서』는 사이버스페이스의 이미지를 처음으로 전달했을 뿐만 아니라 여러 측면에서 수많은 문화적 파장을 낳았다. 그리고 '사이버펑크'라는 신조어 또한『뉴로맨서』의 수용사에서 심심찮게 이야기된다. 특히 영화 〈매트릭스〉의 구상에 지대한 영향을 끼쳤다고 이야기되는데, 그럼에도 궁극적으로 수많은 SF소설이 그러하듯『뉴로맨서』의 이야기 역시 미래라는 열린 공간에 투영된 현실의 자화상이라 할 수 있다. 매체사적으로 보자면 공간 담론의 위기가 텍스트 안의 상상력의 공간에서 돌파구를 찾았던 것이다. 푸코에 따르자면, 시대 변혁의 주류 트렌드를 주제로 논의를 펼치는 위기 담론들은 칸트적 의미에서 이해되는 고전적인 빈 공간 개념에 대항하여 유토피아적 빈 공간, 즉 유토피아적 담론으로 가득 채워진 상상의 공간을 제시한다. "유토피아는 실제적인 장소가 존재하지 않는 장소들이다. 이는 사회의 실제적인 공간에 비해서는 일반적이고 직접적인 또는 완전히 대조적인 비유관계에 놓여 있다. 이 유토피아의 장소는 완전무결한 사회상을 보여 주거나, 그와 정반대의 이미지들이다."(Foucault 2005, 935)

우리 시대의 유토피아적 장소, 즉 열림과 닫힘이 상호 맞닿아 있으면서도 서로 불가해한 장소로는 사이버스페이스의 세계 혹은 '인공세계'가 이야기된다. 컴퓨터 기술과 텔레커뮤니케이션의 결합에 의해서 매개된 세계, 즉 전기적 데이터와 이미지들만이 있고, '구체적인 대상'은 더 이상 존재하지 않는 공간/세계를 말하는 것이다. 이 상상의 장소에서는 수많은 새로운 경계설정이 이루어질 뿐 아니라 이러한 겉보기로는 무경계한 공간이 하나의 경계설정을 통해서 구성된다. 실제공간의 위기가 전자공간의 건설을 낳았다는 비릴리오의 주장에 따르지 않더라도, 실제 공간에서는 낯선 것과 미지의 것이 모습을 감추어 버린 듯하지만 가상 공간과 함께 낯선 것, 미지의 것과의 조우가 다시 가능하게 된 하나의 새로운 공간이 탄생하기 때문이다.

문학의 세계가 만들어 낸 상상의 장소로의 여행은 이것 역시 미지의 지역으로의 여행과 결합되었던 모험이 될 수 있다는 약속을 해 주는 것은 아닐는지. 경계를 넘어서 새로운 지평선을 정복하기 위해서 독자는 상상의 세계 속으로 여행을 출발한다. 이는 상상의 세계 그 이상이며, 이 가상의 공간이 만들어내는 시뮬라크르의 효과를 '열린 장소'로 상황화시키는 것이 가능할 것이다. 이렇게 우리가 새로이 접하게 되는 열린 장소는 우리의 '공적 공간'이 비로소 공간화되어 공공성의 공간으로 현현하게 된다는 것을 보여 준다.

이러한 '상상 공간'(Hartmann 2000, 31)으로서의 문학적 공간이 어떻게 공적 공간으로 작용할 수 있는지에 대한 일례를 우리는 카프카의 단편 「시골의사」에 나타난 상상의 공간 개념을 통해서 살펴볼 수 있을 것이다.

카프카의 단편 「시골의사 Ein Landarzt」는 1920년 5월에 다른 13편의 짧은 이야기들과 함께 동명의 단편집으로 출간되었으나,[13] 이 단편들의 원래 집필 시기는 1916년 겨울에서 1917년 초반에 이르는 시기라고 여겨진다.[14] 출판이 결정되고 나서도 단편집 『시골의사』가 출간되기까지는 그리

---

13 쿠르트 볼프(Kurt Wolff) 출판사에서 발행한 단편집 『시골의사』에 수록된 작품은 두 번째에 자리 잡은 「시골의사」 이외에 순서대로 「새 변호사」, 「서커스 관중석에서」, 「낡은 페이지」, 「법 앞에서」, 「승냥이와 아랍인」, 「탄갱방문」, 「이웃마을」, 「황제의 사자」, 「가장의 근심」, 「열한명의 아들」, 「형제 살인」, 「꿈」, 「어느 학술원에의 보고」가 수록되어 있다. Kafka, Franz : Ein Landarzt. Kleine Erzählungen, München/Leipzig 1919.(Nachgedruckt bei DTV, München 2008)

14 1916년은 카프카의 문학세계에서 매우 중요한 해이기도 하다. 왜냐하면 『선고』와 『변신』이 출간된 해이기 때문이다. 주지하다시피 여동생 오틀라가 마련해 준 연금술사골목 Alchimistengasse의 '작업실'에 이뤄진 「시골의사」의 완성에 대해서 처음으로 언급된 것은 1917년 4월 22일 마틴 부버에게 보낸 편지에서이며, 1917년 7월 3일에는 출판업자인 쿠르트 볼프 역시 막스 브로트로부터 카프카의 집필 작업이 완료되었음을 전해 듣고 원고를 보고자 하는 편지를 쓰고 있다. 1917년 5/6월에 어느 학술원에의 보고를 완성한 카프카는 자신감에 넘쳐 출판업자에게 13편의 텍스트를 보냈으며, 출판업자 볼프는 매우 만족하여 출간을 서둘렀다. 1917년 8월 20일에 카프카는 이미 '시골의사'라는 제목을 제안하였고, 출판

짧지 않은 시간을 필요로 했는데, 우리는 1920년 5월에 출간된 초판본에는 발행 연도가 지워져 있음을 보게 된다.

『시골의사』의 교정본을 보자면, 카프카는 발행 연도를 지웠을 뿐만 아니라, 제목도 처음 생각했던 'Der Landarzt'를 'Ein Landarzt'로 교정하고 있고, 처음 소제목이었던 '새로운 관찰들 Neue Betrachtungen'에 대해서도 수정을 가하고 있다.

1912년에 출간된『관찰』과의 관련성을 두고자 했었을 '새로운 관찰들'이라는 소제목은 관찰자와 서사가의 차별성에 대한 카프카의 자각에서뿐만 아니라 여기에서는 복수형이기에 아마도 혹시 시점의 다양성 혹은 시선의 혼란을 야기하는 것이 될지도 모른다는 생각에서 소제목을 'Kleine Erzählungen'으로 교정한 것이라 생각된다. 카프카는 작가란 세계에 대한 서사적 개념화의 증인이여야 한다는 믿음에는 추호의 의심이 없었으니 말이다. 소제목을 '관찰들'이 아니라 '이야기들'이라고 수정하는 과정에서 보이듯이 카프카에게『시골 의사』는 서사적인 작품이다.[15] 카프카에게

사가 라이프찌히에서 뮌헨으로 이전하는 등 여러 사정상 실제 출간은 1919년 가을에야 가능했는지에 대해서는 논란의 여지가 많다. 기껏 189쪽에 불과한 이 작은 단편집에 대한 퇴고와 보완 과정이 그리 오랜 시간을 필요로 했는지 아니면 전쟁이라는 특수 상황이 낳은 단순한 지연이었는지 오랜 시간을 거쳐 1920년 5월에야 서점에 유통되었다.

15   마틴 부버가 자신의 잡지『유대인(Der Jude)』에 승냥이와 아랍인, 어느 학술원에 드리는 보고를 1917년 10월호에 게재하면서 '비유들'라는 제목을 제안하자, 카프카는 자신의 이야기는 결코 비유가 아니라며, 제목으로 '2편의 동물이야기'를 제안하고 있다. 뿐만 아니라 일반적으로 단편집의 제목을 정하는 경우에 있어서『시골의사』의 경우와 같이 단편집의 두

관찰자의 시선이란 단지 기하학적 가시성만을 위해 한곳에 고정되어 질 수 없으며, 사안의 올바른 맥락을 이해하고서야 서사의 공간이 창출될 수 있을 것이다. 관찰에 있어서는 자신이 관찰하는 대상과 관찰자는 동일한 시공간 안에 존재하는 것이기에 관찰자의 시선이 문제가 되는 것이지 관찰의 공간이 관건이 되지 않을 것이다. 반면에 서사의 경우에는 서사되는 대상이 결코 서사가의 공간 내에 존재하는 것만이 아니고, 서사의 시공간적 동일성이 서사의 조건을 담보 하지 않는다. 주지하다시피 「시골의사」의 서사 공간은 어느 눈 내린 추운 겨울날 밤 왕진을 떠나야 하는 시골의사의 당혹감과 10마일 떨어진 환자의 존재 사이에 놓여 있는 괴리감에서 출발하고 있다. 논의를 심화시키기 위해서 우선 「시골의사」의 줄거리를 되짚어 보아야 할 것 같다.

눈 내리는 어느 겨울밤, 털외투로 몸을 감싸고, 진찰 가방을 손에 든 채 출발 준비를 갖추고 앞뜰에 나와 있는 시골의사는 이제 어찌 할 줄 모른 채 '심한 당혹감'에 빠져 있었다. 10리나 떨어진 다른 마을의 환자를 치료하러 가야 하는 시골 의사에겐 10리라는 공간적 차이를 뛰어넘을 수단인 '말'이 없었다. 이 추운 겨울에 혹사당한 말이 지난 밤 죽었기 때문이다. 타고 갈 말이 없어 안절부절 못하는 시골 의사는 마을에 하녀를 보내 말을 구해 보라고 시켰지만 그리 쉬운 일이 아님을 잘 알고 있다. 더군다나 이렇게 추운 겨울밤에 누군들 선뜻 말을 빌려 주겠는가. 10리가 넘는 공간을 뛰어 넘을 운송수단인 말이 없다는 사실이 시골의사와 환자 사이의 괴

번째에 실려 있는 단편의 제목을 단편집의 제목으로 하는 경우는 드문 것 같다.

리감을 심화시키고 있을 뿐 아니라 주인공 시골의사에게는 '어찌할 바 모르는 당혹감만을 낳고 있으리다. 어두움 속에서 하염없이 내리는 눈은 점점 깊게 쌓이고, 말을 구하러 마을에 다녀온 하녀 로자(Rosa)는 예상대로 빈손으로 돌아온다. 공의로서의 사명관이 투철한 시골의사에게 환자를 보러 길을 떠나지 못한다는 것이 매우 안타까운 탓에, 오랫동안 방치되어 있던 마당의 돼지우리를 발로 차면서 화풀이를 하는 순간, 이제껏 전혀 본 적도 들은 적도 없는 낯선 마부가 준마 2필을 이끌고 돼지우리로부터 나타난다. 어쩐지 전혀 탐탁하지 않은 우악스러운 이 마부라는 존재를 하녀 로자의 곁에 둔 채, 더군다나 마부는 거부하는 로자에게 억지로 로자의 볼에 키스 자국을 남기기까지 하는 와중에, 어찌 할 수 없이 시골의사는 단숨에 환자의 곁으로 '순간이동'을 하게 된다. "내 집 출입문이 마부의 돌진으로 비걱거리며 부서지는 소리가 들렸다고 생각한 순간, 이미 내 귀와 눈은 소리인지 빛인지 분간할 수도 없는 질주감으로 충만해 있었고, 그 뜰의 문이 열리자마자 이미 환자의 문 앞에 와 있었기 때문이다. 말들은 조용히 서 있었고 눈보라는 어느덧 그쳐 사방에는 달빛이 고요했다." 일견 아픈 것 같아 보이지 않는 젊은 환자는 시골의사에게 죽게 내버려 달라고 속삭이기까지 한다. 두고 온 로자를 생각하며 빨리 일을 마치고 되돌아가야지 하는 생각에 여념이 없는 시골의사는 공의로서의 자신의 처지 역시 어쩌면 차라리 죽고 싶다는 환자의 처지와 다를 바 없다는 생각에 빠진다. "나는 지방 관청으로부터 임명 받은 공의로서 정말 너무할 정도로 변두리에 이르기까지 나의 의무를 충실히 수행하고 있는 것이다. 봉급은 얼마 되지 않지만 인색하지 않았으며, 가난한 사람들에게는 원조를 아끼지 않았다. 이제는 로자를 위해서 마음을 써야 한다. 그러고 보면

피구라와 알레고리

죽고 싶다는 청년의 말은 타당한 것인지도 모른다. 나도 죽고 싶다. 이 지방에서, 이 끝없는 겨울에 나는 무엇을 하면 좋다는 말인가!" 하지만 재촉하는 환자 가족들의 성화에 못 이겨 다시금 환자를 살펴보던 시골의사는 소년이 실제로 아픈 것을 알게 되었다. 환자의 허벅지에는 한 뼘만 한 크기의 장밋빛 rosa 상처가 있었으며, 상처 안에는 새끼손가락 굵기의 구더기들이 꿈틀거리기까지 한다. 시골의사는 직감적으로 더 이상 그가 살아날 가망이 없다는 것을 알아차리게 되었고, 마을사람들은 시골의사의 옷을 벗겨서 환자의 침대 속에 밀어 넣었다. 날 때부터 이 상처를 지닌 채 태어났다는 환자는 시골의사에게 자신의 병세에 대해서 묻고, 위기를 우선 모면하고 어떻게든지 집으로 되돌아가고 싶은 마음뿐인 시골의사는 그의 상처가 그리 대수로운 게 아니라고 말을 하고는 침대를 벗어나 옷가지를 집어들어 마차에 집어 던졌다. 그런데 털외투는 너무 멀리 날아가서 소맷자락만 마차에 걸렸다. 마차에 오른 시골 의사는 집을 향해서 말들을 재촉했다. 그러나 시골의사는 결코 집에 돌아가지 못한다. "그런데 말은 달리는 것이 아니라 마치 노인의 발걸음처럼 느리게 눈 덮인 벌판을 횡단했다. 우리들의 등 뒤에서는 언제까지나 어린 아이들이 부르는 어린아이들이 부르는 새로우면서도 그러나 잘못된 노랫소리가 들려 왔다.

기뻐하라, 환자들아!
의사가 너희들과 침대에 누웠도다!

이렇게 나는 아무리 시간이 지나도 집에 돌아가지 못한다. 집에 두고 온 로자에 대한 걱정에서 한시라도 빨리 얼른 집으로 돌아가고자 하지만 마차는 결코 집으로 되돌아가지 못하고 마차는 하염없는 오디세이를 계속하고 있을 뿐이다. "발가벗은 채로 비참하기 그지없는 이 시대의 혹한 속에서 현세의 마차를 타고 초현세의 말들에게 이끌려서 늙은 나는 끝도 없이 또 돌고 있는 것이다. 내 털외투는 마차 뒤에 매달려 있다. 그런데 나는 그것에 손이 미치지 않는다. (…) 다시는 돌이킬 수 없는 것이다." 낯선 말을 빌려 타고 길을 떠난 것을 후회하며 자신이 속은 것이라고 깨달았을 때는 이미 늦었으며 돌이킬 수 없는 일이라는 탄식으로 시골의사의 이야기는 끝을 맺는다.

이미 언급한 바와 같이 카프카는 『시골의사』의 처음 부제를 '관찰들'이라 정했다가 후에 '이야기들'로 교정한 바 있으며, 출간 연도 역시 지웠다. 이는 『시골의사』의 시간적 배경을 지워 버리는 시도이며, 또한 '관찰'에서 수반되는 실시간적 매개성(발화의 현재성)을 포기하고자 하는 것이지 않을까 한다. 이러한 탈공간화와 탈시간화의 시도는 시골의사의 화자가 이곳에 있으면서 저곳에 있고, '나'인 동시에 또 다른 타자의 모습임을 보여주고자 함에서 그러한 것이다. 이러한 차이들 사이에 그 '틈'과 '사이'가 존재하며 그 사이가 서사의 출발점이라는 점은 주지의 사실이다. 공간의 차이, 즉 시골의사의 진료소 앞들과 젊은 환자의 집 사이의 공간적 차이/ 틈을 매개해 주는 기제로는 말(馬)이 이야기된다. 단편집 『시골의사』의 다른 단편들에서도 카프카는 말을 작품의 소재로 다루고 있다. 「새 변호사」의 부체팔루스, 「낡은 페이지」의 유목민들의 말이야기뿐 아니라, 「이웃마을」의 제목을 원래 「기수 Ein Reiter」라고 정하려 했다는 사실이나, 「서커스 관중석에서」에 나오는 여자 기수 이야기, 그리고 「시골의사」에 이르기까지 카프카는 승마 또는 말에 대한 소재를 여러 차례 사용하고 있다. 주지하다시피 카프카에게 승마의 이미지는 의미론적 치환을 표상한다. 눈 내린 하얀 들판을 말을 타고 가며 발자국을 남긴다는 이미지는 마치 하얀 종이 위에 펜으로 글을 적어 나가는 집필행위의 상징성을 보여 주는 것이리라. 로자에 대한 시골의사의 연민의 정은 로자의 볼에 난 이빨 자국이 젊은 환자의 옆구리에 있는 장밋빛 rosa 상처로 치환되는 지점에서 한층 문제시되기에, 독일어의 의미 Sinn와 수송 Fahrt/이동 Bewegung이 동일한 어원을 가지고 있다는 점(Kremer 1994)은 「시골의사」의 말타기가 표상하는 바가 무엇인가를 짐작하고도 남게 한다.

집으로 돌아가고 싶어도 돌아가지 못하는 시골의사의 '절망감'이 카프카의 문학적 기원이 되었는지도 모를 일이다(블랑쇼 1990, 71). 카프카의 이야기들은 주인공의 시도들이 ―비록 항시 좌절하지만― 새로움과 낯선 것들 사이에서 동요하는 구조를 지닌다. 「시골의사」의 경우에서도 전통적인 직선적인 서사 구조와 카프카의 회귀적인 이야기구조 속에서 주인공이 보여 주고 있는 것은, 역설적으로 루카치의 표현을 빌리자면, "사회적 연관성하의 인간적 질서 속에서 하나의 행위가 지닌 고향 상실성이자, 또 초개인적인 가치체계가 지닌 당위적 질서 속에서 영혼이 보여 주는 고향 상실성"[16]과 다름이 아닐 것이다. 이는 시·공간 및 인과성 등의 경험적 제

---

16   Lukács, Georg: Theorie des Romans. Darmstadt/Neuwied 1976, S.52. 차후에 카프카 문학에 대한 비판자가 되어 버린 루카치는 아마도 여기에서 이미 현대 '아방가르드' 소설의 출발점을 이야기하고 있는 듯이 보인다. 만일 카프카의 이야기들을 서사적 전통과 견주어 본다면, 카프카의 프로타고니스트들이 자신들을 둘러싼 경험적이거나 정신적인 세계가 지닌

질서의 지양으로 인해 나타나는 '미궁적인 의미의 상실'(die labyrinthische Sinnlosigkeit)[17]이 지배하는 세계인 것이다. '초개인적인 가치체계'에 저당 잡혀 야기된 조망능력의 상실이라는 세계적 상황은 카프카의 문학에서는 여러 가지 공간 형태로 묘사된다. 카프카는 말하기를 한 인간이 그 자신의 인생을 살아가는 방식을 자유로이 선택할 수 있다고 믿지만, 결국 "미로와 같은 길"을 걷고 있는 것이라고 말한다. 인생은 말하자면 인간의 의지가 자유롭든지 부자유스럽든지 간에 아무 상관없어 보이는 끝없는 오디세이와 같은 것이리라. 권력의 미로와 위계질서의 착종성으로 점철된 『소송』의 법정 풍경뿐만 아니라 카프카는 수많은 아포리즘에서 여러 가지 공간 개념을 이야기하고 있는바, 다음의 사막미로에 대한 언급에서는 단지 지형학적인 임의성만이 아니라, 중심도 출구도 없는 미궁으로서의 "삶"의 절대화가 이야기된다.

(…) 너의 의지가 자유롭다고 하는 것은 다음과 같은 것이다. 사막에 가

방향성의 상실만을 구현하고 있는 게 아니라는 사실이 눈에 띄게 된다. 제1차 세계 대전의 경험과 새로운 문학적 발전에 대한 관심 속에서 여전히 헤겔적 변증법의 일관된 전개에 심혈을 기울였던 루카치가 객관성과 개별성의 통일된 표현 가능성을 "형식"에서 보았던 반면에, 카프카는 "우연적이며 개별적인 상황과 보편적 개념" 사이의 연관관계의 상실로 야기된 자아의 불확실성을 자신의 "암호"화된 이야기 속에 감추고 있는 것이다.

17   Emrich, Wilhelm: Zur Ästhetik der modernen Dichtung. In: ders.: Protest und Verheißung. Studien zur klassischen und modernen Dichtung. Frankfurt/M.:Bonn 1968, S. 122-134, hier S.125. 카프카의 문학이 독자에게 주는 어떤 낯설음과 당황스러움의 느낌의 본질은 그의 문학적 형상들이 한편으로는 일상세계에서 일어나고 있는 소외화 과정과, 다른 한편으로는 그 결과 나타나는 주체의 소외되고 왜곡된 자아 사이의 모순을 형상화하고 있다는 데 있다. 카프카 문학의 난해성의 근저에는 작가의 내면 세계가 지닌 문제성이 놓여 있는 듯하다.

려고 했을 때, 너의 의지는 자유로웠다. 너의 의지가 사막 횡단을 선택할 수 있기에 그것은 자유롭다. 너의 의지가 보행법을 선택할 수 있기에 자유롭다. 그러나 또한 너의 의지는 자유스럽지 못하다. 왜냐하면 너는 사막을 통과해서 가야만 하기 때문이다. 너의 의지는 자유롭지 못하다. 왜냐하면 모든 길은 미궁처럼 매 발자국 사막에 닿고 있기 때문이다.

(Kafka 1983, 87)

미궁은 내면세계와 외부세계의 문제적인 상호 의존성을 보여 주는 본보기로 여겨지고 있고, 카프카의 '문학 속으로의 도피'는 삶 자체가 더 이상 지니고 있지 못하는 삶의 의미에 대한 추구로 이해되어야 한다. 여기에서는 전형적인 미로의 모습이라 할 수 있는 미궁 속의 미로가 아닌 광활한 사막에 대한 이야기가 문제가 되고 있다. 사막에서는 시작과 끝의 상태에 동일한 원칙이 지배한다. '망설이며' 길을 찾아 나선 주체가 전면에 드러나 있듯이, 사방이 열려 있는 사막은 지향점을 정하지 못한다는 점에서는 미로와 다름이 아니다. 따라서 미로 또는 사막은 공히 현대인이 지닌 실존적 문제성을 상징하고 있는 셈이다. 그리고 「시골의사」의 배경이 되는 눈 덮인 세계 역시 마치 사막과 같은 미궁 속의 미로와 같이 어찌할 바 모르는 현대인의 '선험적 고향 상실성'의 공간적 전제가 된다 할 것이다.

모든 귀향에는 모호함이 스며 있다. '모든 철학은 향수'라고 한 노발리스의 말을 따르지 않더라도 모든 동경과 향수가 지향하는 고향/집이라는 관념은 마치 신화적 환상속의 이상향처럼 작용한다. 아도르노와 호르크하이머에 따르면, '고향'과 '화해' 사이에 놓여 있는 심연을 은폐하면서, 신화적인 세계를 '시간'의 내부로 끌어들이는 행위는 마치 문명이 선사시대에 대해 행하는 복수와 같이 끔찍한 것이리라. 지나간 재난을 회상 속에서 계속 붙잡아 둘 수 있는 가능성 속에서 호머가 지니는 '탈출'의 법칙을 읽어 낼 수 있다고 한다(Horkheimer/Adorno 1994, 86). 이러한 경험의 원근법화(니체)는 시골의사가 집으로 돌아가려는 의도에서도 잘 읽힌다. 오직 집에 두고 온 로자에 대한 근심 걱정에 사로잡힌 시골의사는 환자의 침상으로부터 옷가지도 제대로 차려입지 못한 채 도망치듯 빠져 나오고 있지 않은가. 말 2필에 대한 대가로 로자를 마부의 손아귀에 놓고 길을 떠나 왔다는 시골의사의 죄책감은 어쩌면 로자의 희생이 야기한 합리성과 자신의 도덕적 한계 사이에 파고드는 것이며, 이러한 희생의 불필요성은 집으로 돌아가지 못하고 있는 시골의사의 마차의 궤적에서 보이고 있는 셈이다. "희생의 원리는 그 비합리성으로 말미암아 덧없는 것임이 증명되지만 동시에 희생의 원리는 자신이 지니고 있는 '합리성'에 힘입어 계속 존속한다."

지도를 보는 것이 실제 여행을 결코 대체할 수 없는 것과 마찬 가지로, 직접적인 세계 지각은 어떤 상징체계를 통해서도 대체되지 않는다. 그러나 매개적인 것과 비매개적인 것이 사회현실에서 이제 더 이상 간단하게 구분될 수 없는 미디어시대에는 이러한 직접 경험은 그다지 중요하지 않다. 우리는 습관적으로 '우리의 세계'라고 부르는 구성체 속에서 우리의 방향성을 제공하는 합리성의 상징적 도구들을 제시한다. 텍스트의 배열들 속에서 사고의 이미지들이 반복되며 변화하고 매번 새로운 배열을 통해서 문학의 이미지는 만들어지고 담지된다 할 것이다.

G. 보론: 집단적 기억과 문화적 기억에 대한 문화사적 논의

주지하다시피 프루스트의『잃어버린 시간을 찾아서』에서 읽어낸 무의지적 기억(비자발적 기억) mémoire involontaire에 대한 논의는 주요한 문학적 명제로 발전되었다. 기억과 회상이라는 명제는 벤야민과 아우어바흐의 동시대인 1920년대 모리스 알브바슈 Maurice Halbwachs(1887-1945)와 아비 바르부르크 Aby Warburg(1866-1929) 등에 의해서 전개된 집단적 기억/사회적 기억 논의와 함께 논의될 수 있다. 우리 시대에 있어 기억에 대한 관심은 문학의 영역을 외연적으로 확대하고 있으며, 작금의 새로운 문화학적 패러다임은 기억과 회상의 논의를 더욱 심화시키고 있다. 독일어권에서의 이러한 논의의 중심에는 무엇보다도 역사학자 논쟁을 비롯한 과거사에 대한 논의가 놓여 있다 할 것이다. 히틀러의 집권과 홀로코스트에 대한 원인규명과 자기반성은 여전히 독일 역사연구의 중심과제이다. 이에 대한 적합한 본보기로는 가령 괴츠 알리 Götz Aly(1947-)의『히틀러의 국민국가 Hitlers Volksstaat』(2005)를 들 수 있겠다. 이 책의 저자는 홀로코스트의 원인과 배경에 대한 이제까지의 이론과는 전혀 다른 이색적인 주장을 펼치고 있다. 아우슈비츠의 가스실에서 목숨을 잃은 수많은 유태인들뿐만 아니라 독일의 일반 국민들 역시 히틀러와 나치의 폭압적인 독재와 전쟁동원의 희생양이었다는 통념을 깨고 알리는 히틀러 정권이 당시 보통사람들의 지지를 받기 위해서 여러 가지 복지정책을 폈으며 대다수 일반 국민은 히틀러를 국민의 뜻을 어우르는 정치지도자라고 여기고 있었다는 폭탄적인 주장을 한 것이다. 소위 독일 국민의 집단적 죄의식테제 Kollektivschuldthese를 새로이 주장한 것이다. 알리에 따르면 히틀러 정권은 유태인들에게서 빼앗은 재물과 침략전쟁에서 노획한 물자들을 당시 독일 국민의 복지에 사용함으로써 대다수의 지지와 묵인을 얻어내는 인기영합적인 정책을 취했다는 논리를 전개한다. 이제껏 공개되지 않았던 나치 정권의 재정부와 세무서의 자료를 토대로 전쟁기간에도 일반 대중의 세금 부담은 늘어나지 않았고 여러 가지 사회복지 정책이 일반 대중의 독재정권에 대한 회유책으로 작용했고 이에 소요되는 막대한 재원은 유럽 각지의 점령지에서 약탈한 재물들로 충당했다는 것이다. 이러한 주장은 지난 1990년대 중반 골드하겐 논쟁에 비견할 만한 엄청난 사회적 논란을 낳고 있다. 골드하겐 Daniel Jonah Goldhagen(1959-)의 『히틀러의 자발적인 처형자들 Hitler's Willing Executioners』(1996)이라는 저술에서 야기된 당시의 논쟁에서는 루터 이래의 기독교 종주국인 독일인들의 정서에 뿌리깊이 내재되어 있는 반유태주의 감정이 홀로코스트의 정서적 배경이 되었다는 전제하에서, 특정 집단에 대한 사례연구를 통해서 나치정권의 창출과 홀로코스트에 대한 일반 독일 대중의 공동 책임론을 제기한 바 있다. 그러나 알리가 새로이 제기한 홀로코스트에 대한 독일 일반 대중의 공동 책임론은 많은 논란을 야기시켰다. 가령 석학 한스 몸젠 Hans Mommsen(1930-2015) 등은 알리의 테제가 이제껏 주목받지 못한 재정 자료들을 연구한 점은 높이 평가할 수 있지만, 정통적인 역사연구자의 관점에서 보자면 '아웃사이더'인 알리의 논지는 너무 일면적이며, 특정요인이 과대하게 부풀려져 있다는 주장을 한다. 이는 독일의 현대사를 둘러싼 역사적 정체성을 해명하기 위한 논쟁의 일환으로 여겨진다. 현대 독일의 역사적 정체성을 둘러싼 집단적 기억에 대한 논의는 뿐만 아니라 1990년대 후반 마틴 발저 Martin Walser(1927-)를 둘러싼 논의와 베를린의 홀로코스트 기념비를 둘러싼 논쟁들을 통해서 진행된 바 있다. 이러한 역사 논쟁의 중심에는 무엇보다도 과거에 대한 집단적 기억과 회상문화에 대한 논의가 놓여 있다 할 것이다.

다른 한편으로는 인터넷과 전자정보체계의 발전이 낳은 집단적 기억 매체의 근본적인 변화는 현대 사회에 있어서, 기억과 회상이라는 패러다임에 대한 새로운 관심을 야기시킨다. 전통적인 활자 매체의 시대에 문학이 행하던 기존의 역할이 점차 인터넷 매체의 시대에는 그 유효성을 상실해 가고, 이러한 뉴미디어시대에서는 무엇보다도 디지털문화가 초래한 소위 '기억의 휘발성'이 이야기된다. 인류사에서 보자면 문자가 없던 시절에도 점성술이나 의술의 형태로 하늘의 별자리를 '읽고', 질병을 진단하기 위해서 몸을 '읽었다.' 읽는 행위는 인간의 생존에 직결된 본능적 행위였던 것이다. 이후 문자가 발명되고 문자를 통해 축적·저장된 경험과 지식을 읽어 내는 것은 인류사 발전의 근간이 되었다. 고대의 파피루스 두루마리 volominum가 코덱스 codex의 형태를 지니게 된 서기 2세기 이래 종이의 발명과 구텐베르크의 인쇄혁명을 거치고 21세기에 이르도록 우리의 뇌리에 각인된 직사각형 모양의 '책'이 지닌 형태적 특징은 너무나도 버거운 것이나, 책이라는 매체와 그 책 속에 담긴 지혜를 끄집어내는 독서의 기술은 미로와도 같은 삶의 양태에 정향성을 제공하는 기제로 작용하였다.

중세에 이르기까지 서구에서 책과 지식을 재생산하는 것은 수도원이나 대학과 같이 공공적인 기관에서 전담하였던 것은 결코 우연이 아니다. 책을 읽는 것, 그리고 전래의 책을 다시금 후대를 위해 다시 편집하고, 새로이 책을 쓰는 행위는 그 당시 사회를 총체적으로 읽어 내려는 사회적 기제로 작동했으리라. 이런 연유에서 독서의 역사는 따라서 종교적 규정성을 지녔다. 가독인구의 증가와 낭독이 아닌 숙독의 전파는 이러한 사회규범적 서적 생산에 변화를 가져 왔고, 수도원과는 독립적인 필경사 마이스터의 대두가 이제껏 책이라는 매체의 공적 기능을 사적으로 탈바꿈하게 하였으며 이것이 서적 판매의 시초라고 이야기된다. 15세기에 이르러서야 주문에 의하지 않고 독자 판매를 목적으로 책을 만들어 내기 시작한 것이다. 이러한 출판 시장에의 기대가 아마도 구텐베르크의 활자 인쇄술의 발명으로 대변되는 도서의 대량 생산체계와 유통체계의 확립을 가속화시켰을 것이다. 이 자리에서는 공적인 영역에서의 독서가 사적인 영역의 독서로 확대되면서 나타나는 여러 문학적 형식들에 대한 전거는 불필요해 보인다. 현대는 전자미디어 시대이다. 개인 컴퓨터와 인터넷, 수많은 블로거, 트위터러들은 이제까지의 '구텐베르크 은하계'에서와는 다른 양상으로 세계의 문자화를 시도한다. 영상화면의 기호와 이미지들은 더 이상 전통적인 의미에서의 활판 인쇄술적인 것이 아니다. 전자출판이 일반화되었음에도 '인쇄된 책'들에는 미리 규정지어진 판형에 따라 일정한 크기와 일정한 모양의 서체들로 조합되어 고정된 언어들이 줄을 서서 대형서점의 서고에 꽂힌 채 독자를 기다린다. 대형서점의 기나긴 서가의 행렬은 마치 미로와도 같다. 어느 동화 작가의 말처럼 여전히 독서 행위는 계속되어야만 할 인생의 가장 고귀한 모험이라는 데는 모든 독자들이 찬

동할 터이지만, '구텐베르크 은하계'의 조용하고 수동적인 독자는 서서히 그 자취를 감추고 있다. 쌍방 간의 상호작용적인 인터넷문화에 익숙한 현대의 독자들은 전통적인, 일방적인 독서행위보다는 텍스트와의 진정한 대화를 요구하고 있다. 작금의 하이퍼텍스트나 전자책과 같은 논의들에서 우리가 주목해야 할 점은 정보처리 시스템이라는 입장에서 바라보자면 '전통적인 책'이라는 기제는 우리 사회의 체계복잡성을 완벽하게 커버하기에는 너무나 부족하다는 점일 것이다.

전통과 역사의 담지자로서의 문자문화의 역할과 지위는 작금에 매우 위태롭게 여겨진다. 기억과 회상에 대한 관심집중은 1920년대 두 개의 출발점을 지닌다. 집단적 기억에 대한 모리스 알브바슈의 연구와 비유와 상징에 기반한 사회적 기억에 대한 아비 바르부르크의 연구가 바로 그것이다. 집단적 기억과 회상의 문화를 이론적으로 체계화시킨 이 두 사람의 공로가 바로 현대의 기억과 회상의 문화사적 접점을 가능하게 한다. 베르그송과 뒤르껭의 제자인 알브바슈는 모든 개인적 기억은 집단적 기억이라는 주장을 통해서 세 가지 영역의 기억 영역을 이야기하고자 한다. 즉 개인적 회상의 사회적 연관성과 세대 간 기억의 전승, 그리고 집단적 기억을 문화적 전승과 전통의 형성이라는 영역으로 확대하는 것인데, 맨 마지막의 이론 영역이 오늘날 아스만 등에 의해서 문화적 기억이라는 이름으로 재해석된 부분이라 할 것이다. 1945년 3월 16일 부헨발트의 가스실에서 목숨을 잃은 알브바슈의 관심은 무엇보다도 기억이란 과거에 대한 재구성이라는 점이다. '기억은 과거에 대한 절대적인 모사를 제공하지 못한다, 오히려 회상은 일견 현재로부터의 조건에 기반하여 과거를 재구성하는 것이고 또한 전에 시도된 여타의 재구성을 통해서 다시금 회상된다.'라는 것이다. 집단적 기억과 관련된 다른 또 주요한 구상은 마찬가지로 1920년대 아비 바르부르크에 의해서 이뤄진 것이다. 바르부르크는 문화적 에너지 저장소로서의 상징에 대해서 주목하고 있다. 문화는 상징에 근거하고 있으며, 그는 집단적 이미지/그림의 기억(심상 Engramme)을 이야기하면서 이 그림 기억을 사회적 기억이라고 명명하고 있다. 그는 각기의 시대, 각기의 장소에 전형적인 집단적 기억의 현재화와 그 변화를 강조한다. '시간의 거울에서 바라볼 때 재현의 차이는 의식적이든 무의식적이든지 간에 그 선택된 시대의 시대적 경향성을 재현하고 있으며, 이러한 재현의 과정은 바로 총체적 영혼이 제시'된다는 것이다. 이 두 사람의 이론에서 집단적 기억과 회상의 문화는 공히 1920년대의 중부유럽의 시대적 상황이 일정정도 반영된 것이리라. 이 두 구상의 공통점은 무엇보다도 문화의 전승이 인간행위의 산물이며, 인간이란 사회적 상호행위를 통해서 자신의 존재를 규정하는 존재이며, 따라서 문화적 연속성의 이해는 문화는 사회적 상호작용과 그 물질적 객체 속에서 고정화되면서 중개된다는 점에서 찾아져야 한다는 것이다. 따라서 이들과 동시대에 기억과 회상에 대한 논의를 전개한 프루스트, 벤야민, 아우어바흐의 논의에서 일정정도 동일한 문화적 기억을 읽어 낼 수 있는 것은 결코 우연이 아닐 것이다.

피구라와 알레고리

H. '잃어버린 자아'와 서사의 내면성

산업화와 다양한 커뮤니케이션 기술로 대변되는 근대의 발전이란 우리 주변의 익숙한 공간으로부터 낯설고 머나먼 무경계의 공간으로 나아가는 과정이다. 우리는 공간 속에 존재하며, 공간을 경험하고 여러 공간을 가로질러 이동하기도 하는 공간 속에서 '세계 내적인 존재'이기도 하지만, 다른 한편으로 공간은 매우 추상적이기도 하다. '생활 공간'과 달리 근대의 '세계 공간'은 기존의 경험적 한계를 넘어서 무한히 넓고 머나먼 거리로의 확장과 범위규정을 전제로 하고 있다. 경험의 한계를 넘어서는 근대의 공간이 지닌 측정 불가능성은 이미 파스칼의 다음과 같은 유명한 명제에서도 잘 나타나 있다. "이 무한한 공간의 영원한 침묵이 나를 매우 두렵게 한다." 근대 이전의 '총체적'이고 '원환적'이었던 사회에서는 근공간 Nahraum과의 밀접함을 보여 주지만, 근대는 더 이상 대안이 없이 주어진 공간의 무한성 너머에 우리에게 새로운 지평을 열어 준다. 근대는 가까움과 주변의 것에서 해방이자 먼 것, 나와 낯선 것들에 대한 정복을 요구하였던 것이 아닐까? 근대에 이르러서 먼 것이 점점 가까워지고, 원래의 고유하고 가깝고 친숙한 것들이 새로운 낯섦에 의해 낯설어 지는 과정을 반복한다. 또한 서구의 근대는 신대륙의 발견과 제3세계의 식민지화와 정복의 과정 속에서, 더불어 공간문제 역시 정복했다는 환상에 빠진 것은 아닐까? 사회적 현상의 시간성에 대한 강조에 비해서 공간의 측면에 대한 소홀함이 이야기되고 있는데, 이는 독일 관념론적 철학에 기반한, 시간=의식, 공간=몸이라는 도식성에서도 여실히 드러난다. 모던한 현대의 문화기술은 일상에서 다양한 가상현실을 경험하고 소비하게 만든다. 새로운 미디어 기술이 현실에 대한 우리의 지각과 이해를 변화시킨다는 벤야민의 테제가 아니더라도 이미 오래전부터 시청각미디어나 전자미디어는 우리네 일상의 일부분이 되었다. 새로운 미디어적 실존의 조건하에서 자신을 자각한다는 것은 기술발전에 의해 새롭게 만들어진 새로운 차원의 실재성, 즉 가상현실을 심층적으로 이해한다는 것을 뜻하게 되었다. 현실은 매개된 현실, 즉 상징의 조건 속에서만 지각할 수 있기에, 경험 가능한 현실이나 경험된 현실은 언제나 가상현실로 존재한다(Hartmann 2000 참조). 아름다운 가상과 피상적인 향유의 저수지였던 문화는 현대의 기술 복제적 특성에 근거하여 '아우라'의 상실이 낳은 매체 기술적 조건들이 이야기된다(벤야민). 주지하다시피 '아우라'의 상실이라는 토포스는 기술에 의해서 그리고 기술을 매개로 하여 발생하는 매체사적 변화를 이야기하는 것이며, 아우라를 '공간과 시간'의 짜임(직물)으로 이해하는 한에 있어서 이는 미적 범주로서, 선험적 주관성의 일부로 이해될 수 있을 것이다. '탈 마법화되고 이성적인' 계몽의 시대에 있어서 기술은 실재를 보다 더 잘 제어하기 위하여 감각의 확장으로서의 매체기술을 사용하고, 매체기술의 복제적 성격이 가상성의 기초를 이루게 된다. 가상성은 계몽의 주창자들의 의도와는 달리 현실의 안정성을 뿌리째 흔들어 놓았다. 코드화되지 않는 현실경험이 가능한 '진정한 현실 wirkliche Wirklichkeit'은 결코 존재한 적이 없으며, 모든 현실은 상징적으로 매개되며, 모든 현실은 원래 '가상적으로 virtuell' 지각된다. 우리가 접하는 가상현실들은 항시 현실을 기술적으로 복제하고자 시도하였던 서구의 문화·매체사적 전통을 이어 가고 있는 셈이다. 가상 공간은 컴퓨터 인터페이스나 전자매체가 낳은 새로운 모습 이상이며, 버츄얼한 환경과 모사된 세계로 이뤄진 가상 공간

피구라와 알레고리

은 우리의 현실감각을 시험하기 위한 '형이상학적 실험실'이 되었다(Heim 1993, 83). 가상현실은 게시판과 채팅방, 인터넷 카페, 이메일, 웹사이트 등과 같은 다양한 인터넷상의 커뮤니케이션 장치들뿐만 아니라 육체적 현존을 넘어서 공동체적 특성을 야기하는 공간 개념으로 확대되었다. 그러나 실제로 현실을 매개하는 이차적 세계로서의 가상현실은 뉴미디어의 문화 기술적 커뮤니케이션에 의해서 처음 만들어진 것이 아니다. 더군다나 현재의 '공지성의 변형(Transformation von Publizität)', 즉 사회적 커뮤니케이션관계의 패러다임 변화는 일상에서 일어난 영상적 전환(Pictorial Turn)(밋첼)과 '코뮤니오콜로기적'(플루서) 미디어상황을 직면하고 있다. 주지하다시피 인터넷의 시대에 있어 매체는 더 이상 인간 감각의 의족적 확장(맥루한)만을 의미하지 않고, 새로운 공지성의 형성과 공론장의 확립을 가능하게 하는 질서원리의 메타포로 작용한다(Burckhardt 1994).

세계문학사에서 보자면, 처음 소설이 만들어 낸 내면의 친밀한 공간은 컴퓨터에 의해 만들어진 몰입환경과 마찬가지로 매우 가상적인 현실이라 할 것이다. 소설은 경험보다 더 실재적이고, 픽션은 사실보다 더 진실한 까닭에 문학의 한 분과를 이제껏 유지하고 있는 셈이다. 또한 인문학은 궁극적으로 현대 사회가 그 자신의 정체성에 대한 지식을 학문의 형태로 유지할 수 있는 장소일 것이다. 작금의 문화연구의 중심에는 구텐베르크 시대로부터 인쇄문화가 낳은 이성중심주의에 대한 비판의식이 놓여 있다. 더구나 현대인의 삶이 지닌 정체성 위기에 덧붙여 21세기의 멀티미디어적 통신환경은 '주관성의 객관화'를 이야기하거나, 서사의 중심을 이야기하기 더욱 어렵게 한다. 본 논문에서는 서구문화사에서의 공간에 대한 이론적 논의가 이러한 서사성의 본질에 대한 논의와 함께 이야기되어 진다는 사실에서 출발한다. 뿐만 아니라 가상현실은, 프레드릭 제임슨의 용어에 따르자면, 문화적 우세종으로서의 시뮬라시옹(보드리야르)과 같 다고 주장되기도 한다. 보드리야르에게는 현대문화의 규범 그 자체이기 도한 스크린 문화는 현실이 아닌 환상만을 보여 주는 하이퍼리얼한 인식 만이 현실을 대체하고 있다. 그러나 우리는 만약 가상현실을 개인의 몰입 을 야기시키는, 컴퓨터가 만들어 낸 공간으로만 인식한다면 소설이 독자 에게 만들어 주는 몰입의 공간 역시 가상 공간이라고 이야기해야 하지 않 을까? 그러나 소설을 읽는 독자가 경험하는 이야기 속으로의 몰입되면서 만들어지는 공간은 작가의 의도에 의해 만들어진 플롯들과의 상호작용 을 통한 독자의 자아 내면의 공간인 반면에, 우리가 가상현실이라고 불러 야 하는 새로운 공간은 고정된 텍스트를 읽은 행위와는 뚜렷이 구별된다 (Ryan 1994). 가상 공간은 참여자들에게 경험을 통해서 세계의 구성에 적 극적 참여하도록 요구한다.

초연결 사회의 디지털 자아와 가상적 공간에 익숙한 세태의 글쓰기 전 략으로 트랜스미디어 스토리텔링이 이야기된다. 이는 디지털 매체 융합 의 시대에 여러 개의 미디어 플랫폼을 통해 하나로 이해될 수 있는 이야 기를 전달하고 이를 경험하는 것을 지칭하는 바, 이는 일견 새로운 텍스 트 유통의 관습이자 미디어 경험 양식일 수 있다. 멀티플랫포밍의 한 형 태인 트랜스미디어스토리텔링은 개별 이야기들이 모여 하나의 전체 이야 기를 만들어 내는 것으로 이용자의 경험에 의해 가능하다고 주장된다. 트 랜스미디어 스토리텔링은 상업주의 팬덤이지만 전통적인 신화 스토리텔링을 부활시킬 수 있는 참여문화현상으로 간주된다. 초창기 영화의 발전과 그에 다른 글쓰기 방식의 차이와 작가성의 변화에 대한 관찰이 새로운 매체사적 발전이 야기한 새로운 글쓰기의 시작과 그 아날로그 작가성의 본질에 대한 실례로 작용한다면, 초연결 사회의 트랜스미디어적 특성을 규정짓는 것은 사적 영역의 공유화(열린 마음)가 낳은 새로운 매체사적 혁신이 될 것이다. 일찍이 맥루한은 '두 가지 미디어의 이종교배 hybrid, 혹은 만남은, 거기에서 새로운 형태가 탄생하는 진실과 계시의 순간'이며 다른 미디어와의 만남을 통해서 기성 문화에 만연되어 있는 나르시스적 자기도취에서 벗어나 기존의 미디어에 의해 무감각하게 마비된 감각이 자유를 얻어 해방되는 순간이라고 설파한바 있다(맥루한 1997, 92). 그러나 기존의 지배적 미디어가 만들어 놓은 일상적인 마비로부터 해방을 전제로 하는 매체간의 만남에 대한 맥루한의 혼종성 개념은 매체간의 고정된 경계 지음을 전제하고 있어 보인다. '핫' 미디어와 '쿨' 미디어와의 구분에 대한 다양한 논의의 스펙트럼은 논외로 하더라도, 맥루한은 "미디어"라는 개념을 매우 확장하여 사용하고 있는 것으로도 유명하다. 인쇄술의 발명과 서적의 출간은 구전문화시대와 문자문어시대를 융합하는 활자문화의 시대라고 할 수 있는 근대의 세계와 그 세계관을 낳았다. 또한 단일감각의 '정세도'의 높고 낮음에 따라 '핫' 미디어와 '쿨' 미디어로 나눈 맥루한의 규정에 따르자면 인쇄문화는 핫 미디어이지만 전기문화의 총화인 전화는 쿨 미디어였다. 그러나 영상을 전달하는 두 매체인 영화와 텔레비전에 있어서 영화는 '핫'하지만 텔레비전을 '쿨'하다고 규정한 맥루한의 논지에 대해서는 디지털 시대를 살아가는 우리는 다른 견해를 제시할 수 있을 것이다. 물론 맥루한은 작가와 영화감독이 하는 일이 독자나 관객을 하나의 세계, 즉 독자나 관객의 자신의 실제 세계로부터 또 하나의 다른 세계, 즉 인쇄와 필름에 의해서 만들어지는 새로운 세계로 옮겨 놓는다는 점에서 공통점을 지니고 있고, 아마도 그런 이유에서 활자의 인간이 '기꺼이' 필름을 받아들였다고 적고 있다. 이러한 점이 초기 시네마토그래피 이래로의 영화의 발전사에서 문학과의 상호작용성이 이야기되는 이유인 듯하다. 이러한 문제의식에서 보자면 기존의 여러 예술 장르를 포괄하는 종합예술로서의 영화의 매체사적 특수성을 이야기하기 위해서 최근 상호매체성이라는 용어를 선호하는 이유도 자명하다 할 것이다. 장르규정적인 매체사적 특수성에 대한 관심은 오랜 역사적 전통을 지닌다.

일찍이 니체 Friedrich Nietzsche의 문제의식은 고대 그리스의 (비극적) '드라마'의 탄생과 그 '사멸'에 대한 것이다. 후에 발터 벤야민, 한스 가다머, 폴 드 만 등에게서 드러나고, 프랑스의 상징주의자들에게 많은 영향을 끼친 니체 철학의 근간은 '음악적인 것의 운명'에 대한 논구이며, 이는 이론가들뿐만 아니라 슈테판 게오르게 서클이나 토마스 만 등에 영향을 미치고, 그의 예술가 형이상학은 시인 고트프리트 벤에게서 상당한 반향을 얻은 바 있다. 니체에게서 고대 그리스 드라마의 죽음은 문학과 이론이라는 유럽문화현상의 고유성을 부각시킨 세계사적 전환점이라고 파악된다. 니체가 이 '비극의 탄생'이라는 저작을 통해서 제시한 이론적 틀은 이제껏 서구의 문자텍스트에 기반 한 독서전통을 뒤흔들어 놓은 것이다.[18] 니체

---

18 이점에서 그의 저작은 현대의 문화·문학이론에서 소위 서구 중심주의적 사고비판과 문자문화/구어문화의 문제성의 주요한 단초를 제공한다.

는 비극의 탄생에서 예술을 형성하는 2개의 상호 모순적인 기본충동, 즉 아폴론적인 성향과 디오니소스적인 성향의 강조를 통해 —의고전주의의 '소박문학이념'에 맞서고자 하는 의도로— 고전적 형식의 엄격성과 명백함을 지닌 그리스 문화를 이와 상반된 경향들에 대한 '승리'라고 이해하고자 한다. "암울한 심연에서 성장한 아폴론적 문화의 개화"가 그 조형적 수단과 형상성에 힘입어 "음악의 정신"을 복종시켰다는 것이다. 그리스예술의 긴장감 넘치는 기본구조는 우선 호머의 서사시에 각인되어 있고, 가장 첨예한 아폴론적 요소와 디오니소스적 요소의 대립은 그리스 비극에서 잘 드러난다. 음악과 이미지, 즉 그리스 비극에서의 합창과 장면의 구조는 전환적, 음악적 격동 속에서 형상성을 담보한다는 것이다. 이러한 논구의 중심에는 고대에는 음악가와 시인이 동일시되었다는 언어관, 즉 선율 Melos이 기호의 근원 형상이자 형성근원이라는 사고가 자리 잡고 있다. 이에 니체는 비극의 근원은 합창이고, 플롯(줄거리)은 2차적인 것일 뿐이라고 한다. 드라마의 본질은 마치 오페라의 본질이 리브레토가 아닌 그 음악성에 놓여 있듯이, 드라마의 대사에 놓여 있는 것이 아니라는 것이다. 이런 식으로 보자면 드라마 역시 일차적으로 서정적인 사건이라는 것이다. 니체가 이런 식의 장르분석을 통해서 말하고자 하는 바는, 그러한 장르의 변천을 유도한 시대적 토대의 변화에 대한 주목이다. 특히 BC 400년경부터 도래한 소크라테스 철학은 무엇보다 니체에게는 '이론적' 인간의 도래를 의미하는 것이었다. 이는 이제까지의 예술의 근본충동이었던 디오니소스적인 것에 대한 등 돌림을 의미한다는 것이다. 이제부터는 예술은 전적으로 표현적인 성격과 기호적인 성격에만 의지하게 되어 버렸다. 소크라테스와 오이리피데스로 대변되는 이런 전환은 철학과 서사적 언어 Logos가 이제껏 '음악'이 차지했던 자리를 뺏는다는 것을 의미한다. 드라마에는 이제 읽을 수 있는 스토리(플롯)가, 신화에서는 이야기내용 récit이 중심이 되고, 관람 대신에 판단과 독서가 더 우선시된 결과를 낳는다. 더 나아가 이제 문체, 비평, 문학이론이 갈라져 나옴으로써, 주체와 그 주체의 미적 경험이 성찰의 대상이 되어 버린다. 니체는 바그너의 오페라에서 경험의 위기를 극복하고 새로운 비극의 재탄생으로까지 나아갈 희망을 보았고, 바그너의 오페라에서 소크라테스주의적 철학에 기반한 현대의 문화에 대항할 수 있는 "신화를 탄생시킬 수 있는 음악의 능력"을 보았다는 점은 잘 알려진 사건이다.

오늘날 우리가 자주 듣는 '탈공간화', '무장소성', '공간의 종말'과 같은 개념들은 초연결 사회 담론의 기본 화두와 일맥상통한다 할 것이다. 그럼에도 이는 결코 인터넷 시대와 함께 시작된 개념들이 아니라, 인터넷 시대 이전에 이미 존재했었다. 이는 마치 소위 포스트 모던한 이론, 포스트 모던한 글쓰기 방식, 그 사유방식이 이미 그 이전에 존재했었다는 논의와 마찬가지로, 서로 모순적인 시간개념의 병렬적 공존 가능성을 이야기해야 하는 것과 같다 할 것이다. 푸코의 표현대로 우리는 동시성의 시대, 병렬의 시대에 살고 있다. 가까움과 멂, 나란히 함과 서로 분열됨이 한 시대에 살고 있다는 생각은, 사물들의 질서가 시간적인 순차성이 아니라, 공간적인 병존성에 의존하고 있다는 생각을 하게 만든다. 지구화라는 현대의 담론은 근대 이래 우위에 놓여 있던 시간의 문제가 공간의 문제로 대체되는 것을 이야기하는 셈이다. 이러한 논의의 전개는 문예이론의 경우에서도 새로운 '공간성'을 염두에 두어야 하며, '상호작용적 픽션'의 가능성이

피구라와 알레고리

열려 있는 '서사의 공간'에서 행해지는 초연결 사회의 문학적 글쓰기에서 삶의 연관성을 여전히 추구해야 하는 것을 역설적으로 보여 준다. 이점이 초연결 사회의 화두인 시공간의 경계의 확장과 열린 마음을 통한 사적 영역의 공유화와 이에 따른 융합 문화 Convergence Culture를 주창하는 전제가 되며, 여기에서 트랜스미디어 스토리텔링의 이상적인 형식은 '각각의 미디어가 최선의 그 무엇을 하게되는 경우'라고 여겨지는 이유 역시 찾아질 수 있다.

아마도 새로운 미디어의 발명과 발전은 이전 미디어의 담지자들의 상상의 산물에서 출발하지 않을까 싶다. 초창기 무성영화를 의미하던 시네마토그라프 Cinematograph/Kinematograph라는 단어가 '움직임의 기록'이라는 뜻이라면, 영화의 핵심은 시각적 질료와 대상을 물질적인 형태로 기록하고 재연을 위하여 저장하는 것이다. 카메라가 필름에 저장하고 영사기는 그것을 다시 읽어 낸다. 이러한 영화적 도구는 데이터를 쓰고 읽는 컴퓨터의 기능과 유사한 것이며 이것이 튜링기계와 영사기와의 유사성을 낳은 것이다. 스펙터클한 베를린 올림픽의 개최와 레니 리펜슈탈 Leni Riefenstahl의 기념비적인 올림픽 다큐멘터리 필름이 매체사적인 큰 획을 그은 1936년, 벤야민은 이러한 새로운 미디어의 발명과 기술 발전이 인간의 본성과 인지능력에 어떤 영향을 끼치고 있지 않을까 하는 점에 대한 논구를 시도한다. 잘 알려진 바와 같이 벤야민의 논지는 영화와 같은 새로운 미디어의 발흥에 의해 야기된 인간 지각의 변화를 추적하고자 하는 것이며, 인간 본성에 대한 기술의 간섭에 초점을 맞추고 있다. '아우라', 즉 예술작품이 지닌 독특한 현전감이라는 저 유명한 개념에서 출발한 벤야민의 논의는 사진과 영화가 야기한 거리감의 상실에 주목하고 있으며, 거리가 주체와 객체를 구분하고 관람자와 광경 사이에 틈을 만들고, 거리가 있기 때문에 주체가 타자들을 대상으로 취급(대상화)할 수 있었다는 데 주목하게 만든다. 초연결성의 사회가 시간과 공간의 현존성을 극복하는 디지털 주체성과 가상성에 기반하고 있다면, 이러한 논의에서 데카르트적 주체 개념을 극복하여 매체를 바라보는 가능성을 열었다는 점에서 벤야민의 실정성이 찾아질 수 있다. 사진과 영화와 같은 미디어를 접하는 기술 복제시대의 대중의 인식은 더 이상 집중을 요구하지 않고, 집단적이고 분산적인 수용에서만 규정된다. 전통적인, '거리를 둔', 관조적인 침잠에 반하는 분산적인 오락성이 대중의 예술에 대한 관여방식의 특질을 이루게 되었다는 것이다.

벤야민은 새로운 매체의 발생과 이에 따른 전통적인 경험 및 인식모델의 변화는 관객을 산만한 시험관(試驗管)이 되게 하였다고 주장한다. 관객이 시험관이고 주인공들은 피시험자들인 무대에서, 대상을 그것을 감싸고 있는 표피로부터 벗겨내는 일, 즉 아우라의 파괴는 이제 새로운 지각 작용의 징표로 작용할 따름이다. 이것은 '시선 없는 시각 Vision sans regard'(Virilio)의 혁신을 의미하는 것이다.

현대의 서사 이론에서는 더 이상 새로이 변화된 세상을 서술 가능하게 하는 일관성이 존재하지 않는다는 합의가 지배적 화두를 형성하였다. 근대적 삶이 지닌 정체성 위기에 기인하여 현대의 문학과 예술은 줄곧 그 실현불가능성에 직면하고 있다. 이와 같이 근대화의 과정에서 상실된 경험의 동질성에 대한 강조는, '소설의 형식이 이야기하기를 요구하지만, 더이상 어느 무엇도 이야기하지 못하는' 현대의 문학이 지니는 어려움을 상징적으로 나타내고 있다. 경험의 동질성이 상실되고 더 이상 상호 이해 가능한 이야기의 교환이 불가하다고 이야기된 '포스트 모던한' 현대에 우리는 이미 종료 선언을 받았던 공간문제가 다시 대두되어짐을 목도하고 있다. 지구화(Globalization)라는 화두는 신자유주의와 뉴미디어시대의 새로운 공간개념으로 귀환한다. 이렇듯 공간의 재발견은 패러독스하게도 새로이 공간과의 결별을 염두에 두고 있는 듯하다.

현대의 문학텍스트와 그 내러티브는 사회적 정체성의 기본개념들의 역사적 발전뿐 아니라 당대의 학문체계와 상호작용을 한다. 현대 문학의 주인공들은 더 이상 '나는 이렇게 되었다'라는 문투가 아니라 '나는 이렇게 나를 만들어 나갔다'라는 문투로써 자아 형성을 이야기한다. 가령 웹 블로그나 소셜 네트워크는 이러한 담론을 인터넷의 '가상현실' 공간으로까지 확대시킨 것이다. 뉴 미디어 시대에는 사적 영역과 공공 영역의 구분은 점차 줄어든다. 웹 블로그나 미니홈피 또는 세컨드 라이프의 사적인 버츄얼한 영역은 더 이상 개인적인 공간이 아니다. 전통적인 문학텍스트 쓰기의 본질이었던 작가와 독자의 '사적인' 공간은 더 이상 존재하지 않는다. 전통적으로 텔레비전, 신문, 잡지등과 같은 대중매체들은 공적 영역을 창조하고, 그 존재성을 지니는 영역이자 수단이기도 하다. 디지털시대에 이르러서는 마치 문자성이 이미지로 대체되듯이, 공적이라는 의미가 공공성(공론장)의 의미로 변화되는 경향을 지닌다.

주지하다시피 오늘날 우리가 자주 듣는 '탈공간화', '무장소성', '공간의 종말'과 같은 개념들은 결코 인터넷 시대와 함께 시작되어진 개념들이 아니라, 인터넷 시대 이전에 이미 존재했었다. 이는 마치 소위 포스트모던한 이론, 포스트 모던한 글쓰기 방식, 그 사유방식이 이미 언제나 그 이전에 존재했었다는 논의와 마찬가지로, 서로 모순적인 시간개념의 병렬적 공존 가능성을 이야기해야 하는 것과 같다 할 것이다. 푸코의 표현대로 우리는 동시성의 시대, 병렬의 시대에 살고 있는지 모른다. 가까움과 멂, 나란히 함과 서로 분열됨이 한 시대에 살고 있다는 생각은, 사물들의 질서가 시간적인 순차성이 아니라, 공간적인 병존성에 의존하고 있다는 생각을 하게 만든다. 지구화라는 담론은 더군다나 근대 이래 우위에 놓여 있던 시간의 문제가 공간의 문제로 대체되는 것을 이야기하는 셈이다. 이러한 논의의 전개는 문예이론의 경우에서도 새로운 '공간성'을 염두에 두어야 하며, '상호작용적 픽션'의 가능성이 열려 있는 '서사의 공간'에서 행해지는 뉴 미디어시대의 문학적 글쓰기에서 삶의 연관성을 여전히 추구해야 하는 것을 역설적으로 보여 준다.[19] 그러나 '주관성의 객관화'가 '객관성

---

19 뉴 미디어 시대에는 사적 영역과 공공 영역의 구분은 점차 줄어든다. 웹 블로그나 미니홈피 또는 세컨드 라이프의 사적인 버츄얼한 영역은 더 이상 개인적인 공간이 아니다. 전통적인 문학텍스트 쓰기의 본질이었던 작가와 독자의 '사적인' 공간은 더 이상 존재하지 않는다. 전통적으로 텔레비전, 신문, 잡지 등과 같은 대중매체들은 공적영역을 창조하고, 그 존재성을 지니는 영역이자 수단이기도 하다. 디지털시대에 이르러서는 마치 문자성이 이미지로 대체되듯이, 공적이라는 의미가 공공성(공론장)의 의미로 변화되는 경향을 지닌다. 여기에서는 매체 자체가 공적영역으로 존재한다는 전제에서 출발하여, 뉴 미디어 시대의 디지털 미디어가 지닌 공론장의 (공간적) 특성변화에 주목하고, 새로운 공간성에 대응하는 상징적 의미층위의 변화양상들을 규명하여 새로운 미디어시대의 문화 및 문학 담론의 가능성을 추구하고자 한다.

의 주관화' 또는 사적 영역의 침탈로 이어지는 디지털 시대에 있어 출발점으로부터 멀리 벗어난다는 것은 공간적으로나 시간적으로나 무의미해 보인다. 우리는 이와 유사한 단절의 시기를 르네상스라 부르는 시기의 회화사에서 찾아볼 수 있다. 이 시기에 우리는 뒤러의 자화상으로 대변되듯이 신(神)적인 것이 점차 인간화됨을 보게 되고, 인간이 신격화되는 과정이 뒤따른다. 그럼에도 이러한 개인의 발견이 주관의 자의성으로 환원된, 타인들과 고립된 개인의 승리를 의미하는 것이 아니라는 점에 주목해야 한다. 르네상스기의 이 화가들은 항상 동일한 사고방식과 해석의 코드를 공유하고 있을 뿐 아니라, 모두 여전히 기독교의 교리 테두리 안에 있었고 어떤 대상과 몸짓의 규범적 의미를 잊지 않고 있었다. 더욱이 그들은 모든 사람들에게 보이고 그림에 의해 재현되는 공동체와 관계를 맺고 있었다. 그들의 인본주의는 결코 개인주의는 아니었던 것이다. 반면에 우리가 현재 직면하고 있는 '가상현실'은 정신을 통해서가 아니라 가상세계에서는 드러나지 않는 가시적 육체를 통해서 자아를 규정하고 있다. 가상현실과 같은 투명한 테크놀로지는 데카르트적 자아를 단순히 반복하는 것이 아니라 오히려 재매개한다고 주장된다(볼터/그루신). 그러나 데카르트적 자아에게서 관건이 되는 것은 현실에서와는 다른 또 하나의 공간을 소유하는 것이었다. 데카르트는 '상상의 공간 espaces imaginaires'(Descartes 70)을 통해서, 자아와 세계 사이의 매개라는 문제성을 이야기하고자 한다. 새로운 지식은 미래에 대한 약속이며, 경험적으로 이미 존재하는 것이 아니라 이제 새로이 생산될 것으로 여겨졌으며, 세계는 아직 쓰이지 않은 채 존재하는 텍스트처럼 여겨졌다. 인간과 세계 사이의 관계 구조와 더불어 사물의 질서를 새로이 규정하는 것은 오성의 사용자로서의 작가의 탄생을 이야기하게 되는 시점에서 가능한 것이다. 신체와 정신의 관계를 정보 전달의 문제로 여겼을 데카르트에게 있어서, 뇌 또는 뇌의 일부분이 정보의 전달에서 미디어의 역할을 한다 할 것이다. 신체적 지각은 매개된 인식인 반면에, 정신과 감각은 내재적이기 때문에 선험적이라 할 것이다. 이는 또한 매개되지 않은 순수한 정신영역의 가능성을 이야기한 다는 것이며 순수정신의 존재는 세계현실에 대한 질문을 가능하게 하는 단초가 된다. 이 당시 이러한 일이 가능할 수 있었던 것은 그럼에도, 인쇄 문화와 출판이라는 근대적 사유의 기본조건이 충족되었기 때문이라는 견해가 지배적이다. 우리는 현대의 가상적인 탈마법화의 세계를 탈신화화 된 세계인식의 '재매개적' 발현으로 이해할 수 있지 않을까? 이것이 바로 '사적 영역의 공유화'가 초래한 서사의 위기를 넘어서는 글쓰기 전략이다. 르네상스시대의 철학자는 사유에 대해서 뿐만 아니라 글쓰기에 대해서 성찰하고 자신의 내면에서 '상상의 공간'을 찾았다. 이는 자신을 작가로서 새롭게 발견한 것이기도 하다.[20]

데카르트 이래 주체적인 저자의 내면에 존재하였던 '상상의 공간'은 책 이라는 인쇄기술이 낳은 매체 속에서 독자들의 독서 행위를 통해서 계속 적으로 상상력의 공간을 만들어 왔으며 이것은 우리가 인터넷 시대의 뉴

---

20 철학은 사유에 대해서 뿐만 아니라 글쓰기에 대해서 성찰하고 근대인들에게 저자성을 부여하게 되었다. 더욱이 근대의 철학은 학술적 규준화의 압력을 탈피하고, 보다 보편적인 공론장에 관심을 갖게 된다. 르네상스이래로 공론장을 서구의 여론 및 이념 형성의 척도가 된다. 글쓰기 자체가 논의의 대상이 되어 감으로써 철학자와 학자공화국 사이의 의미론적 상관관계는 의식적으로 제도화되어 갔다. 이성의 새로운 문화는 '상상의 공간'인 공론장에서 계속 확장되어 갔다.

미디어적 환경하에서 주장되는 '새로운' 가상성의 선험적 이해의 기반이 되어 왔다. 카프카의 「시골의사」에서는 글쓰기와 의미의 치환이라는 매체사적 문제의식하에서 주체의 자기 함몰을 가능하게 한 서사의 공간성이 관건이다. 시적 주체가 구성될 때, 주체는 문자/활자/책/문학이라는 매체가 지닌 물질성을 이해하지 못하고 그러한 '환상성'에 자아가 함몰될 수 있다는 점을 읽어 낼 수 있다. 현대의 기계주체인 인터넷은 탈중심화된 커뮤니케이션의 체계이다. 인터넷은 인간과 물질, 물질과 비물질간의 새로운 관계체제를 구성하고, 문화와 테크놀로지의 관계를 재구성하여 테크놀로지의 결과물들에 대해서는, 과거의 어떤 담론이 발전시켜 온 것들과도 다른 차별성을 보여 준다. 따라서 인터넷의 기술적 결과물들을 정의할 수 있는 방법은 일종의 전자지형학(electronic geography)(포스터)을 구성하는 관계망을 마련하여 인터넷을 자리매김하는 것이라고 주장된다.[21] 1994년 미첼과 뵘에 의해서 주창된 '도상적 전환(Iconic Turn)'/'이미지적 전환(Pictorial Turn)'이라는 외침이 1967년 로티의 '언어학적 전환(Linguistic Turn)'에 비견할 만한 반향과 인류사적 의미를 갖게 될지의 여부는, 더불어 전개된 디지털 미디어의 지향성에 대한 논구를 통해서만 해명될 것이다.[22] 이러한 맥락 하에서 비로소 우리는 상상 공간의 공간적 전

---

21 인터넷과 풀뿌리 민주주의를 연관시키는 이러한 논지의 핵심은 하버마스 Jürgen Habermas에서 도출된 공론장(공적 영역) res publica/Öffentlichkeit/public sphere의 논의와 연관 지어질 수 있다. 공론장/공적 영역이라는 개념과 함께 인터넷의 사회적 본질의 쟁점은 공간성을 확보하게 되는 셈이다.

22 이미지를 언어텍스트의 라이벌로 이해하던 전통적인 인문학적 논쟁들을 염두에 두지 않더라도, 도형을 위시한 여러 도상과 이미지의 적용이 일반화되어 있는 자연과학과 의학 분야와 달리 최근의 인문 분야에서의 이미지에 대한 의식전환은 여러 가지 생산적인 결

회가 지니는 의미를 올바르게 평가할 수 있을 것이다.

과물들을 도출해 내기에 충분하다. 그럼에도, '지시 Denotation는 재현의 핵심이며, 유사성과는 무관하다'(굿맨)라는 명제가 대변하고 있듯이 '이미지의 귀환 die Wiederkehr der Bilder(Boehm)'을 맞이하는 것은 '도상적 차연 die ikonische Differenz'에 대한 인식일 뿐만 아니라 맥락 없는 우상에 대한 속절없는 기대감일지도 모른다.

1.4

경험의 위기와 주체 담론

I. '지금 이때'와 '남은 시간'

발터 벤야민의 생애에서 신학적 사유와 정치적 사유의 대립은 이제껏 많은 시사점을 남긴다(Lindner 2006, 294). 특히 벤야민 최후의 저술로 여겨지는 「역사의 개념에 관하여 Über den Begriff der Geschichte」는 생애의 마지막 10여 년 간 벤야민이 지속적으로 되묻던 문제의식과 맞닿아 있다. 소위 '역사철학테제'로 일반화되어 불리는 이 저술은 벤야민의 비평적, 철학적 사유의 정수이며, 언제인지는 모르지만 얼마 남지 않은 죽음의 순간을 예감한 벤야민의 마지막 기록이자 유언으로 여겨진다. 이러한 이유에서 『로마서』를 기록한 사도 바오로의 일화와 견주어 이야기되기도 한다(Taubes 2006). 주지하다시피 '성스러움'에 대한 인류학 혹은 민속학적 관심뿐 아니라 종교학 및 종교사회학적 관심은 20세기 초반 기존의 인문학 및 사회과학과 더불어 예술 분야에 많은 영향을 끼쳤다. '성스러움'은 무엇보다도 예술이론 및 철학적 논의뿐만 아니라 다양한 예술 장르에서 형상화되어 나타나는데, 특히 문학의 경우에는 다양한 캐릭터와 독자적 시학으로 형상화되기도 하였는바, 본 논문에서는 '역사철학테제'를 중심으로 한 벤야민의 텍스트에 나타나는 성스러움과 구원의 모티브와 이에 내재된 메시아적 시간에 대한 논의를 발전시키고자 한다.

벤야민이 생각하는 역사의 시간은 흘러간 지난 시간 혹은 과거의 흐름들을 관류하는 연속성이 파괴되어 이미지화된 '지금 이때 Jetztzeit'의 시간관이라 할 것이다. 이 정지된 현재의 시간은 과거와 미래를 연결하고 역사적 시간에 생명을 불어넣는 시간이며, 진리가 섬광처럼, 마치 구원의 시간을 알리는 종소리처럼 열렸다가 다시 사라지는 메시아적 시간이라 할 것이다.

벤야민의 역사철학에 기저하는 시간 개념은 우리가 알고 있는 일상적인 시간과는 다른 시간 개념일 것이다. 차라리 통상적인 시간 개념에 대한 비판이라 읽힌다. 역사라는 구조물을 형성하는 것은 동질적이거나 지속인 시간도 아니고 그렇다고 해서 아무런 실체가 없는 공허한 시간 개념도 역시 아니다. 주지하다 시피 벤야민의 역사관은 역사주의에 대한 비판과 더불어 당대 사회민주주의가 지닌 낙관적인 진보관에 대한 비판을 동시에 내재하고 있다.

벤야민의 일생을 관류하는 신학적 모티브와 정치적 모티브의 상관관계는 메시아적 시간 개념에서 완결된 모습을 보여 준다 할 것이다. 벤야민보다 이미 2000여 년 전에 살았던 사도 바오로는 『로마서』 8장에서 다음과 같이, 메시아의 도래에 대한 확신과 구원을 기다리는 이들의 고난과

영광을 설파한다.[23]

19 사실 피조물은 하느님의 자녀들이 나타나기를 간절히 기다리고 있습니다.

20 피조물이 허무의 지배 아래 든 것은 자의가 아니라 그렇게 하신 분의 뜻이었습니다. 그러나 그것은 희망을 간직하고 있습니다.

21 피조물도 멸망의 종살이에서 해방되어, 하느님의 자녀들이 누리는 영광의 자유를 얻을 것입니다.

22 우리는 모든 피조물이 지금까지 다 함께 탄식하며 진통을 겪고 있음을 알고 있습니다.

23 그러나 피조물만이 아니라 성령을 첫 선물로 받은 우리 자신도 하느님의 자녀가 되기를, 우리의 몸이 속량되기를 기다리며 속으로 탄식하고 있습니다.

24 사실 우리는 희망으로 구원을 받았습니다. 보이는 것을 희망하는 것은 희망이 아닙니다. 보이는 것을 누가 희망합니까?

25 우리는 보이지 않는 것을 희망하기에 인내심을 가지고 기다립니다.

(…)

31 그렇다면 우리가 이와 관련하여 무엇이라고 말해야 합니까? 하느님께서 우리 편이신데 누가 우리를 대적하겠습니까?

32 당신의 친아드님마저 아끼지 않으시고 우리 모두를 위하여 내어 주

---

23   이 논문에서는 한국천주교주교회의가 2005년 발간한 『성경』을 기반으로 성경 구절을 인용한다.

신 분께서, 어찌 그 아드님과 함께 모든 것을 우리에게 베풀어 주지 않

으시겠습니까?

33 하느님께 선택된 이들을 누가 고발할 수 있겠습니까? 그들을 의롭

게 해 주시는 분은 하느님이십니다.

(『로마서』 8, 19-33, 밑줄은 이 글의 필자가 한 것임.)

타우베스의 견해에 따르자면 이 대목에서 바오로 사도는 이미 고발

을 당한 상태에서 자신이 행한 선교의 정당성을 설파하고 있으며, 언

제인지 모를 죽음을 기다리면서도 자신의 행위와 자신이 믿는 메시아

의 도래에 대한 굳건한 믿음을 보여 주고 있다(Taubes 1995, 40). 그러

나 이 대목에서 타우베스를 위시한 유대학자들이 주목하는 점은 '디아

스포라-유대인'이었던 사울/바오로의 '가치의 탈가치화'라는 명제로 설

명되는 기존의 당시 유대사회에 만연한 '율법'에 대한 지나친 맹종에 대

한 비판이라 할 것이다. 이단자 사울이 바오로로 되어 가는 과정에서

도 보여 주는 바와 같이 사도 바오로의 의연한 믿음은 하느님이 아니라

면 '누가 과연 자신을 고발하고 단죄할 수 있을까' 하는 결론을 이끈다.[24]

---

24 34 누가 그들을 단죄할 수 있겠습니까? 돌아가셨다가 참으로 되살아나신 분, 또 하느
님의 오른쪽에 앉아 계신 분, 그리고 우리를 위하여 간구해 주시는 분이 바로 그리스도 예
수님이십니다.
35 무엇이 우리를 그리스도의 사랑에서 갈라놓을 수 있겠습니까? 환난입니까? 역경입니
까? 박해입니까? 굶주림입니까? 헐벗음입니까? 위험입니까? 칼입니까?
36 이는 성경에 기록된 그대로입니다. "저희는 온종일 당신 때문에 살해되며 도살될 양처럼
여겨집니다."
37 그러나 우리는 우리를 사랑해 주신 분의 도움에 힘입어 이 모든 것을 이겨 내고도 남습니다.

'그들'에게 '양처럼 도살'될지언정, 그 어떤 누구도 심지어 죽음마저도 자신의 믿음을 방해하지 못하리라는 유언이라 할 것이다. 머지않을 죽음의 순간, 순교의 순간을 기다리면서, 바오로 사도가 바라보는 세계는, 따라서 혈연에 기반한 친족관계가 아니라 구원의 믿음에 기반한 친족관계 Verheißungsverwandtschaft('에클레시아 ecclesia')일 것이며, 바오로의 사명은, 타우베스의 견해를 빌리면 새로운 하느님의 백성을 세우고 이를 정당화하는 것이었다(Taubes 1995, 42). 이는 바오로 사도가 하느님의 분노 orge theou를 알고 있었기 때문이라고 타우베스는 적고 있으며, 「출애굽기」 32-34장과 「민수기」 14-15장의 일화를 제시하고 있다.

죽음에 이르는 시간을 얼마 남기지 않은 철학자 타우베스는 사실상 순교의 순간을 향해가는 사도 바오로의 이야기 속에서 '하느님의 탄식'이라는 화두를 꺼내어 벤야민 생애의 마지막 텍스트인 「역사철학」에 드러나는 소위 '니힐니즘'적 요소와 접목시킨다(Taubes 1995, 97). 벤야민과 바오로 사도의 글에서는 성서해석학적인 자구(字句)상의 일치가 아니라, 동일한 삶의 경험이 잉태한 동일한 지향점이 두 사람의 텍스트에 나타난다(Taubes 1995, 103). 죽음을 앞둔 혹은 종말을 잉태한 현실에 대한 두 사람의 '메시아적 시간'은 단순히 미래 지향적이지 않다. 구원의 순간을 기다리는 자의 태도는 결코 미래와 영원만을 기다리는 것이 아니라 '지금 이때'가 과거와 현재의 응축이라는 말로써 이해되는 한, 바로 그 순간, 지난

---

38 나는 확신합니다. 죽음도, 삶도, 천사도, 권세도, 현재의 것도, 미래의 것도, 권능도, 39 저 높은 곳도, 저 깊은 곳도, 그 밖의 어떠한 피조물도 우리 주 그리스도 예수님에게서 드러난 하느님의 사랑에서 우리를 떼어 놓을 수 없습니다. (『로마서』 8, 34-39)

시간의 빚을 청산해야 함을 의미한다.

 타우베스는 다음과 같은 벤야민의 텍스트에서 바오로 사도와 유사한 벤야민의 역사관을 읽어내고, 니힐리즘에 기반하여 미학화된 메시아주의 라고 칭하고 있다.

> 메시아가 스스로 모든 역사적인 행위들을 마무리지우는 바, <u>이는 그 자신 메시아적인 것과의 관계를 우선 구원하고, 종결하고 또 창조한다는 의미에서이다.</u> 그리하여 어떤 역사적인 것도 그 스스로 메시아적인 것에 관계하려 않는다. 그리하여 하느님의 나라는 사적 역동성의 목표가 아니다. 그 목표로 설정될 수 없다. <u>사적으로 볼 때 그것은 목표가 아니라 종말이다.</u> 그리하여 세속적인 것의 질서는 하느님의 나라에 대한 생각에 덧붙여 건설될 수 없으며, 신정정치는 아무런 정치적 의미를 지니지 못하고, 단지 종교적 의미만을 지닌다.(…) <u>세속적인 것의 질서는 행복 Glück의 이념에 기대여 세워진 것이다.</u> 메시아적이 것에 대한 이 세속적인 질서의 관계는 역사철학의 가장 본질적인 교훈중의 하나이다.(…) <u>왜냐하면 그 영원하고 총체적인 무상함 Vergängnis의 자연은 메시아적이다. 이에 다다르고자하는 것이,(…), 세계정치의 과제이며, 이것의 방법론은 니힐리즘이라 불릴만 하다.</u>
>
> (Benjamin 1991b, 203f., 밑줄은 이 글의 필자가 한 것임.)

 타우베스는 벤야민의 사유에서 행복과 무상함을 동일시하는 점에 착안하여, 바오로 사도의 「로마서」 8장 19-21절에 나타나는 '피조물의 허무'

와 대칭적인 독법을 설파한바 있다. 타우베스는 무엇보다도 사도 바오로의 「고린도서」와 「로마서」에 나오는 '없는 듯 hos me' 살아라!라는 주장과 벤야민의 사유의 일치성을 이야기하고 있다. 반면에 아감벤이 쓴 『남겨진 시간』의 견해에 따르자면(Agamben 2006), 이 구절에서 타우베스가 간과하고 있는 점은 바오로에게 창조는 아무런 의도 없는 덧없음과 파괴에 종속되어 있고, 구원에 대한 기대감 속에서 '다 함께 탄식하며 진통을 겪고' 있지만, 벤야민에게 있어서 자연은 이미 덧없는 것이라서 메시아적이라는 것이다. 왜냐하면 벤야민은 '메시아적 자연의 리듬이 바로 행복'이라고 쓰고 있기 때문이다.

'신의 죽음'으로 시작된 20세기가 지속적인 세속화 과정을 통해서 도달한 귀결이, '성스러움'과 '세속적인 것'의 헤테로토피아적인 '예외적 상황 Ausnahmenzustand'에 대한 논의로 나아가는 작금의 이론적 논구들 속에서 벤야민이 '세속적인 것의 질서' 혹은 '행복'으로서 이야기하고자 하는 바가, 성스러운 것/메시아적인 것의 질서에 대한 반대 개념은 아니라는 점은 벤야민의 위의 글의 첫 문장이 언급하고 있듯이 '메시아가 모든 역사적인 것을 종결짓기' 때문이라는 데서 명확하게 드러난다 할 것이다. 벤야민의 경우 주지하다 시피 정처 없는 망명의 길을 준비하던 1932년부터 아마도 다시는 되돌아가지 못할 고향 베를린에 대한 추억들을 글로써 남길 결심을 한다.[25] 주체할 수 없을 고향에 대한 그리움과 기약 없는 오디세이

---

25   벤야민의 『1900년 무렵 베를린의 유년시절 Berliner Kindheit um neuzehnhundert』(1932ff.)은 여러 겹으로 감싸진 매우 개인적인 체험의 아카이브이자, 동시에 언제고 일반화되어 경험의 시학으로 탈바꿈 가능한 기억의 저수지라 할 수 있다. 1981년 발견된 벤

를 목전에 두고 벤야민은 어린 시절의 추억을 우연적인 전기적 사실보다는 필연적인 사회적인 측면에서 시간의 비회귀성을 이야기하고 있다.

벤야민의 「역사의 개념에 관하여」의 첫 번째 테제는 다음과 같은 알레고리적 비유로 시작한다.

> 주지하다시피 자동기계가 하나 있었다 하는데, 이 기계는 매번 체스 게임에서 매번 반대 수를 두어서 언제나 게임을 이기도록 제작되었다고 한다. 터키 전통복장을 하고 입에는 물담배 파이프를 문 이 인형은 넓은 책상위에 놓인 체스 판 앞에 앉아 있다. 거울들로 이뤄진 시스템에 의해 책상 안이 사방으로 모두다 훤히 들여다보이는 듯한 환상을 불러일으킨다. 그러나 실제로는 그 책상 안에는 체스의 명인인 난장이 곱추가 있어 줄을 당겨 인형을 조종하고 있다. 우리는 이 장치에 대응되는 것을 철학에서 상상할 수 있다.
>
> (Benjamin 1991a, 693)

벤야민의 텍스트를 읽는 모든 이들에게 잘 알려진 바와 같이 이 대목에서 곱추 난장이는 신학의 알레고리로서, 역사유물론과 신학의 관계를 체스 자동기계에 비유하여 설명하고 있다. 이 알레고리에 따르자면 언제나 체스를 이기는 소위 역사유물론이라는 체스 인형은 실제로는 못생기고

야민의 타이프원고에 충실하기에 아래 판본을 본 논문의 저본 텍스트로 사용한다. Vgl. Benjamin, Walter: Berliner Kindheit um neunzehnhundert, Frankfurt/M, 1987.

등이 굽은 난장이라는 신학에 의해서 조종되고 있다는 것이다. 사적 유물론이라는 신학을 자기 것으로 만듦으로써 역사의 승리자가 될 수 있었다는 것일까? 연이어지는 두 번째 테제에서 벤야민은 사적 유물론이 자기 것으로 만들어야 하는 신학적 이념은 실은 구원과 행복의 이념과 밀접하게 연관되어 있다고 말함으로써 초기의 「신학적-정치적 단편」에서 주장한 바 있는 세속성에 대한 예찬으로 회귀한 듯하다.

> 우리들이 품고 있는 행복의 이미지라는 것은, 우리들 자신의 현재적 삶의 진행과정을 한 때 규정하였던 과거의 시간에 의해서 채색되고 있다고 할 수 있다.(…) 달리 말하자면 행복의 이미지 속에 구원의 이미지가 불가분의 관계를 맺고 함께 꿈틀 거리고 있는 것이다. 역사가 관심을 가지는 과거의 이미지도 이와 동일한 양상을 지닌다. 과거는 구원을 기다리는 은밀한 목록을 함께 간직하고 있다.(…) 만약 그렇다면 과거의 인간과 현재의 우리들 사이에는 은밀한 묵계가 이루어지고 있는 셈이고 또 우리는 이 지구상에서 구원이 기대되고 있는 셈이다. 그렇다면 앞서 간 모든 세대와 마찬가지로 우리들에게도 미 약 한 s c h w a c h메시아적 힘이 주어져 있고, 과거 역시 이 힘을 요구할 권리를 가지고 있는 것이다.(…)
>
> (Benjamin 1991a, 694)

아감벤은 이 대목에서 벤야민이 단어 '미 약 한 schwach'가 타이프원고에서 간격을 두고, 즉 s c h w a c h의 형태로 기록된 점에 주목한다. 벤야민의 논문 「서사극이란 무엇인가?」에서 벤야민이 서사극의 한 특성으로 기록한 '인용 가능한 제스처'의 식자공과 배우의 연기와의 비유를 상기시키면서, 아감벤은 이 인쇄상의 약속 sperren의 목적이 '과잉 독해'를 유발시키고자 함이라는 견해를 피력한다. 과거를 구원하여 현재를 더불어 구원하고자 하는 메시아적 힘이 왜 미약한가에 대한 해답은 사도 바오로의 다음 편지 구절에서 찾고 있다.

> 9 그러나 주님께서는, "너는 내 은총을 넉넉히 받았다. 나의 힘은 약한 데에서 완전히 드러난다." 하고 말씀하셨습니다. 그렇기 때문에 나는 그리스도의 힘이 나에게 머무를 수 있도록 더없이 기쁘게 나의 약점을 자랑하렵니다.
> 10 나는 그리스도를 위해서라면 약함도 모욕도 재난도 박해도 역경도 달갑게 여깁니다. 내가 약할 때에 오히려 강하기 때문입니다.
>
> (『고린도, 2』 12, 9-10)

온갖 환난 속에서 바오로는 하느님으로 부터 '나의 힘은 약한 데에서 완전히 드러난다'라는 응답을 들은바, 내가 미약할 때 더 강하다는 신념에 찬 사도 바오로의 응답은 아마도 벤야민이 바오로 사도의 글에서 선취하고자 했던 가장 핵심적인 메시지였으며, 벤야민에게 구원의 메시지로 작용했을 것이다. 타우베스와 아감벤의 논지를 군이 쫓지 않더라도 바오로 사도의 일대기와 벤야민의 삶의 단편이 지닌 유사성은 여러 군데서 관찰된다 할 것이다. 허나 소위 역사철학테제에 드러난 바오로 서간의 인용이 제시되었기에, 우리는 벤야민의 역사철학 테제에 나타난 메시아관이 유언적 특성을 지닌다고 확신할 수 있을 것이다. 또한 역사적 유물론의 체스인형을 조종하는 책상 밑의 곱추 난장이의 참모습을 이해 할 수도 있다. 벤야민의 사유의 틀에서 가장 자주 이야기되는 이미지 Bild라는 개념의 경우 제5테제에서의 경우, "과거의 진정한 이미지는 확 스쳐 지나간다. 다만 우리는 그것이 인식되는 찰나에 영원히 되돌아올 수 없이 다시 사라져 버리는, 마치 섬광처럼 스쳐 지나가는 이미지로서만 과거를 붙잡을 수 있을 뿐이다"라고 기록하고 있다. 역사가의 임무는 아마도 이러한 지나가는 이미지를 포착하여 다시금 구원의 메시지를 읽어 내는 것이지 않을까 싶다. 체스 기계의 곱추 난장이에 비견할 만한 이미지는 벤야민의 다른 글에서도 나타나는데, 가령 『유년시절』의 경우에서는 다음과 같이 지하실에 살고 있는 '곱추 난장이 Das bucklichte Männlein'에 대한 에피소드를 통해서 자신의 유년시절의 회고를 마감하고 있다.[26]

> 사람들은 임종을 앞둔 사람의 눈에 '주마등'이 스쳐 지나간다고 하지만, 그것은 곱추 난쟁이가 우리들 모두에 대해서 간직하고 있는 이미지들로 이뤄져 있다고 생각한다.(…) 나는 그를 본적이 없다. 단지 그만이 나를 항시 바라보고 있었다. 숨바꼭질하던 나, 수달의 우리 앞에 있던 나, 그 겨울날 아침에도, 부엌 복도 앞 전화기 앞에서도, 나비 잡던 맥주공장에서도, 금관악기 음악이 울려 퍼지던 스케이트장에서도 그는 항시 나를

---

26 죠르쥬바타이유가 벤야민의 요청으로 파리 국립도서관에 감춰두었던 원고 뭉치가 1981년에 다시 발견되기 이전에도 '곱추난장이'의 이야기가 『베를린의 유년시절』의 가장 마지막 순서를 차지할 에피소드라는 점에 대해서는 이견이 없었다. '능동적인 회상 Eingedenken'의 일례로 유명한 이 단락은 『베를린의 유년시절』의 '주요 사건들'에 대한 회고조의 기억을 통해서 자서전적 특성을 잘 보여 주고 있는 셈이다. Vgl. 김영룡 2014.

바라보고 있었다. 이미 오래전에 그는 소임을 다했다. 다만 마치 가스등 불이 타는 듯한 목소리의 그의 음성만이 세기말의 문턱을 넘어서 여전히 속삭이고 있을 뿐. 〈귀여운 아가야, 아 제발, 이 작은 꼽추 아저씨를 위해 같이 기도해 주렴!〉

(Benjamin 1987, 79)

기억의 공간을 규정짓고 저장하고 계속적으로 반추하며, 경우에 따라서는 자아정체성의 문제에 깊이 관여하는 자의식의 언어적 특성이 이 단락에서는 마치 꼽추 아저씨와 같은 '왜곡된 이미지의 근원적 모습'으로 상징화되는 것이다. 아우라와 통제된 시선 사이의 상호작용을 통해서 마치 천을 짜듯이 텍스트를 구성하는 계기들을 토해 내고 있으며, 이는 바로 기억의 공간을 규정짓는다.[27] 기억과 망각의 변증법은 주지하다시피 주체의 사회적 차원으로의 확장을 낳기도 한다. 상징의 조화로운 통일성이 파괴됨으로써 동시에 경험한 인식의 주체와 객체의 몰락을 미학적으로 그려 내려는 시도는 알레고리적으로, 또는 '우회적으로', 아니면 일그

---

27 언어적인 재현의 경우에서, 이렇게 뒤틀리고 왜곡된 이미지들을 다시금 언어적으로 묘사하려 시도한다면 그의 유년기는 '언어적으로 올바르게' 제시될 수 없다. 분절적이고, 알레고리만이 남은 조각난 유년기의 회상이 이야기되는 지점이다. 마치 일그러진 글자의 흔적을 되새기는 것과 같은 망각의 기억에 대한 시학이 그려내는 유년기의 모습은 어쩌면 모든 매개로부터 자유로운 실재의 한 측면을 보여 주는 것이다. '항시 나를 바라보고 있었던 그의 시선', 즉 아우라적 시선은 항시 다른 기억의 층위들 속에서 아우라를 담보하고 있는 것이다. 따라서 이러한 벤야민의 추구와 기억의 작업은 망각의 분산을 야기하는 것이지, 어떠한 불변의 과거 이미지를 끄집어내려는 시도가 아니며, 그와 반대로 긍정적인 방황을 추구하는 것이다. Vgl. 김영룡(2014).

러진 왜곡된 모습으로 유년기의 자아를 반추하려 시도하고 있다. 일그러진 모습의 작은 곱추 인간의 모습은 왜곡되어 언어적으로는 재현 불가능하지만, 구성적인 망각의 시점을 규정짓는 상징성의 차연을 보여 주고 있는 셈이다. 이 곱추 난장이가 바라보는 우리의 모습이 우리의 매 찰나의 순간을 기록하는 이미지의 모습으로 최후의 순간에 주마등처럼 다가온다면, 우리들 내면의 심연 어딘가에 머물고 있는 이 작은 곱추 아저씨는 체스기계의 신학이라는 이름의 곱추 난장이와 더불어, 과거의 순간과 현재의 순간이 하나의 성좌배열적인 관계 속에서 현재의 의미를 승인하는 그 어떤 근원적 이미지라 할 것이다.[28]

과거의 진정한 이미지를 선취하려는 벤야민의 역사관은 19세기적 역사주의 역사관에 대한 비판을 포함한다. 이러한 근원적 이미지 혹은 '미 약한' 메시아의 눈으로 보자면, 역사주의적 사관이 주장하는 바, 즉, 역사의 모든 시기는 동일한 가치와 의미, 그 나름의 특수성과 정당성을 지니며, 그리하여 역사가는 '과연 과거에 무슨 일이 일어났는지 (있는 그대로 사실 그대로)'에 대해 실증적으로 탐구해야 한다는 랑케 류의 역사 인식은 문제적일 수밖에 없다. 역사주의의 역사 인식은 소위 '감정이입'을 통해서 자신들의 역사를 영웅들의 역사와 동일시함으로써 역사를 지배계급의 역사로만 이해하고자 한다. 역사주의는 구원의 손길과 행복을 향한 동경이 담긴 진정한 의미의 과거 이미지를 품어 내지 못할 뿐더러, 거짓과 불의를

---

28 이러한 근원적 이미지를 바오로의 경우에서는 튀포스 typos로, 아우어바흐의 용어를 빌려 피구라 figura의 개념으로 설명할 수 있으나, 자세한 논의는 다음 기회로 미루고자 한다.

서슴지 않는 것이라 할 것이다(제6-8테제 참조). 주지하다시피 역사주의에 대한 비판뿐 아니라 벤야민의 역사철학테제는 당시 사회민주주의 진영의 역사관에 대해서도 비판적 논지를 제공한다. 라쌀르에서 시작하여 카우츠키에 이르는 독일의 사민주의의 역사관은 진보에 대한 기계적 믿음에 기초한 낙관적인 미래상을 보여 준다. 과거와 현재를 미래의 지향점에 비춰 보는 이런 식의 나이브한 당대 진보진영의 낙관주의에 대하여 벤야민의 테제는 매우 부정적이다(제10-13 테제 참조).

죽어 가는 사람들에게 '주마등'처럼 그의 모든 생애가 획 지나쳐 가는 것처럼, 메시아의 기억 혹은 역사는 구원의 섭리에 국한되어 이야기될 것이다. 기억은 혹은 역사는 구원의 예비단계로, 인간들은 시간의 충만 속에서 자신들의 역사를 스스로의 것으로 할 수 있으며, 메시아적 순간에 있어서만 인간들은 과거로부터 결별하고 과거 역시 반복 없는 영원으로 떠날 것이다. '그 과거를 잊음으로써 과거에 기초하여, 그 과거로부터 출발함으로써 미래에 이를 수 있다'는 바오로 사도의 외침이 바로 여기에서 울리는 이유이다. '미 약 하지만' 단호한 메시아의 부름을 바오로는 이미 들었던 것이다. 그래서 사도 바오로는 다음과 같은 고백을 남긴다.

12 나는 이미 그것을 얻은 것도 아니고 목적지에 다다른 것도 아닙니다. 그것을 차지하려고 달려갈 따름입니다. 그리스도 예수님께서 이미 나를 당신 것으로 차지하셨기 때문입니다.

「필리피서」 3,12)

피구라와 알레고리

현대 사회가 태생적으로 갖는 자신의 정체성에 대한 질문은 인문학의 전통에는 그 해답이 이미 선취되어 간직되어 있다. 철학의 이름으로 혹은 문학의 이름으로 그도 아니면 신학자들의 논쟁들 속에서 우리 사회의 지향성에 대한 질문은 이미 정답이 주어진 역사문제를 푸는 것과 같이 자명하다. 그러나 그 해답을 읽고 각자의 정체성에 대한 문제의식으로 발전시키는 것은 여전히 각자의 몫이다. '미약한' 메시아적 힘을 느끼면서 그럼에도 비관적인 타협주의나 낙관적인 모험주의를 배척하면서, 이 무상한 세계의 삶이 종국에 다다르고 있다는 체험의 경험에서 벤야민이 바라보는 구원의 시간은 미래로 열려 있지 않다. 구원의 순간인 바로 지금의 이 순간, 즉 '지금 이때'가 과거와 현재의 수축이라는 사실을 인정할 때 우리는 과거를 청산할 수 있을 것이다. 이 지점이 세속의 행복을 찾을 수 있는 접점이지 않을까 싶다. "우리들 앞에서 일련의 사건들이 그 모습을 드러내고 있는 바로 그곳에서 그는, 잔해 위에 또 잔해를 쉼 없이 쌓이게 하고 또 이 잔해를 우리들 발 앞에 내팽개치는 단 하나의 파국을 바라보고 있다. 천사는 머물러 있고 싶고, 죽은 자들을 불러 세우고 또 산산이 부서진 것을 모아서 이를 다시 결합시키고 싶어 한다. 그러나 파라다이스에서 불어오는 폭풍이 그의 날개를 꼼짝달싹 못하게 할 정도로 세차게 불어오기에 천사는 그의 날개를 더 이상 접을 수도 없다. 이 폭풍은, 그가 등을 돌리고 있는 미래 쪽을 향해 간단없이 그를 떠밀고 있으며, 반면 그의 앞에 쌓이는 잔해의 더미는 하늘까지 치솟고 있다."(Benjamin 1991a, 697) 세차게 불어오는 폭풍 속에서 서서히 떠밀려가는 메시아적 시간의 새로운 천사, 앙겔루스 노부스 Angelus Novus의 응시하는 눈 속에서 멀어져 가는 것이 바로 세속적인 시간의 잔해 더미인 것이다.

유대 묵시문학의 전통에 따르자면, 메시아적 시간과 종말론적 시간을 구분하고 있다 한다. 미래로 향하는 예언이 아닌 시간의 종말을 관조하는 묵시문학의 저술자는 역사의 종말을 보고서야 기록을 할 수 있을 것이며, 따라서 벤야민이 '과거가 완벽하게 기록될 수 있는 것은 인류가 구원되고 난후의 일이다'(제3테제)라고 이야기하는 것이다. 인류 최후의 날에 자신의 시계를 맞추고 있는 셈이다. 반면에 우리가 살고 있는 시간, 혹은 벤야민이 살았던 시간이나 사도 바오로가 살았던 세계는 종말론적인 상황이 아니다. 메시아적인 시간은 이 세계의 종말의 시간이 아니라, 종말에 이르는 시간이 얼마 남지 않았다고 믿는 그 어느 지점의 순간, 혹은 현시간과 종말의 사이에 있는 내가 살아가는 그 어느 시점이다 할 것이다. 고대의 유대교의 전통에 따르자면 창조의 시간, 메시아의 도래의 시간, 종말의 시간, 종말 이후의 시간 등으로 성스러운 시간은 나뉠 수 있다. 그러나 이제까지 우리가 벤야민이나 사도 바오로의 메시아적 시간이라는 개념으로 이해하고자 했던 시간 개념은, 묵시문학적 종말의 순간도 아니고 그렇다고 해서 과거의 연대기적인 기술도 아니다. 벤야민과 바오도 사도에게 관심이 있었던 시간은 메시아의 도래 이후에 종말에 이르는 시간, 즉 '남겨진 시간'이라 할 것이다. 창조에서 메시아적 사건에 이르는 시간 —사도 바오로에게는 예수의 탄생이 아니라 예수의 부활의 시간을 이른다 할 것이다.— 은 세속적인 시간이며 통상 크로노스 chronos라는 이름으로 불린다. 여기에서 시간은 수축하고 끝나기 시작한다. 마치 앙겔로스 노부스의 날갯짓 이후에 쌓이는 잔해들처럼 말이다. 이 지점이 바로 '바로 이때 ho hyn kairos'라는 사도 바오로의 표현이 드러나는 지점이며, 이는 메시아의 완전한 임재, 즉 종말의 시간 parousia에 이르기까지 지속된다. 다

피구라와 알레고리

음의 제14테제에서의 인용문을 보자면 벤야민이 바라보는 역사관은 바로 이러한 사도 바오로의 메시아적 시간 개념과 일치한다.

> 역사는 어떤 구성이나 구조물의 대상인데, 이 구조물이 설 장소를 형성하고 있는 것은 동질적이고 공허한 시간이 아니라, 지금 이때 Jetztzeit 에 의해 충만된 시간이다. (…) 그것은 이를테면 과거를 향해 내딛는 호랑이의 도약이다.
>
> (Benjamin 1991a, 701)

타우베스와 아감벤의 논지를 따르자면, 사도 바오로의 서간들과 벤야민의 역사철학테제는 2000여년이라는 시간적 간극을 넘어서 메시아니즘의 최고의 텍스트를 이루고 있으며, 양자 모두 근원적 위기감 속에서, 하나의 성좌배열적 관계를 형성하고 있어 오늘날 우리는 그 '독해 가능성의 지금'을 맞이하고 있는 것이다.

유사한 구절이 바로 벤야민의 역사철학 테제의 부기 A에 이어진다. "이러한 전제에서 출발하는 역사가는 사건이 계기를 마치 묵주를 하나하나 세듯 차례차례로 이야기하는 것을 중지하고 그 대신 그가 살고 있는 자신의 시대가 지나간 어느 특정한 시대와 관련 맺게 되는 상황의 배치로 파악한다. 이렇게 해서 그는 메시아적 시간의 단편들로 점철된 '지금 이때'로서의 현재라는 개념을 정립하게 된다."(Benjamin 1991a, 701) 벤야민은 역사철학 테제의 마지막 테제인 부기 B에서 동질적인 시간의 누적이 역사를 이루는 것이 아닐 것이며, 유대인들에게 미래를 연구하는 것이 금지되어 있음을 상기시키고, 단지 기억을 통해서 미래가 어떤 것인가를 가르쳐 주고 있다고 말한다. 일찍이 20세기의 이론가들은 19세기의 시간적인 나열성의 논리 연관에서 벗어나 지식을 병렬적으로 재배치하고자 하는 시도의 일환으로 탈중심화된, 혹은 더 이상 '성스럽지 못한' 세계의 공간 개념 즉, 모더니티의 '공간'을 인지하고 창조해 냈다. 무엇보다도 '성스러움'에 대한 새로운 논의를 점화시켰던 아감벤의 '호모 사케르 Homo sacer'라는 개념에 이르러서는 종교적인 영역과 세속적인 영역이 서로 중첩되어 더 이상 분리되지 못한다. 살펴본 바와 같이 벤야민의 초기 저술인 「신학적 - 철학적 단편」에서 최후의 저작인 「역사의 개념에 관하여」에 이르기까지 벤야민의 사유를 관류하는 신학적 가치관과 세속적 가치관의 대립과 해소의 상관관계는 메시아적 시간관에서 그 마지막 표현을 이루고 있다 할 것이다. '지금 이때'를 살아가는 벤야민에게 '남겨진 시간'이란 매초 매초 언제라도 메시아가 들어설 수 있는 조그만 문(Benjamin 1991a, 704)을 의미하였기 때문이다.

J. 표징과 튀포스

발터 벤야민의 사유에서 프란츠 카프카의 삶과 작품 세계는 많은 시사점을 남긴다. 특히나 벤야민의 카프카 해석에는 당대 모더니즘의 세속화 과정에 대한 청년 벤야민의 고민이 투영되어 있다.

짧은 벤야민의 생애에서 13년(1925-1938)에 걸친 카프카에 대한 벤야민의 연구는 자신의 생애에 발간된 글들의 분량을 훨씬 넘어서는 미 발간 원고들과 서한들을 남겨 마치 카프카의 유고집들과 튀포스 typos적인 대조를 이룬다. 1931년 막스 브로트 Max Brod와 쉽스 H. J. Schoeps에 의해 카프카의 유고집이 출간되는 계기에 프랑크푸르트 라디오를 통한 강연(1931. 7. 3.)원고로 집필된 「프란츠 카프카: 만리장성 축조시에」(Benjamin 1991b, 676)는 단 한 번 라디오에서 송출되고 잊혔으며, 1928년 로볼트 출판사와 계약한 '카프카와 프루스트 등에 관한 저서'는 결국 완성되지 못했고, 그 전체 작업을 갸름할 수 있는 극히 일부 원고는 벤야민 생전에 발간되었으며 사후 아도르노의 벤야민 선집 간행(1955)에 카프카 에세이의 형태로 세상에 빛을 보았다. 벤야민의 카프카 저작 작업의 흔적들은 이후 전집 간행시 방대한 보유의 형태로 수합 발간되었다(Benjamin 1991b, 1153-1264). 주지하다시피 카프카 문학에 내재한 부재의 신학 혹은 죄의식의 선험성은 카프카 문학의 보편성으로 이해되고 있다. 죄, 형벌, 창조, 구원, 최후의 심판, 희망, 기대, 원죄 그리고 수치심과 같은 개념들이 카프카의 문학을 이해하는 신학적 개념으로 자리 잡고 있으며 무엇보다도 '전통이 병들어 있음'의 증거로 자주 논거된다. 벤야민에게 카프카의 문학 세계가 보여 주는 것은 따라서 '전도된 메시아주의' 혹은 '부정적인 메시아주의'와 다름 아니다. 메시아주의에 기반한 신학적 세계에 반하여 세속적인 세계는 행복의 이념에 기초하고 있으며, 벤야민은 더 나아가서 세속적인 질서의 행복 추구는 몰락에 이르는 길을 통해서 다시금 메시아적이 된다는 역설을 설파한다. 카프카는 언젠가 브로트와의 대화에서 '아무렴, 세상에는 희망이 무한히, 충분히 존재하지. 다만 우리를 위한 희망은 아닐 뿐이지'라고 말한 바 있다. 메시아의 도래 혹은 운명과 세속적인 행복은 결코 양립할 수 없다. 다만 그 행복이 우리에게 운명적이지 않는 곳, 우리를 위한 행복이 아닌 곳에서만 우리는 행복할 수 있다. 벤야민이 읽어 내는 카프카의 문학세계는 잘 알려진 바와 같이, 신화적 경험 혹은 제의적/신학적 경험을 타원의 한쪽 초점에 두고, 대도시의 모던한 기술적 새로움의 경험 즉 세속적인 정치 현실을 다른 한 초점에 두는 두 개의 중심을 지닌 타원의 세계와 견줄 만하다. 여기에는 아우어바흐와의 교류에서 잉태된 문화적 친화력이 내재되어 있어, 아우어바흐의 피구라적 세계 이해와 같은 궤를 지닌다. 벤야민(1892-1940)과 아우어바흐(1892-1957)의 생애는 많은 공통점을 갖는데, 무엇보다 같은 해인 1892년 태어났으며 베를린이 고향이고 또한 부유한 유태인 가정에서 자랐다. 이 두 사람이 살았던 시대는 두 사람에게 어쩔 수 없이 고향을 떠나게 했으며, 망명을 떠난 두 사람 모두 살아서는 더 이상 고향 땅을 밟지 못하였다. 더군다나 둘 중 한 사람은 자살이라는 극단적인 선택을 하기에 이른다. 허나 이러한 전기적 유사점 말고도 에리히 아우어바흐와 발터 벤야민 두 사람은 밀접한 문학적 친화력을 지닌다. 두 사람은 이미 유년기부터 친분이 있었다고 여겨지며, 1915년에는 잡지『아르고호의 선원들 Die Argonauten』의 같은 제호에 각기 기고를 하고 있다. 즉, 아우어바흐는 단테와 페트라르카의 소네트를 번역해 실었고, 벤야민은 두 편의 에세이『운명과 성격 Schicksal und Charakter』,『천치 Der Idiot』를 실었다. 두 사람의 친밀도를 추측해 볼 수 있는 사안은 무엇보다도 1920년대 중반에 이르러 벤야민이 여러 서한들에서 아우어바흐를 언급하고 있다는 점이다. 벤야민은 자신의 서지작업에 많은 도움을 주는 베를린의 프로이센 국립도서관의 사서, 즉 아우어바흐의 존재에 대해서 여러 차례 언급하고 있다. 아우어바흐는 마르부르크 대학의 로만어문학부에 부임하기 전,

1923년에서 1929년까지 베를린 국립도서관에 사서로 일했었기 때문이다. 뿐만 아니라 벤야민의 여러 논문에서 아우어바흐의 교수자격 논문을 매우 열성적으로 인용하기도 하였다. 더구나 아우어바흐와 벤야민은 인용문들의 분적적인 나열과 수집에 기반한 글쓰기라는 서로 공통점을 가진다. 이러한 글쓰기 방식은 벤야민 최후의 저작이자 미완으로 남은 『파사쥬』의 글쓰기 작업과 동일하다. 여기에서 벤야민이 수천여 개의 인용문들과 분절적인 텍스트들을 모아 현실의 광폭함에 반하는 알레고리 글쓰기의 정신을 보여 주고자 했다면, 아우어바흐는 그의 서양문학사 연구에서 피구라 개념으로서 전통적인 해석학전통에 맞선 것이다. 두 사람은 뿐만 아니라 모두 프랑스 문학에 조애가 깊고 특히 마르셀 프루스트 Marcel Proust(1871-1922)에 대한 열정과 관심이 지대하였다. 잘 알려진 바와 같이 아우어바흐는 숄렘 Gershom Gerhard Scholem(1897-1982)이나 크라카우어 Siegfried Kracauer(1889-1966), 블로흐 Ernst Bloch(1885-1977)와 같은 벤야민의 절친한 토론자 그룹에 속하지는 않았다. 그러나 두 사람이 가진 프루스트에 대한 관심은 1920년대의 그 어떤 이들보다도 상호 친화력을 지닌다. 이들의 논의에 따르자면 세속적인 것이란 더 이상 성스럽지도, 신성하지도 그리고 더 이상 종교적이지 않은 것이며, 현대적 어법으로 넓게 보자면 '인간적'이라는 말과 유사하다 할 것이다. 그럼에도 벤야민이 계속적으로 추구한 바는 '미래의 역사적 기억을 선취할 수 있는' 기억 속의 이미지였으며, 이러한 벤야민의 문학적 의도는 '알레고리적'이리라. 벤야민의 사유에 나타나는 성스러움과 메시아적 구원의 모티브와 이에 카프카의 문학 속에 나타난 알레고리적 이미지들, 즉 조수들, 곱추 난장이, 서재의 형상이 품은 내적 상관관계를 읽어 내고자 한다.

벤야민은 카프카의 문학세계는 온통 피조물 Kreatur들이 넘쳐나는 세상이라고 보았다. 속세에 사는 이 피조물들의 덧없고 희망 없음이 고유한 아름다움을 낳고 있다는 것이다(Benjamin 1991b, 413). 카프카의 소설에서는 종종 스스로를 '조수들 Gehilfen'이라고 부르는 피조물들을 마주하게 된다. 그들은 매사에 무능하고 무지하며 어찌할 바 모른다. '파렴치'하기도 하고 '음탕'하고 심지어 '해충'이고, 서로 '뱀처럼' 너무나도 흡사하여 이름으로만 분간할 수 있지만(아르투어/예레미아스), 민첩하고 약삭빠르다. "이런 조수들은 카프카의 전 작품에 두루 나타나고 있는 인물군에 속한다. 『관찰』에서 그 정체가 드러나는 아둔한 사기꾼, 밤이 되면 발코니에 나타나는 칼 로스만의 이웃에 사는 대학생, 남쪽 도시에 살고 있고 또 피로할 줄을 모르는 바보들도 물론 그러한 족속에 속한다. 그들의 존재에 비추이는 어슴프레한 빛은 로버트 발저 —발저는 『조수』라는 소설의 저자인데, 카프카는 그 작품을 좋아했다.— 의 단편들에 등장하는 인물들을 비추는 흔들거리는 불빛을 연상시킨다. 인도의 전설에 의하면 간다르바 Ghandarve라는 아직도 미완성 상태의 존재인 미숙한 피조물이 있다. 카프카의 조수들도 이와 같은 성격을 띤 존재이다. 그들은 다른 인물 군에도 속하지 않으면서 누구한테도 낯설지 않다. 그들은 이를테면 여러 인물들 사이에서 바삐 움직이고 있는 사자들이다. 카프카가 말하고 있는 대로 그들은 사자인 바르나바 Barnabas와 비슷하다. (…) 바로 이와 같은 사람, 즉 미숙하고 서투른 인간들을 위해 희망은 존재하는 것이다. 이 사자들의 활동에서 별다른 무리 없이 살짝 드러나고 있는 것은 이 전체 피조물들의 세계를 답답하고 음울하게 지배하고 있는 법칙이다. 그 어느 것도 확고한 지위나 대치될 수 없는 확고한 윤곽을 갖고 있지 않다. 그들은 모두 상승

하거나 전락할 찰나에 있다. 또 그들은 모두 그들의 적이나 이웃과 교체될 수가 있다. 나이가 찼으면서 그들은 모두 성숙하지 못한 채로 있다. 완전히 기진맥진한 상태에 처해 있으면서도 이에야 비로소 오랜 존재의 출발점에 있는 것처럼 보인다."(Benjamin 1991b, 414) 조수라는 피조물들은 지적이고 재능이 있으며 매번 새로운 것들을 상상하고 계획하지만 결코 끝마치지는 못한다. 만년 대학생, 나이를 헛먹어서 뒤처진 사기꾼의 모습이지만 몸에 밴 영민함과 기품 있는 어투는 우리네 삶과 상보적인 세계를 보여준다. 결국 조수들은 망각의 형상일 뿐이다.

　기억과 망각의 변증법은 주지하다시피 주체의 사회적 차원으로의 확장을 낳기도 한다. 조화로운 상징의 통일성이 파괴됨으로써 경험한 인식의 주체와 객체의 몰락을 동시에 미학적으로 그려 내려는 시도는 알레고리적으로, 혹은 '우회적으로', 아니면 일그러진 왜곡된 모습으로 유년기의 자아를 반추하려 시도하고 있다. "일그러진 모습의 작은 곱추"의 모습은 왜곡되어 언어적으로는 재현 불가능하지만, 구성적인 망각의 시점을 규정짓는 상징성의 차연을 보여 주고 있는 셈이다. 이러한 측면에서 이 이미지는 알레고리적이지만 더불어 피구라의 원형을 보여 주는 것이 아닐까? 이 곱추 난장이가 바라보는 우리의 모습이 우리의 매 찰나의 순간을 기록하는 이미지의 모습으로 최후의 순간에 주마등처럼 다가온다면, 우리들 내면의 심연 어딘가에 머물고 있는 이 작은 곱추 아저씨는 과거의 순간과 현재의 순간이 하나의 성좌배열적인 관계 속에서 현재의 의미를 승인하는 그 어떤 근원적 이미지라 할 것이다.

뿐만 아니라 카프카 문학에서는 심지어 주체가 매체 Medium의 역할로까지 축소되어 나타나는데, 가령 산문 「그 Er」에서는 자아의 분열로 인해 외부의 현실에 대한 인지마저 방해받는다.

> 그는 목이 마르고, 덤불 하나 사이로 샘에 떨어져 있다. 하지만 그는 두 부분으로 나누어져 있다. 한쪽 부분은 전체를 조망할 수 있어, 그가 여기 서있고, 바로 옆에 샘이 있다는 것을 보고 있다. 그러나, 다른 한쪽은 아무것도 알아차리지 못한다. 기껏해야 다른 한쪽이 모든 것을 보고 있다는 것을 어렴풋이 느끼고 있을 뿐이다. 아무것도 알아차리지 못하므로, 그는 물을 마실 수 없다.
>
> (Kafka 1983a, 221)

산문 「그 Er」에 나타나는 이러한 양분된 자아는 주체의 특유한 현실 인식의 투영에 불과하다. 갈증을 느끼고, 물을 찾는 보다 많이 아는 한 부분과, 다른 한쪽의 자아, 즉 샘을 보고 있지만, 아마도 갈증을 느끼지 못하는 부분 사이의 분열을 통해서 드러나는 프로타고니스트의 자기 소외는 사회적 소외화 과정과 그 여파에 대한 답변일 수 있다. 이러한 카프카의 주인공이 보여 주는 "무지"로부터 서사적 담론만이 이득을 보고 있어 보이는데, 서사적 담론 자체가 여기에서 '내용적'으로 된다. 아도르노에 따르면, 예술적 주체는 그 본질에 있어서 결코 사(私)적이지 않고, 사회적이며, 예술작품의 형식구조에서 보여 주는 의미내용에 사회적 요인이 결정적이다. 카프카의 문체가 보여 주는 바가 일견 소위 '독점 자본주의'의 모습과는 동떨어진 것처럼 보이지만, 사물화된 사회에 대한 미메시스라는 것이다. 문학(예술)작품의 역사적 평가의 기준을 정하는 데 있어서 단지 그 예술 작품에 테마화 되어 있는 사회적 발전과정('소재의 선택')만이 아니라, 매개시도 및 그 처리 ('형식') 역시 평가되어야 한다는 주장이다. 출구 없는 현대 사회에서 현대 예술의 생존 가능성을 예술 형식의 통일성에 대한 강박관념 역시 화해할 수 없는 요소일 수 있다는 시대적 규정성에서 찾을 수 있을 때에야, '객관성이 겉치레 가면으로 경직되는 것' das Erstarren der Objetivität zur Maske을 피할 수 있다는 것이다.

조수는 마찬가지로 사라지는 것의 형상이다. 아니면 오히려 우리가 망각한 것과 맺는 관계의 형상이다. 이 관계망은 집단적으로나 개인적으로나 매 순간 찰나에 망각된 모든 것들과 연관된다. 망각된 것은 기억되고 충족됨을 원하지 않는다. 조수들은 그리고 우리의 곱추 난장이는 이것을 숙명처럼 받아들인다. 왜냐하면 죽어 가는 사람들에게 '주마등'처럼 그의 모든 생애가 획 지나쳐 가는 것처럼, 메시아의 기억 혹은 역사는 구원의 섭리에 국한되어 이야기될 것이기에. "우리들 앞에서 일련의 사건들이 그 모습을 드러내고 있는 바로 그곳에서 그는, 잔해 위에 또 잔해를 쉼 없이 쌓이게 하고 또 이 잔해를 우리들 발 앞에 내팽개치는 단 하나의 파국을 바라보고 있다. 천사는 머물러 있고 싶고, 죽은 자들을 불러 세우고 또 산산이 부서진 것을 모아서 이를 다시 결합시키고 싶어 한다. 그러나 파라다이스에서 불어오는 폭풍이 그의 날개를 꼼짝달싹 못하게 할 정도로 세차게 불어오기에 천사는 그의 날개를 더 이상 접을 수도 없다. 이 폭풍은, 그가 등을 돌리고 있는 미래 쪽을 향해 간단없이 그를 떠밀고 있으며, 반면 그의 앞에 쌓이는 잔해의 더미는 하늘까지 치솟고 있다."(Benjamin 1991b, 697) 세찬 폭풍우에 서서히 밀려가는 메시아적 시간과 그 떠밀림의 시간이 낳은 새로운 천사, 앙겔루스 노부스 Angelus Novus의 응시하는 두 눈 속에 비쳐지는 것이 바로 세속적인 시간의 잔해 더미, 즉 망각인 것이다. 결국 조수들은 사라지는 것들의 형상이다. 아감벤이 주장하고 있듯이, 매순간 잃어버리고 잊어버리는 것들과 맺는 관계가 조수들의 형상(즉, 피구라)이다.

카프카의 문학에서 어떤 세속의 질서나 위계질서를 논한다는 것은 불가능해 보인다. 벤야민에 따르자면 비록 카프카의 세계는 신화들에 의해 구원되었기에 신화의 세계에 비해 훨씬 낡은 세계이며, 그럼에도 결코 신화의 유혹에 굴복하지 않았다는 점이다. 카프카의 세계가 시간의 유혹을 벗어나서 신화의 세계를 넘어선 사례로써 보이는 「사이렌들의 침묵」에서 사이렌들은 다음과 같이 그저 침묵한다.

불충분하고, 심지어 유치한 수단도 구출(救出)에 쓸모 있을 수 있다는 아래와 같은 증거.(…)
더 이상 유혹하려 들지 않고, 단지 오디세우스의 커다란 두 눈망울의 번득임만을 가능한 한 오래도록 붙잡아 두고 싶었다.
사이렌들이 만일 그때 의식을 지녔었다면, 아마도 절멸되어 버리고 말았을지도 모른다. 그러나, 사이렌들은 그대로 남아 있었고, 오디세우스만이 그들로부터 달아날 수 있었다.
여기에는 부록처럼 덧붙여진 이야기가 하나 더 전래되고 있다. 사람들이 말하건 데, 오디세우스는 어찌나 꾀 많고, 얼마나 마치 여우같은 인간 이어서인지, 심지어 운명의 여신마저도 오디세우스의 속마음은 꿰뚫

어 보지 못했다는 것이다. 비록 인간의 오성으로는 도저히 파악할 수 없
는 일이기는 하지만, 오디세우스 아마도 실재로는 사이렌들이 침묵한다
는 사실을 알아차렸을 것이고, 사이렌들과 신들에게 위에 이야기된 거
짓 행위를 그가 짐짓 방패로 내세운 것이라는 것이다.

(Kafka 1983b, 58-59)

카프카의 오디세우스에 대한 우화 「사이렌들의 침묵」에서는 사이렌들
의 침묵이 그들의 노래보다도 위험한 것이다. 선원들의 귀를 왁스로 막고
자신을 배의 마스트에 묶은 오디세우스는 배를 저어 사이렌들을 지나가
려 한다. 사이렌들이 노래를 부르지 않는 다는 사실을 이미 알아차린 오
디세우스는 그의 배가 사이렌에게 다가가자, 마치 사이렌들이 노래를 부
르는 듯 짐짓 연극을 하고 있다. 사이렌들이 자신들을 지키기 위해서 전
승된 거짓 구실을 오디세우스는 눈치 챈 것이다. 카프카의 오디세우스는
‘두려움이 무엇인지를 배우기 위해 길을 떠나는 소년과 같다’고 이야기한
다. 오디세우스만이 길을 떠나는 것은 아니다. 산문 「그 Er」 속의 프로타
고니스트만이 샘을 찾아 나서는 것이 아니라, K., 요세프 K. 또는 칼 로쓰
만 등은 여전히 가고자 하는 길을 묻고 있지만, 그럼에도 올바른 길을 알
지 못한다. 이 주인공들은 모두 샘 또는, 성에 이르는 길, 법 안으로 들어
가는 방법, ‘아메리카’에서의 올바로 적응하는 방법에 대한 진정한 정보를
갈구한다. 카프카의 주인공들은 정보제공자 또는 중재자를 찾아 나선 길
을 떠난 셈이다. 이제 진리와 삶의 의미에 대한 문제성은 프로타고니스트
의 설화 가능성 저편에 자리 잡고 있어 보인다. ‘진정한 길’을 가리켜 줄 정
보제공자에 대한 갈망은 따라서 윤리적 범주의 문제가 되고 있다. 카프카

의 표현을 빌리자면, "인간은 불멸의 그 어떤 것에 대한 지속적인 신뢰를 맘속에 품지 않고는 살아 갈 수 없다. 여기에서는 불멸적인 것뿐 아니라 신뢰 역시 인간에게 계속 잠재되어 있다."

카프카의 프로타고니스들이 지닌 갈망은 그럼에도 일종의 미로와도 같은 것이다. 카프카의 주인공들은 몽매한 세파 속에서 어떤 방향성을 제시받고 싶어 하지만, 여전히 아무런 희망을 얻지 못한다. 카프카의 아포리즘에 따르면, "목표는 존재하나 길은 보이지 않는다. 우리가 길이라고 부르는 것은 망설임일 뿐이다." 중재자에 대한 갈망은 따라서 출구 없는 지속적인 과정일 뿐이며, 여기에서 찾아나선 자는 그 자신의 내면적인 불신에 기반하여 좌절되도록 미리 프로그램되어 있는 셈이다. 카프카의 주인공들은 누구보다 '선험적 지도'가 방향성을 제시하던 '행복했던' 시대가 더 이상 불가능하다는 것을 잘 알고 있다. 그럼에도 왜 길 떠나기를 아예 포기하지 않고 단지 망설이고만 있는 것일까? 이 망설임의 이유에 대해서 카프카는 자신의 유고에서 다음과 같이 표현하고 있다. "나는 길을 잃었다. 진정한 길은 밧줄 너머로 이어진다. 그 밧줄은 공중에 팽팽하게 쳐져 있지 않고, 단지 약간 지면 위에 쳐 있다. 이것을 넘어 길을 가게 하기보다는 오히려 여기에 걸려 넘어지게 하려는 듯이 보인다."(Kafka 1983b, 52) 여기에서 카프카는 진정한 길의 실재를 지적하고는 있지만, 동시에 이 길을 감히 통과해 가기가 쉽지 않음을 암시하고 있다. 목적지에 도달할 수 있을 것인가 하는 문제에는 답을 주지는 못하지만, 진정한 길의 존재는 새삼 입증되고 있는 것이다. 여기에서는 경계성, 정체성의 추구, 그리고 모순성 등과 같은 특정 요소들이 공간적으로 뿐 아니라 정신적으로 상징화되어 나타난다. 동시에 주체의 의식의 사회적 연관관계로의 전이 역시 발생한다.

벤야민은 카프카의 문학은 '전통이 병들어 있음'을 보여 주는 것이라고 말한 바 있다. 사람들은 '서사적 진리'가 보여 주는 지혜의 모습을 굳게 믿었으나 언젠가부터 더 이상 이러한 지혜는 전승되지 못하고, 따라서 카프카의 문학에서는 '지혜가 더 이상 거론되지 못하다'는 것이다. 즉, 카프카의 문학에 남은 것은 "다만 지혜의 붕괴된 잔해만이 남아 있을 뿐이다. 그 잔해들 가운데 하나는 진실한 사물들에 대한 소문이다. (…) 다른 하나는 어리석음, 즉 지혜가 지니고 있는 내용을 깡그리 탕진하고 있지만, 그러나 그 대신 소문이 한결같이 결하고 있는 호의와 태연함을 보존하고 있는 그런 어리석음이다. 이 어리석음이 카프카가 좋아하는 인물, 즉 동키호테로부터 조수들을 거쳐 동료들에 이르는 카프카적 인물의 본질이다."(Benjamin 1978, 763) 카프카의 이미지세계는 의미의 전달이 아니라 침묵을 강요한다. 우리는 고대 그리스 로마의 신들 중에는 앙게로나 Angerona라는 침묵의 여신을 알고 있다. 입술을 가리는 앙게로나의 손은 마치 침묵을 종용하는 듯하고, 그녀의 침묵은 고대 밀의종교의 비전(秘傳)에 견주어 학자들은 위대한 침묵의 힘이라고 칭한다(Agamben 2012, 94). 엘레우시스파 밀의종교의 비전가들 initiates에게 비의는 단어와 상징 이전의 이미지와 표징의 형태로 전수되었다. 세상의 단어와 사물을 연결 짓고, 사물을 칭하는 이름과 그 말소리의 음가로서의 단어, 그리고 그러한 연결 관계를 묘사하는 상징체계 이전의 '침묵'의 힘은 벤야민의 글들에서뿐 아니라, 카프카의 '사이렌들의 침묵'을 통해서 제시된 바 있다. 카프카의 이미지 세계가 제시하고자 하는 삶의 정체성에 대한 해답은 마치 이러한 '비전(秘傳)'에 견줄 수 있을 것이다. 상징과 알레고리의 분화 이전의 표징으로서의 비전은 그 지시 내용과의 연관성(지표성 Indexikalität)하에서만 침묵을 깨트릴 것이다.

　'책을 구입하는 여러 가지 방법 중에서 가장 바람직한 방법은 자신이 직접 그 책을 쓰는 일이다.'(Benjamin 1991d, 388)라고 벤야민은 「나의 서재 공개」에서 적고 있다. 책을 구입하고 장서를 수집한다는 것은 일반적인 수집 충동과 더불어 양도가능성을 항시 염두에 두어야 한다. 벤야민에 따르자면 그리하여 '책을 구입하는 일이란 결코 돈의 문제이거나 아니면 전문적 지식만의 문제는 아니며, 이 두 점이 충족된다 하더라도 여전히 문제는 남는다.' '진정한 의미의 서재'에는 언제나 무언가 투시될 수 없고 또 동시에 그 어떤 것들과 바꿀 수 없는 독특한 것이 있다'는 것이다. 보이지 않지만 독특함 그 무엇, 벤야민이 카프카의 이미지들 속에서 읽어내고 있는 자신만의 서고 풍경이다 할 것이다. 벤야민은 한편 막스 브로트는 '카프카에게 중요했던 사실들의 세계는 불가시한 것이 있다'라고 말하였다고 한다. (Benjamin 1991b, 419) 카프카에게 보이지 않는 세계란 분명 모두 하나의 사건, 드라마 자체가 되는 사건이며 이 드라마가 펼쳐지는 무대는 하늘을 향해 열려 있는 세계라는 극장이라고 말이다. 「시골의 사」의 유명한 소위 '순간이동' 장면을 기다리는 환자의 방은 연기로 뿌옇고 숨쉬기도 힘든 공간이다.

　그러자 마부는 "이러, 힘을 내랏!" 하고 외치면서 손뼉을 쳤다. 그 순간 마차는 목재가 홍수에 휩쓸려 들어가듯이 갑자기 움직이기 시작했다. 내 집 출입문이 마부의 돌진으로 비걱거리며 부서지는 소리가 들렸다고 생각한 순간, 이미 내 귀와 눈은 소리인지 빛인지 분간할 수도 없는 질주감(疾走感)으로 충만해 있었다. 그러나 그것도 순간이었다. 나는 벌써 뜰에 서 있었고 그 뜰의 문이 열리자마자 이미 환자의 문 앞에 와 있었기 때문이다. 말들은 조용히 서 있었고 눈보라는 어느덧 그쳐 사방에는 달빛이 고요했다. 환자의 부모가 집안에서 바삐 달려나왔고, 환자의 누이동생까지도 따라 나왔다.

나는 마차에서 안기다시피 부축을 받으며 내려왔는데, 당황한 그들의 이야기로는 무슨 말인지 전혀 알아들을 수가 없었다. 환자의 방으로 들어서자 그곳은 호흡을 하기가 거의 어려울 지경이었다. 화로에서 연기가 내뿜어지고 있었던 것이다. 창문을 열어야만 하겠으나 나는 우선 환자를 보고 싶었다. 환자는 바싹 야윈 데다가 열은 별로 없어서 몸은 차지도 뜨겁지도 않았다. 눈은 흐리멍덩하고 내의도 입지 않은 알몸으로 그 청년은 깃털 이불 속에서 몸을 일으켜 내 목덜미에 매달리며 속삭였다. "선생님, 저를 죽게 내버려 두세요."

나는 주위를 둘러보았다. 아무에게도 그 말은 들리지 않았다.

(Kafka 1983c, 113)

눈은 흐리멍덩하고 내의도 입지 않은 환자가 시골의사를 보자마자 내뱉는 말은 죽여 달라는 것이나 다른 사람은 어느 누구 듣지 못한다. 카프카의 이러한 불가시한 세계는 벤야민이 언젠가 말한 바 있는 다음의 이야기와 결을 같이한다. 작가들이란 책을 사지 못할 만큼 가난하기 때문에 책을 쓰는 사람들이 아니라, 살 수는 있어도 그들의 마음에 들지 않는 불만 때문에 책을 쓰는 사람들이라는 것이다. 그들은 여전히 '빠촘킨'이다.

가시적인 세계와 미완의 세계, 카프카의 타원적 세계의 양 축을 이루는 신화와 현대의 대립은 벤야민의 신학적/정치적 세계관에서도 읽혀질 수 있다. 벤야민에게서 보이는 완결성으로 이해되는 메시아적 상황과 인간적 이성의 유한성에 기초한 세속적 상황에 대한 대립은 '행복'이라는 귀결점에 맞닿는다. 즉, 세속적인 것의 질서는 결코 하느님 나라의 이념이 아니라 세속적인 '행복'에 기반하고 있다는 생각을 낳는다. 살펴본 바와 같이 벤야민은 행복을 통해서 모든 지상의 것들은 몰락을 향해 가고 있다는 매우 독특한 허무주의를 설파한 바 있다. 벤야민의 허무주의적 메시아니즘에서는 행복과 무상함은 동일시되고, 이러한 맥락에서, 몰락은 메시아적이 되고 있다. 이 점은 매우 독특한 해석을 낳는다. 타우베스와 아감벤은 이러한 벤야민적 사유는 사도 바오로의 고린도서와 로마서에 나타난 니힐리즘에 비견할 만하다고 주장한다.[29] 물론 사도 바오로와 벤야민은 똑같은 듯 다른 삶을 살아왔고, 비록 두 사람의 삶이 지니는 튀포스적 typos 유사성에도 불구하고 벤야민의 세계는 메시아의 세계와 세속적인 세계 사이의 어떤 간극을 전제로 하고 있다.

---

29 타우베스는 벤야민의 사유에서 행복과 무상함을 동일시하는 점에 착안하여, 바오로 사도의 「로마서」 8장 19-21절에 나타나는 '피조물의 허무'와 대칭적인 독법을 설파한바 있다. 타우베스는 무엇 보다도 사도 바오로의 「고린도서」와 「로마서」에 나오는 '없는 듯 hos me' 살아라! 라는 주장과 벤야민의 사유의 일치성을 이야기하고 있다. 반면에 아감벤이 쓴 『남겨진 시간』의 견해에 따르자면, 이 구절에서 타우베스가 간과하고 있는 점은 바오로에게 창조는 아무런 의도 없는 덧없음과 파괴에 종속되어 있고, 구원에 대한 기대감 속에서 '다 함께 탄식하며 진통을 겪고' 있지만, 벤야민에게 있어서 자연은 이미 덧없는 것이라서 메시아적이라는 것이다. 왜냐하면 벤야민은 '메시아적 자연의 리듬이 바로 행복'이라고 쓰고 있기 때문이다.

타우베스는 카프카 문학에 자연에 대한 묘사가 없다는 점을 이야기한다. 즉 그의 가차 없는 화법을 그대로 따르자면, 카프카의 소설 속에는 나무에 대한 묘사가 거의 없다는 점을 예로 들면서, 벤야민의 니힐리즘과 로마서 8장에 묘사된 소위 '피조물의 탄식 das Seufzen der Kreatur'의 유사성을 설파하고 있다. (Taubes, 103) 발터 벤야민의 주장이 결국 희망없는 창조는 무상한 것이라고 말한 것이라고 실례로써 비교한 로마서의 8장 18-29절은 다음과 같다.

18 장차 우리에게 계시될 영광에 견주면, 지금 이 시대에 우리가 겪는 고난은 아무것도 아니라고 생각합니다.

19 사실 피조물은 하느님의 자녀들이 나타나기를 간절히 기다리고 있습니다.

20 피조물이 허무의 지배 아래 든 것은 자의가 아니라 그렇게 하신 분의 뜻이었습니다. 그러나 그것은 희망을 간직하고 있습니다.

21 피조물도 멸망의 종살이에서 해방되어, 하느님의 자녀들이 누리는 영광의 자유를 얻을 것입니다.

22 우리는 모든 피조물이 지금까지 다 함께 탄식하며 진통을 겪고 있음을 알고 있습니다.

23 그러나 피조물만이 아니라 성령을 첫 선물로 받은 우리 자신도 하느님의 자녀가 되기를, 우리의 몸이 속량되기를 기다리며 속으로 탄식하고 있습니다.

24 사실 우리는 희망으로 구원을 받았습니다. 보이는 것을 희망하는 것은 희망이 아닙니다. 보이는 것을 누가 희망합니까?

25 우리는 보이지 않는 것을 희망하기에 인내심을 가지고 기다립니다.

26 이와 같이, 성령께서도 나약한 우리를 도와주십니다. 우리는 올바른 방식으로 기도할 줄 모르지만, 성령께서 몸소 말로 다할 수 없이 탄식하시며 우리를 대신하여 간구해 주십니다.

27 마음속까지 살펴보시는 분께서는 이러한 성령의 생각이 무엇인지 아십니다. 성령께서 하느님의 뜻에 따라 성도들을 위하여 간구하시기 때문입니다.

28 하느님을 사랑하는 이들, 그분의 계획에 따라 부르심을 받은 이들에게는 모든 것이 함께 작용하여 선을 이룬다는 것을 우리는 압니다.

29 하느님께서는 미리 뽑으신 이들을 당신의 아드님과 같은 모상이 되도록 미리 정하셨습니다. 그리하여 그 아드님께서 많은 형제 가운데 맏이가 되게 하셨습니다.

(로마서, 8장 18-29절)

'고난과 희망과 영광'이라는 부제의 이 구절은 '우리 피조물'이 고통에 겨워 한숨짓고 탄식하고 있고, 그러기에 메시아의 도래가 다가오고 있다는 말로 이해된다. 영원하고 총체적인 무상함에 기원한 자연에 내재한 허무함과 탄식하는 피조물을 동일시하는 타우베스와 아감벤의 논지와는 달리 벤야민의 무상함은 역설적으로 신의 위력에 대항하는 인간의 히브리스에 근원하고 있는 것을 아닐지 싶다. 가령 바디우 Alain Badiou는 사도 바오로의 포교가 지니는 현재적 의미를 찾는 저작을 통해서, 유대주의와 그리스도교 사이의 종파적 갈등을 해결하였던 사도 바오로의 여정에서 인종 갈등을 위시한 다양한 갈등들에 '포위된' 프랑스의 현실을 구원하고자 한

피구라와 알레고리

다. 바디우가 바라보는 세계는 다음과 같아서, 사도 바오로가 행했던 종교적 재해석, 즉 기계적 율법으로부터 자유로운 종교성 복원에 대한 함의를 설파하고자 한다.

> 이처럼 오늘날의 세계는 진리 과정에 이중으로 적대적이다. 이러한 적대성의 징후는 이름에 의한 은폐에 의해 드러난다. 왜냐하면 진리공정의 이름이 차지해야 할 바로 그곳을 억압하는 또 다른 이름이 장악하고 있기 때문이다. '문화'라는 이름은 '예술'이라는 이름을 폐색시킨다. '기술'이라는 말은 '과학'이란 말을 폐색시킨다. '경영'이라는 말은 '정치'라는 말을 폐색시킨다. '성'이라는 말은 '사랑'을 폐색시킨다. 시장에 동질적이라는 엄청난 장점을 갖고 있으며, 게다가 관련된 모든 항목이 하나의 상품 제시 난을 나타내는 '문화-기술-경영-성'이란 체계는 진리 공정들을 유형적으로 식별하는 '예술-과학-정치-사랑'이란 체계를 은폐한다.
>
> (바디우, 23)

무엇에 대한 신념과 믿음은 참된 것에 대해서 나를 여는 행위이며 사랑은 그러한 여정을 보편화시키는 실재적인 행위이며, 이러한 행위와 그 여정을 뒷받침하는 확고부동함이 희망의 원리이다. 벤야민의 무상함이나 사도 바오로의 '탄식'은 메시아의 존재와 '신의 역사하심'을 은폐하고 있는 것이 아닐까? 세속적인 질서는 행복에 기반한 것이라는 벤야민의 명제에 주목한다면, 종교적으로 보자면 ―타우베스, 아감벤, 바디우의 성경해석에 잘 드러나듯이― 인간의 행복이란 메시아의 관점에서는 무상한 것에 불과하다. 종교적으로 보자면 행복할 만한 자격을 지닌 '속세의' 인간은 없다. 성스러운 heilig 사람들만이 '복 selig'되다. 행복은 늘 히브리스 hybris의 결과물, 즉 언제나 오만하거나, 과도한 자들에게 내리는 형벌이라고 여겨지는 이유가 여기에 있다. 벤야민의 세속적인 것의 질서는 그리하여 행복에 기인한다. 비록 그것이 몰락을 향한 질주의 시작일지언정, 결코 탄식하지 않는다. 왜냐하면 영원하고 총체적인 무상함이 메시아적이기 때문이다.

이는 벤야민이 '과거가 완벽하게 기록될 수 있는 것은 인류가 구원되고 난후의 일이다'(역사철학 제3테제)라고 이야기하는 것과 같은 맥락이다. 벤야민과 카프카의 세계에 도래하는 메시아는 인류 최후의 날에 자신의 시계를 맞추고 있는 셈이다. 메시아적인 시간은 이 세계의 종말의 시간이 아니라, 종말에 이르는 시간이 얼마 남지 않았다고 믿는 그 어느 지점의 순간, 혹은 현시간과 종말의 사이에 있는 내가 살아가는 그 어느 시점이다 할 것이다. 그리하여 카프카가 지녔던 "순수성과 그 독특한 아름다움에 대해 공평해지기 위해 한 가지 점을 분명히 유념해야 한다. 그 것은 좌절한 자의 순수성과 아름다움이다. (…) 카프카가 자신의 실패를 강조했던 열정보다 더 기억할 만한 것은 없을 것이다."(Benjamin 1978, 764)

이제껏 살펴본 바와 같이 벤야민의 초기 저술인 「신학적 - 철학적 단편」에서 최후의 저작인 「역사의 개념에 관하여」에 이르기까지 벤야민의 사유를 관류하는 신학적 가치관과 세속적 가치관의 대립과 해소의 상관관계는 메시아적 세계관에서 그 마지막 표현에 이르고 있으며, 이러한 메시아적 세계는 카프카의 문학 세계에서는 이해 불가한 현실의 단면을 항시 '지금 이때 Jetztzeit'의 시점으로 포착하는, 즉 매번 최후의 심판을 거행하는 셈이다. 벤야민에게 지금 이후 '남겨진 시간'이란 매초 매초 언제라도 메시아가 들어설 수 있는 조그만 문(Benjamin 1991a, 704)을 의미하였기 때문이다. 이것이 아마도 카프카의 '전령들 Kuriere'이 왕이 없는 세상의 무의미해진 전달사항들을 한없이 서로 외쳐대는 이유일 것이다.

카프카 문학에 내재한 부재의 신학 혹은 죄의식의 선험성은 카프카 문학의 보편성으로 이해되고 있다. 카프카 문학의 알레고리, 비유, 상징성의 문제는 법의 초월성, 죄의식의 내재성, 주관적인 발화행위와 같은 주제군으로 환원되는 바, 소위 '도피중의 신학 die Theologie auf der Flucht'(Benjamin 1991c, 277)이 이야기되는 지점이다. 카프카의 문학은 또한 '곰팡내 나고 낡고 어두운 관방의 세계, 관료들과 서류함의 세계'(Benjamin 1991b, 410)이기도 하다. 죄, 형벌, 창조, 구원, 최후의 심판, 희망, 기대, 원죄 그리고 수치심과 같은 개념들이 카프카의 문학을 이해하는 신학적 개념으로 자리 잡고 있으며 무엇보다도 '전통이 병들어 있음'의 증거로 자주 논거된다. 카프카의 문학 세계가 보여 주는 것은 따라서 '전도된 메시아주의 Der inverse Messianismus' 혹은 '부정적인 메시아주의 Der negative Messianismus'와 다름 아니며, 벤야민이 바라보는 카프카의 세계는 다음과 같은 문장에 응축되어 보인다.

> 카프카의 작품은 멀리 떨어진 두 개의 초점이 있는 타원과 같다. 그 초점들 중의 하나는 (무엇보다도 우선 전통에 관한 경험이라 할 수 있는) 신화적 경험이며, 다른 하나는 현대 대도시의 경험이다. 현대의 대도시

인의 경험에 관한 한 나는 그것을 상이하게 파악하고 있다. 우선 나는 하나의 거대한 관료장치에 자신이 내맡겨지고 있다는 것을 알고 있는 현대의 시민들에 대해 생각해 보고자 한다. 그런데 관료정치의 기능은 실행기관들 자체와 이러한 실행기관들과 관계하고 있는 사람들에게 불확실한 채로 존재하고 있는 장치들에 의해 조종되고 있다.(잘 알다시피 그의 소설들, 특히 소송이 지니는 의미층은 그러한 범주 속에 집어 넣을 수 있다.) 현대의 대도시인들 가운데서 나는 다른 한편으로 현대 물리학 자들의 동시대인들에 대해 말하고자 한다.

(Benjamin 1978, 760)

『유형지에서』에서 보이는 바와 같이 기술과 제의의 관계나 혹은 우리가 『성』에서 볼 수 있는 신화적 요소와 모더니즘적 요소의 병치에서 벤야민이 읽어 내는 카프카의 문학세계는 신화적 경험 혹은 제의적/신학적 경험을 타원의 한쪽 초점에 두고, 대도시의 모던한 기술적 새로움의 경험 즉 세속적인 정치 현실을 다른 한 초점에 두는 두 개의 중심을 지닌 타원의 세계와 견줄 만하다. 동시대인 카프카의 세계가 지닌 이원성은 벤야민의 「신학적-정치적 단편」이 보여 주는 세계이해와 같은 궤를 지닌다. 뿐만 아니라 벤야민이 바라보는 카프카의 세계는 이 타원의 두 축 사이를 '수평적으로' 혹은 아마도 '수직적으로' 이동하는 피구라적 형상화의 세계가 아니었을까 싶다. 그럼에도 벤야민은 주저한다. '빈 무덤'과 '충천한 용맹' 사이의 불가사의한 두 이미지 사이에서 방황하던 유년기 벤야민의 고뇌는 그리하여 이 수수께끼 같은 이미지를 푸는 데 평생에 걸쳤노라고 설파하고 있다(Benjamin 1987, 35).

길을 잃고 방황해 본 적이 있는가? 사막에서 길을 잃은 사람은 자신의 앞에 놓여 있는 낯선 발자국을 보며, 희망에 겨워 그 발자국이 이끄는 지평선 너머를 찾아 나선다. 앞서간 사람의 발자국을 쫓아 이 무한한 동일 공간의 미로를 탈출할 수 있다는 신념에 찬 그에게 그 발자국이 바로 자기 자신의 것이라는 사실을 깨닫고는 그 희망찬 신념은 순식간에 절망으로 바뀐다. 그가 가는 길이 올바른 것이라는 것을 가르쳐 주고 확신을 주는 표식이 존재하지 않는 한 사막을 빠져나올 수 있는 방법은 어디에도 없다. 카프카는 일찍이 세상에서 가장 완벽한 미로는 바로 사막이라고 말한 바 있다. 이것이 진정 말 그대로 '악마의 순환고리 Teufelskreis' 그 자체이다.

아드리아드네의 실타래도 드넓은 광야에서는 쓸모없다. 별자리들과 '성좌'에 대한 믿음도 이곳에서 너무 어설프다. 낯선 세상에 던져진다는 것은 고통스럽고 충격적이다. 존재의 불확실성을 극복하고 길을 나서, 삶의 여정을 주도하려는 인간에게서 그 길 찾기를 방해하는 것이 유혹이다. 악마의 어원인 '길를 가로 막는 자' 혹은 '길 위에 장애물을 놓는 자'라는 표현 역시 길 찾기를 방해한다는 점에서 공통적이라 할 것이며, 더군다나 삶의 여정을 훼방하고 길을 잘못 들게 하는 '유혹'이라는 점에서 동일한 맥락을 지닌다. 길은 의미와 목적을 상징하는 암호이다. 길은 또한 익숙하지 않은 미지의 영역으로 이끌기도 한다. 낯선 길에서는, 미지의 길에서는 답변보다는 질문이 더 많고, 불확실성이 확실성을 압도한다. 그래서 길 위에서 우리는 수많은 유혹자를 만난다. 인생의 길에는 우리가 소중하게 여기고 염원하는 모든 것이 담겨 있다. 따라서 혼자 걷는 길 위에서 내

안에서 번져 나오는 공포와 절망감 역시 악마의 유혹과 다름 아니다. 삶의 여정을 걷는 인간들에게 악마의 순화 고리를 끊고 지향점과 삶의 좌표를 보여 주는 표징은 고래로 종교적인 모티브로 작용한다. 무엇보다도 『창세기』 제9장 12-16절에는 노아와 하느님의 계약의 표징에 대한 이야기가 다음과 같이 나온다.

> 12 하느님께서 다시 말씀하셨다. "내가 미래의 모든 세대를 위하여, 나와 너희, 그리고 너희와 함께 있는 모든 생물 사이에 세우는 계약의 표징은 이것이다.
> 13 내가 무지개를 구름 사이에 둘 것이니, 이것이 나와 땅 사이에 세우는 계약의 표징이 될 것이다.
> 14 내가 땅 위로 구름을 모아들일 때 무지개가 구름 사이에 나타나면,
> 15 나는 나와 너희 사이에, 그리고 온갖 몸을 지닌 모든 생물 사이에 세워진 내 계약을 기억하고, 다시는 물이 홍수가 되어 모든 살덩어리들을 파멸시키지 못하게 하겠다.
> 16 무지개가 구름 사이로 드러나면, 나는 그것을 보고 하느님과 땅 위에 사는, 온갖 몸을 지닌 모든 생물 사이에 세워진 영원한 계약을 기억하겠다."

대홍수 이후에 멸망으로 부터 살아남은 노아 일행이 본 '무지개'는 그러나 그러한 표징을 깨어 있는 눈으로 바라보는 자들에게만 표징일 것이다. 우리는 누구인가? 바로 이 세상에 참여하고 있는 관찰자이다.

피구라와 알레고리

문학사에서 보자면, 가령 많은 이들에게 "이 표징을 보라(ecce signum)"라는 라틴어 구절로 인용되는, "우리는 큰일을 해낼 무리란 말이오. 소동, 폭력, 발광, 뭐든지! 이 표징를 봐요!"라는 『파우스트』의 유명한 구절은 마치 예수가 『요한복음서』제4장 48절에서 설파하는 "너희는 표징과 이적을 보지 않으면 믿지 않을 것이다"라는 구절을 연상시킨다.

이 "표징을 보라"는 말로서 메피스토는 자신이 원초부터 이 땅에 존재했었다는 점을 상기시킬 뿐만 아니라, 자신의 현세적 존재가 지니는 의미와 악의 존재의 '기능'을 보여 주고자 한 것이다. 천재지변이 낳은 자연재해를 넘나들고 인력으로는 헤아릴 수 없는 일들을 처리하는 등, 혹은 프랑스 혁명과도 같은 현세적인 정치적 격변과 같은, '큰일을 해낼' 무리가 현세적 존재로서의 메피스토의 역할이라는 것이다. '항시 악을 추구하지만, 항시 선을 행하는', 그런 힘의 일부라 했던 메피스토의 자기규정에서 출발하여 메피스토가 행한 모든 행위들의 시작과 끝은 그러나 항시 파우스트의 열망에 기인한다. 파우스트의 현세적 열망에 대해서 현세적인 악마인 메피스토가 매사에 도움을 준다는 사실에서 보이듯이 두 존재가 표징을 통해서 상호 유대감을 지닌다. 노아와 하느님의 계약의 표징으로부터 메피스토와 파우스트의 계약의 표징을 읽어 내고 있는 것이다. 한편 파우스트가 지상에 존재하는 한 마음대로 할 수 있다는 메피스토와 하느님의 처음 내기 장면에서 우리가 간과하고 있는 점은 메피스토가 지상세계를 마치 지옥처럼 여긴다는 사실이다. 멈추지 못하는 소유욕과 주체하지 못하는 권력욕에 지칠 줄 모르는 파우스트가 끊임없는 지식욕으로 항시 무언가 발전과 진보를 주장하는 지상 세계는 피안의 세계의 관점에서 보자면 지옥의 다른 이름일 것이다. 메피스토는 그래서 현세의 악마로서 존재하는 것이다.

'표징'을 보라는 메피스토에 대해서 파우스트가 내뱉을 답변은 아마도 "가거라. 네가 믿은 대로 될 것이다(마태오 8,13)"이지 않을까 싶다. 인생의 도정은 고정관념에 가로막혀 당혹감을 느낄 때 비로소 다시금 생명력이 되살아난다. 길의 최종 목적지는 그 길을 가는 사람이 어떤 질문을 던지는가에 달려 있다.

지난 교황 베네딕토 16세는 추기경 시절인 2004년 1월, 하버마스와의 철학과 종교의 대화를 통해서 21세기의 이성과 종교 Ratio et Fides의 문제를 정치질서에 앞서는 윤리적 문제로 규명하고자 한 바 있다(Habermas/Ratzinger 2005, 참조). 이와 같이 영성 혹은 '성스러움'과 세속성의 이분법적 대립에 기초한 논의는 매우 장대한 역사적 전통을 지닌다. 라칭어 주교는 일찍이 믿음의 이성적인 측면에 대한 논구를 통해서 단순히 지식 Wissen이 아니라 이해 Verstehen에서 인간존재의 참된 형식을 찾고자 한 바 있다(Habermas/Ratzinger 2005, 70). 이러한 맥락에서 보자면 하버마스와 라칭어 추기경 간의 종교와 철학의 대화는 세속화의 과정 속에서도 여전히 유효한, 보편적인 종교적 가치의 의미를 찾고자 한 것이다. 이는 2001년 하버마스의 프랑크푸르트 평화상 수상 연설인 「믿음과 지식 Glauben und Wissen」에서의 논의를 발전시킨 것이라 할 수 있다(Habermas 2001). 서구의 계몽주의 전통에서 출발한 "상식 Common sense 또는 보편적 가치"에 대한 논구를 통해서 하버마스가 이야기하고자

피구라와 알레고리

하는 것은 탈신화화된 현대 사회에서도 여전히 유효한 선험성인 '성스러움'에 대한 이야기일 것이며, 당시의 라칭어 추기경이 하버마스의 논의에서 발전시키고자 한 것은 서구에서 계몽주의 단계를 거치면서 세속화된 사회 이후의 postsäkular 현대 사회가 지닌 문제의식이다. 이러한 문제의식과 '보편적 가치'에 대한 강조는 9.11 테러로 촉발되어 글로벌한 사회에서 위세를 떨치고 있으며, ─현재 우리사회의 위기의식의 기저에 놓여 있는─ 탈세속화된 postsäkular 맹목적 도그마티즘에 대한 준엄한 비판으로 읽힐 수 있을 것이다. '성스러움'이 서구의 미적 모더니즘에서 지속적으로 중심 담론을 형성하였다. 허나 20세기의 '성스러움'의 사멸에 대한 논의는 주지하다시피 막스 베버의 탈마법화 테제와 결부되어 이야기되어 과학과 이성에 의한 탈마법화/탈신화화는 성스러움을 전근대적 유산으로 치부된 바 있어서 '성스러움'에 대한 논의 혹은 영성 혹은 성현에 대한 논의는 '계몽의 변증법'이 함의하는 인류문화사적 전제로서 읽힌다.

❖ 2 ❖

헤테로토피아와 내러티브

뉴미디어와 시적 자아의 공간:
사적 영역과 공적 영역의 분화와 상호 매체적 서사

2.1
문화적 기억력의 재구성과 시적 자아의 공간화

A. '카메라의 눈'과 아우라의 소멸: 발터 벤야민의 매체미학

- 사진의 작은 역사 혹은 벤야민의 사진 미학

가상현실은 이차적 현실을 제공한다. 이는 기술에 의해서 실재적 현실을 복제해 온 서구의 예술적 전통을 이어 가는 것이다. 이미 발터 벤야민(1892-1940)이 '아우라의 소멸'이라는 유명한 테제로서 설명하고자 했던 사진이라는 기술적 복제 기술의 새로움은 기술매체의 발전과 인간의 인지능력과의 상관관계에 대한 고전적인 논의의 출발점이 되었다(Benjamin 2002, 351). 주지하다시피 벤야민의 경우 새로운 매체에 대한 관심은 예술의 새로운 역할에 대한 문제의식으로 발전한다. 독문학자이자 문학 평론가의 길을 걸었던 벤야민이 당대의 사진과 영화에 대한 지대한 관심을 표명하고 새로이 시작된 라디오 방송에서 생계 문제를 해결하고자 했던 그 시절에 대한 회고와 기억은 어쩌면 아직 우리 내면에는 도래하지 않은 미래의 징후를 찾고자 함에서일 것이다. 더군다나 현대의 커뮤니케이션 기술은 새로운 형태의 재현기술과 이를 통해 새로이 경험한, 집단적 경험과 구성원의 개별적 체험 사이의 매개는 새로운 '경험의 빈곤화'를 야기한다.

현대의 글로벌한 뉴미디어적 문화 현상의 본질은 그 예술적 실천에 하이퍼텍스트, 사진, 영화, 비디오, 카툰, 일상 언어와 광고카피가 혼재된 몽타주와 잡종적 형식에 놓여 있다. 다양한 '예술실험'을 주도하는 현대의 전위적 예술가들은 기존의 주류적인 문화담론에 대해 정당성을 확보하기 위해 이미 '전통'이 되어 버린 벤야민의 테제들을 인용하곤 한다. 벤야민은 이로써 기술복제와 새로운 영상 매체가 지닌 잠재적인 생산적 측면을 제시하고 있다고 할 수 있는 바, 그럼에도 벤야민의 사유는 호르크하이머와 아도르노의 문화 염세주의와 구별되는 지점을 가진다. 아우라의 붕괴가 낳은 정치적 상황에 대한 고민이 『계몽의 변증법』에 기초한 사유였다면, 벤야민의 문제의식은 무엇보다도 새로운 매체 기술이 낳은 '해방적 성격'을 이야기하고자 한다 할 것이다. 작금의 전자적으로 매개된 커뮤니케이션은 현실과 이중적인 관계를 견지하고 있으며, 인터넷 시대의 가상성을 설명하기에 '사진의 여명기를 덮고 있는 안개'가 그리 짙어 보이지 않는다. 벤야민은 1931년 「사진의 작은 역사 Kleine Geschichte der Photographie」에서 다음과 같이 사진의 발명과 사진 기술의 공공성에 대해 이야기한다.

> 사진의 여명기를 보면 우리는 발명의 시간이 이미 도래하였고 또 한 사람이 아닌 여러 사람들이 이러한 시간이 도래하였음을 느끼고 있었다는 사실을 보다 분명히 알 수 있을 것이다. 여러 사람들이 상호 관련도 없이 독자적으로 동일한 목표, 다시 말해서 아무리 늦게 어림잡아도 레오

나르도 다빈치 이후에는 우리들에게 알려졌던 암실에서의 영상을 고정
시키려는 하나의 목표를 동시에 추구하고 있었다. 이 일이 니엡스와 다
게르의 5년여에 걸친 노력 끝에 동시에 성공하였을 때, 국가는 발명자
들이 부딪히게 된 특허권의 어려움을 빌미로 삼아 이 일을 직접 떠맡았
고 또 이일을 손해 보상해 준다는 명목으로 사적인 일로부터 공적인 일
로 만들었다.

(Benjamin 2002, 300)

다게르 Louis-Jacques Mandé Daguerre(1787-1851)가 발명한 은판 사
진술인 다게르타입으로 찍은 현존하는 최초의 사진들 중의 하나인 〈탕플
르 대로 Boulevard du Temple〉(1838)(사진 1 참조)는 파리의 레퓌블리크

(사진 1: Daguerre: Boulevard du Temple (1838))

　　　　　　　　　　　　　　　　　　피구라와 알레고리

광장에서 파들루 광장에 이르는 근 400여 미터 가량의 대로를 사진으로 보여 주고 있다. 이 대로는 파리 3구와 11구를 구분하며 루이 16세 시절부터 유행의 중심지 역할을 했으며 수많은 카페와 극장이 있으며, 당연히 평소 수많은 행인들의 왕래가 빈번하다. 사진에 찍힌 지역은 그중 르 마레 지역이다. 은판은 오후 1시 정각에 다게르가 자기 스튜디오의 창문에서 내다본 탕플르 대로를 보여 준다.

이 거리는 사람들과 마차들로 가득 차 있었겠지만 당시의 사진 기술로 극히 오랜 시간의 노출이 필요했기에 움직이는 군중이나 여타의 사람의 흔적은 없다. 마치 빈 거리를 찍은 듯한 모습이다. 마치 최후의 심판의 날에 텅 빈 도시의 모습이 이 사진의 모습이 아닐까 싶을 정도로 썰렁한 도시의 풍광을 담고 있다. 그럼에도 이 사진은 인류 역사상 최초의 인간의 모습을 사진이라는 기술 매체가 담고 있다(Stiegler u.a. 2011, 27). 아마도 다게르가 의도적으로 그러한 구도를 잡았을 것이라 여겨지지만, 사진의 왼쪽 아래 구석의 보도블록 위에 구두를 닦으려 멈춰 선 어떤 남자의 모습이 잡혀 있다. 한쪽 다리를 구두닦이의 발판에 올려놓은 채 꽤 오랜 시간 움직이지 않고 서 있었음이 틀림없다. 다게르의 사진은 암실에서 광선에 노출되는 옥도처리의 은판이었으며, 사진은 그 은판 위에 마치 그림과 같이 착상되어 나타났으며, 금 25프랑이라는 비싼 가격에 마치 귀금속처럼 상자 속에 보관되었다. 아감벤이 사진이란 마치 최후의 심판을 포착하기 때문에 매혹적이라고 말하는 이유가 바로 여기에 있다(아감벤 2005, 33). 심판은 여전히 한 사람의 운명에만 관여하기 때문이다. 그러나 어떻게 그가 최후의 심판을 살아남아 불멸의 존재로 남게 되었던가 하는 질문은 여전히 남는 질문이라 할 것이다.

그러나 현대의 사진이론은 사진에 찍힌 피사체는 우리에게 무엇을 요구해야 한다고 주장한다. 사진에 찍힌 '그 사람'이 오늘날은 완전히 잊힌 사람일지언정 혹은 최초의 은판 사진위의 구두 닦는 사람이 누구인지 모를지언정, 사진은 그 피사체가, 즉 우리가 잊힌 존재가 아니길 요구한다. 이런 의미에서 사진의 전성기는 바로 초상사진, 혹은 명함판 사

(사진 2: D.O. Hill,
뉴 헤이븐 마을의 미인(1845))

진에서 출발했을 것이며, 벤야민이 그이 사진이론에서 영국의 초상화가 데이비드 옥타비우스 힐 D.O. Hill(1802-1870)을 언급하면서 대상이 되는 생선장수의 아내의 존재에 대한 다음과 같은 질문을 던지고 있는 것이다. (사진 2 참조)

힐의 〈뉴헤이븐의 어부의 아내〉라는 사진을 예로 들어 보자. 무관심하면서도 유혹적일 정도의 수줍은 눈길로 땅을 내려다보고 있는 이 여인의 사진에는, 힐의 사진 예술을 말해 주는 사진 속에서는 찾아 볼 수 없는 그 어떤 것, 다시 말해 한때 살았지만, 오늘 날에도 생생하게 살아남아 결코 '예술' 속에는 완전히 병합되기를 꺼려하면서 여인의 이름이 무엇이냐고 끈질기게 묻고 있는, 그래서 도저히 침묵시켜 버릴 수 도 없는

피구라와 알레고리

그 어떤 것이 그대로 남아 있다.

(Benjamin 2002, 302)

벤야민이 그토록 묻고자 했던 그 여인의 이름은 엘리자베스 존스턴 홀이라고 한다. 사진은 시공간의 그 찰나의 순간에 찍힌 그 대상성과 지표성을 지니는 바, 그럼에도 사진에 찍히는 대상의 몸짓이 지니는 특별한 힘 때문에 이 지표가 지닌 현재성은 다른 시간, 그 어떤 연대기적 시간들보다도 더 긴급한 현재성을 지닌다. 이를 벤야민은 다음과 같이 이야기한다.

> 사진사가 인위적인 조작을 하고 또 모델의 태도도 계획적으로 조정을 하고 있다는 사실을 잘 알면서도 사진을 보는 사람은 그러한 사진에서, 미미한 한 줄기의 불꽃 즉 현실이 그것에 의해 사진의 영상을 골고루 태워 냈던 우연과 현재적 순간을 찾고 싶어 하고, 또 그 속에서 이미 흘러가 버린 순간의 평범한 삶 속에 미래적인 것이 오늘날까지도 애기를 하면서 숨어 있기 때문에 우리들이 과거를 뒤돌아보면서도 미래적인 것을 발견할 수 있는 그런 눈에 띄지도 않는 미미한 부분을 찾고 싶어 하는 제어할 수 없는 충동을 느낀다.

(Benjamin 2002, 303)

벤야민의 사진 미학에 있어서 한편으로는 피사체와 카메라의 시야 사이에 존재하는 '묵시론적' 현재성이 이야기되는 반면에, 사진이 낳은 무의적인 세계에 대한 개방을 벤야민의 칼 블로쓰펠트 Karl Bloßfeldt(1855-1932)

의 사진들에 대한 논의를 통해서 설명하고 있다. 시간적으로 사진은 어떤 방식으로든 '최후의 심판'(아감벤)을 포착하고 있다는 논의와 더불어 기계의 눈은 인류가 이제껏 착안하지 못한 미지의 세계를 개방하는 도구로 여겨질 수 있다는 논의의 시작은 '기술과 마술의 차이가 철두철미하게 역사적으로 규정되는 변수'(벤야민)임을 자각한 근대인들에게 주어진 중세적인 신의 마지막 선물처럼 다가왔다.

본 논문에서는 벤야민의 이론적 논구에서 사진을 통해서 야기된 충동적이고 무의식적인 공간의 발견이라는 문제의식을 매체사적 맥락에서 설명하고자 한다.

• '꽃들의 새로움' 혹은 운명의 형식

(사진 3: 칼 블로쓰펠트, 고사리)   (사진 4: 칼 블로쓰펠트, 꽈리)

베를린의 종합예술학교(현 UdK)의 조소과에서 오랜 기간 후학을 양성한 칼 블로쓰펠트 Karl Bloßfeldt(1855-1932)는 세계 사진사에서 신즉물주의적 경향의 선구자로 여겨진다. (Mattenklott 2010, 257) 당대 베를린의 지식인 사회에서 거의 무명에 가까웠던 블로쓰펠트는 인생의 황혼기인 1928년에『자연의 근원형식들 Urformen der Natur』이라는 사진집을 간행하고 나서는 하루아침에 '세계적인' 유명인사가 되었다.

베를린의 바스무트 Ernst Wasmuth 출판사에서 112편의 식물 사진을 모아서 간행한 이 사진집은 1896년부터 30여년 넘게 행한 부지런한 식물 도록 작업의 일환이라 할 수 있는데, 처음 스승인 모리츠 모이러 Moritz Meurer의 소묘 교재 개발 작업에의 참여(1890-1896)를 계기로 시작한 식물 표본의 사진 촬영 작업을 블로

(사진 5: 칼 블로쓰펠트, 동양 양귀비)

쓰펠트는 일생에 걸쳐 계속 진행한 것이다. 세계 각국에서 수집한 식물들을 직접 말리고 표본으로 만들어서 근접 사진 촬영을 통해서 '자연의 구조를 띤 산업적인 형태물의 원형'을 찾고자한 블로쓰펠트의 작업은 기술매체시대를 앞서간 선구적 업적으로 평가된다. (사진 3,4 참조) 그럼에도 사진에 대한 블로쓰펠트의 관심은 교재를 개발하기 위한 목적에서 출발한 것이며, 근접 촬영한 식물 사진들을 슬라이드로 만들어서 벽면에 투사하여 이를 토대로 삼차원적인 형태에 대한 소묘 연습에 활용하고자 하는 교육 목적에 적합한 사진작업이 우선시되었다. 따라서 도록이 간행되면서 사진들이 그 자체 예술작품으로 여겨진다는 사실은 작가 본인에게 매우 어색한 일이었지 않았을까 싶다. 이러한 교재로의 활용을 염두에 둔 사진

촬영에 있어서 가장 염두에 두어야 할 점은 무엇보다도 피사체의 윤곽과 굴곡 그리고 질감과 양감을 극대화시켜서 보여 주어야 한다는 점이다.

식물 표본들의 윤곽을 잘 살려 질감과 양감을 최대한으로 끌어올리기 위해 취한 블로쓰펠트의 기술적 노우하우는 어떠한 인공조명을 사용하지 않고 자연광만을 이용하여 매우 긴 노출 시간을 설정한 것이다.(Nitsche 2010, 131) 물론 이 작업을 위한 카메라는 블로쓰펠트가 직접 제작한 것이었으며, 블로쓰펠트의 사진작업은 초창기 사진의 역사

(사진 6: 칼 블로쓰펠트, 개정향풀)

에서 보자면 피사체가 지니는 지표성에 대한 문제성을 내재하고 있었다.

베를린의 갤러리스트인 칼 니렌도르프 Karl Nierendorf(1889-1947)가 20년대 중반 처음 블로쓰펠트의 사진들에 관심을 갖기 시작하여 전시회를 주선하고, 첫 번째 사진집의 출간을 도모하였다는 점은 주지의 사실이다. 1928년 간행 시에 초판본으로 발간한 6,000부가 불과 8개월 만에 매진이 될 정도로 블로쓰펠트의 식물사진에 대한 대중의 관심은 지대하였다.

이 시기 블로쓰펠트의 사진집이 지닌 특별함을 누구보다도 먼저 발견하고 사진 예술가로서의 블로쓰펠트의 명성을 높혀 준 사람은 발터 벤야

민이다. 1928년 11월 23일 문학세계 Literarische Welt에 「꽃들의 새로움 Neues von Blumen」이라는 제목하에 블로쓰펠트의 사진집『자연의 근원형식』에 대한 서평을 기고한 것이다. 벤야민은 다음과 같이 블로쓰펠트의 사진이 지닌 특별함을 이야기한다.

> 그(블로쓰펠트)는 새로운 영상의 선구자인 모홀리-나지가 언젠가 다음과 같이 했던 바가 얼마나 정당한 주장이었는지를 입증한다. '사진의 경계는 무한하여, 사진의 영역에서는 모든 것이 새롭고 하여, 단지 무엇인가를 추구한다는 것만으로도 창조적 결과물들을 낳게 한다. 당연히 기술은 이러한 발전에 이르는 길을 닦는 개척자이다. 글자를 모르는 사람이 아니라 사진을 읽을 줄 모르는 사람들이 미래의 문맹자가 될 것이다.' 우리가 고속도 카메라 기법으로 어떤 식물의 성장을 빠르게 보여 주거나, 식물의 형태를 40배로 확대해서 보여 주거나 하는 경우에, 이 두 가지 경우는 우리가 최소한이나마 생각하는 대상의 존재성 대신에 새로운 이미지의 세계의 용혈천이 분출되어 나온다.
>
> (Benjamin 1991b, 151 / KS 13-1, 165)

블로쓰펠트의 사진에서 벤야민은 무엇보다도 '기계의 눈'으로만 발견할 수 있는 새로운 시야의 세계를 이야기하고 있어 보인다. 영화의 고속도카메라(시간)와 사진의 확대술(공간)이 낳은 새로운 미디어 상황에 대한 예견은 추후『기술복제시대의 예술작품』(1936)과『사진의 작은역사』(1931)에서 규정하고 있는 바와 유사하며, 특히나 '시각적 무의식 Optisch-Unbewußtes'의 실례로 이야기될 수 있다. (Mattenklott 2010, 258)

카메라가 바라보는 세계와 인간이 바라보는 세계의 차별 가능성에 대해서 벤야민은 다음과 같이 일별한 바 있다.

> 카메라에 비치는 자연은 눈에 비치는 자연과는 다르기 마련이다. 그것은 무엇보다도 카메라에는 인간에 의해 의식적으로 만들어진 공간 대신에 무의식적으로 만들어진 공간이 들어선다는 점에서 그러하다. 예컨대 사람들의 걸음걸이가 대강 어떻다고 흔히 말을 하지만 '걸어서 나아가는' 순간순간의 자세가 과연 어떠한 것인가 대해서는 아무것도 알지 못하고 있는 실정이다. 사진은 고속도 촬영기나 확대기와 같은 보조수단을 통해서 이러한 것을 밝혀낼 수 있다.
>
> (Benjamin 1991b, 371)

사진은 이제껏 밝혀지지 않은 새로운 이미지의 세계를 개방하는 것이고, 마치 정신분석학이 충동적인 무의식의 세계를 밝혀내듯이, 사진술은 시각적인 무의식의 세계를 새로이 나타나게 한다는 것이다. 블로쓰펠트의 사진 세계에서는 지상의 건축물이나 형상들 혹은 인간의 몸짓에 유사한 형태의 모습이 드러나고 있어 처음 그의 사진 전시회에서부터 많은 논란이 있었다. (Nitsche 2010, 132) 블로쓰펠트의 식물 사진들은 일상의 대상들과의 유사성을 이야기하지 않고는 사진의 특성을 이야기하기 어려울 것이다. 이러한 의미에서 벤야민은 사진이 지닌 지표성의 현재적 의미를 설명한 바 있다. "동시에 사진은 이러한 물질세계 속에서 가장 미세한 것 가운데 존재하는 형상의 세계의 인상학적 모습을 보여 준다. 그런데 이러한 형상의 세계는 깨어 있는 상태의 꿈속에 자리 잡고 있는 것처럼 충분히 감추어져 있으면서도 또한 충분히 해석될 수 있는 성질의 것이지만, 그러나 오늘날에는 더 크게 확대되고 더 분명하게 밖으로 드러나게 되었다."(Benjamin 1991b, 371)[30]

벤야민의 견해에 따르자면 40배 내지 45배로 확대 촬영한 블로쓰펠트의 사진들에서는 단지 과학적인 측면에서의 미세세계에 대한 새로운 발견뿐 아니라 우리 주변의 대상들에 대한 유추의 형식들, 즉 피구라의 형태를 읽어 낸다 할 것이다. (사진 5,6 참조) "블로쓰펠트의 식물 사진들 속에서는 속새풀에서 고대의 원주를, 밀추화에서 추기경의 석장을, 10배로 확대된 밤나무와 단풍나무의 새싹에서 토템의 나무를, 산토끼 꽃에서는 고딕 원형 장식을 드러내 보여 주고 있는 것이다."(Benjamin 1991b, 373)

다른 한편 벤야민은 다음과 같이 사진에 표제의 중요성에 대해서 언급한 바 있다. "르포르타쥬의 기계적 연상작용을 대신해서 사진의 표제가 들어서지 않으면 안 된다. 사진의 표제는 사진으로 하여금 모든 삶의 상황을 문학화하는 데 기여하도록 하는 수단이 되게 한다. 이러한 표제 설명이 없으면 모든 사진의 구성은 불확실한 것에 머물 수밖에 없을 것이다."(Benjamin 1991b, 374) 결국 사진 이미지는 항상 이미지 이상의 것이

---

30   벤야민이 데이비드 옥타비우스 힐의 사진에 대해서 논하면서 여자 생선장수의 이미지는 살아 있는 실체로서의 그 여인의 이름을 요구한다고 쓰고 있고, 바로 이 점에 대해서 아감벤 Giogio Agamben이 모든 사진은 틀릴 여지가 없는 역사적 지표를 지니고 있다고 주장(Agamben 2005, 20)하는 것이리라. 벤야민은 "기술과 마술의 차이가 철두철미하게 역사적으로 규정되는 변수임"(Benjamin 1991bI, 372)을 잘 알고 있었기 때문이다.

다. 요컨대 사진은 감각적인 것과 예지적인 것, 모방물과 현실, 기억과 희망 사이의 간극이자 숭고한 균열의 자리 locus인 것이다.

(사진 7: 칼 블로쓰펠트, 마늘꽃)

• '피구라' 혹은 아우라의 근원형식

블로쓰펠트의 사진에 덧붙여서 벤야민의 캐리커쳐 작가인 그랑빌 Grandvile(Jean Ignance Isidore Gerard, 1803-1847)에 대한 설명을 이어 간다.(KS 13-1,165/167) 정치 만평 뿐 아니라 공상과학적인 요소의 캐리 커쳐로도 유명한 그랑빌의 경우에서 벤야민은 상품세계가 자연처럼 보이 고 여겨지는 상황을 다음과 같이 이야기한 바 있다. "만일 상품이 물신숭 배라면, 그랑빌은 그 주술사이다."(Benjamin 1991e, 249)

피구라와 알레고리

(그림 1/2: Grandville, Les Fleurs animées)

그랑빌의 『Les Fleurs animées』(1847)에 대해서는 벤야민은 장미의 이름으로 태어나 미녀와 해바라기의 모습으로 희화된 원주민 소년의 그림 속에 나타난 소위 '그래픽화된 새디즘 graphischer Sadismus'에 대한 비판을 가한다.

벤야민은 반면에 확대된 식물 사진이 주는 순기능을 이야기하고자 한다. 더군다나 벤야민은 블로쓰펠트의 사진은 예술가의 의지가 투영된 예술사진이 아니라 대상성의 우위를 여실히 보여 주고 있는 것이므로 사진집의 제목은 '자연의 근원형식'이라고 하는 것이 더 낫지 않을까 하는 제안을 한다. 이지점에서 벤야민은 아우라적 요소의 재발견을 이야기하는 것이다.

사진은 그 발생에 있어서부터 현실에 대한 순수한 재현수단으로만 머물지 않았다. 현실을 담아낸 사진들은 인간의 상상력을 자극하는 예술작품이 되었으며, 더욱이 현실의 묘사에 있어서 경쟁 과정에 있었던 회화와 문학과 같은 다른 매체들에 많은 자극을 던져 주었다. 특히 문학의 경우 19세기 리얼리즘과 자연주의를 거치면서 사진의 현실반영적 성격에 대한 논의가 활발히 이루어진다. 무엇보다도 사진의 매체성은 문학의 서사개념에 많은 영향을 끼쳤

(사진 8: Paul Strand (1890-1976), Blind Woman 1916)

다. 사진촬영의 광학적 프로세스(대상-카메라의 눈/렌즈-빛과 시간의 조절-필름-화학적 작용-암실/인화)는 20세기 초반의 모더니즘 문학에 이르러서는 시·공간의 상대성개념과 무의식에 대한 당대의 새로운 담론들과 더불어 문학서술이론을 위한 메타포를 제공하기도 하였다. 실례로 마르셀 프루스트의 『잃어버린 시간을 찾아서』에서 나타나는 인물의 체험과 그것에 대한 회상의 재구성 사이의 시간적 불일치성은 '내면의 암실'이라는 메타포로 이해될 수 있다. 프루스트에게 있어서 사진 촬영 및 그 현상과 인화과정의 시·공간적 차별성이 바로 경험의 순간과 그것의 재구성 사이의 불일치성과 비견될 만하며, 그의 작품의 핵심적인 기법인 비자발적 기억 mémoire involontaire은 매 순간 촬영하였지만 아직 인화하지 않은 장면들을 다시 끄집어내는 작업으로 간주될 수 있다. 벤야민은 여기서 한 걸음 더 나아가 대상의 근원성에 대한 사진의 관계를 번역대상인 원본텍스트와 번역결과물의 의미연관관계로까지 확장시켜 해석하고 있다 (Benjamin 1991b, 382). 19세기에 있었던 사진의 발명이 회화사에 혁명

적인 이노베이션을 야기시켰던 것처럼 바이마르 공화국 시대의 작가들은 새로운 매체경쟁하에서 전통적인 예술의 역할과 성격에 반하는 새로운 이론적 논의들을 도출해 낸다. 벤야민에게 있어서 블로쓰펠트의 사진은 새로운 기술적 매체의 생산물이라는 점에서 의미를 지니는 것이 아니라, 블로쓰펠트의 사진은 그 자신을 스스로 매체로서 묘사하고 있다는 점에 의미를 지닌다 할 것이다. "벤야민은 기술복제시대에 예술작품이 겪는 변화를 특징짓기 위해 '전시가치'라는 개념을 만들었다. 완성된 자본주의 시대에 사물, 그리고 심지어 인간 신체가 맞이하는 새로운 조건을 이보다 더 잘 특징짓는 것은 없다. 사용가치 대 교환가치라는 맑스적 대립에 세 번째 항으로서 도입되는 전시가치는 처음 두 개로 환원될 수 없다. 전시가치는 전시되는 것 자체가 사용의 영역에서 제거되기 때문에 사용가치가 아니며, 결코 그 어떤 노동력도 측정하지 않기 때문에 교환가치도 아니다. 그러나 전시가치의 메커니즘이 그 고유한 장소를 발견하는 곳은 바로 인간의 얼굴의 영역에서일 뿐이리라."(Agamben 2005, 88/89) 사진의 피사체가 카메라에 반응한다는 논의와 함께 누군가 자신을 보고 있다는 사실을 느끼면 사람들은 무표정해지곤 한다. 시선에 노출된다는 것에 대한 자각이 가능한 이유에 대해서 언급함을 자제하더라도 이러한 관찰의 대상이 된다는 것은 어떤 낯 뜨거운 무관심을 배워 가는 과정이다. 이는 보여 주기만을 배워서 보여 줄 뿐이다. 이것이 현대의 매스미디어에 노출된 배우나 모델 혹은 정치인의 사진을 대하는 자세인 것이다. 이러한 전시가치 혹은 퍼포먼스에 대한 자각은 사진이라는 새로운 예술장르가 소위 섬세한 픽토리얼리즘을 벗어나고 소위 소박한 사진(Straight photography)운동을 통해서(사진 8 참조), 외면의 화려함이 아니라 보여 주지 못하는 본질적 요소에 대한 관심을 주창하던 초창기 예술주의 사진 이론들 이래로 항시 다시금 이야기되는 얼굴에 대한 관심 표명이 사진의 가장 본질적 질문임을 다시금 상기시킨다.

따라서 벤야민의 서평이 다음과 같은 문장으로 끝을 맺는 것은 우연이 아닐 것이다. "형제애에 가득 찬 거대 정신, 태양과 혜안, 마치 괴테와 헤르더가 지녔던 것과 같은 그러한 것들은, 꽃술의 달콤한 꿀을 모두 빨아 마시는 데에 있어서 모두 유보되었다."(KS 13-1, 167)

'아우라의 몰락'이라는 벤야민의 명제는 매체 기술의 발전이 낳은 인간 실존의 기저가 변화되었음을 이야기하는 것이며, 공간과 시간의 짜임이라고 규정한 아우라는 이로써 선험적 주관성의 일부분으로 해독될 수 있다. 주지하다시피 기술복제시대의 예술작품에서의 아우라의 소멸을 이야기하는 벤야민은 예술의 생산과 수용 과정에서의 '매트릭스'로서의 대중의 역할에 대하여 설명하고 있다. 이는 자본주의 사회의 대중은 결코 인간의 얼굴을 가진 존재가 아니며, 현대 사회를 규정짓는 모든 이미지들은 대중 속에 내재되어 있다는 것이다. 매트릭스로서의 대중이 뜻하는 바는 개성 대신에 즉물성, 개인 대신에 기능이 중시됨을 의미한다. 기술복제 시대의 대중의 인식은 더 이상 집중을 요구하지 않고, 집단적이고 분산된 수용에 의해서만 규정지어진다. 따라서 전통적인 관조적 침잠에 반하는 분산적인 오락성에 대한 선호가 대중의 예술에 대한 관여방식의 특질을 이루게 되었다. 벤야민은 새로운 매체의 발생과 전통적인 경험과 인식 모델의 변화는 관객을 '산만한' 시험관(試驗官)이 되게 하였다고 주장한다. 사진 매체의 급속한 보급은 기존의 개인적·사회적 이미지들이 몰락함을 의미할 뿐 아니라, 새로운 기계들과 새로운 유형의 인간들 사이의 깊은 유대감에 기반한 새로운 대중적 매체성의 시대가 도래한 것을 보여 준다. 사진이 지니는 객관성은 인간의 인지력의 한계 및 장애와 그 대상으로써의 세계 사이의 새로운 인과관계의 모델로 작용한다. 냉철한 기계의 눈을 통해서 대상의 본질(예술적 원형)을 직시할 수 있는 새로운 시야의 개안에의 요청은 당대의 아방가르드 운동과 신즉물주의 사이의 접점으로 이해되어야 할 것이다. 벤야민의 논조를 빌리자면 이는 단적으로 예술과 사진 사이의 매우 특징적인 관계로 요약되어 이야기될 수 있는데, 벤야민은 예술작품의 촬영에 따른 예술과 사진의 '아직 해소되지 않은 긴장'을 이야기한 바 있다. 카메라의 렌즈가 포착하는 기계적 광학의 세계에는 어떠한 도덕적·이데올로기적 입장을 강요하는 도상적 의미내용이 존재하지 않는다. 사진의 광학적인 시야를 통해서 전통적인 조형예술의 대상성에 대한 물음을 제기하고자 했던 블로쓰펠트와 그 동시대인들의 실험은 대상의 미적 진정성 ästhetische Authenzität에 대한 물음이지만, 이와 동시에 아우라의 소멸로 대변되는 기술 복제적 영상매체시대의 사진의 진품성 Authenzität에 대한 질문이었던 셈이다.

벤야민은 새로운 매체상황하에서의 시각적 수용과 촉각적 수용이라는 대립적 설정을 통해서 후대에 맥루한의 미디어 이론에 대한 초석을 낳았으며, 작금의 미디어 리터러시 개념의 선구자로 여겨진다. 더군다나 예술의 전통개념이 엘리트적 생산과 수용의 과정을 보여 주고 있다면, 소위 '기술 복제 시대'의 미디어적 재생산은 전통적인 가치 체계의 손상뿐만 아니라 예술의 엘리트적 생산구조를 파괴한다. 아우라의 붕괴는 따라서 복제기술은 복제된 것을 전통의 영역에서 분리시키며, 복제술은 복제물을 현실화 한다. 이는 전통적으로 정립된 가치체계의 붕괴를 의미한다.

B. 사진의 지표성과 매개된 공간의 진리 연관성
- 구르스키의 구성주의 사진과 벤야민의 미디어 이론

• '포스트팍티쉬' 혹은 '묵시론적인' 일상성과 문학

지난 세기 아방가르드와 모더니즘 논의의 시작은 다음과 같은 새로운 기술적/시대적 변화와 그에 적합한 문학의 효용성 논의와 그 궤를 같이한다.

주유소

작금의 삶의 구성은 확신이 아니라 오히려 팩트에 기반하고 있다. 언제고 어디서고 단 한 번도 그 어떤 확신의 토대가 된 적이 없었던 팩트 Fakt 말이다. 이러한 상황하에서 진정한 문학적 활동을 위해서 문학의 울타리 안에만 머물라고 요구를 할 수 없다. 이는 문학적 활동의 비생산성만을 보여 주는 것이다. 문학이 중요한 효과를 거둘 수 있기에는 오직 행동과 글쓰기가 엄밀하게 상호작용하는 경우뿐 이다. 그렇게 되기 위해서는 포괄적인 지식을 뽐내는 까다로운 책보다는 공동체 안에서 영향력을 행사하기에 적합한 글쓰기 형식들, 예를 들자면 전단이나 팸플릿, 잡지의 기사쓰기, 그래픽 포스터 등과 같은 여러 새로운 형식들이 개발되어야 한다. 그와 같이 발 빠른 언어만이 순간 포착 능력을 보여 주며, 다양한 의견이란 사회생활이라는 거대한 기구의 윤활유와 같다 할 것이다. 우리가 해야 할 일은 엔진에 다가가서 그 엔진 위에 윤활유를 한 번에 쏟아붓는 것이 아니다. 숨겨진 그러나 반드시 그 자리를 알아야 할 리벳과 이음새에 기름을 약간 흩뿌리는 것이다.

(Benjamin 1991,7-8)

새로이 정착된 자동차문화를 대변하듯이 1927년경부터 독일의 거리에는 새로이 주유소가 생겨났는데, 이는 석유로 대변되는 화석연료와 자동차로 대변되는 내연기관에 의해서 주도된 제2차 산업 혁명의 결과물이었다 할 것이다. 새로이 보급된 전기와 전화, 전신 그리고 라디오 방송과 영화와 같은 새로운 기술 문명에 대한 동시대인들의 찬탄과 경외 그리고 우려의 문학적 표현들과 마찬가지로 벤야민 역시 새로운 주유소 풍경에서 새로운 시대의 문학의 역할을 아포리즘화 하고 있다. 여기에서는 신념을 무너트리는 팩트의 위력, 행동과 글쓰기의 통일성에 기반한 문학의 확장성, 새로운 글쓰기 형식의 실험과 그 파급력의 확대, 다양한 견해의 표출의 장으로서의 문학의 역할, 그리고 사회 메커니즘의 윤활유와 같은 문학적 견해 표출의 당위성을 이야기하고 있는 셈이다. 그리고 어쩌면 지난 세기 후반기 이래의 소위 제3차 산업혁명의 결과물인 인터넷 및 정보통신기술 ICT의 결과로 많은 부분 우리 사회는 다양한 견해의 표출과 그 소통의 장을 경험하고 있다. 오늘날 인공지능과 생명공학, 로봇 공학과 나노산업에 기반한 제4차 산업혁명이 이야기되어 지는 상황하에서 주변의 새로운 변화들에 대해서 우리는 문학의 현재와 미래에 대한 어떤 아포리즘을 이야기해야 할지 고민해야할 시점이다.

작금의 우리가 경험하고 있는 새로운 기술적/문화적 변화의 중심축에는 맥루한 Marshall McLuhan이 말한 소위 구텐베르크 갤럭시로 이해되었던 활자문화 전통의 종말이라는 화두가 핵심을 이루고 있다 할 것이다. 자칫 더 이상 활자 문화적 숙려와 기재 메커니즘이 낳은 상징적 합리성마저 이미지의 '찰나적 획일성' 속으로 사라져 버리는 것이 아닐지 우려되는 상황 속에서 문학의 위기를 이야기하는 것마저 너무 시기가 늦은 감이 있다. 더 이상 팩트에 기반하지도 않고(포스트팍티쉬), 그럼에도 과거와 달리 그 어떤 신념에 기대지도 않고, 어쩌면 '버츄얼한' 시대정신에 내몰리는 우리 시대의 문학을 위한 '주유소'는 어떤 모습이어야 할지에 대한 고민을 같이해 보아야 할 것이다.

가령 이 짧은 텍스트에서 말하고자 한 발터 벤야민의 미학적 논의의 전제는 정신적/문화적 생산수단의 사회화 가능성을 새로운 기술발전의 토대에서 찾고자 함이다. 전통적인 물적 토대를 변화시킨 '현대적' 지각 미디어의 획기적인 변화와 이에 따른 문학을 위시한 전래의 문화적 산물들의 새로운 목적 지향적 사회적 효용성에 대한 논의가 발터 벤야민의 현재적 의미를 시대를 넘어, 매체사적 전환기에 다시금 찾는 이유일 것이다. 디지털 시대의 예술 미학은 매체 미학을 전제로 하는 바, 이는 문학/예술이라는 기제는 사회적 수용성의 측면뿐 아니라 기술적/인지 공학적 소통 지향성에 근거하고 있다는 점이다(Schulte 2005, 117-135; Schöttker 2002, 411-433; Mitchell 2003, 481-500). 사진과 영화로 대변되는 아날로그적 기술복제시대의 도래와 이에 따른 새로운 매체의 발전이 초래한 예술작품에서의 아우라의 소멸이라는 테제를 이야기하는 벤야민은 무엇보다도 예술의 생산과 수용 과정의 '매트릭스'로서의 대중의 역할을 강조하고 있다

(Benjamin 1991a, 503). 전래의 예술작품의 미학은 제의적 kultisch 특성에 기반하며 아우라 Aura의 마법에 기반한 예술의 생산과 수용의 일회성을 강조한다. 허나 새로운 '기술적 복제'의 생산양식은 이러한 예술의 '원본성 Originalität'을 완전히 새로운 연관 관계하에 놓게 한다. 매스 미디어의 미학이 예술품의 생산/소비의 민주적 다양성의 표현을 의미하며, 더 나아가서 이러한 '분산과 오락'의 특성은 매트릭스로서의 대중의 시대적 의미내용과 합치한다 할 것이다. 자본주의 사회의 대중은 인간의 얼굴을 가진 존재가 결코 아니고, 현대 사회를 이루는 이미지와 의미연관들은 이러한 대중의 얼굴 속에 비춰져 있는 것이다(Bolz 1989, 122). 대중을 매트릭스로 이야기함은 즉물성이 개성을 대치하는, 즉 개인의 개성이 아니라 그 개인들의 사회적 기능만이 관건이 됨을 의미한다. 따라서 기술복제시대의 대중의 인식은, 벤야민의 어법에 따르자면, 더 이상 집중이 아니라, 집단적이며 분산된 수용성에 의해 규정지어진다. 관조적이며 내적인 침잠에 기반한 전통적인 예술적 수용과 달리 뉴미디어는 대중의 분산적인 오락성에 기반하여 이제 예술에 대한 대중의 관여방식을 규정하게 되었다. 이는 뉴미디어의 매체적 특성을 시대정신으로 이해하는 대중적 매체성의 시대를 의미하게 되었다. '정치의 예술화에 대항하는 예술의 정치화'라는 명제를 제기함으로써 벤야민이 당대의 암울한 현실에 대한 염세론적 현실론이 아니라 오히려 유토피아적 미래상을 꿈꿨다면, 주지하다시피 이는 예술의 '기능 변화'를 염두에 두고 있음이다. 미적인 것이 정치화될 수 있다면, 다시 말하여 이를 통해서 예술이 기능화 할 수 있다면, 관조적 수용을 지향하는 전통적 예술의 기능 역할에 있어서 중대한 변화가 초래하였음을 이야기한다 할 것이다. 벤야민의 명제는 이러한 미디어적 성

찰의 사례로 잘 알려진 바와 같이 당대 초현실주의 사진의 사례에서 읽어 내려 한다. 이는 사진이 낳은 객관성 혹은 지표성은 달리 말해 모사물의 기계적 복제와 미디어 도구를 통한 인간의 모사라는 두 측면에 대한 논의를 전제로 하며, 이는 '아우라의 몰락'이라는 토포스로 대변되는, 기술적 매체의 발전에 따른 작금의 우리의 문학적 삶이 직면한 근본적 변화의 근원과 토대에 대한 질문과 더불어 그 답변을 우회적으로 듣는 계기가 될 것이다. 한편 이는 디지털 인문학의 현실적 물음에 대한 숨은 답변을 제공하리라 본다.

본 챕터에서는 현대의 사진예술 분야에서 디지털 사진예술의 대가인 안드레아스 구르스키 Andreas Gursky(1955-)의 사진들과 여타 디지털 미학에 관한 다양한 이론적 논의를 발터 벤야민의 매체 미학적 관점에서 규명해 보고자 한다.

• 아우라적 모호성 혹은 디지털 예술의 지표성 문제

주어진 현실을 기록하거나 새로이 재구성하는 것은 우리가 경험하는 시간에 역사적이고 기록적인 성격을 부여하며, 우리가 살아가는 순간을 더욱더 생생하게 만든다. 서사와 기록의 역사, 더불어 문학과 사진의 역사는 단순히 물리적 삶의 과정을 기록하고 반영한다는 것이 아니라 역사적 삶의 과정을 기록하고 반영하며 그 의미를 재생산하는 것이 관건이라는 점을 보여 준다. 이는 페이스북과 트위터와 같은 사회관계망 SNS과 스마트 폰의 사용이 낳은 셀카 Selfie 열풍에도 예외가 없다. 과거 카메라 옵스쿠라의 모호한 모습을 모방하여 새로운 기술적 발전을 이룩하였던 필름 카메라의 발전과 유사하게 이제는 아날로그적인 필름 카메라의 문화적 토대에 기반한 디지털 사진의 기술적 원정은 이미 활자문화가 지배했던 기존 영역의 함락을 선포한 바 있으며, 이 새로운 기술적 승리의 전리품은 모든 이들의 손에 쥐어졌다. 읽기와 쓰기라는 문자문화의 기술적 승리의 보급품이 한 권의 소설과 한 자루의 연필이었다면, 무한한 침묵의 물리적 시간에 새로운 의미를 부여하고 스스로 목소리를 갖게 했던 자아의 기록들, 즉 일기와 서간의 영역을 이제는 스마트 폰의 디지털 사진이 차지한다. 아날로그 사진의 경우에는, 특정의 한 시점의 이미지를 인화된 사진이라는 영구히 지속 가능한 이미지로 탈바꿈 시키면서 이미지는 교환 가능한 물적 대상이 되었다. 반면에 디지털 이미지의 확산은 과거 카메라 옵스쿠라의 '환영'과 같이 실체 없는 ―지표성이 부재한― 이미지를 만들어 내는 것이 아닐까 하는 우려를 낳고 있어서 사진, 즉 현실의 매체적 모사는 양면성을 지닌 '미디어'이다. 카메라는 탈마법화된 자본주의의 교환가치의 전형을 양산하는 매체이다. 벤야민에 따르자면 카메라는 사물을 평준화하여 자동적인 형태로 복제함으로써, 그리고 통계적으로 합리화시킨 형태로 복제함으로써 각 사물이 지닌 '아우라'를 지워 버렸다.

  최근 사회관계망에서 많은 관심을 얻은 사진 9는 에버레스트 산 정상에 등정한 산악인의 셀카 Selfie라 한다. 이 사진을 보면 마치 쓰레기 하치장을 연상시키는 수많은 깃발과 폐기물 등으로 발 디딜 곳 없는 좁은 정상에 산소마스크와 선글래스로 얼굴을 가린 노란 등산복의 산악인이 운무와 파란 하늘을 배경으로 셀카(?)를 찍고 있다. 날씨가 좋아서 저 멀리 지평선이 보이고 이 사진을 바라보는 사람들에게는 그 높은 정상에 같이 존재하는 듯한 짐짓 어지러움증도 선사한다. 이 사진을 제공한 사이트는 지

사진 9: 에버레스트 산 정상의 셀카

구가 둥글지 않고 평평하다고 주장하는 음모론자들에게 이 사진에서 보이는 지평선이 지구가 둥글다는 점을 입증하여 보여 주고자 한다. 비록 사진이라는 매체 기술은 태생적으로 조작 가능성에 노출되어 있지만, 디지털 사진 기술은 컴퓨터를 이용한 그래픽 작업을 전제로 하고 있다. 이제 더 이상 디지털 사진에 있어서 피사체와 작품 사이의 도상적 일치성을 이야기하는 것이 무의미할지도 모른다는 관점에서 보자면, 이 사진을 통해서 음모론이 수그러질지 심히 의심스럽기도 하다. 아날로그 사진이 아우라의 소멸, 즉 예술작품의 현존성의 소멸을 이야기한다면, 현대의 사진에서는 그 지표적 관계, 즉 대상과 사진 사이의 진리 내용이 소멸된 것이다.

피구라와 알레고리

아우라의 소멸이라는 명제로서 벤야민은 기술복제와 새로운 영상 매체가 지닌 잠재적인 생산적 측면을 제시하고 있다고 할 수 있다. 벤야민의 사진이 예술품의 시·공간적 일회성을 파괴하여 예술품이 지닌 고유의 '아우라'를 파괴한다고 하지만, 그럼에도 벤야민의 사유는 가령 호르크하이머와 아도르노의 문화 염세주의와 구별된다. 아우라의 붕괴가 낳은 정치적 상황에 대한 고민이『계몽의 변증법』에 기초한 사유였다면, 벤야민의 문제의식은 무엇보다도 새로운 매체 기술이 낳은 '해방적 성격'을 이야기하고자 한다 할 것이다. 비록 사진이라는 매체 기술은 태생적으로 조작 가능성에 노출되어 있지만, 디지털 사진 기술은 컴퓨터를 이용한 그래픽 작업을 전제로 하고 있다. 이제 더 이상 디지털 사진에 있어서 피사체와 작품 사이의 도상적 일치성을 이야기하는 것이 무의미할지도 모른다. 사진의 지표성에 대한 문제의식은 사진사에서 무엇보다도 두아노의 사진 (사진 10 참조)을 둘러싼 논쟁이 유명하다. 두아노가 파리의 카페에서 상황을 설정하여 촬영한 사진이 아무런 설명 없이 도용되면서 여러 갈래의 사회적 파장과 법적 공방을 낳은 이 사건은 일찍이 벤야민의 사진의 제목달기 Betitelung라는 명제로서 설명하고자 했던 새로운 매체의 이미지 읽기에 대한

사진 10: 두아노, 카페

우려와 염려의 사유를 다시금 생각하게 하는 지점이다. 대상과 사진의 일대일 대응이 아닌 지표적 해석체의 존재가 사진의 진실성을 담보하는 것이다. 작금의 전자적으로 매개된 커뮤니케이션은 현실과 이중적인 관계를 견지하고 있으며, 인터넷 시대의 가상성을 설명하기에 '사진의 여명기

를 덮고 있는 안개'가 그리 짙어 보이지 않는다. 아날로그 사진의 시대에도 이러한 의미에서는 지표성의 문제가 대두되었던 셈이다.

전통적인 예술관은 대상과 그 재현의 문제에 있어서 대상과 이미지라는 이분법적 사유에 친숙하다. 이는 고트홀트 에프라임 레싱(1693-1770)의『라오콘: 시문학과 회화의 경계에 관하여 Laokoon: oder die Grenze der Poesie und Malerei』(1766) 이래로 일반화되어 있는 미학관이라 할 것이다. 이에 따르자면 그림은 공간과 현재의 구조이며, 언어는 시간과 연속의 구조라 보고, 그림의 매체성은 정적이고 지형모사적인 반면, 텍스트의 매체성은 시간적이고 선형적이다. 회화와 시문학 혹은 정지 Stasis와 동작 Kinesis의 이분법은 서구의 미학관을 규정짓는 사유의 틀이었지만, 우리가 사진의 발명 이래로의 미학적 현실을 설명하고자 한다면 이러한 이분법적 사유의 한계를 절실하게 깨닫는다. 일찍이 다게르의 최초의 사진이 세상에 드러나 보이던 시기에 태어난 기호학자 퍼스 Charles Sanders Peirce(1839-1914)는 사진이 자신의 기호론에서 차지하는 특성이 무엇인가라는 질문에 거침없이 사진의 기호적 특성을 이야기한 바 있다. 표현체-대상-해석체라는 3분법적 기호작용 Semiosis(그림 3 참조)을 주장한 퍼스에게 있어서, 기호는 도상 Icon과, 상징 Symbol, 그리고 지표 Index의 3가지로 다시금 분류된다. 사진이 대상과 그 재현 사이의 유사성에 기반한 도상적 특성이 아니라 대상과 그 재현 사이의 지시적 특성을 이야기 하는 지표성이 이야기된다는 점이 바로 예의 매트릭스로서의

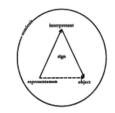

그림 3: 퍼스의 기호작용

피구라와 알레고리

대중을 이야기하는 벤야민의 논지와 맞닿는다 할 것이다. 아날로그 사진의 경우를 넘어서 그래픽적 작업을 전제로 하는 디지털 사진에서 '주관과 객관의 주사선'은 해체되며, '상상력과 실제 사이의 존재론적 차이'가 없어진다. 예술사진과 자료사진의 차별성이 해체되며, 셀카 Selfie와 조작사진 Fake의 남발과 구분이 부재하여 소위 포스트팍티쉬 postfaktisch한 사회의 예술적 첨병 역할을 충실히 하기도 한다. 그 결과 디지털 사진은 원래 사진이 지닌 근원적 신뢰성에 대해 극단적인 의혹을 낳게 하였으며, 수공업적 연마에 기반한 전통적인 사진술의 퇴보와 이에 따른 질적 수준의 하락을 낳았다.

사진 11: 구르스키, 평양 연작 (2007)

가령 안드레아스 구르스키는 디지털이라는 무한 반복과 연속성의 익명성을 〈평양〉 시리즈(사진 11 참조)에서도 여실히 보여 주고 있는데, 아리랑 축전에 참여한 수많은 어린 학생들의 매스 게임과 카드 섹션은 0/1의 반복으로 기능화되어 버린 디지털적 의미 내용의 표현 양태와 다름이 아닐 것이다. 벤야민이 말한 매트릭스로서의 대중에 대한 구르스키의 예술적 구현이 바로 이 사진의 한 컷에서 나타나는 아우라의 본질이 아닐까 싶다. 사진은 시공간의 그 찰나의 순간에 찍힌 그 대상성과 지표성을 지니는 바, 그럼에도 사진에 찍히는 대상의 몸짓이 지니는 특별한 힘 때문에 이 지표가 지닌 현재성은 다른 시간, 그 어떤 연대기적 시간들보다도 더 긴급한 현재성을 지닌다. 주지하다시피 벤야민은 새로운 매체상황하에서의 시각적 수용과 촉각적 수용이라는 대립적 설정을 통해서 후대에 맥루한의 미디어 이론에 대한 초석을 낳았으며, 작금의 미디어 리터러시 개념의 선구자로 여겨진다. 무엇보다도 벤야민이 아우라의 붕괴로 직시하고 있었던 것은 전통적인 가치관의 붕괴와 새로운 가치체계의 도래에 대한 기대일 것이다. 더군다나 예술의 전통개념이 엘리트적 생산과 수용의 과정을 보여 주고 있다면, 소위 '기술 복제 시대'의 미디어적 재생산은 전통적인 가치 체계의 손상뿐만 아니라 예술의 엘리트적 생산구조를 파괴한다. 아우라의 붕괴에 따라 복제기술, 즉 매체 기술적 재생산 기술은 매체적으로 재생산된 것을 전통의 영역에서 분리시키며, 복제술은 복제물을 현실화한다. 이는 전통적으로 정립된 가치체계의 붕괴를 의미한다. 오늘날 글로벌하게 전개된 바 있는 일상성의 심미화는 제품과 겉포장, 실재와 가상, 하드웨어와 소프트웨어의 상호교환이라는 전대미문의 가치전환과, 미학적 광고 전략들이 사회체재 내의 주도적인 재화로 성장하는 과정을 경험한다.

우리의 '경험세계'의 미학화 과정, 다시 말해서 객관적 세계의 기술적 규정과 그 사회적 세계가 상호 매개적으로 연결된다라는 관점에서 보자면 미학적인 것, 즉 매개적인 것은 '버추얼한 것'이라는 생각

사진 12: 베를린의 Stolpersteine

을 낳았다. 우리는 그럼에도 사진을 통해서 그 사진을 찍는 작가의 눈으로 세상을 바라본다(사진 12 참조). 여전히 아날로그적인 작가의 눈으로 우리는 디지털한, '버츄얼한 예술'을 그리고 있는 셈이다.

• 일상의 매개성 혹은 디지털 사진의 지표성 문제

디지털 사진의 미학적 특성을 설명하기 위하여 우선 구르스키를 위시한 독일의 디지털 사진 전통을 살펴보고자 한다. 안드레아스 구르스키는 1955년 당시 동독이었던 라이프찌히에서 태어났으나, 아버지 빌리 구르스키 Willy Gursky와 어머니 로제마리 구르스키 Rosemarie Gursky는 같은 해 안드레아스를 데리고 서독의 에센으로 이주를 감행하였다. 에센에서 2년을 머문 구르스키 가족은 이후 인근 뒤셀도르프에 정착한다. 안드레아스 구르스키의 사진작가로의 길은 다음과 같이 3단계의 성장 단계가 이야기된다. 우선 안드레아스 구르스키는 사진 찍기에 매우 밀접한 주변 환경하에서 자라났다. 잘 알려진 바와 같이 안드레아스 구르스키의 아버지 빌리 구르스키와 어머니 로제마리는 직업 사진작가였으며, 주로 광고 사진을 찍었다. 할아버지 한스 구르스키 역시 사진사였다. 빌리 구르스키의 아틀리에는 성장기에 접어든 서독의 경제 상황에 힘입어 호황을 경험하였고, 어린 안드레아스는 아버지의 광고 사진 촬영에 종종 모델로 나서기도 하였다(Jocks 1999, 248-265). 부모님의 사진 아뜰리에의 경험을 통해서 어려서부터 안드레아스 구르스키는 사진 촬영의 일반적 기법뿐 아니라 상업 사진의 전반적인 룰을 일찍 터득하고 있었던 셈이다. 그럼에도 68운동을 겪었던 청년기의 구르스키는 자신을 둘러싼 자본주의적 소비사회에 대해 거부감을 느꼈으며 부모세대의 가치관에 저항하였기에 처음

대학에서 사회교육과 심리학을 전공하게 된다. 그러나 1977년 겨울 학기에 안드레아스 구르스키는 에센의 폴크스방슐레 Folkswangschule의 사진학과에 입학하게 됨으로써 그의 사진작가로의 인생에 있어서 두 번째 주요한 성장단계에 접어든다.

사진 13: 구르스키, 99센트

폴크스방슐레를 개교한 오토 슈타이너트 Otto Steinert는 전후 기존의 일반화된 사진 풍토에 반하여 '주관적 사진 subjektive Fotografie'을 표방하였으며, 새로이 결성된 '포토포름 fotoform'운동과 달리 슈타이어너트의 작업은 1950년대에 국제적인 인정을 받기에 이른다. 그의 작업은 1920년대의 모홀리-나지 László Moholy-Nagy, 바이어 Herbert Bayer, 레이 Man Ray 등에 의해서 주창되었던 '새로운 사진/새로운 시야 neue Fotografie/ Neues Sehen' 운동이 추구하였던 실험정신을 이어받고자 하였던 바, 그의 사진은 의식적으로 주관적이며, 개인적인 미적 표현을 담보하고자 한다. 20년대의 '새로운 사진' 운동은 사진이라는 매체를 통해서 포토그램 Fotogramm, 몽타쥬, 이중조명 등과 같은 여러 가지 미적 실험을 추구하였던 것이며, 1950년대의 주관적 사진 운동은 이러한 실험 정신을 넘

피구라와 알레고리

어서 '형식적으로 뿐만 아니라 내용적으로' 형상화된 사진을 추구하였다 (Steinert 1952, 9). 바우하우스 커리큘럼에서 사진은 1923년 그로피우스에 의해서 자리 매김된 '예술과 기술의 통합'이라는 교유방침과 마침 때를 같이하여 주요한 위치를 차지하게 된다. 전래의 수공업적인 공방작업을 탈피하고, 생산과정의 기업화를 꾀하고자 하여, 디자인의 지향점이 수공업적 작업보다는 대량생산에 적합한 조립작업의 설계 형태로 바뀌게 된다. 여기에서는 형태와 색채, 기능을 모두 포괄하는 통일적인 디자인에 대한 관심이 고조된다. 이를 위하여 모홀리-나지와 히쉬펠트-막 Ludwig Hirschfeld-Mack 등을 중심으로 특히 빛에 대한 실험과 가히 혁명적인 사진작업이 이뤄졌다. 특히 모홀리-나지의 수많은 포토그람 Fotogramm 작업은 사진촬영을 통해서 광학적인 법칙성에 대한 실험의 결과라 할 것이다(사진 14 참조). 모호리-나지의 포토그람

사진 14: 모홀리-나지, 포토그람

에서는 평면적인 활자와 입체적인 형상들이 상호 배치된 '콜라주 Collage' 작업을 통해서 새로이 비주얼한 순간을 재구성하는 실험을 보여 준 것이다.[31] 냉철한 기계의 눈, 즉 카메라의 눈을 통해서 대상의 본질(혹은 예술적 원형)을 꿰뚫어 보는 새로운 시야 Neues Sehen의 개안을 예술 교육의

---

31 이러한 포토그람 실험은 형식적으로 고정화된 대상에 대한 질문을 던지며, 대상을 바라보는 다양한 시야와 새로운 시각의 발견을 낳았다. 이를 통해서 시각예술 분야에 관습화되었던 고정 퍼스펙티브에 의문을 제기하는 예술교육 본연의 기능적 역할을 하게 된다. 실제 바우하우스의 예비과정 Vorlehre의 조형훈련과정의 학생들에게 칸딘스키는 새로이 시각교육을 요구하였다. 이로써 모홀리-나지의 바우하우스에서의 사진실험은 그 미디어 역사에서 매우 특별한 의미를 지닌다.

목표로 삼은 점은 신즉물주의 운동과 아방가르드 운동의 경계에 접한 예술관이다. 벤야민의 견해를 따르자면 이는 전통 예술과 사진 예술 사이의 매우 특징적인 관계로 이해되어진다. 일찌기 벤야민은 '예술작품의 촬영에 따른 예술과 사진의 아직 해소되지 않은 긴장'을 이야기한 바 있다 (Benjamin 1991b, 385).

20년대의 사진 운동에 구조 사진이 드러나고 있지만, 주관적 사진 운동에서는 건축, 기술, 자연에서 그래픽적인 자취를 의식적으로 집중하여 모사하려하였다. 구르스키의 2년에 걸친 폴크스방슐레에서의 학업에 있어서 슈타이어너트 개인의 직접적인 교육을 향유하지는 못했는데 애석하게도 슈타이어너트는 구르스키가 입학하고 한 학기 만에 세상을 뜨고 말았기 때문이다. 이시기 구르스키는 '주관적 사진'뿐 아니라, 광고, 일러스트레이션, 포토저널리즘에 대한 학습을 거쳐 1979/80년 졸업을 하게 되고, 함부르크에서 사진 기자가 되고자 하였으나 뜻을 이루지 못한다.

사진 15: 베혀, 『익명의 조각들』 연작 시리즈 중 한 모티브

구르스키의 작가됨에 있어서 가장 중요한 세 번째 성장단계는 1980년 가을, 친구인 토마스 슈트루트 Thomas Struth의 권유로 뒤셀도르프 예술아카데미에 입학하게 됨으로써 시작된다. 그루스키는 1976년부터 뒤셀도르프 예술 아카데미에서 강의하던 베른트 베허 Bern Becher의 지도 학생이 되었으며, 이 당시 베른트 베허와 힐라 베허 Hilla Becher 부부의 집중적인 지도를 받던 학생으로는 구르스키뿐만 아니라, 칸디다 회퍼 Candida Höfer, 악셀 휘테 Axel Hütte, 토마스 슈트루트 Thomas Struth, 폴커 되네 Volker Döhne, 타타 론크홀츠 Tata Ronkholz, 토마스 루프 Thomas Ruff를 꼽을 수 있다. 구르스키는 6년간의 학업을 마치고 1987년 마이스트슐러 Meisterschüler가 되었다. 지도교수인 베허 부부의 작업은 사진을 한편으로 그 자료적 측면에서 바라보고, 다른 한편에서는 예술적 측면에서 바라보는, 대상의 객관성을 추구한다는 점에서 보자면 슈타이너트의 주관적 사진과는 대척점에 서 있었다. 베른트와 힐라 베허의 사진 작업은 이제는 기능적으로 수명을 다한 공업지대의 거대한 화학플랜트와 그 굴뚝들에 대한 사진들에서 기능적으로 자본의 논리에 최적화된, 그러나 이제는 그 수명이 다한 건축물의 초상을 보여 주고 있으며, 이런 점에서 보자면 20년대의 산업사진들과 그 맥을 같이하고 있다. 베허부부는 1993년 베니스 비엔날레에서 조각상을 받게 되었는데, 역설적으로 이 두 사람의 작품은 이제는 멈춰 버린 중화학 플랜트 공장의 불 꺼진 용광로와 연기나지 않는 굴뚝, 멈춰 버린 냉각탑들을 카메라에 담은 소위『익명의 조각들 Anonyme Skulpturen』(1971년, 사진 15 참조)이었으며, 이러한 연유에서 보자면 베니스 비엔날레의 조각상은 이 건축물들을 건설한 익명의 건축가들에게 시상되었어야 할지 모른다 할 것이다. 비스

든한 시각과 어두워 명확하지 못한 퍼스펙티브 등과 같이 자의적인 시야의 개방을 통해서, 이미 관습화된 전통적인 대상에 대한 퍼스펙티브에서 벗어나려는 모홀리-나지를 비롯한 바우하우스의 예술가들의 실험은 극소화된 옵틱 분야에서의 형식적 실험을 일상화된 대상성으로 확장시키는 경우도 종종 나타난다(사진 16 참조). 무엇보다도 기술과 자연의 연관성을 추구하였던 모홀리-나지의 노력은 저작인『회화, 사진, 영화 Malerei, Fotografie, Film』에 그 결실을 이룬다. 여기에서 모홀리-나지는 렝어-파취 Albert Renger-Patzsch (1897-1966)의 상승부를 향해 찍은 비스듬한 공장 굴뚝사진을 이야기하면서 '공장굴뚝의 동물적인 위력'[32]이라고 이름 붙인다(Moholy-Nagy 1927, 57). 벤야민은 자신의 「사진의 작은 역사」에서 모홀리-나지의 유명한 다음의 인용을 재인용한 바 있다. 즉, "미래의 문맹자는 글자를 모르는 사람이 아니라 사진을 모르는 사람이다." 벤야민은 이 인용문을 통해서 결국 새로운 매체적 상황하에서 사진의 이미지적 특성을 읽어 낼 수 없는 사람도 문맹자라고 칭해야 하지 않을까 되묻고 있다. 더불어 사진에 대한 표제 달기가 이러한 이미지의 문맹 시대를 타파한다는 의미에서 보자면 추후 사진의 가장 중요한 구성 요소가 되지 않을까 하는 질문을 덧붙인다. 렝거-파치는 다른 사진들에서도 산업사회의 상징물들(발전기, 공장, 도로 등)에 대한 촬영을 통해 산업화 시대의 사회상에 대한 새로운 시선을 보여 준다(사진 15-1 참조). 그럼에도 모홀리-나지의

---

32   주지하다 시피 블로쓰펠트 Karl Bloßfeldt의 사진이 극소한 식물들의 세계에서 (미학적) 일상성의 근원 형식을 추구하였고, 앗제의 사진이 파리의 거리와 건축물 들에서 바라보는 동시대인의 심정을 읽어내고자 했다면, 렝어-파취는 산업사회의 사진을 통해서 자본주의 산업화에서 본능적인 적자생존의 법칙성이 내재함을 모홀리-나지가 설명한 것이다.

새로운 시야라는 광학적 개념은 카메라와 같은 기술 매체의 존재 없이는 생각할 수 없다. 카메라의 렌즈로 대변되는 기계적 광학이 포착한 세계에는 어떠한 도덕적·이데올로기적 입장이 강요된 도상적 의미내용이 존재하지 않는다.

사진 15-1: 렝어-파취 〈발전기〉 1925-26

사진 16: 모홀리-나지, 발코니 1926

1950년대 이후에 베혀 부부는 중화학 공업의 공장 플랜트들을 사진의 대상으로 삼아서 그 조형적 특성을 최대화하는 촬영 기법으로 ―즉 대상을 항시 정면을 향하게 하고, 사진의 구도에 대상을 가득 차게 담고, 중립적인 조명, 통일적인 수평선에 대상을 놓는 등― 촬영을 하고, 이렇게 찍힌 사진들을 일련의 연작물로 담아냄으로써 전체적으로 구상 예술의 영역에 자리하게 되었다(사진 17 참조). 산업 사진은 이미 위에서 언급한 바와 같이 신즉물주의 시기의 예술사진의 유파로 자리 잡은 바 있지만, 베혀 부부의 작업에서는 무엇보다도 자신들의 생활 공간 내의 버려지고 무관심한 대상들에 대한 재발견을 우선시하고 있으며, 일반적인 생활 예술의 과도한 일상성에 대해서는 거부감을 나타내고 있다. 이러한 구상예술은 사진 촬영을 결코 '개인적인 시야'에 맡기지 않고, 소위 '진지한 무표정

deadpan'의 건조하고, 거리를 둔, 사물 지향적인 무미건조함을 표현하고 자 한다는 것이다. 이러한 사진 찍기를 '쿨 cool'하다고 하며, 이러한 사진 술이 작품 사진 촬영의 개성을 이야기할 수 있는 대목이 되었다. 이러한 개성이 소위 사진에 있어서 '뒤셀도르프 학파'의 특성을 이루게 되었는데, 1976년 베른트 베혀가 뒤셀도르프 예술아카데미로 부임하게 된 이후로, 뒤셀도르프는 베를린의 "사진 공장 Werkstatt für Photographie"과 더불어 독일 내 사진 교육의 양대 산맥을 이루게 되었으며, 비록 다양한 대상을 다루게 되어도 여전히 "진지한 무표정"의 학파에 머물게 되었다.

사진 17: 베혀, Industrial Fasades, 1972-1995

뒤셀도르프 예술아카데미의 경우에는 사진 교육에 있어서 초상화, 풍 경화, 건축, 정물화 등과 같이 장르 개념을 도입함으로써, 사진예술의 기존 이론을 새로이 하였으며, 무엇보다도 사진 예술의 피사체가 지닌 시·공간적 제약성을 해체하려고 시도하였다. 이 점은 무엇보다도 구르 스키의 사진 작업에서도 명확하게 드러나는 점이라 할 수 있는데, '시간의 흐름에서 어느 특정 순간을 요청하는' 사진 매체에 대한 부정이라 할 수

피구라와 알레고리

있으며, 발터 벤야민의 아우라의 소멸이라는 테제와 어느 정도 친화력을 지니는 부분이 아닐까 싶다. 무엇보다도 베혀의 학생들에게 공통적으로 영향을 끼친 지점은 연속성이라는 측면이 아닐까 싶다. 가령 토마스 루프의 "누드" 연작, 칸디다 회퍼의 로댕 연작, 토마스 슈트루트의 박물관 연작들을 들 수 있는데, 스승의 작업과 차이가 있다면 더 이상 흑백 사진만을 고집하지 않고, 인화된 사진의 크기가 확대되었다는 점이다. 벽면에 가득 차게 확대된 사진들은 더 이상 사진첩에 연작의 형태로 실리는 대신에 동일한 주제와 모티브를 표현하는 예술적 구상의 연속성을 의미하게 되었다. 현대적 삶의 미학적, 수용론적 연속성이 이야기되는 대목이다. 이러한 뒤셀도르프 학파의 사진 작업은 예의 베니스 비엔날레의 시상을 통해서 예술적 가치를 인정받고 평가받은 셈이며, 더욱이 안드레아스 구르스키의 사진 〈99 센트 99 Cents〉(사진 13 참조)는 330만 달러에 거래됨으로써 한동안 최고가의 기록을 세움으로써 보상받은 셈이다. 안드레아스 구르스키는 베혀의 문하생들 중에서 가장 스승의 사진 미학을 충실하게 계승한 셈이며, 무엇보다도 디지털 사진이라는 새로운 기술적 변화에 부응한 사진 작업을 시도한다. 1980년대 중반에 이르기까지 구르스키는 충실하게 베혀의 작업방식을 답습하여 사진을 촬영하였던바, 이 시기에 완성된 산업체와 재벌기업 건물들의 입구복도를 모티브로한 연작물이 코닥필름사의 후속 세대 지원상을 수상하기에 이른다. 이후 스승의 작업 틀에서 벗어나, 자연물을 토대로 하는 작품활동을 시도하게 되고, 무엇보다도 더 이상 흑백이 아니라 컬러 작품을 시도하게 된다. 안드레아스 구르스키는 1988년 이래로 디지털 이미지 조작과 콜라쥬 작업을 통해서 무한 반복의 동일한 모티브를 보여 주는 일련의 사진 작업을 추구하였다. 〈99센트〉에서 보여지듯이 저가 슈퍼마켙 체인 내부의 끝없는 진열장과 그 안에 무한 배치된 소비재들의 사진이나, 현대 도시의 규격화된 아파트 건물의 정형화된 유리창과 그 안에 비춰 보이는 삶의 양태들에 대한 사진들을 통해서 구르스키는 현대 사회가 잉태한 연속성, 익명성 그리고 대량성의 원칙을 이미지의 내면에까지 투입하여 보여 주는 바, 그의 사진의 대상들은 디지털조작을 통해서 끝없이 무한에 이르기 까지 복제되어 나타난다. 모든 이미지 요소들의 내적 재생산의 원칙은 구체적인 모티브에 법칙성을 이루어, '마치 사진의 모티브가 어디에서나 포착될 수 있는' 것처럼 보인다.

베혀의 구성작업이 대상의 절대적인 중심주의에 기반하고 있다면, 구르스키에 있어서는 중심이 존재하지 않고 반복적인 연속만이 존재할 뿐이다. 이는 넘쳐나는 내용성을 담보하는 바, 〈파리, 몽파르나스 Paris, Montparnasse〉(1993)(사진 18 참조)의 무려 폭이 421cm에 달하는 넓은 이미지 속에서 한편으로는 반복적인 건물의 벽면이 이루는 추상적인 주사선을 보여 주지만, 다른 한편으로는 자세히 들어다 보면 수백 개의 작은 사진들이 반복적으로 아파트 안의 모습을 연속적으로 보여 주고 있다. 사진의 광학적 시선을 통해서 기존의 조형예술의 대상성/지표성에 대한 물음을 제기하고자 했던 '새로운 시야'와 '주관적 사진'의 형식 실험들이 예술품의 미학적 진품성 ästhetische Authenzität에 대한 물음을 통해서 아

사진 18: 파리, 몽파르나스

날로그 사진이 지닌 '지표성'의 문제
를 해명하고자 했다면, 벤야민이 아
우라의 소멸로 이해한 기술 복제적
영상매체시대에 다시금 사진의 진
품성 Authenzität(Benjamin 1991b,
382)에 대한 질문을 던졌던 이유는

사진 19: 루프. jpeg ny02

구르스키의 동료인 토마스 루프의 2004년 작 〈jpeg ny02〉(사진 19 참조)
에서 어느 정도 해답을 찾을 수 있겠다. 9.11 테러가 일어난 지 3년이 지
나서 루프는 개별적인 사진들이 이미지의 홍수 속에서 어떻게 올바른 기
억의 자리를 매김하고 있는지에 대한 실험적인 작업을 수행한다. 그럼에
도 가상현실은 이차적 현실을 제공할 뿐이지만, 그 가상현실에서 현실 매
개성을 읽어내는 문제는 지표성이라는 제하의 예술의 사회적 역할에 대
한 문제의식으로 발전한다.

　사물이 지닌 보편적 평등성에 대한 강조가 각기 사물이 지닌 독특성/아
우라를 지워 버리는 모더니즘/자본주의적 특성을 강조하는 벤야민의 매
체 이론은 따라서 필름 카메라에서 아마도 '아날로그적' 시대정신의 구현
을 읽어 내고 있다. 벤야민이 '아날로그' 사진의 매체성에서 읽어 낸 양가
성을 현대의 디지털 사진에서도 읽어 낼 수 있을까 하는 점이 관건이 될
것이다. 디지털 사진은 아날로그 사진과 어떤 점에서 다르고 어떤 점에서
같은 근원을 지니는가에 대한 질문은 이러한 문제의식을 설명하는 출발
점이 될 것이다.

• 비공간과 게이트웨이 혹은 이미지 공간의 의미 연관성

사진과 영화로 대변되는 기술복제시대의 대두는 종래와 다른 공간이해를 낳았으며, 특히 우리는 상상의 공간과 이미지의 공간에 대한 논의를 염두에 둘 수 있다. 인류의 지성사는 공간을 매개변수로 사용하여 기술하고, 공간성을 토대로 의미 연관을 탐구한다. 공간에 대한 인류의 천착은 헤테로토피아적인 문화연구가 그러하며, 내비게이션에 목을 매는 운전자와 구글 맵, 우버 드라이브, 무엇보다도 존재증명으로서의 셀카에도 여실히 드러난다. '내가 그때 거기에 있었지'라는 자기위안과 함께, 스마트 폰 속의 사진은 페이스 북 유저들의 '좋아요' 누름을 통해서 위상학적 시공간을 벗어나서 새로운 의미를 얻게 되는 것이리라. 많은 유저들의 '좋아요'를 얻는다는 것은 따라서 잠재적으로 그 셀카 당사자와 같은 장소에 있고자 한다는 생각, 즉 동일한 정체성을 갖고 있음을 추론하게 한다. 프랑스의 인류학자 오제 Marc Augé는 비공간들 Nicht-Orte/Non-Lieux 이라는 개념을 설명한 적이 있다. 공항, 지하철역, 슈퍼마켓, 체인 호텔 등과 같이 현대 사회에 여러 곳에 산재한 잠시 머물고 지나치는, '의미 없는' 공간들을 비공간들이라고 정의한다. 이는 오제의 견해에 따라서 보자면 인류학적인 공간이 못 되는 일상의 공간이기도 하고, '기억의 공간'에 대비되는 공간이기도 하다. 이러한 비공간들은 결코 개인의 정체성을 구현하지도 못하고, 공통의 과거를 지니지도 못하며, 어떠한 사회적 관계망을 형성하지도 못하는 곳이라 할 것이다. 이 비공간들은 따라서 집단적 정체성의 상실을 보여 주는 상징이며, 이 비공간들은 고독과 획일성을 방조할 뿐이다. 아마존 고 Amazon Go의 무인 슈퍼마켓은 수많은 동네 오프라인 서점들의 공동 묘지위에 세워진 '비장소'에 지나지 않는 것일까? 벤야민의 일방통행과 주유소, 파우스트의 서재, 깁슨의 사이버스페이스, 다게르의 탕플르 대로, 구르스키의 몽파르나스, 맥루한의 구텐베르크 갤럭시, 키틀러의 어머니의 집은 다행히 의미의 공간으로 살아남은 셈이다. 공간은 단지 세계 내에 존재하며, 의미 연관하에서 발견되고 접근가능하다.

밋첼 William J. Mitchell의 견해에 따르자면, 아날로그 사진의 발명 후 150년이 지난 1989년에 이미 디지털 기술의 발전에 의해 소위 '포스트-사진의 시대 the post-photographic era'가 도래하였다. 디지털 이미지는 추후 수정 및 보완작업의 용이성에 근거하여 더 이상 사진의 대상성에 얽매이지 않는다는 점에서 밋첼의 주장은 사진의 지표성에 대한 반란으로 이해되어야 한다.

시대의 표상이었던 코닥 Kodak이 돌연 컬러 필름의 생산을 중지하겠다고 2009년 6월에 선언할 무렵 미국의 사진 작가 스톡 Dennis Stock(1928-2010)은 같은 해 〈수집가 자동차〉(사진 20 참조)를 발표한다. 사진 예술에 대

사진 20: Dennis Stock,
수집가 자동차, 2009

한 일반 관객의 입장에서는 아날로그 사진과 디지털 사진의 기술적 차이를 쉽게 육안으로 구분하기 어렵다. 스톡의 〈수집가 자동차〉는 디지털 기법으로 제작되었지만 작가 본인이 제작 기법과 이미지 가공 여부에 대한 정보를 제공하지도 설명하지 않는다. 이 사진을 바라보는 사람은 자동차의 표면에 비춘 구름의 모양이 미국 대륙의 모습과 동일한 윤곽을 가지고 있음을 보지만, 이 이미지가 단지 우연의 결과물인지 의도적인 작가의 작업의 결과물인지 알지 못한다. 제임스 딘의 얼굴이 들어간 번호판에 대

한 진위 여부에 대한 정보도 알 수 없다. 디지털 사진은 사진과 그 대상사이의 지표적 관계가 붕괴되었다는 점에서 출발한다. 일찍이 밋첼은 사진과 디지털 기술 사이의 물리적 차이가 필름 사진과 디지털 이미지 사이의 논리적 위상 차이와 그들 사이의 문화적 인식 차이를 이끌어 낸다고 주장한 바 있다(Mitchell 1992, 6). 디지털 사진의 지시대상성을 부정하는 밋첼의 이러한 주장은 가령 바르트 Roland Barthes 등의 사진 이론과는 대립되는 것이며, 디지털 사진의 특수성을 주장하는 한에서는 마코비치 Lev Markovich의 견해와 차별적이다. 이러한 맥락에서 디지털 이미지를 의심스러운 dubitativ 이미지로 규정짓는 최근의 연구들도 존재한다(Stiegler 2010, 344).

반면에 우리가 주목해야 할 점은 발터 벤야민이 바라본 미디어적 특성은 문자와 이미지의 이분법적 분할에 근거한 여타의 매체 미학론과는 일정 차별성을 지니며,[33] 사진과 영화에 대한 벤야민의 지대한 관심은 사진과 영화의 이미지가 지닌 문자성 —벤야민의 표현에 따르자면 '모든 삶의 제관계의 문학화'(Benjamin 1991b, 385)— 에 대한 관심에서 출발한 것이다. 발터 벤야민의 미디어이론과 매체미학을 통해서 우리는 당대의 새로운 매체기술이 낳은 복제가능성과 이에 근거한 예술 생산의 아우라적 해

---

33   발터 벤야민의 매체론은 전통적인 내용과 형식의 이분법적 대립을 넘어서는 것이며, 다음과 같이 『베를린의 유년시절』의 유명한 양말 알레고리로 이해된다. "지참물"이 끄집어진 주머니는 더 이상 존재하지 않는다. 충분히 여러 차례 나는 다음과 같은 수수께끼 같은 진실을 실험할 수 있었다. "형식과 내용, 껍질과 껍질에 싸인 것", "지참물"과 주머니는 매한가지라는 사실이다. 매한가지이며 제3의 것인 바, 두 가지가 하나로 변신된 양말인 것이다 (Benjamin 1987, 87).

방에 대한 관점뿐만 아니라 새로이 도래한 기술적 재생산과 이에 근거한 이미지 생산의 일상성에 대한 정당성 부여에 대한 고민을 읽어 내야 하지 않을까 싶다. 디지털 사진은 더 이상 그 사진이 담고 있는 피사체의 이미지가 진리내용을 담보한다고 여기지 않고 있으며, 마치 처음 아날로그 사진의 출현이 낳은 아우라의 파괴가 초래한 사회적 영향을 넘어서는 문제의식을 불러일으켰다. 확신을 넘어선 팩트의 위력이 다시금 의심 받고, 기존의 '진실'이 허무하게 무너져 내리는 '디지털한', 가상적인 그리고 더군다나 페이크가 난무하는 세상에서 사진/예술/서사의 진정성을 무엇에서 찾아야 할지에 대한 고민이 관건이라 할 것이다. 이 점이 작금의 포스트팍티쉬한 postfaktisch 현대 사회의 진정성 논의의 출발점이 될 것이다.

이러한 맥락에서 보자면 디지털 사진의 지표성의 문제는 단순히 기계적인 지시대상성의 문제에 국한해서 생각할 수 있는 문제가 아닐 수도 있다. 마치 벤야민의 '양말' 메타퍼와 마찬가지로 말이다. '양말 주머니'와 그 안에 넣어진 지참물이 따로 떨어진 것이 아니고 매한가지였듯이, 사진/서사/예술이 보여 주는 의미내용은 결코 형식에 동떨어진 자율적인 것이 아니며, 매체의 기술적 특성에 규정적이며 동시에 새로운 의미공간을 창출한다. 또한 우리는 항시 우리가 보고자 하는 대로 바라보고 있는 것은 아닐지 싶다. 디지털 사진의 기호 체계는 아마도 아날로그 사진의 지표성에서 벗어나 다시금 도상적 특성에 근거한 것이다(그림 4 참조). 아날로그 사진은 대상과의 관계 속에서 사진 이미지와의 본질적인 유사성에 대한 추구를 하는 반면에 디지털 사진의 경우는 지시대상성보다는 사진 이미지가 보여 주고자 하는 바, 작가가 말하고자 하는 바가 전면에 앞선다. 구르스키의 사진에서 예시적으로 살펴본 것과 같이 현대 사회의 익명성과 연속성 그리고 동일한 모티브의 반복이라는 디지털 사진의 특성은 지표성의 굴레를 벗어난 것이며, 유사성에 기반한 진품성의 파괴가 낳은 아우라의 소멸이 아니라, 오히려 새로운 '창조성'의 근원을 낳고 있다.

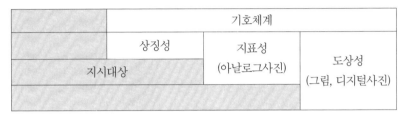

기호체계		
상징성	지표성 (아날로그사진)	도상성 (그림, 디지털사진)
지시대상		

그림 4: 디지털 사진의 도상성

디지털 기술에 기반한 새로운 모습의 디지털 재현기술은 집단적 경험과 개인적 체험 사이의 간극을 철폐하여, 새로이 '경험의 빈곤화'가 야기되었다고 주장된다. 디지털 사진기술의 발전과 스마트 폰의 대중화와 사회관계망의 광범위한 사용에 따라서, 전래의 아날로그 사진이 지녔던 수공업적 촬영 기술은 도태하고, 인화된 사진이 지닌 '아우라'적 특성은 다시금 새로운 위기를 맞이하게 되었다. 허나 '지표성 Indexikalität'의 위기는 그럼에도 디지털 미학의 측면에서 보자면 더 이상 위협적이지 못하며 (Mitchell 1992, 8), 역설적으로 새로이 이미지 공간의 진리연관성을 담보하는 새로운 매체의 공간성을 담보하게 되었다. 어쩌면 우리는 디지털 사진이 보여 주는 '객관성'을 더 이상 믿지 않을 터이다. 그럼에도 여전히 우리는 그 사진이 어떤 방식에서는 우리의 현실을 잘 보여 주고 있음을 확고히 믿는다. 이는 문학의 경우에도 마찬가지이다.

회화를 위시한 여타 예술 활동들과 마찬 가지로 예술로서의 사진은 사진작가의 상상력과 창의성에 의존하기는 마찬가지이지만, 전통적인 필름 사진은 카메라의 렌즈가 작가의 감각기관을 매개하여 찰나적 순간을 통해서 영원한 삶의 비전을 제시한다는 수잔 손탁의 논지에 충실하다. 퍼스의 기호론에서 보자면, 전통적인 필름 사진은 예술의 도상적 특성 뿐 아니라, 지표적 특성이 이야기되는 바, 무엇보다도 빛에 의한 피사체의 현상과 인화과정이 사진과 피사체 간의 직접적 연관성을 담보하고 있기도 하기 때문이다. 바로 이 지점에서 벤야민의 아우라의 소멸이라는 명제가 이야기되기도 하는데, 사진을 위시한 매체적 복제기술의 발전이 (특히 예술품의 경우) 대상이 지닌 독창성 혹은 시공간적 일회성, 즉 아우라를 파괴하는 문화적 상황을 초래하였다는 설정은 새로운 매체 기술의 대중지향성에 대한 의미 연관하에서 읽힐 것이다. 디지털 사진이 직면한 현대의 지표성 위기는 사진의 대상과 디지털 사진 사이의 아날로그적 매개가 더 이상 절대적이지 않음을, 사실이 더 이상 사실이 아닐 수 있음에서 출발한다. 구르스키의 디지털 사진의 경우, 연관된 사진의 발전사를 살펴봄으로써 이야기한 바와 같이 다음의 3가지 문제의식을 도출해 낼 수 있을 것이다. 첫째, 디지털 시대의 사진이 보여 주는 이미지는 전통적 사진이 초래한 회화적 도상성과 필름사진이 보여 주는 도상성의 차이를 아우르는 새로운 도상성, 즉 '이미지' 개념을 낳았다. 두 번째, 구르스키의 사진의 경우 퍼스의 해석자, 벤야민의 매트릭스로서의 대중 개념과 같이 디지털 시대의 지표성 문제에 있어서, 이미지의 지표성을 단지 필름 표면의 화학반응 등과 같은 대상의 직접성을 넘어서는 현실연관성 Context하에서 찾고자 한다. 세 번째로는 아우라의 소멸은 예술의 진품성만이 예술적 가치를 매개하는 기준이 아니라는 전제에서 이해되며, 그림의 대상성이 아니라,

예술작품을 구현한 미적 체험의 매개를 가능하게 하는 새로운 매체성에 대한 관심의 표명이다. 따라서 구르스키를 비롯한 작금의 디지털 사진 예술가들이 행하는 예술적 행위의 근원에는 현실 대상의 사실적인 매개뿐만 아니라, 그 의미연관성에 대한 강조를 통해서 디지털 이미지의 지표성을 새로이 규명하고자 하는 의지가 놓여 있다.

피구라와 알레고리

2.2.
문학의 경계와 경계 가로지르기

C. 포스트모더니즘의 경계이론과 심미화 과정

• 문예학과 경계 가로지르기

새로이 변화된 세상을 서술 가능하게 하는 일관성이 더 이상 존재하지 않는다는 합의가 줄곧 20세기의 지배적 화두를 형성하였다. 근대적 삶이 지닌 정체성 위기에 기인하여 현대의 문학과 예술은 줄곧 그 실현불가능성에 직면하고 있다(Bürger 1992, 447). 이런 관점에서 리얼리즘과 미적 모더니즘의 연관성에 대한 문제의식, 그리고 더 나아가서 포스트모더니즘을 둘러싼 논쟁은 시사하는 바가 크다. (포스트)모던한 시대의 심미화의 제과정 Ästhetisierungsprozesse은 우리 시대의 가장 중심적인 화두가 다양성이며 동시에 우리는 (경계를 넘나드는) 전환기의 삶을 살고 있다는 점을 여실히 보여 준다. 포스트모더니즘은 서양의 '근대 Neuzeit' 이래 일반화되었던 논리적 획일화의 경향 Logozentrismus에 맞서기를 요구한다.[34] 뿐만 아니라 최근에는 매체 및 매체이론의 발전과 함께 경계해체

---

34 1980년대 이래 서구 사회를 '중심'으로 글로벌한 후폭풍을 낳았던 포스트모더니즘 논

현상에 대한 학문적 관심이 증가하고 있다.[35] 특히 현실과 가상세계의 경
계 구분이 점점 모호해지는 상황에서 가상세계의 총체적 지배를 주장하는
이론이 무비판적으로 수용되고 있는 실정이다.[36] 물론 이와 반대로 전통적

쟁은 20세기에서 21세기로 넘어오는 시기에는 그 위력을 많이 상실해 보인다. 1980년대 후
반 동구권의 붕괴와 철의 장막의 해체로 자본과 이데올로기의 '경계'가 무너진 이후 인터넷
과 글로벌리즘의 득세는 전통적인 (지정학적) 경계이론의 질적 변화를 여실히 보여 주는
듯하다. 그럼에도 2001년 9.11 테러는 포스트모던 논쟁에 새로운 불씨를 던져 주기도 했다.
보들리야르 같은 이들에게 월드 트레이드 센터로 대변되는 시뮬라씨옹의 근대적 상징체
제가 함몰하는 사건으로 비춰졌다면, 그 반대자들에게는 새로운 21세기의 벽두에 일어난
이 사건이 변방이 아닌, 권력의 '중심'에서 이뤄진 사건이라는 점에 대해서 주목하고 있다.
Vgl. Behrens, Roger: Postmoderne, Hamburg 2004, S. 7. u. 〈Frankfurter Rundschau〉(2001.
9.13.)의 Laurence Freedman와 Chrisitian Schlüter의 기고문.
35   경계문제가 학문적 관심사로 떠오르기 시작한 것은 과학 및 매체의 발전과 무관하지
않다. 물론 그 이전에도 현실과 허구적인 세계와의 관계에 대해 철학적, 문학적 성찰이 없
었던 것은 아니지만, 포스트모더니즘 논쟁을 거친 1970년대 이후에 이르면 논의의 양상은
그 이전과 확연히 달라진다. 우선 1970년대 초에 이르면 칠레의 생물학자 마투라나와 바
렐라에 의해 '급진적 구성주의' 이론이 생겨난다(Maturana, 1987, 2000; Schmidt, 2003). 이
에 따르면 우리가 지각한 모든 현상이 인간 두뇌활동의 구성물일 뿐, 인간의 감각기관이 현
실을 재현하지 않는 것으로 간주된다. 이러한 주장에 따르면 소설의 세계뿐만 아니라 현
실 역시 허구적인 것이 된다. 또한 컴퓨터 매체의 발전에 따라 가상세계와 현실세계의 구
분이 점점 더 힘들어지고 있다. 이러한 상황은 철학적인 인식에도 영향을 미쳐 보드리야르
(Baudrillard, 1978) 같은 이론가는 '현실의 죽음'을 공언하기에 이른다.
36   현실과 가상세계의 경계해체를 주장하는 이론이 특히 보드리야르나 볼츠(Bolz,
1994) 같은 매체이론가들의 주장을 통해 포스트모더니즘 이론의 한 축을 이룬다면, 들뢰즈
(Deleuze, 1997)나 리오타르(Lytord, 1989, 1999) 같은 철학자들은 경계의 해체가 아닌 대상
간의 차이를 강조하는 이론을 만들고 있다. 이것은 포스트모던적인 다원성을 주장하며 전
자의 입장과 대립되는 극단적 입장을 보이고 있다. 최근에는 이러한 양극단의 이론들을 연
결시키며 경계가로지기를 시도하려는 연구들도 등장하고 있다. 그런데 경계에 대한 지대
한 관심에도 불구하고 정작 경계이론을 확립하거나 경계이론의 정신사적 발전을 재구성하
려는 시도는 벨쉬(Welsch, 1996, 1997)와 같은 소수의 이론가들에게만 나타날 뿐이다.

인 입장에서 경계를 고수하려는 경향도 지속적으로 나타난다. 이것은 특히 개별 학문의 연구대상이나 연구방법 설정 등 실천적인 제 영역에서 확인된다. 예컨대 문예학은 그 연구대상을 픽션에 한정시키며 논픽션 텍스트를 기껏해야 작가를 이해하기 위한 실증적 자료 정도로 간주하여 협소한 경계의 틀에 스스로를 가두고 있다. 이렇게 볼 때 전통적인 문학연구는 대상영역을 문화학으로 확장하기 이전에, 내적으로 설정된 연구대상 영역 자체에 대해 성찰할 필요가 있다. 문예학에서의 전통적인 경계 구분과 급진적인 경계해체라는 극단적인 두 입장은 마치 현재의 포스트모던적 상황에 대한 대립적인 논의들을 심미화하고 있는 것이 아닐는지 싶다.

문학 개념은 역사적으로 다양한 의미 변천을 겪어 왔다. 가장 넓은 의미에서 문학은 문자로 쓰인 텍스트 전반을 지칭하는가 하면, 기술(記述)적인 의미로 정의하는 문예학에서는 문학을 픽션과 동일시하기도 한다. 최근에는 일상의 미학화 현상이 두드러지면서 문학은 미학적 구조를 지닌 사실적 텍스트까지 포함해서 보다 포괄적인 의미로 이해되기도 한다. 또한 가치평가적인 기준으로 문학에 접근하는 문학비평의 영역에서는 소위 고급문학만이 진정한 문학으로 제한되고 통속문학은 문학의 영역에서 배제되기도 한다. 하지만 이 또한 최근에는 고급/통속문학의 이분법적 평가 기준 대신 보다 다원적인 가치평가의 척도가 도입되면서 이러한 경계구분은 지양되고 있는 실정이다. 한편 문학사적으로는 유미주의자들이 문학을 다른 담론형식들과 구분되는, 좁은 의미에서의 미학적 텍스트로 이해한 반면, 아방가르드 예술에서는 문학을 현실 텍스트와 구분하지 않고 그 경계를 모호하게 함으로써 문학을 지나치게 광범위하게 이해하는 등 서로 극단적으로 대립되는 문학개념들이 제시되기도 하였다. 이렇듯 문학개념은 그것이 사용되는 영역과 역사적 맥락에 따라 상이하게 정의되었고, 그로 인해 특정한 개념으로 정의될 수 없는 경계의 변천과정을 보여 준다. 이러한 경향은 문학텍스트가 다른 매체와 상호교통하면서 상호매체성을 드러낼 때 더욱 심화된다(Rajewsky 2002, 69). 그러나 다른 한편으로는 이러한 개념의 변천에도 불구하고 문학의 다양한 정의 사이에는 각각 중첩되는 의미요소가 있어 어느 정도 정합성이 유지될 수 있다. 이에 따라 문학이라는 개념은 앞으로도 다양한 의미요소를 포용하는 개방적인 형태로 그 개념 자체를 포기하지 않은 채 계속 사용될 수 있을 것이다.[37] 심미적인 것에 대한 단일하고 근본적인 개념을 부여하거나 규정하려 것은, 또는 일관된 통일성의 잣대로 경계를 지우는 것은 '우리의 포스트 모던한 현대'(벨쉬 Wolfgang Welsch의 견해에 따르자면)에는 적합한 것이 아닐 수도 있다. 근대적 삶이 지닌 정체성 위기는 심미화의 과정에 있어서도 다양성과 복잡성에 대한 논의로 전개되었다.

새로이 변화된 세상을 서술 가능하게 하는 일관성이 더 이상 존재하지 않는다는 합의가 줄곧 (미적 모더니즘과 포스트모더니즘을 막론하고) 20세기의 지배적 화두를 형성하였다면, 현대의 심미성이 지닌 문제성의 근원을 우리는 '유사성 Ähnlichkeit' 논의와 연관 속에서 해명할 수 있을 것이다(Mattenklott 2001).

---

37 물론 이러한 시도는 경계의 확장으로 이어져 궁극적으로 문화학과의 접점을 찾는 작업이 될 것이다. 지금까지 경계문제에 대한 학문적 접근은 체계적인 이론적 접근보다 제 실천분야에서 개별적으로 경계문제를 다루는 방식으로 이루어져 왔다. 예를 들면 문화연구 일반의 차원에서는 사이보그의 등장과 함께 대두되는 몸의 경계, 성적인 정체성과 관련된 경계문제 등이 활발히 연구되고 있고, 예술적인 차원에서는 예술매체 간의 상호매체성 문제나 예술(문학)과 현실 간의 관계 문제 등이 연구되고 있다.

• 포스트모더니즘과 문학: 동질성의 상실과 경계의 확장

현실의 서술가능성을 담보하는 동질성의 부재는 리얼리즘/(포스트)모더니즘 문학논쟁의 중심적 화두이었다. 우선 리얼리즘에서 모더니즘으로의 이행은 두 가지 문제의식으로 특징지을 수 있다. 서술적 형식의 거부가 한 측면이고, 역사적 현실의 묘사에 대한 관심의 상실이 다른 한 측면이다. 서술을 가능하게 하기 위해 작가는 실재 사건의 반영을 통해서거나, 아니면 현실에 대한 환상에 기대 여 자신의 "픽션"을 만들어 나간다. 이러한 화자의 존재기반은, 아도르노의 말을 빌리자면 "경험의 정체성"이다. 역설적으로 근대화의 과정에서 상실된 경험의 동질성에 대한 강조는 '소설의 형식이 이야기하기를 요구하지만, 더 이상 어느 무엇도 이야기하지 못하는' 현대의 서사가들이 지니는 어려움을 상징적으로 나타내고 있다. 이런 의미에서 시민 사회의 특수한 문학적 형식으로서의 소설에는 리얼리즘이 내재화되어 있다. 근대의 잘 통제되고 규격화된 사회는 개별자들에게 어떤 특별한 이야깃거리를 제공하지 못하는 것일까? 이러한 "서사적 순박성(epische Naivität)"의 상실이라는 위기 상황을 극복하는 방편으로 제시되는 '실존적 삶의 예술적인 성취'와 '올바른 삶'의 가능성에 대한 문제의식은 "회상(Eingedenken)"의 범주에서 잘 드러난다.

주체의 해체에 기인한 경험의 동질성의 상실이 자아내는 결과는 현대 문학의 특성을 파라독스적이게 하고 남음이 있다. 새로이 경험의 동질성을 확보하려는 시도는 자칫 현실에 대한 또 하나의 환상을 낳을 수도 있을 것이다. 현실에 대한 진리를 이야기하는 것 자체가 허구적인 자기지시성을 의미하는 것 일 수도 있다. 문학적 진리는 규명해야할 사회적 현실, 또는 이미 경험한 내적인 체험의 세계에서 찾아지는 것이 아니라, (광의의 의미에서) 텍스트에 드러나는 것은 아닐까? 예술 작품을 어차피 있는 그대로의 사실의 나열 이상의 그 무엇이라고 본다면, 여기에 모더니즘의 '메타-설화'의 실현가능성이 자리 매김하고 있는 것이지 않는가 싶다.

포스트모더니즘을 어떻게 이해해야 할지, 과연 모더니즘 문학과 포스트모더니즘을 구분지을 수 있는지 하는 문제는 모더니즘의 시작을 언제로 할 것인가 하는 문제만큼 의견이 분분하다. '유럽의 아방가르드운동의 때늦은 수용'이라 폄하되는 1950년대 말과 1960년대 미국에서의 포스트모더니즘의 출현은 앵글로색슨적 '고급' 모더니즘 예술에 반기를 듦으로써 그 당시 처음으로 정치적·사회적인 의미성을 획득한 바 있다. 주지하다시피 자율성의 미학, 추상성에 대한 강조와 같은 형식성에 대한 과도한 강조로 인해 실재적 삶과는 거리가 멀어진 제도권 예술과 예술 교육에 대한 반발에서 포스트모더니즘 문학은 출반한다. 무엇보다 엘리오트 T.S. Eliot 등의 '이미 고전이 되어 버린' 모더니즘 문학에서 더 이상 어떤 혁신성을 기대할 수 없다는 공감에서 하우 Irving Howe와 레빈 Harry Levin 등은 "모더니즘 이후의" 문학을 주창한 바 있다. 다른 한편에서는 피들러 Leslie A. Fiedler 등에서 보이는 바와 같이 반 모더니즘적이며, 미래지향적·개방적인 대중문학 내지는 팝아트에 대한 기대감이 소위 포스트모더니즘 운동의 한 축을 형성한다. 이와 궤를 같이하여 대중문학과 순수·고급문학의 차별성이 점차 그 의미를 상실한다는 취지에서 손탁 Susan Sontag은 '세상을 빈곤하게 만드는' 해석학 대신에 팝아트 시대에 적합한 '새로운 감수성'을 주장하기도 한다. 예술과 삶의 '간극을 메우고, 경계를 허물려는' 이러한 시도에서 아방가르드적 문학운동이 지녔던 문제의식과

피구라와 알레고리

의 유사성을 발견하기도 하지만, 팝아트문화에 대한 숭배는 결국 지배적인 소비대중 사회의 지배논리에 알게 모르게 순응하는 것을 의미하는 것은 아닐까 싶다.

포스트모더니즘의 초기 개념정의에 따르면, 문학(예술)은 그 자율성을 포기하여야 하고, 점차 엘리트주의적 성격을 버려야 하며, 문화적 가치체계는 점차 위계질서 없는 다양성을 지녀야 한다. 대중문화의 형식들이 의식적으로 차용되고, 주체의 해체에 근거한 파편화, 다양화, 서사의 불가능성이 중심개념이 된다. 이런 식의 포스트모더니즘 개념이 모더니즘 전통과 과연 차별성을 지니는 것일까? '포스트-모더니즘적' 조류들을 역사적 아방가르드 운동에 연관 짓는다면, 이는 아방가르드 운동이 예술과 삶의 간극을 극복하여 모더니즘의 타부를 깨려는 시도라는 이해에서 출발한다. 그러나 모더니즘 내부에는 예술의 자율성에 대한 강조로 특징지어지는 협의의 모더니즘뿐 아니라, 예술을 통한 삶의 변화를 추구하는 아방가르드 운동이 있다. 이러한 모더니즘과 아방가르드의 개념정의에 따른다면, 포스트모더니즘이 모더니즘적 혁신성의 고갈과 모더니즘의 종말을 이야기한다면, 이는 단지 '특정' 모더니즘 개념의 역사화를 의미하는 것이 된다. 만일 이와는 달리 '역사적 아방가르드 운동의 때늦은 수용'이라는 개념을 통해 포스트모더니즘으로 통칭되는 새로운 현상을 이해하려 한다면, 역사적 아방가르드운동이 겪었던 "좌절"에 직면하게 될 것이다. 아방가르드운동이 지닌 잠재력과 문제의식은 단지 그 사회내의 변화에 대한 열망이 전제될 때에만 지속될 수 있기 때문이다. 많은 이론가들이 생각하는 것처럼 일상적인 심미화의 과정은 예술의 아방가르드적 장르확장과 탈경계화 프로그램을 선취하는 것이 중요하지 않다. 예술 개념의 확장과 탈경계를 옹호한 보이스 Joseph Beuys와 케이지 John Cage 등의 견해와 달리 글로벌한 시대에 전개되는 일상의 심미화 과정은 상품과 포장, 존재와 가상, 하드웨어와 소프트웨어의 위치교환이라는 일대기적 전환과, 심미적인 광고 전략들이 사회주도적인 재화로 성장해 가는 과정을 경험하고 있다.[38] 우리의 '경험세계'의 심미화 과정, 즉 객관적 세계의 기술적 규정과 사회적 세계의 매개적 연결이라는 관점에서 심미적인 것은 '버츄얼한 것'이라는 의미를 지닌다, 의식의 심미화는 결국 우리가 의식의 전제가 되는 토대들 Fundamente을 더 이상 바라보지 못하고, 현실을 우리가 이전에는 단지 예술의 산물로만 이해하였던 표현양식 Verfassung으로만 받아들이게 된다는 것을 의미한다. 이렇다면 '심미적'이라는 표현의 문법 속에는 다의성과 가상성을 전제하는 의미론적 다원주의를 내포하고 있다고 보아야 하지 않을까? 왜냐하면 우리가 심미적이라고 부르는 것들이 한 가지 공통적인 단어로 설명되지 않고 서로 아주 다양한 방식으로 닮아 있는 것(유사함)이라고 볼 수 있을 것이기 때문이다.

• 포스트모더니즘의 심미성과 경계 넘기의 '망설임'

주체의 중심적 역할에 대한 회의와 진리의 인식의 가능성에 대한 부정으로 특징지어지는 포스트모더니즘적 사유는 낭만주의에서 출발하여 보들레르를 거쳐 아방가르드 운동에 이르는 미적 모더니즘과 많은 부분 '유

38　벨쉬에 따르면, 표면적인 측면에서 보면 객관적이고 주관적인 현실에서 심미적 요소들은 증가한다. 건물의 전면들은 귀여워졌고, 상점은 활성화되었다. 사람들의 코는 완벽해졌으며 이러한 심미화의 과정은 심층적인 것으로까지 이른다. 심미화는 현실 그자체가 지니는 근본적 구조와 관계한다. Vgl. Welsch, Wolfgang: Grenzgänge der Ästhetik. Stuttgart 1996. S. 22.

사성'을 지닌다. '중심의 상실'(Verlust der Mitte)이라는 메타포만큼 '포스트 모던한 현대 사회'의 방향성 상실을 견주어 이야기하기에 적절한 표현도 드물 성싶다. 구심점의 상실은 한 사회의 동질성에 대한 물음 자체를 불가능하게 하고, 경계의 해체와 개방을 의미한다. 더 나아가 계몽주의 이래로 그려온 우리네의 자화상은 언제인가부터 빛바랜 낯선 왜곡된 형상만을 보여 주고 있다. 파편화된 감각적 세계의 경계를 넘어서는 총체적인 세계인식에 도달하려는 시도들은 새삼스레 덧없어 보인다.

모더니즘과 포스트모더니즘적 시각의 차이는 모더니즘이 총체성의 상실을 멜랑콜리한 시선으로 애석하게 바라보는 반면에, 포스트모더니즘에서는 통일성의 상실을 애달파 하기보다는 오히려 이러한 다양성을 긍정적으로 바라보는 데서 극명하게 드러난다. 리요타르 Jean-Francois Lyotard의 모더니즘적 '메타-설화'에 대한 언급은 시·공간적 통일성에 대한 포스트모더니즘적 사유가 갖는 불신을 극명하게 보여 준다. 이에 대한 하버마스 Jürgen Habermas의 비판의 핵심은 포스트모더니즘적 사유를 계몽주의적 전통과 대립시키는 것이다. 반면에 벨머 Albrecht Wellmer에게 있어서 포스트모더니즘은 더 이상 모더니즘과 대립적인 개념이 아니고, 모더니즘의 미래 지향적인 전환형태로 받아들여진다.

다른 한편 포스트모더니즘논의에서의 주체의 해체는 (후기)구조주의적 단초들과 연관성을 지닌다. 바르트 Roland Barthes와 푸코 Michel Foulcault의 경우에서 나타나는 작가와 주체의 죽음이라는 테제는 작가의 집필행위를 규칙게임이라고 주장하는 데에까지 나아간다. 사회체제가 개인에게 끼치는 강압적인 우위성에 대한 고려가 전혀 없는 상태에서 이뤄지는 주체의 해체는 포스트모더니즘의 작가들에게는 '상호텍스트성'에 대한 강조로 나아가게 된다. 에코 Umberto Eco는 글쓰기 행위를 통해 세계를 단순히 반영하는 것뿐만 아니라, 창조해야 한다고 주장함으로써 규칙게임 Regelspiel으로써의 포스트모더니즘적 텍스트 읽기의 특성을 말하고 있다. 포스트모더니즘 문학의 시초로 여겨지는 에코의 소설 속에서 엉켜 있는 실들을 좇아서 끝없는 미로와 같은 도서관을 거니는 행위가 보여주는 것은 시작도 끝도 존재하지 않는 상호텍스트적인 서술형식이 더 이상 진리에 대한 문학적 의무감에 아랑곳하지 않는 것을 보여 주고 있다. 그러나 미로의 세트 장 뒷면에서 느끼는 의미의 공허함이 자칫 이런 문학관이 지닌 위험성이 아닐까 하는 비판도 벗어나기 어렵다.

경계의 장벽을 세워 경계 간의 연결을 막는 입장, 또 경계의 완전한 해체를 시도하는 프랑스 철학자들의 급진적인 입장, 이 양자의 협소함과 급진성을 벗어날 수 있는 새로운 대안으로 경계 가로지르기의 이론을 들 수 있다. 물론 여기서 경계 가로지르기는 하버마스에게서 보이는 것과 같은, 초월적인 보편적 이성의 억압적 간섭과는 다른 성격을 지니고 있다. 가로지르기 이성의 뿌리는 후기 비트겐슈타인의 철학에서 찾아볼 수 있다. 비트겐슈타인은 말의 의미가 절대적으로 규정되어 있는 것이 아니라, 그것이 사용되는 방식에 의해 규정되는 것임을 강조한다. 그는 후기저작『철학적 탐구 Philosophische Untersuchungen』에서 이러한 생각에 기초하여 언어게임 Sprachspiel이론과 가족유사성 Familienähnlichkeit 개념을 발전시킨다. 그에 따르면 언어는 사용문맥에 따라 사용규칙이 달라지며 이에 따라 사용의미도 변화한다. 따라서 모든 언어게임에 공통으로 적용될 수 있는 규칙이란 존재하지 않으며 단지 각각의 언어게임이 그 나름의 규칙을 갖고 있을 뿐이다. 비트겐슈타인은 다양한 언어게임에 공통적으로 적용될 수 있는 하나의 의미요소를 찾는 대신, 각각의 언어게임들 간에 부분적으로 서로 중첩되고 교차되는 유사성, 즉 가족유사성에 주목할 것을 요구한다. 비트겐슈타인은 마치 가족의 구성원들이 제각기 다른 특성을 지녔지만 가족 간에는 모종의 유사성이 존재하듯이, 언어게임에도 이에 비유될 수 있는 유사성이 존재한다고 보았다. 즉 개별 언어게임들의 규칙은 하나의 특정한 공통분모를 지니고 있지는 않지만, 서로 중첩되고 교차하는 유사성을 보인다는 것인데, 비트겐슈타인은 이것을 가족유사성이라고 부른다.

이러한 비트겐슈타인의 가족유사성 개념은 벨쉬의 경계 가로지르기 이성 Transversale Vernunft 개념에 의해 이론적으로 보다 보완되고 확장된다. 그는 『우리의 포스트모던적 현대 Unsere postmoderne Moderne』에서 포스트모더니즘의 근본 특징이 일원성과 다원성 사이를 넘나드는 경계 가로지르기에 있다고 말한다. 이 개념에 기초하여 그는, 세계를 어느한 관점으로 해석하며 다른 해석의 가능성을 배제하는 억압적 담론을 비판하고 이를 통해 차이와 다원성을 인정한다. 하지만 다른 한편으로는 각각의 상이한 담론들이 서로 고립적으로 병존하며 자신의 정당성을 입증하려 하지 않는 무관심 내지 무차별의 상태에 빠지지 않도록 이들을 상호 연결시키고자 노력한다. 이러한 가로지르기 이성의 실천에 의해 현실의 다원성은 무차별적인 것으로 변하지 않으며, 복잡한 연관관계 속에서 개별담론들이나 합리성들은 고유의 특성과 차이를 보존할 수 있게 된다.

다른 한편 주지하다시피 근대에 이르기까지 서구의 전통에서 미학은 윤리학의 발밑에 놓여 있었다. 모던한 시대에 이르러서는 이러한 미학/윤리학의 대립은 다른 양상을 띤다. 모더니즘 미학의 핵심어인 자율성은 도덕적으로 규정된 것으로부터 심미성의 해방을 낳고 있다. 특정한 지각 전형성 또는 예술적 패러다임에 대한 선호는 단지 심미적 결정일 뿐만 아니라 비심미적 결정이기도 하다. 이는 각각 다른 지각성을 배척한다. 다양한 감각지각성이 문화적으로 표출되고 있는 현대 예술에서는 미학과 반미학의 결합과 그 변증법이 고려되어야 한다. 반성적 미학은 심미적 패러다임들의 특수성뿐만 아니라 그 패러다임 각각의 맹목성에 대해서도 예민해진 것이다. 노발리스, 보들레르, 발레리, 브레히트와 벤야민 등의 예술철학과 시학에서는 이미 다양한 형태의 유사성의 사고가 존재한다. 이러한 유사성의 사고는 대상과 예술작품 사이의 전통적인 상관관계의 틀을 넘어서 개별 요소들 간의 상호 유추 Analogie를 통해서 정체성과 차별성의 경계를 해체하고, 서구의 (패러다임으로서의) 이성중심주의를 극복하려는 시도였다.

포스트모더니즘은 현실에 묘사 불가능한 것이 존재한다는 것을 강조하고 이를 받아들일 것을 강요한다. 반면에 체계적인 개념으로서의 포스트모더니즘은 모더니즘과 여러 분야에서 공통적인 문학적 현상(유사성)을 지니고 있고, 확연하게 모더니즘적 전통으로부터 구분 짓는 것은 문학사적으로 많은 모순점만을 드러내는 시도일지 모른다. 차라리 다시금 문학적 형식 내부에서 일어나는 구조적 변화를 염두에 둔 창조적 주체와 현실사이의 관계 설정과 자리 매김이 관건이 되어야 할 것이다. 아도르노와 벤야민에게서 보이는 경험의 상실에 대한 문제의식은 고대 서사문학과 현대의 소설사이의 역사철학적 차별성에 대한 강조를 통해 자신의 '소설'의 이론을 서술한 루카치 Georg Lukács의 문제의식과 연관성을 지닌다. 소설을 선험적 '고향 상실', 즉 되돌아갈 집이 없는('Homeless') 오디세이의 현대적 형식으로 보았던 그에게 소설은 삶의 의미에 대한 추구를 중심으로 움직이고 있기 때문이다. 다시금 처음의 논지로 돌아가서 보자면, '그라운드 제로 Ground Zero'라는 화두로 시작된 21세기의 '역사철학적' 상황은 '우리의 포스트 모던한 현대'의 슈퍼 히어로들에게도 지향점의 상실을 의미 한다. (그림 5 참조)

(그림 5: 홈리스 스파이더맨)

현대의 심미적 상황은 버츄얼한 실재 Virtuelle Realität와 현실 reale Realität이 어떻게 서로 영향을 주고받는가 하는 문제를 묻고 있다. 사이버 공간과 현실과의 상호작용은 자연성과 인공성의 반성적 논의를 치환시켜 이야기될 수 있을까? '사멸할 위험에 처해 있던 구텐베르크은하계'가 아직도 건재함을 바라본다면, 그럼에도 변화된 매체 공간 내에서 새로운 유의미성을 생산하고 있다는 점을 주시한다면 우리의 시대를 '개념화'하고 '파악'하려는 시도는 과거와의 단절이나 역사의 반복이 아니라 시간의 경계 가로지르기와 다름 아니다. 창조적 기억으로서의 소설가의 '회상'과 이야기꾼이 지닌 '기억'의 관계는 경험과 체험의 연관성을 해명하는 데서 드러날 뿐만 아니라, 문학적 주체의 역사적 자기 성찰에 대한 요구에서 더욱 명백해질 것이다.

D. 문학과 영화의 상호매체적 서사

- 〈스모크〉와 『오기렌의 크리스마스 이야기』의 경우

• 문학과 영화

지난 20년간 '혼종 hybrid', '혼종성 hybridity' 또는 '혼종화 hybridisation' 와 같은 용어들은 멀티미디어와 상호 매체성 Intermediality 개념과 마찬가지로 20세기 후반기의 문화 지형도를 묘사하는 데 필수 불가결한 단어로 여겨졌다. 혼종 또는 혼종성이라는 단어는 자연과학, 생물학, 문화연구, 포스트모던 이론, 미디어 연구 등 거의 모든 분야에 두루 사용되었다. 문화의 '이질성'과 '퓨전', '경계의 해체'가 거의 모든 사회적·문화적 담론들의 주제어로 자리 잡았던 20세기 후반기의 매체사적 상황에 대한 논의들은 종종 '전통적인' 활자매체와 문학의 위상 변화에 대한 언급으로부터 시작한다.[39] 문학사는 다양한 매체 형식의 서사적 혁신의 역사로 이해될 수 있다. 물론 이러한 서사적 혁신의 저변에 인간 지각의 제형식이 당대의 급격한 현실 변화에 대응하고 있다는 점이 전제되어야 한다. 서구 문화사에서 보자면 18세기에 이르러 소설은 서사 기법상의 혁신을 통해서 전통적인 문학 장르들을 제치고 가장 인기 있는 문학 형식으로 자리 잡았다. 뿐만 아니라 이후 새로이 등장한 사진은 회화를 위시한 여러 예술 분

---

39 전통적인 문헌학과 달리 문화학으로 새로이 자리 매김하고자 하는 현대의 문학 연구방법론의 방향전환의 배경에는, 포스트 모던적 상황에서 유래한 전통적인 문예학의 경계구분과 경계해체라는 대립적인 두 입장의 발현이라는 측면뿐만 아니라, 서구의 근대이래로 논리중심주의적 획일화의 경향에 대한 이질적 논의들과 그 심미화의 과정 Ästhetisierungsprozess도 이야기되어야 할 것이다.

야에 새로운 시야를 제공하였다. 무엇보다도 20세기 초반에 이루어진 영화의 발전은 전통적인 문학 영역, 특히 연극 무대에서는 볼 수 없었던 '이차적인 환상성'을 낳고 있다. 이제 우리가 '문학'을 이야기한다고 할 때는 더 이상 텍스트 중심의 문헌학적 전통에만 머무르지 않는다.[40] '문학'은 이미 오래전부터 더 이상 '활자로 구성된 텍스트'만을 의미하지 않으며, '멀티미디어에 기반하고 디지털화된 네트워킹'의 심미화 과정을 염두에 두고 있는 셈이다. 즉 현대의 문학 행위들은 상호 매체적 역동성에 많은 부분 빚지고 있다. 뉴 미디어의 발명과 디지털 기술의 발전은 21세기 새로운 문화 지형도를 예고하고 있다. 이미 우리는 14세기의 인쇄 활자나 19세기의 사진 기술이 당대의 사회와 문화에 혁명적인 충격을 주었던 것처럼, 컴퓨터를 매개로 하는 새로운 생산과 배포 및 의사소통의 형태가 문화의 중심이 되었음을 체험하고 있다. 다른 한편 오늘날 글로벌한 시대에 전개되는 일상의 심미화 과정 Ästhetisierungsprozess은 상품과 포장, 존재와 가상, 하드웨어와 소프트웨어의 위치교환이라는 일대기적 전환과, 심미적인 광고 전략들이 사회주도적인 재화로 성장해 가는 과정을 경험하고 있다.

우리의 '경험세계'의 심미화 과정, 즉 객관적 세계의 기술적 규정과 사회적 세계의 매개적 연결이라는 관점에서 심미적인 것은 '버츄얼한 것'이라는 의미를 지닌다. 의식의 심미화는 결국 우리가 의식의 전제가 되는 토

---

40 실례로 많은 문학입문서들에서 전통적인 산문, 서정시, 드라마의 3 장르와 더불어 영화를 4번째 장르로 소개하고 있다. 가령 Mario Klarer, Einführung in die neuere Literaturwissenschaft, Darmstadt, 1999, 86쪽 이하 참조.

대들 Fundamente을 더 이상 바라보지 못하고, 현실을 우리가 이전에는 단지 예술의 산물로만 이해하였던 표현양식 Verfassung으로만 받아들이게 된다는 것을 의미한다. 이런 점에서 우리는 '구텐베르크 갤럭시'를 벗어나 디지털 이미지에 의한 새로운 총체적 매체 환경의 우주 속에서 이뤄질 21세기의 '오디세이'에 대해서 관심을 가져야 할 것이다. 우리 앞에 놓여 있는 새로운 매체 상황은 '현실이 대중에 적응하고 또 대중이 현실에 적응하는 현상이며 사고의 면에서는 물론이고 직관의 면에서도 무한한 중요성을 지니게 될 하나의 발전 과정'이기 때문이다.

이러한 문제의식에서 보자면 초창기 영화의 역사는 여러 가지 점에서 시사하는 바가 많다. 뤼미에르 형제의 영화 실험이 세간의 관심을 자아낸 지 이제 갓 한 세기를 넘어서고 상대적으로 '새로운 New' 미디어인 영화의 역사는 문학작품의 새로운 매체 실험의 역사이기도 하다. 이미 1896년 뤼미에르 형제가 괴테의 파우스트 소재를 바탕으로 작업을 하였을 정도로 특히 고전문학작품의 영화화에 대한 관심은 초창기 영화가 지닌 제작 환경적 제약요소와 제작자의 창의성 사이의 긴장관계 속에서 고조되었다. 처음 시네마토그래피가 선사하였던 기술적 혁신성은 너무나도 빨리 대중에게 외면되었기에, 더 이상 무의미한 동작들의 영상 재현이 아닌 이미지의 서사적 요소에 대한 관심이 고조되었던 것이다. 더욱이 초창기의 영화에는 심지어 자막조차 존재하지 않았던 터이라 모두가 공감하는 고전적인 문학 소재의 차용은 너무나도 당연한 것이었을지 모른다. 여기에 덧붙여서 이제 막 새로이 탄생한 영화라는 매체가 이미 탄탄한 문화적 지위를 향유하던 (고전)문학의 성가에 기생하여 대중의 관심을 끌어 보고자

피구라와 알레고리

하는 문화 경영적인 마인드 역시 엿보이는 대목이다. 초기 영화사에서 단골 메뉴처럼 등장하는 스테레오타입의 뱀파이어나 괴물 형상들의 존재가치 역시 이러한 점에서 찾아질 수 있을 것이다. 이후 영화의 비약적인 발전의 과정에서 우리는 수많은 문학작품의 영화화를 경험하게 되었고, 이제는 반대로 문학작품이 영화의 대중적 성공에 기대여 그 존재 가능성을 시험해야 하는 시기가 도래하였다. 그럼에도 한동안 무척 특이하게도 문학작품의 영화화의 경우에는 소위 '오리지널' 텍스트에 영화화된 '내용'을 견주어 보거나, 심지어 저본 줄거리의 완벽한 영화적 재현을 예술적 완결성의 한 척도로 삼는 일들에 익숙해 있었다. 매체적 특수성의 관점에서 저본 텍스트의 '생산적인 수용'이라는 문제의식으로 문학의 영화화를 바라보게 된 것은 그리 오래되지 않은 최근의 일이다.

• '상호매체성과 혼종성'

일찍이 맥루한은 '두 가지 미디어의 이종교배 hybrid, 혹은 만남은, 거기에서 새로운 형태가 탄생하는 진실과 계시의 순간'이며 다른 미디어와의 만남을 통해서 기성 문화에 만연되어 있는 나르시스적 자기도취에서 벗어나 기존의 미디어에 의해 무감각하게 마비된 감각이 자유를 얻어 해방되는 순간이라고 설파한 바 있다. 그러나 기존의 지배적 미디어가 만들어 놓은 일상적인 마비로부터 해방을 전제로 하는 매체 간의 만남에 대한 맥루한의 혼종성 개념은 매체 간의 고정된 경계 지움을 전제하고 있어 보인다. 맥루한은 '핫' 미디어와 '쿨' 미디어의 용어 구분을 했을 뿐만 아니라 "미디어" 개념을 매우 확장하여 사용하고 있는 것으로도 유명하다. 맥루한이 인류의 매체사에서 읽어 내고 있는 '인간의 확장으로서의 미디어[41] 개념에 따르자면 미디어란 우리가 일반적으로 이해하는 (매스)미디어 개념을 훨씬 넘어서는 화폐, 수레바퀴, 시계, 자전거, 자동차, 비행기, 심지어 무기 등과 같은 기술적 기제들을 포괄하고 있다. 이렇다면 미디어 간의 만남 또는 혼종을 이야기할 때 가장 우선시 되어야 하는 문제는 미디어를 어떻게 보아야 할까 하는 점일 것이다.[42] 맥루한의 미디어 개념에서 보자면, 즉 인간(신체기관)의 확장으로서의 매체, 즉 발의 확장으로서의 수레바퀴, 기억의 확장으로서의 문자문화, 노동력 가치의 교환수단으로서의 화폐의 교환은 상호교호적인 이종교배를 통해서 핵분열과 핵융합과 같은 문화적 역동력을 발생시켜 왔다. 이렇듯 확장으로서의 미디어는 '알리는' 매개체가 아니라 '발생시키는' 매개체라고까지 단언하고 있다. 또한 '자동차가 있기 전에는 아무도 자동차를 원하지 않았으며, TV프로그램이 있기 전에는 누구도 TV에 흥미를 갖지 않았다'라는 맥루한의 언급은 어떤 기술적, 사회적, 역사적 환경하에서 새로운 미디어가 '발생하는가'

---

41 주지하다시피 마샬 맥루한(1911-1980)은 저서 『미디어의 이해』(1964)에서 커뮤니케이션 기술의 발전에 따른 인류 문명의 변천사에 대한 규명을 매체사적 관점에서 규명하고자 한다. '미디어는 메시지이다'라는 중심 테제는 '생활세계(Lebenswelt)' 영역으로까지 확장된 형식개념에 대한 모더니즘적 강조와 다름 아니다. 맥루한에게 미디어란 인간감각의 확장이며 동시에 우리 사회의 정신생활 전체를 제약하기도 한다. 캐나다 출신의 정치경제학자 이니스(Harold Adams Innis 1894-1952)의 영향을 많이 받은 맥루한은 인류사를 지배적인 미디어의 유형에 따라 구두(口頭)커뮤니케이션, 문자의 시대, 인쇄의 시대, 전기매체의 시대의 4단계로 구분하고, 현대의 전기 매체의 시대, 즉 '지구촌'의 시대에 살아가는 인류는 문자와 활자매체가 억압하였던 다감각적 권능을 다시금 되찾게 되리라고 믿는다.
42 왜냐하면 철학적, 사회학적, 경제학적, 생물학적, 의사소통적, 기술적 틀로부터 담론의 경로, 시뮬레이션, 행위의 패턴 혹은 인지과정의 패턴 등에 이르는 상이한 과학적 패러다임에 입각한 매체의 '정의(定義)'에 대한 수십 가지의 시도가 존재함을 알고 있기 때문이다.

224   피구라와 알레고리

에 대한 질문을 던지기에 충분하다. 주지하다 시피 인쇄술의 발명과 서적의 출간은 구전문화시대와 문자문어시대를 융합하는 활자문화의 시대라고 할 수 있는 근대의 세계와 그 세계관을 낳았다. 또한 단일 감각의 '정세도'의 높고 낮음에 따라 '핫' 미디어와 '쿨' 미디어로 나눈 맥루한의 규정에 따르자면 인쇄문화는 핫 미디어이지만 전기문화의 총화인 전화는 쿨 미디어였다. 그러나 영상을 전달하는 두 매체인 영화와 텔레비전에 있어서 영화는 '핫'하지만 텔레비전을 '쿨'하다고 규정한 맥루한의 논지에 대해서는 디지털 시대를 살아가는 우리는 다른 견해를 제시할 수 있을 것이다. 물론 맥루한은 작가와 영화감독이 하는 일이 독자나 관객을 하나의 세계, 즉 독자나 관객의 자신의 실제 세계로부터 또 하나의 다른 세계, 즉 인쇄와 필름에 의해서 만들어지는 새로운 세계로 옮겨 놓는다는 점에서 공통점을 지니고 있고, 아마도 그런 이유에서 활자의 인간이 '기꺼이' 필름을 받아 들였다고 쓰고 있다. 이러한 점이 초기 시네마토그래피 이래로의 영화의 발전사에서 문학과의 상호작용성이 이야기되는 이유인 듯하다. 뿐만 아니라 이러한 문제의식에서 보자면 기존의 여러 예술 장르를 포괄하는 종합예술로서의 영화의 매체적 특수성을 이야기하기 위해서 최근 상호매체성이라는 용어를 선호하는 이유도 자명하다 할 것이다.[43] 상호매체적 접근은 다매체적 결합이라는 의미를 지니는 혼종성의 범주를 넘어서

43　최근의 연구는 혼종성을 미디어변환의 동력에 개방시킴으로서 정적인 개념인 "혼종성"의 약점을 극복하려 하고 있습니다. 또한 여기에서 우리는 "상호텍스트성"과 "상호매체성"의 개념사적 유사성을 그려 볼 수 있을 것이다. S. J. Schmidt, Medienwissenschaft und Nachbardisziplin. in: Gerhard Rusch (Ed.), Einführung in die Medienwissenschaft, Wiesbaden, 2002. 53-69 쪽.

는 매체의 특수성에 기반 한 세분화된 공시적·통시적인 연구를 가능하게 한다. 뿐만 아니라 혼종성의 개념이 오늘날에는 거의 모든 포스트 모던적 사회·문화적 현상에 적용되고 있다는 사실로 미루어 보건데 너무나 일반적이고 보편적인 범주만을 제공하고 있지 않나 하는 문제의식에서 그러한 것이다.

• 〈스모크〉와 「오기 렌의 크리스마스 이야기」

당시 미국에서 활동 중이던 홍콩 출신의 영화감독 웨인 왕 Wayne Wang은 1990년 크리스마스에 즈음하여 뉴욕 타임즈에 실린 폴 오스터 Paul Auster의 「오기 렌의 크리스마스 이야기 Auggie Wren's Christmas Story」를 읽고는 영감을 얻어 〈스모크 Smoke〉(1994)를 촬영하게 된다. 웨인 왕과의 대화에서 관심을 가지게 된 작가 폴 오스터는 〈스모크〉의 시나리오의 작업에까지 참여하였다. 〈스모크〉의 모티브가 되었던 폴 오스터의 짧은 스토리는 영화 전체 줄거리의 일부분으로 자리 잡게 된다. 영화는 5개의 상호연관적인 스토리가 마치 소설의 챕터와 같은 모양새로 이루어져 있다. 영화의 전체 줄거리는 1990년 여름, 뉴욕 블루클린의 '블루클린 시가 컴퍼니'라는 담배 가게를 중심으로 전개된다. 임신한 아내가 백주대로에서 총상으로 사망한 충격으로 펜을 놓은 작가 폴 벤자민과 자신의 담배 가게에서 한심한 동네 한량들이랑 수다나 떠는 오기 렌은 가게 주인과 손님의 관계지만 어느 날 친구가 된다. 14년 동안 매일 같은 자리에서 아침 8시에 거리 풍경을 찍어 왔던 오기는 폴에게 동일한 수천 장의 사진이 들어 있는 앨범을 보여 준다. 우연히 폴을 찾은 흑인 청년 라시드는 폴의 집에서 며칠 묵었다가 길을 떠난다. 생부를 찾아간 라시드는 자신의

정체를 밝히지 않고 생부의 허름한 주유
소에서 일하며 그와 얘기를 나눈다. 한쪽
팔을 잃은 생부 사일러스는 12년 전 무모
했던 자신의 행동을 자책하며 살고 있었
다. 그러던 어느 날 오기의 담배 가게에 외
눈의 여인이 찾아온다. 18년 전 오기를 배
신하고 떠난 루비는 느닷없이 나타나 오

기에게 딸이 있었으며, 그 애가 임신 4개월에 마약중독자라는 사실을 얘
기하며 금전적인 도움을 요청한다. 오기는 쿠바산 시가의 밀수를 하여 돈
을 벌고 있는데, 다시 폴에게 돌아온 라시드가 폴의 소개로 오기의 가게
에서 일을 하다가 밀수한 시가를 망치게 된다. 라시드는 일전에 손에 넣
었던 동네 갱들의 돈을 오기에게 주고, 오기는 그 돈을 루비에게 다시 건
네준다. 폴과 오기의 도움으로 라시드는 생부와 화해하고, 뉴욕 타임즈의
크리스마스 스토리 기고를 의뢰 받은 폴에게 오기는 점심을 사면 멋진 크
리스마스 스토리를 이야기해 주겠다고 한다. 같이 점심을 먹으면서 오기
의 크리스마스 스토리는 수년전에 겪었던 이야기를 한다. 수년전에 가게
에서 책을 훔치던 흑인 청년을 쫓다가 그의 지갑을 줍게 되는데, 그 지갑
안에는 어머니와 찍은 어린 소년의 사진과 운전면허증이 있을 뿐이었다.
그해 크리스마스에 하릴없이 지갑에 있는 연락처를 찾아 가게 된 오기는
그곳에 혼자 지내는 흑인 청년의 맹인 할머니를 보고 그 청년인양 크리스
마스 디너를 같이하고 화장실에 있던 훔친 카메라를 한 대 들고 나온다.
다음에 다시 그곳을 찾아가 보았을 때 그 할머니는 없고 다른 사람이 살
고 있었다고 한다. 그 이후에 오기는 그 카메라를 들고 매일 아침 사진을

한 장씩 찍고 있다는 것이다. 폴 오스터의「오기 렌의 크리스마스 이야기」
에는 오기 렌과의 만남과 사진 앨범을 보는 장면, 그리고 오기가 점심을
대가로 들려주는 크리스마스 이야기 부분이 들어 있을 뿐이다.

　폴 오스터의「크리스마스 이야기」는 오기의 기이한 사진 찍기와 그 사
진 찍기를 하게 된 동기가 되는 카메라를 손에 넣게 되는 과정에 대한 이
야기만을 담고 있다. 반면에 영화〈스모크〉에는 폴과 오기, 두 사람만의
이야기뿐만 아니라 라쉬드, 사일러스, 루비 등의 이야기가 원래 스토리의
틀 내에서 복잡한 이야기 구조를 만들어 내고 있다. 여기에서는 전통적인
문학과 영화의 상관관계와는 다른 양상을 보이고 있는 셈이다. 일반적인
문학 작품의 영화화와는 달리〈스모크〉에서는 폴 오스터의「오기 렌의 크
리스마스 스토리」는 전체 영화의 오리지널 저본이 아니라 모티브만을 제
공하고, 영화의 플롯은 폴 오스터가 새로이 집필한 시나리오에 기반하고
있다.「오기 렌의 크리스마스 이야기」는 단지 다음의 3가지 모티브를〈스
모크〉의 영화화에 제공하고 있다. 즉, 이야기의 전개 장소로서의 '블루클
린 시가 컴퍼니'라는 오기 렌의 담배 가게와 스토리가 교환되는 오기와 폴
이라는 두 주인공의 존재, 마지막으로는 스토리와 영화의 공통적인 테마
로 이야기될 수 있는 사진을 이야기할 수 있을 것이다. 영화라는 영상 매

체와 쇼트 스토리라는 활자 매체 사이의 공통적인 테마가 되는 사진이라는 또 다른 매체는 한편으로는 〈스모크〉에서는 동일한 시간과 동일한 장소에서 매일 계속되는 오기 렌의 기이한 사진 찍기의 모습을 통해서 드러나고 있고, '저본 텍스트'에서는 오기 렌이 카메라를 어떻게 수중에 넣게 되었는가에 대한 답변을 제공하고 있다. 뿐만 아니라 이야기의 전체 줄거리가 중층적으로 '매체적인' 재구성이 되어 있다. 오기 렌의 카메라 습득 과정을 담은 크리스마스 경험담은 '구어적인' 이야기의 형태로, 그 이야기를 담은 폴 오스터의 크리스마스 스토리는 '문학적으로', 즉 쓰인 텍스트를 통해서 매일매일 사진을 찍는 오기의 이야기를 보여 주고 있으며, 오기는 찍은 사진을 차곡차곡 담은 앨범을 보여 주고 있으며, 영화는 필름을 통해서 전체의 줄거리를 다시금 구성하고 있다. 바로 여기에서 상호매체성을 이야기 할 수 있을 것이다. 뉴욕 타임즈 신문에 실린 크리스마스 스토리의 텍스트와 시나리오에 드러나는 문자성, 문학과 영화의 서사에서 드러나는 구전성, 공통적인 서사 테마이자 서사의 대상 매체로서의 사진이라는 매체가 각기 상이한 형태의 매체적 서사의 가능성과 상호작용하고 있는 것이다.

• '상호매체적 서사'

「오기 렌의 크리스마스 이야기」와 〈스모크〉에 있어서 이야기가 전개되는 서사의 공간으로는 오기 렌의 담배 가게를 들 수 있다. 그러나 『크리스마스 이야기』의 인쇄된 텍스트는 뉴욕 타임즈의 신문 지면위에서 독자들과 호흡하고 있었다면, 〈스모크〉의 이야기는 1초에 24장 씩 셀룰로이드 필름위에 기록되어 극장의 스크린 위에서 관객들에게 읽히고 있다. 두툼

한 성탄절 특집 뉴욕 타임즈를 손에 쥐고 한 장 한 장 넘겨가면서 세상의 소식들과 함께 크리스마스 선물 광고들 속에서「오기 렌의 크리스마스 이야기」를 찾아서 읽어나갔을 개인으로서의 독자에 비해서 극장에서 〈스모크〉를 관람하였을 관객의 존재는 영화상영 프로그램의 일부분이다. 일견 너무나도 당연시되었던 개인화된 문학의 독자와 집단적인 영화의 관객이라는 구분법은 디지털 시대에 이르러서는 더 이상 유효하지 않을지도 모른다. 종이 책 대신에 컴퓨터 모니터에서 읽히는 하이퍼텍스트의 존재만큼이나, 비디오레코더와 DVD와 같은 디지털 영상 기제의 발전과 인터넷으로 대변되는 효율적인 '배급' 시스템은 영화 관람자와 독자의 존재론적 구분을 허용하지 않는다. 더구나 멀티미디어적 여러 요소들로 중무장한 인터넷 신문들의 존재는 과거처럼 인쇄되어 활자화된 '핫' 미디어의 독자와는 다른 '독서' 습관을 낳을 것이다. 이런 점에서 보자면 서로 상이한 매체 특성에 근거한 서사의 형태를 관찰하는 것이 매체 상호 간의 교호관계를 살펴보는 데 의미 있는 일이다.

「오기 렌의 크리스마스 이야기」와 〈스모크〉의 경우에서 보자면 이야기 내용이 어떻게 전달되는 것인지에 대한 관심뿐만 아니라, 저본 텍스트가 지닌 서사의 매체형식이 새로운 미디어에 있어서는 어떤 새로운 형식으로 표현되는 가에 대해서 해명되어야 할 것이다. 구전문화의 특성인 서사가의 '목소리'는 활자화를 거치면서 많이 위축되어 몇 가지 문장기호나 문체상의 표식에 힘입어 서사가의 현재성을 보여 주는데 어렵 살이 성공하고 있다. 가령 쇼트 스토리에서 오기 렌이 작가에게 자신의 크리스마스 이야기를 들려주는 식당 장면은 다음과 같이 쓰여 있다.

우리는 한 블록을 걸어서 잭 네 식당으로 갔다. 거기는 비좁고 떠들썩한 샌드위치 가게인데, 훈제 쇠고기 샌드위치가 아주 맛이 있고, 옛날 다저스 팀의 사진이 벽에 걸려 있는 곳이다. 우리가 뒤쪽에 자리를 잡고 음식을 주문하고 나자 오기는 이야기를 꺼냈다.

"1972년 여름이었어." 그가 말했다. "한 꼬마가 어느 날 아침 가게에 들어와서 물건을 훔치기 시작했지. 아마 열아홉이나 스물쯤 되었을 거야. 내가 봐 온 사람들 중에 가장 애처로운 좀도둑이었지.(…)"

작가는 자신의 픽션 속에 등장하는 오기와 폴의 대화를 묘사함에 있어서 오기의 모든 이야기를 인용 따옴표 안에 집어넣음으로서 오기가 전하는 이야기의 독립성을 보장하는 일종의 격자 형식을 만들어 내고 있는 셈이다. 마치 오기가 전달하는 이야기는 그의 앞에 앉아 있는 폴에게 행하는 대화일 뿐이며 작가와는 무관한 서사상황이라도 되는 것처럼 연출된 것이다. 구전 전통에 근거한 오기의 이야기가 지닌 '목소리'와 작가의 문자성에 근거한 보고에서 드러나는 목소리는 다른 빛깔을 내고 있는 것이다. 동일한 장면이 영화 〈스모크〉에서는 다른 매체적 형식을 통해서 묘사된다. 「크리스마스 이야기」에서는 '우리가 뒤쪽에 자리를 잡고 음식을 주문하고 나자 오기는 이야기를 꺼냈다'라고 설명되었던 상황 설정이 〈스모크〉에서는 오기와 폴이 식탁에 앉고 오기가 어떻게 이야기를 꺼내는지 다음과 같이 부연 설명 없이 직접적으로 보여 준다.

웨이터, 간다. 오기는 다시 기사를 내려다본다. 폴이 돌아와 오기 맞은편 자리에 앉는다.

폴: (자리를 잡으며) 자. 준비됐어?

오기: 됐어. 언제든지 좋아.

폴: 들을 준비가 됐어.

오기: 좋아.(사이. 생각한다) 자네가 나더러 어떻게 해서 사진을 찍게 됐냐고 물었었지?(사이) 좋아.(사이) 1976년 여름이었어. 내가 막 비니 밑에서 일하기 시작했을 때로 돌아가는 거야. 독립 2백주년 기념식이 있던 여름이었지.(사이) 어느 날 아침 한 꼬마 녀석이 가게에 들어와서 물건을 훔치기 시작했어. 앞 쪽 창문 가까이에 있는 신문 선반 옆에서 셔츠 밑으로 잡지를 쑤셔 넣고 있었지. 그때는 카운터 주변에 사람이 많아서 처음에는 못 봤어….

〈스모크〉에서는 「크리스마스 이야기」에서 오기의 이야기를 문자로 옮기던 작가의 역할은 한편으로는 카메라의 시선 속으로, 다른 한편으로는 폴 벤자민(과 관객)에 의해서 관찰되는 주변인들과의 상황 설정 속으로 녹아들어 간다. 오기가 담담하게 풀어내는 이야기는 영화에서나 텍스트에서나 본질적으로는 구전성에 기반한 동일한 내용이나, 오기의 입과 폴의 눈을 상징적으로 보여 줌으로서, 「크리스마스 이야기」에서 인용 따옴표의 처리를 통해서 제시하고자 했던 바와 같은 효과를 자아내고 있다. 그리고 오기가 이야기하는 내용은 오기의 내레이션에 덧붙어 간간히 무성의 흑백 화면으로 재구성되어 스크린에 흐른다.[44] 「크리스마스 이야기」

---

44 이 장면에서 오기의 내레이션에서는 드러나지 않지만 물건을 훔치다 들켜 달아난 로저 굿원은 공교롭게도 폴과 다툼이 있었던 동네 깡이었다는 사실뿐 아니라, 바로 직전에 폴이 바라보았던 신문기사를 통해서 그가 보석을 털다가 사망했다는 사실을 관객들은 알아

에서는 오기가 자신의 경험담을 이야기하는 부분이 초입부분의 사건 전
개 부분에 비해서 분량 면으로 훨씬 많게 배치되어 있지만 〈스모크〉에서
는 오기가 폴에게 카메라를 얻게 되는 과정을 설명하는 부분은 얼핏 영화
가 다 끝날 무렵에 마치 에필로그와 같은 형식으로 보이고 있다. 오기가
이야기하는 내내 카메라는 빅 클로즈업까지 해 가면서 주로 오기의 얼굴
에 머물고 있고, 오기의 이야기가 다 끝나면 일종의 코다로서 폴의 타자
기가 클로즈업되고 오기의 이야기의 첫 페이지에 제목의 마지막 단어가
타이프 쳐진다. 그러면서 톰 웨이츠의 음악이 나오면서 화면은 흑백 촬영
부분으로 디졸브된다. 오기가 이야기하는 그리 전형적이지 않는 크리스
마스 스토리와 훔친 카메라를 다시 무단으로 집어온다는 이야기가 상징
적으로 보여 주고 있듯이 〈스모크〉에서는 훔친다는 것이 무엇인지, 무엇
을 준다는 것이 무엇인지, 진실이란 무엇인지, 하여튼 이런 모든 질문들
이 뒤섞여 있으며, 이러한 문제의식들이 등장인물들의 혈연적 관계와 서
로 얽혀 오기와 폴의 주변을 마치 연기처럼 떠돌고 있다. 스모크, 즉 연기
는 어떤 규정성을 지닌 것이 아니고, 연기는 현실을 제대로 바라보는 것
을 방해하기도 하고, 항시 그 실체가 끊임없이 변화무쌍하다. 그러면서도
연기는 마치 봉수대의 연기처럼 위급함의 신호이기도 하고 새로운 변화
의 출발점이기도 하다. 이 영화의 주인공들은 끊임없이 변화하고 그들의
행위에는 규정성이 없다. 그리고 그들은 모두 오기의 '시가' 가게에서 이
야기를 나눈다.[45] '블루클린 시가 컴퍼니'는 버츄얼한 실재 virtuelle Realität

차리게 된다.
45   이러한 전제조건에서 출발하는 서사의 양태는 결코 맥루한이 구분한 '핫'한 상황을 야
기하지는 않을 것이다.

와 현실 reale Realität이 서로 영향을 주고받는 현대의 심미적 상황을 상징적으로 보여 주는 이야기의 공간인 것이다.

오기의 동일한 경험담이 텍스트에서는 '스토리 속의 스토리'로서, 영화에서는 '영화 속의 다른 영화'의 형태로 배치되어지면서 나름의 매체적 특성에 충실한 서사의 틀을 유지하고 있다면, 매일 같은 시간대에 동일한 장소를 촬영한 오기의 '우스꽝스럽고 어이없는' 사진들을 감상하는 장면에서는 '연기'와 같이 반복되는 일상사에서 예술의 기능에 대한 풍자적 성찰을 제시한다면 너무나 과한 표현일까? 처음을 오기의 '예술작품들'을 대한 폴의 속내는 다음과 같이 기록되어 있다.

> 나는 별다른 기대를 하지 않았었다. 하지만 그 다음 날 오기가 보여 준 것은 전혀 예상 밖이었다. 가게 뒤에 달린 창문도 없는 작은 방으로 나를 데려간 오기는 두꺼운 종이로 된 상자를 열고 똑같이 생긴 열두 권의 검은 앨범을 꺼냈다. 그는 자신이 일생동안 이것을 만들었지만 하루에 5분 이상 투자한 적이 없는 작품이라고 말했다. 그는 지난 12년 동안 매일 아침 정각 7시에 애틀랜틱 에브뉴와 클린턴 스트리트가 만나는 모퉁이에 서서 정확하게 같은 앵글로 딱 한 장씩 컬러 사진을 찍어 왔다. 그렇게 찍은 사진들이 이제는 4천 장이 넘었다. 앨범 한 권이 한 해 분량이었고, 사진들은 1월 1일부터 12월 31일까지 순서대로 붙어 있었다. 사진들 밑에는 꼼꼼하게 날짜가 기록되어 있었다.

앨범을 열고 오기의 작품들을 자세히 보기 시작하면서 폴은 오기의 사진들은 그가 보아 온 것들 중에서 가장 우스꽝스럽고 어이없는 짓이라는

피구라와 알레고리

생각을 떨칠 수 없다. '모든 사진들이 똑같았다. 똑같은 거리와 똑 같은 빌딩들의 반복이 나를 멍하게 만들었고, 지나치게 많은 이미지들이 무자비하게 밀고 들어와서 착란 상태가 될 지경'이라고 생각하는 폴에게 오기는 '너무 빨리 보고 있어. 천천히 봐야 이해가 된다고'라고 너스레를 떨고, 폴은 그제야 매일 매일 빛의 차이와 사진 속의 등장인물들로 인해 다른 동일하지만 미묘한 변화가 있는다른 사진들이라는 사실에 공감한다. 영화에서는 롤랑 바르트의 개념인 사진의 풍크툼 punktum적 특성이 스튜디움 studium적으로 변화되는 쇼크의 순간이 삽입되어 있다. 사진들을 넘겨보던 폴이 죽은 부인 엘렌이 우연히 사진 한 장에 들어 있는 것을 발견한 것이다.

앨범의 사진들 클로즈업. 하나씩 하나씩. 각각의 사진이 스크린에 가득 찬다. 오기의 작품이 우리 앞에 펼쳐진다. 사진이 계속 스크린을 채운다. 같은 장소 같은 시간에 일어난 그 해의 각기 다른 순간들. 클로즈업 안에 각기 다른 얼굴들의 클로즈업. 같은 사람이 다른 사진들에 나타나기도 한다. 때로는 카메라를 바라보기도 하고 때로는 다른 곳을 보고 있기도 하다. 수십 장의 정(靜)사진들. 마지막으로 폴의 죽은 아내 엘렌의 모습이 클로즈업 된다.

폴의 얼굴 클로즈업.

폴: 맙소사. 이것 봐. 엘렌이야.

카메라가 뒤로 빠진다. 오기, 폴의 어깨 너머로 본다. 폴의 손가락이 엘렌의 얼굴을 가리키고 있다.

이 장면에서는 명백한 동일 모티브를 반복적으로 촬영한 사진들이 나열되어 있는 사진앨범을 마치 책장을 넘기듯이 바라보는 행위가 있다. 그 안의 사진들은 필름 화면을 통해서 영화적으로 재구성되고, 동일한 모티브처럼 보인 사진들 속에서 어떤 '차이'가 읽힌다. 사진-책-필름의 매체변환이 이뤄지는 순간에서 수용자의 적극적인 인식행위에 근거한 새로운 의미의 발견이 뿌연 담배 연기 가득한 오기 렌의 담배 가게를 중심으로 살아가는 인간 군상들의 매번 반복되는 일상의 존재 이유를 규정짓는 것은 아닐까? 한 장의 사진이 야기한 폴의 슬픈 기억이 관객들에게 전달되는 순간은 기존의 미디어에 의해 나르시스적으로 마비된 우리의 감각이 자유로워지는 계기라고 읽힐 수 있을 것이다.

피구라와 알레고리

2.3.
아날로그 글쓰기와 디지털 저자

E. 솔라 스크립투라 일렉트로니카

작금의 사회 전반에 다양한 유형의 디지털 문화가 자리를 잡았으며, 처음 산업 영역 전반에 걸친 혁신의 필요성을 추동하던 디지털 기술의 전개는 가장 동떨어져 보이는 인문학 분야에도 장대한 변화의 조짐을 불러 일으킨다. 제4차 산업 혁명을 이야기하는 작금의 시류에서 보자면 이러한 새로운 변화의 조짐과 그 실천은 다양한 분야에서 새로운 가능성을 잉태하고 있지만 반면에 전통적인 매체 환경하의 학문분과의 종말을 가져올지 모른다는 우려를 낳고 있다. 이러한 우려에도 불구하고 사회 전반에 가속된 디지털화는 인문학 분야에서는 디지털인문학이라는 명칭의 새로운 학문 분과의 탄생을 경험하게 되었다. 새로운 기술발전에 대응하는 문학가들 내면의 사유는 그럼에도 결코 새로운 것은 아닐 것이다. 가령 다음과 같은 폴 발레리의 견해는 거의 200년에 가까운 시차를 넘어서 디지털 시대에도 유용한 함의를 내포하고 있다.

'예술 개념과 예술의 상이한 제형식은 오늘날의 시대와는 크게 다른 시대, 즉 사물과 상황을 제어하는 힘이 우리들의 힘과는 비교도 안 될 정도로 미미한 시대에 생겨났다. 그러나 오늘날 우리가 지닌 수단이 그 적응력과 정확성에 있어서 체험하게 된 놀라운 증가와 발전은 가까운 미래에 고대 이후의 전통적인 예술 산업에 커다란 변화를 가져다줄 것임이 분명하다. 모든 예술형식에는 종전처럼 관찰되고 다루어질 수 없는 어떤 물리적 요소가 있다. 이 물리적 요소는 더 이상 현대의 학문과 제 실천이 끼치는 영향력으로부터 벗어나지 못하고 있다. 물질, 공간, 시간과 같은 물리적 요소는 지난 20년 사이 옛날의 그것과는 전혀 다른 것이 되어 버렸다. 따라서 우리는, 위대한 신발명들이 예술형식의 기술 전체를 변화시키고 또 이를 통해 예술적 발상에도 영향을 끼치며 나아가서는 예술 개념 자체에까지도 놀라운 변화를 가져다주리라는 것을 예상하지 않으면 안 된다.'

(Benjamin 2002, 351)

위의 글에서 우리가 읽어내는 바는 새로운 기술발전과 그 사회적 영향력하에서 새로운 문학의 가능성을 추구한다는 것은 비단 작금의 상황만이 아님을 보여 준다. 기술의 발전에 따른 인간의 지각의 종류와 방식이 변화를 겪기 마련이며, 인간의 지각이 조직화되는 종류와 방법, 지각이 이루어지는 매체는 자연적으로 뿐만 아니라 역사적으로도 그 성격이 규정된다 할 것이다. 이미 발터 벤야민이 냉철하게 이야기하고 있듯이 아우라의 붕괴가 낳은 사회적 조건들을 제시하는 것이 '현대' 미학의 과제였다.(Benjamin 2002, 356) '오늘날의 생산조건하에서 예술이 어떤 방향으로 나아갈 것 인가 하는 예술 발전 경향에 관한 테제들을 말하는 것이 좋

피구라와 알레고리

을 것이다. 창조성, 천재성, 영원한 가치와 비밀 등을 제거해 버린다. 이러한 것들이 단지 실증적인 자료의 검토만을 위해서 존재한다면 이는 파시즘적 의미로만 사용될 가능성이 크다'라고 벤야민은 우려한 바 있다. 달리말해서 새로운 미디어 기술의 발전은 가령 전통적인 (인쇄)문화의 제관계를 흔들어 놓기에 충분하며, '아우라'의 파괴를 낳는 바, 새로운 매체 기술에 기반한 매스미디어 역시 사회적으로뿐만 아니라 기술적으로 규정될것이며, 정신적 생산수단의 측면에 대한 강조를 설파한바 있다. 이는 작금의 디지털 인문학의 논의에서도 유효한 시사점을 제공한다.

내러티브와 스토리텔링으로 축소된 문학의 비전, 공감이 아닌 찰나적선택, 대의가 아닌 개인적 선호가 문학의 의미를 결정짓는 디지털 시대의담론 구조 속에서 새로운 문학 연구 방법론을 이야기해 보는 것이 본 연구의 궁극적인 목표이다. 1990년대 이래로 '새로운' 문학 연구 방법론으로 항시 대두되었던 소위 '컴퓨터문헌학 Computerphilologien'(Anz 2007, 27)의 경우 컴퓨터의 사용이 일반화되고 활자 인쇄가 디지털 매체에 의해 대체되어 버린 현재의 문학적 상황을 설명하기에 너무 일반적인 개념이 아닐지 싶다. 컴퓨터문헌학의 정의는 단순히 문학연구가 컴퓨터의 사용과 연관되리라는 일반론을 넘어서, 문헌학의 대상과 방법을 디지털 시대에 적합하게 재정립해야 한다는 문제의식을 지닌다. 컴퓨터의 초창기, 컴퓨터를 사용한 문학연구방법론은 미래지향적인 '새로운' 문학에 대한약속을 보장하는 듯했으나, 지금 우리가 바라보는 현실은 일반화되어 버린 컴퓨터 사용 환경을 넘어서지 못한다. 이는 작금의 4차 산업 시대의융·복합 사회를 진단하면서 새로운 기술 환경이 낳은 새로운 학문담론에 대한 예견과 기대가 결코 행복한 결말만을 낳지 못하지도 모른다는 추론의 실례가 될 수도 있을 터이다. 컴퓨터 문헌학의 개념적 다양성을 심화시키고 현대의 논의에서 실제적 의미 연관을 규정짓기 위해서는 초창기 '디지털 인문학 Digital Humanities' 개념의 도입을 둘러싼 논의들을 살펴볼 수 있다. 독일의 일부 대학에서 전산학 지식을 전제로 한 디지털 문헌학을 도입하고자 시도한 바 있으나, 문헌학적 지식과 전산학적 지식 모두, '일반적인' 인문학 전공자들이나 전산학 전공자들에 비해서 못 미치는 것이 아닌가 하는 우려 속에서 논의가 시들해진 바 있다. 컴퓨터로 텍스트를 작성하고 편집하고 혹은 서적을 꾸미는 데 전산학 지식이나 컴퓨터 프로그래밍이나 전자공학을 알아야 할까 하는 질문은 지금 우리에게는 바보 같은 질문일 뿐이지만 초창기의 컴퓨터문헌학을 이야기하던 사람들에게는 매우 진지한 고민이었던 것 같다. 모든 학부형들이 아이들의 코딩 교육에 열을 올리는 작금의 현실도 아마도 몇년 후 이런 에피소드로 희화화되지 않을지 모르겠다. 그럼에도 이런 관점에서의 컴퓨터문헌학, 더 정확하게는 소위 '문학의 컴퓨팅작업 Literary Computing'은 문헌학의 중심부에 연관성을 지니는 문헌학적 연구 작업이라 평가될 만하지만, 그 연구영역이 단순히 '컴퓨터'에 의존하여, 즉 특정 소프트웨어에 기반하여 텍스트 분석 혹은 문헌학적 기초작업을 용이하게 수행하는 데에 국한되는 차원을 넘어서는 학문분야의 획기적인 이노베이션을 가져올 수 있어야 할 것이다. 유럽의 대학 내 각기 다양한 인문학의 분과 학문이 처한 위기는 인터넷이라는 만능 도구가 열어 준 새로운 커뮤니케이션 상황과 매체사적 발전을 통해서 새로운 네트워크 환경, 즉 새로운 담론 네트워크/기재시스템(키틀러)을 구가하고 있다. 컴퓨터문헌학을 위시한 문학의 컴퓨팅 작업은 텍스트라는 현상에 대한 새로운 관심과 접근을 가능하게 하였다. 디지털화된 영상, 음향 혹은 그림 이미지 등과 마찬가지로, 텍스트 역시 디지털화될 수 있음으로써, 텍스트의 생산, 저장, 전달, 텍스트의 분석에 있어서 가히 혁명적인 변화를 경험하고 있을 뿐 아니라, 다른 매체들과 나란히 멀티미디어적인 다양한 발화적 상황에 참여할 수 있게 된 것이다. 이를 통해서 다름과 같은 특징들이 문헌학 분야에 일어나게 되었다. 우선 문헌학은 인접 학문들에 경계를 열어, 학제 간의 텍스트 이해를 가능하게 되었다. 두 번째로는 컴퓨터의 사용을 통해서 문예학 혹은 문학 연구의 중심 연구 개념들의 명확한 규명 노력이 가속화되었으며, 이를 통해서 문학연구/문헌학의 경험주의적 특징이 강화되었다. 그럼에도 **지속적인 컴퓨터 프로그램의 발전은 연구 결과의 '아웃풋 output'이 종래의 딱딱한 통계 수치들이 아닌, 아날로그적인 패러다임 분석의 틀로 나아가고 있어서, 디지털적인 경험치의 사용을 통한 객관화와 더불어 디지털 규범화 과정을 거친 새로운 형태의 주관적 습득의 과정이 이야기된다.** 소위 추론적 컴퓨팅 speculative computing이 이야기되는 지점이다(Drucker 2011). 서구의 지성사에서 데카르트 이래로 이뤄져 오는 사유의 틀이, 더 이상 인간의 뇌도 아니고 구텐베르크의 책도 아니고, 이제는 컴퓨터가 그 역할을 넘겨받았음을 명실상부 설명하게 되는 지점이라 할 것이다. 그럼에도 이러한 컴퓨터 문헌학의 연구 작업 세 번째 특징으로 삼을 수 있는 집단적 연구라는 특성을 다시금 문헌학의 인간적인 면모를 되찾아 오는 듯하다. 과정으로서의 작업, 집단적이며 모듈적인 학문연구의 집대성이라는 컴퓨터 문헌학의 특성은 시대와 공간을 초월하는 인문학적 특질을 구성한다. 반면에 최근의 일반화된 디지털 사회는 '컴퓨터 문헌학'이 추구하는 지향점을 이미 지나쳐 버린 것이 아닌가 싶다. 최근의 여러 논의들은 소위 '디지털 휴머니티' 개념과 연관지어서 새로이 '디지털 텍스트 스터디스 Digital Text Studies'에 대한 논의를 발전시킨 바 있다. 디지털 텍스트 스터디스를 언급한다 함은 결코 인간이 지닌 자연어에 기반한 지성을 억누르는 일이 아니며, 불명료함에 대한 우리의 욕망을 몰아내고자 하는 것이 아니고, 문예학을 0/1로 이뤄진 디지털 논리 체계에 가두려는 시도는 더더욱 아니다. 디지털 텍스트 연구가 지향하는 바는 아날로그적 텍스트 개념과 디지털 텍스트 개념 사이의 긴장관계를 보다 의미 있게 만들고자 함이다. 우리가 인식하는 디지털 시대의 텍스트의 개념은 통합적인 의미연관성하에서 이해되는 소통의 수단일 것이며, 디지털적인 측면에서 텍스트는 정보제공의 측면에서 이해될 것인지라 즉, 의미와 정보라는 두 측면의 텍스트 이해 사이에 존재하는 긴장관계를 보다 흥미롭게 새로이 읽어내는 시도가 디지털 텍스트 스터디스의 지향점이 되어야 할 것이다. 디지털적인 텍스트 개념에 근거한 인지적 이론의 경우에 문학/텍스트의 디지털화에 근거한 모사와 전달, 조작 그리고 분석을 용이하게 한다. 반면에 '디지털 텍스트 스터디스'의 문헌학적 임무는 아마도 이러한 디지털 텍스트 개념을 통해서 미래지향적이며 혁신적인 가설과 문제의식을 인문학적 영역에 만개하게 하는 것이리라. 이를 통해서 텍스트에 대한 인지론적 가설과 문제의식들은 항시 새로이 인문학적 의미연관을 생산하는 유토피아에의 귀환에 대한 향수를 낳을 것이다. 본 연구에서는 이러한 이론적 논의를 발터 벤야민과 프리드리히 키틀러의 매체 미학적 관점에서 규명해 보고자 한다.

• '파우스트의 탄식' 혹은 문학의 기재시스템

우리에게 여전히 관건이 되는 '문학'의 현재 모습은 구텐베르크 은하계 내의 '문자제국의 흥망'과 밀접한 연관을 지닌다. 주지하다 시피 키틀러 Friedrich A. Kittler는 『파우스트』의 첫 장면에서 독일 문학의 탄생을 다음과 같이 설명한다.[46]

학자비극. 무대의 서막

독일의 시문학 *Dichtng*은 다음의 한숨과 함께 시작한다.

아아! 이제껏 철학을,

법학에다 의학을,

그리고 유감스럽게도 신학마저도

열심히 노력하여 섭렵하였도다.

한숨을 쉬는 자는 여기 문장 내에 드러나지 않는 무명의 '나'도 아니고,

명망 있는 작가는 더더욱 아니다. 고대 독일어 크니텔 시행을 가로지르

는 것은 그 어떤 순수한 영혼이다. 이는 아래의 다른 고전주의 작가(쉴

---

46 독일어권의 가장 유명한 매체이론가인 키틀러 Friedrich A. Kittler는 그의 학문적 근원에서 보자면 전통적인 문예학자이다. 그러나 그는 전통적인 문예학 방법과는 다르게 문학 연구를 수행한다. 문예학이 직면한 현실은 그에 따르자면 현대의 정보 기술적 규정성에 대한 염두 없이는 문학과 문예학을 더 이상 이야기할 수 없다. 키틀러는 "의미"와 "노동"이라는 주요개념에 근거한 해석학과 문화사회학의 방법론에는 "정보"라는 개념이 배제되어 있다고 주장한다.

러, 역자주)의 시에서 입증되는 바, '아아 Ach' 하는 한숨은 순수 영혼이라는 독특한 존재 양태를 나타내는 기호로서, 순수영혼이 다른 어떤 기표를 입에 올리거나 ―기표들은 다수로만 존재하기에― 어떤 기표들이든 일단 입에 올리면, 그것은 저 자신을 위해 한숨 쉬어야 할 것이다. 왜냐하면 그 순간 이미 순수 영혼은 더 이상 영혼이 아니라,(이 시의 제목이기도 한 바와 같이) '언어 Sprache'가 되기 때문이다.

어찌하여 생동감 있는 정신 Geist은 정신 앞에 모습을 드러낼 수 없는가?
영혼이 말을 하면, 그렇게 말하듯이, 아아!, 이미 더 이상 영혼이 아니기에.

말이 발설되는 곳에, 영혼의 타자가 시작된다.(…) 의학, 철학, 법학, 신학을 망라한 대학의 담론이 학자공화국 res publica litteraria이라는 이름에 들 만한 역사적 구성 속에 한숨을 내쉰다. 학자공화국은 생동감 있는 정신이 정신으로서 자신을 드러낼 수 있는 가능성을 체계적으로 차단한다.

(Kittler 2013, 11)

곰팡내 나는 고전서적들에 둘러싸인 비좁고 어두운 서재에서 파우스트가 하는 일은 고전에 들어 있는 바를 읽어서 발췌하고 주해를 달고, 다시금 이를 강단에서 학생들 앞에서 되읽어 주는 *vorlesen* 일이다. 전통적인 유럽의 대학 강의 방식이다. 구텐베르크의 활자 발명도 별반 변화를 주지 못한다. 학자공화국 *res publica litteraria*은 끝없는 순환이며, 생산자도 소비자도 없이 그저 말들을 순환시키는 기재시스템 *Aufschreibesystem*인 것이리라.[47] 학자 공화국에서는 필자도, 창조자도 저자도 없으며 심지어 독자도 없다. 인간을 속이고 있는 셈이다. 파우스트는 책 더미 속에서 노스트라다무스를 불러내듯이 저자를 찾아보기도 하고, 소리를 읽어내는 독자의 역할을 시도해 보기도 하고, 마지막으로 성경 번역을 시도한다. 학자공화국의 전통적인 텍스트 이용방식을 그만 두고 자유 번역을 시도한다. 요한복음의 첫 구절, '태초에 말씀 *Logos*이 있었다'라는 구절에서 원문 그대로 말씀으로 베껴 쓰지 않는다는 점에서 의미론적일 뿐만 아니라, 외부적 담론 통제를 따르지 않는다는 점에서 화용론적이다. 파우스트의 성경 번역 노트의 첫 장은 아마도 다음과 같이 보일 것이다.

	행위가	

태초에	힘어	있었다.
	의미가	
	말씀어	

파우스트가 말씀과 의미, 행위와 힘의 대립 속에서 추구한 해석은 철학적으로 명확하지도 않고 순수하게 시적이지도 않다. 그것은 철학적인 것과 시적인 것이 서로 완전히 통일되지 않으려 하는 그런 장소에 해당한다. 파우스트의 자유 번역에서 시적 담론과 철학적 담론은 독특한 방식으

47　키틀러는 서구의 문예사를 매체사적 관점에서 '정보'개념에 기반하여 새로이 서술하고 있는데, 정보의 확산을 도모하는 기술적 기제들과 그 담론 *네트워크*를 '기재(記載)시스템 *Aufschreibesystem*'이라고 명명하고 있다. 키틀러는 기재시스템을 '어떤 문화권에서 데이터의 분류, 저장, 가공을 가능하게 하는 기술과 제도들의 네트워크'라고 정의한다.

로 독일 고전주의를 이루게 된다. 쉴러는 칸트를 읽으며 그의 문학적 완성을 시도하였으며, 헤겔은 시적 감수성을 통해서 자신의 예술 철학을 완성시킨다. 그럼에도 시와 철학의 통일에는 이르지 못하는 바, 두 담론의 교차점은 단지 글쓰기라는 무상함 그 행위 자체이다. **따라서 태초에 행위가 있었다는 파우스트의 번역은 종결적인 글쓰기이다.** 이 번역 장면 전체에 입회하였던 삽살개, 즉 메피스토펠레스가 독일 시문학 출발의 산증인이 된 것이다. 이 로고스 장면이 묘사하는 것은 악마적인 데몬이 독일 시문학을 탄생시키는 순간이다.

1800년경부터 파우스트와 같은 자유 번역가는 새로운 대학의 철학 교수로 각광받게 되었으며, 학문적 자유와 시적 자유는 국가에 의해서 보증된다. 동일한 시대의 정신이 파우스트가 성서를 읽을 때 삽살개처럼 으르렁 거리고 자유번역을 할 때 '정령'처럼 속삭인 것이다. 더 이상 성서를 비롯한 고전들을 기계적으로 외우는 대신에 마치 말씀을 행위로 바꿔 쓰는 행위를 하게 된 것이다. 이로써 1800년대의 기재시스템은 성서 구절구절을 암송하라는 루터의 명령 대신에 단지 학생과 교사가 이해하는 것만을 읽도록 하라는 명령을 전달한다. 맹목적인 암송과 믿음이 아닌 시문학의 세계는 이해('해석학')를 선행한다. 이것이 (텍스트에 기반한, 전통의)문학의 시대를 이야기하는 전제 조건이다.

파우스트의 탄식이라는 명제로 키틀러가 해명하고자 한 문학의 기재시스템은 책이라는 매체공간으로 축약되어 설명된다. 주체적인 저자의 내면에 존재하였던 데카르트 이래로의 '상상의 공간'이 책이라는 새로운 매체로 귀결되었으며, 이러한 인쇄기술이 낳은 책 속에서 독서 행위를 통해 독자들은 상상력의 공간을 계속 만들고 이를 유지 발전시킨 것이다. 이는 인터넷 시대의 뉴미디어적 환경하에서 주장되는 '새로운' 가상성의 선험적 이해의 기반이다. 한편 키틀러를 위시한 이러한 논의에서는 책이라는 기술적 권력하에서 주체가 구성될 때, 주체는 책이라는 매체가 지닌 물질성을 이해하지 못하고 그러한 '환상성'에 자아가 함몰될 수 있다는 점을 읽어 낼 수 있다. 작금의 인터넷 시대에 우리가 처한 매체사적 한계의 근원이라 할 것이다.

우리가 인터넷 시대, 제4차 산업의 시대 혹은 디지털 융복합의 시대, 여러 다양하게 읽히고 불리는 미래에 대한 기대에서 문학의 위상을 이야기한다는 것은, 마치 '파우스트의 탄식'에 비견할 만한 고뇌와 혜안이 필요할 것이다. '파우스트의 탄식'이 활자문화에 기반 한 문학의 여명기를 열어 재꼈다면, 현대의 문학은 더 이상 전통적인 텍스트 기반의 문학만을 이야기하지 않는다. 디지털 기술과 뉴 미디어의 활용은 문학영역에서도 새로운 문헌학의 출현을 요구한다. 구텐베르크의 인쇄 활자가 충격적으로 다가왔던 14세기나, 19세기의 사진 기술이 혁명적인 충격을 주었던 것처럼, 현대에는 모든 문화가 컴퓨터를 매체로 하는 생산, 배포, 의사소통의 형태로 바뀌고 있음을 체험하였으며(마노비치 2004, 61), 스마트 폰의 광범위한 사용은 디지털문화를 새로이 규정하고 있다. '문학'이란 더 이상 '활자만으로 짜인 텍스트'만을 말하지 않고, '멀티미디어에 기반하고 디지털화된 네트워킹'의 심미화 과정을 포괄한다. 작금의 문학 현상은 인터 미디어의 역동성에 그 의미 연관의 새로운 관계망을 빚지고 있다.

F. 아날로그 문헌학과 디지털 글쓰기

만일 우리가 더 이상 어떤 시스템 혹은 인공지능을 제어하는 프로그램을 만들지 못하고, 오히려 그 프로그램에 따라 살아간다면 위기를 직면한 것이다. 전래의 문자문화 중심의 시각문화가 위기에 빠진 이유도 이로써 설명가능하다. 책으로 대변되는 전통적인 문헌학의 위기는 종이책의 소멸에 대한 우려뿐 아니라, 기존의 도서 유통 및 도서관 시스템의 급격한 변화를 야기한다. 물론 전통적인 텍스트 중심의 대학 내 인문학 분과의 위기는 이와 같은 궤를 따르고 있다. 온라인 쇼핑 회사인 아마존닷컴 amazon.com은 최근 페이스 북을 둘러싼 논란들과 함께, 미래 사회를 둘러싼 의제 설정에 있어서 많은 시사점을 던진다. 처음 온라인상의 종이책 서점을 표방한 아마존이 킨들 Kindle을 위시한 전자 책 시장으로 확장을 하고, 지금은 전자제품과 의류를 포함한 다양한 물품의 전자 상거래 플랫폼으로 발전해 나가는 과정을 살펴보자면, '구텐베르크 갤럭시'의 수세기에 걸친 흥망사가 불과 20여 년에 압축되어 나타난다. 아마존은 지난 2018년 1월 22일에 아마존고우 Amazon Go라는 슈퍼마켓을 시애틀에 오픈한 바 있다. 이 슈퍼마켓은 계산대에 계산원이 존재하지 않는 가게로 유명하다. 전통적인 문학의 영역에만 국한 시켜 본다면, 아마존의 온라인 서점은 ―우리나라의 경우에는 교보문고를 위시한 여타 온라인 서점이 그러하듯이― 우리 주변의 오프라인 서점들을 사라지게 하였으며, 연이은 전자책의 도입과 스마트 폰 등 새로운 매체사적 변화는 전통적인 서적 시장의 변화를 주도하고 있다. 세계적인 전자 상거래 시장의 발전과정은 문학을 위시한 서적 및 출판물 시장의 변화와 맞물려 있다 할 것이며, 이는 결코 우연이 아니다. Amazon Go의 새로운 시도가 여론의 관심을 받는 이유도 이러한 맥락하에서 일 것이다. 구글 Google을 위시한 인터넷 포털들은 앞을 다투어 다양한 전자 지도 시스템을 개발한다. 최근 구글의 번역 시스템은 누구나 인터넷에서 사용할 수 있다. 이 자리에서는 전자 번역 시스템이 지닌 한계와 문제점 혹은 새로운 가능성에 대한 이야기가 아니라, 예의 파우스트가 행한 Logos 번역에 대한 이야기를 이어서 해볼 수 있을 것이다. 고전의 내용을 단순 암기 답습하지 않고 라틴어-학자 공화국의 기재시스템에 비판적으로, 새로운 자유 번역을 시도한 파우스트와 동시대인들이 새로운 글쓰기와 새로운 교육제도, 그리고 새로운 가치관을 낳았던 것처럼 작금의 미디어적 발전은 새로운 가능성을 열어 놓았다. 반면에 이러한 기술 발전의 그 어느 곳에도 사람의 모습이 대변되지 않는다는 우려도 현실로 드러나고 있다. 텍스트의 이동과 수정이 용이한 디지털 세계에서 아날로그 저자의 공간적 안정성이 침식되어 나타난다. 심지어 어렵살이 저작권의 이름으로 유지되는 저자/텍스트의 수평적 관계 역시 단절될 위기에 놓여 있다. 커뮤니케이션의 관점에서 보자면 문자의 한계를 넘어서 종합적인 형상을 만들어 내는 새로운 상상력이 디지털의 힘을 빌려 존재한다면, 디지털 문헌학의 새로운 가능성은 이야기될 수 있을 것이다. 처음 영상 매체, 즉 영화가 일반화되는 시기에, '과연 누가 말하든지 그게 무슨 문제이냐'라는 푸코의 질문이 전통적인 문학의 영역에서 막대한 파장의 쓰나미를 몰아오기 반세기 이전에 텍스트의 작가성 Autorschaft에 대한 문제의식은 담론의 공간에서 주요한 테제였다. 컴퓨터로 글쓰기를 하게 되면서 전통적인 아날로그적 인쇄와 다른 물질적 처리 과정을 겪고 경험하고 있는 우리에게 매체의 변화는 저자와 독자,

담화의 주체와 대상, 텍스트, 이미지, 소리를 포함하는 모든 형태의 문화적 교환행위를 새롭게 조명하는데 매우 중요하다. 타자기의 도입은 인쇄기술이 낳은 매체사적 변화에 주목하기 시작한 바, 이로써 쓰기의 재생산을 용이하게 하며, 공간적으로 텍스트의 전파를 가능하게 하여 인쇄는 쓰기의 민주화를 낳았다는 것이다. 그럼에도 여전히 전통적인 쓰기의 형식이 갖는 물질적 속박을 활자 인쇄는 그대로 지닌다.[48] 인문학의 학문분과들이 제도 속으로 편입되는 과정에서 19세기 이래로 아날로그 저자는 문화상품에 대한 지배력을 상실하고, 저작권의 이름으로 20세기 내내 정보가 부의 원천으로 정의되고 저작권은 이를 지키는 힘으로서 나타난다. 아날로그 시대의 작가는 반응하지 않는 독자들을 상대로 인쇄된 페이지에 단단히 고정된 채 말하는 반면에 컴퓨터로 대변되는 디지털 글쓰기의 저자들은 다른 공간에서 이야기한다. 우리가 디지털 기술의 발전에 힘입어 더 이상 주어진 공간에서만 만족하고 살아가지 않는다. 빌렘 플루서의 견해에 따르자면 더 이상 하나의 주어진 세계의 주체만이 아니라 대안적 세계의 기획/투사로서 존재하는 셈이다. 들뢰즈와 가타리의 표현을 빌리자면, 이는 더 나아가서 리좀에 비견할 만한 현대의 네트워크 시스템의 은유이며 동시에 개별주체가 아닌 표현들의 공동 연결망에 근거한 새로운 텍스트 문화를 보여 주는 실례로 작용한다. 결국 글쓰기는 리좀을 만드는 것이며, 수천 개의 고원에서 자유롭게 실현되는 기호들의 관계 망을 만드

---

48 구텐베르크에서 현대의 자동화된 설비에 이르기 까지, 언어의 흔적을 고정시키는 기술적 유형이 무엇이든지 간에, 인쇄는 철저하게 시공간의 제약을 받는 속성을 벗어날 수 없다. 책의 '저자가 쓴 것과 독자가 읽는 것이 동일해야 한다는 신뢰감이 있어야 한다. 이것이 '아날로그적'인 인쇄문화에서의 작가성의 근간이 되는 것이다 할 것이다.

는 일일 것이다. 주지하다시피 이미 벤야민은 기술적 복제 앞에 놓인 저자의 기능과 위치에 대한 논지의 출발점을 자리매김 하였다. 벤야민의 '아우라'는 저자라는 인물이 작품 속에 아날로그적으로 확장된 것이라 할 수 있다. 전통적인 작품의 가치는 저자의 창조적 천재성을 아날로그적으로 각인한 데서 발생한다. 이러한 아날로그 저자성은 이젠 전자적으로 매개된 커뮤니케이션의 단계에서는 '현실'과 이중적인 관계를 견지하게 된다. '매개된' 현실은 단순히 현실을 표상하는 것뿐만이 아니라, 현실을 대체한다.

• '메타', 비장소, 헤테로토피아의 문(헌)학

노마드, 순례 혹은 여행하는 현대인들에게 모든 귀환은 모호하다. 공간을 매개변수로 삼는 것은 인류의 오랜 전통이며 공간 이용해서 현실을 기술하고, 이를 토대로 의미를 규명한다. 사회적 관계망의 수많은 이미지들에 대한 호응도가 보여 주는 바는 버츄얼한 함께 있음으로서, 시공간적인 일치에 대한 현대판 부재존재증명(알리바이)이며, 이는 디지털화되어 노출된 수많은 블로그나 언론보도, 개인의견, 문학 텍스트들의 경우에도 마찬가지일 것이다.

고전적인 비극의 주인공에게 주어진 운명을 거역해야 함은 그 역시 운명으로 읽혔듯이 디지털 시대의 작가는 주어진 운명에 순응해야 하지 않을까? 그러나 운명의 시간은 현재를 지니고 있지 않다. 아날로그 작가성을 물신화의 제물로 바쳐버린 모더니스트들에게 신의 존재가 더 이상 절대시되지 않고, 탈마법화되고 세속화되어 버린 마당에 그들이 맞이한 현대의 드라마는 그 비극성을 지켜 낼 수 있을까 하는 대답 없는 숙제만이 남아 있었다. 이러한 질문은 역사의 드라마에서는 이미 무대를 떠난 신이 여전히 관객으로 남아 있어야만 했던 서구의 근대가 지녔던 비극적인 역사 철학적 전제가 무엇인가에 대한 질문과 다름이 아니었으며, 페터 쫀디 Peter Szondi가 설명하고 있듯이 르네상스 이래의 근대의 드라마는 형식적으로 '절대적'이다. '극적으로 남기 위해서 드라마는 드라마 형식이외의 모든 외적인 것으로부터 분리되었으며', 따라서 극적인 형식은 절대적이다.(Szondi 1976, 17) 디지털 시대의 문학 역시 절대적이다.

(캡처 사진 1, cdli 프로젝트)

디지털 인문학의 역사는 제2차 대전 직후 당시의 펀칭 시스템을 이용해서 중세 문학 작품들의 표제어를 입력하던 시절로 거슬러 올라간다. 작금의 디지털 환경의 비약적인 발전은 가령 자유베를린 대학의 막스플랑크 연구소와 UCLA의 공동 설형문자 디지털 도서관 프로젝트(캡처 사진 1, 참조)에서와 같이 인터넷을 통해 시공간에 산재된 자료들을 수집 분류하는 단계에 이르렀다. 뿐만 아니라 라이프니쯔 사이언스캠프와 같은 연구 포털의 형식으로 혹은 훔볼트 대학의 '디지털 포룸 로마눔'과 같이 고대 로마시대의 모습을 버츄얼한 웹사이트에 구현시키는 시도에 이르기까지

피구라와 알레고리

다양한 연구 프로젝트들을 통해서 디지털 휴머니티의 새로운 영역이 확장되고 있다. 문헌학의 분야에서는 그럼에도 독일 교육부의 지원을 통해서 개발된 TextGrid 프로젝트(캡처 사진 3 참조)를 통해서 기존의 디지털화된 텍스트 소스들의 분류와 관리 및 새로운 아이디어의 생산을 도모하고 있다. 벤야민을 위시한 맥루한, 키틀러와 플루서에 이르는 일군의 매체이론가들이 새로운 기술발전하에서 기존의 미디어가 어떤 운명을 따르게 될 것인지 계속적으로 질문을 던지고 있다고 한다면, 새로이 정의되고 새로이 시도되는 일련의 소위 디지털 휴머니티의 프로젝트들은 일종의 '코드의 재코드화' 전략을 수행하고 있는 셈이다.

다른 한편 우리는 새로운 매체적 상황의 공간적 재생산의 문제에 대해서 고민해 볼 수 있다. 프랑스의 인류학자 오제 Marc Augé는 비공간들 *Nicht-Orte/Non-Lieux*이라는 개념을 설명한 적이 있다.[49] Amazon Go의 무인 슈퍼마켓은 수많은 동네 오프라인 서점들의 공동 묘지 위에 세워진 '비장소' 일까? 이러한 일례를 들어 보자. 독일의 유명한 텔레비전 수사물 〈Tatort〉의 최

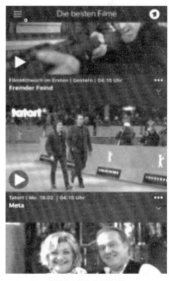

(캡처 사진 2: '메타')

---

49 공항, 지하철역, 슈퍼마켓, 체인 호텔 등과 같이 현대 사회에 여러 곳에 산재한 잠시 머물고 지나치는, '의미 없는' 공간들을 비공간들이라고 정의한다. 이는 오제의 견해에 따라서 보자면 인류학적인 공간이 못 되는 일상의 공간이기도 하고, '기억의 공간'에 대비되는 공간이기도 하다. (Augé 2010)

근 방영물인 〈메타 Meta〉는(캡처 사진 2 참조) "사건이 일어난 (범행)장소 Tat-Ort"로서의 일상을 제시하고자 하는데, 현실에서 일어나는 범죄사건이 영화의 플롯과 일치하는 인터텍스트적인 에피소드를 보여 준다. 메타서사의 시대가 종말을 고한지 한참인 시대에 일상화되어 버려, 비장소화되어 버린 '범죄의 장소 Tatort'에서 현실/비현실의 대립 혹은 진실/페이크의 대립이 아니라, 현실의 사건과 영화 속의 사건은 일치한다는 가정은, 공간이 주체 안에 있는 것도 아니고, 세계가 공간 안에 존재하는 것이 아니라는 성찰과 그 궤를 같이한다. 공간은 단지 세계 내에 존재하며, 의미 연관하에서 발견되고 접근가능하다.

(캡처 사진 3: TextGrid 프로젝트)

길을 잃지 않게 도와주는 완벽한 지도를 만드는 것은 불가능한 일일까? 모든 시도가 실패로 끝나고 나서야 깨달은 바는, 실패 그 자체에서 시작할 때야 완벽한 지도를 그릴 수 있다는 것이다. 질서를 손앞에 붙잡을 수 없다는 사실을 늘 상기시켜 주는 질서만이 공황 상태와 마비 상태를 피하게 해 준다. 그러므로 최상의 해결책은 이 세상을 이 세상의 지도로 사용하는 것이다. 문학은 이러한 길떠남을 가능하게 하는 게이트웨이일 것이며, 디지털시대의 리좀과도 같은 담론의 미로 속에서 길을 떠남은 지향점을 필요로 한다. 그러나 귀환은 여전히 모호하다. 되돌아가야 함을 탓하지 못한 "나"는 그리하여 자의적(恣意的)인 것만이 아닌 세상을 바라보고 있다. 더 이상 자의식(自意識)에만 국한된 것이 아니며, 가장 가까운 이를 떠나보낸 자의 고뇌와 다름 아니다.

-조기(弔旗)를 계양한

아주 가까운 사람이 죽으면, 채 몇 달도 되지 않아 우리는 그와 그토록 함께 나누고 싶었지만 그가 멀리 가고 나서야 비로소 정체가 드러나는 그 무엇을 알아차린다. 우리는 그가 이제는 더 이상 이해하지 못하는 언어로 그에게 마지막 인사를 보낸다.

(Benjamin 1991, 24)

페터 쫀디가 언젠가 '공간에서는 미로가 그러한 것처럼, 시간에서는 기억이 그러하여, 기억은 지나간 것들 속에서 아직 도래하지 않은 미래의 징후를 찾고자' 한다고 이야기했듯이, 살아남은 자의 기억이 떠난 자의 행복마저 담보할 것이다. 지도를 보는 것이 실제 여행을 결코 대체할 수 없는 것과 마찬가지로, 직접적인 세계 지각은 어떤 상징체계를 통해서도 대체되지 않는다. 그러나 매개적인 것과 비매개적인 것이 사회현실에서 이제 더 이상 간단하게 구분될 수 없는 디지털 미디어시대에는 이러한 직접경험은 그다지 중요하지 않다. 우리는 습관적으로 '우리의 세계'라고 부르는 구성체 속에서 우리의 방향성을 제공하는 합리성의 상징적 도구들을 제시한다.

텍스트의 배열들 속에서 사고의 이미지들이 반복되며 변화하고 매번 새로운 배열을 통해서 문학의 이미지는 매번 새로이 만들어지고 담지된다. 디지털 텍스트가 도서라는 공간적 한계를 넘어서 그 확산력에 있어서 월등하게 우월하다고 이야기할 수 있을 것이다. 그럼에도 작가의 권위 혹은 일단 독서 대중이 문학 텍스트를 대하는 태도는 점차 무시의 차원을 넘어 경멸스러워지고 있다. 하물며 대학 내에서 문헌학의 위치는 어떠하겠는가. 소위 디지털 인문학의 파급이 인문학의 미래를 더욱더 밝고 발전적으로 보여 주고 있다고 하지만, 이는 결코 인문학의 새로운 르네상스를 이야기하지 않는다. 디지털 인문학/디지털 텍스트가 지닌 즉시성은 도리어 전통적인 공간적 안정성을 침식한 것이 아닐까? 롤랑 바르트의 '주체의 죽음'에서 푸코의 담론, 벤야민에서 플루서에 이르는 이미지이론, 키틀러와 맥루한의 네트워크 담론에 이르기까지 디지털 시대의 도래는 아날로그 작가성의 죽음에 기반하고 있는 셈이다. 이점에서 마크 포스터는 문화가 산업이 되어 버린 시대에, 아날로그 작가가 그 문화상품에 대한 지배력을 상실한 시기와 인문학 분야의 학문 분과가 제도 속으로 편입된 시기가 일치하다는 점이 역사의 아이러니라고 말한 바 있다. 파우스트의 탄식을 낳았던 아날로그 저자는 반응하지 않는 독자를 상대로 말을 한다. 벤야민의 어법에 따르자면 피카소의 그림을 선호하지 않았던 보수적인 관객이 찰리 채플린 영화에는 열광하였던 초창기 영화의 시대에 비해서, 킨들의 흑백 전자 잉크에는 별 감응 없던 독자들이 스마트 폰의 앱들에 열광하는 이유는 동일할 것이다. 아날로그적 문헌학은 디지털 환경에

256   피구라와 알레고리

의 접속을 통해서 그 실체를 업데이트 할 수 있다.[50]

세계 경제 포럼의 창시자인 클라우스 슈밥 등이 작금의 4차 산업혁명을 설파하며 디지털 사회의 새로운 경제 모델을 '강요'하는 우리의 현실에서 보자면, 위의 〈메타〉에 비견할 만한 문제의식은 최근 방영된 〈알함브라궁전의 추억〉이라는 드라마에서 주인공인 게임 개발자가 버츄얼한 공간/미로적 현식 속에서 자신의 '아이디'를 지워 버린다는 설정에서 여실히 드러난다. 버추얼한 세상과 리얼한 세상 사이의 구분이 없어진 지 오래인 우리의 문화 현실은 두 차별적 공간의 매개체인 아이디라는 미디어의 존재 자체가 너무나 부담스러운 것일까? 또한 매우 눈썰미 좋은 시청자라면 놓치지 않았을 엔딩 크레디트에서 강조하는 인간과 더 나아가서 아마도 인문학의 가능성에 대한 단말마적 외침은 제4차 산업 혹은 디지털 사회가 초래할 암울한 미래상에 대한 또 다른 고민을 생각하게 하는 유럽의 논의들(Schultz 2019, 참조)에 대해서 심대한 관심을 기울여야 할 것이며 더 나아가서 그 논지에 기여해야 한다고 본다. 인터넷이 미래 사회의 구세주가 아니며, 인터넷과 컴퓨터가 인간과 결코 공생관계를 이루지 못할 것이며, 오히려 인터넷이 사람들을 정체성이 없고 단지 상품으로 전락되어, 불균형과 엄청난 실업을 자아내게 될 것이라는 예측도 가능하다. (Keen 2015, 참조) 어쩌면 앞으로 초래할 인류가 지닌 방대한 문제점들의 처음과 끝은

---

50 실례로 서구의 철학적 전통은 사유에 대해서뿐만 아니라 글쓰기에 대해서 성찰하고 근대인들에게 저자성을 부여하게 되었다. 더욱이 근대의 철학은 학술적 규준화의 압력을 탈피하고, 보다 보편적인 공론장에 관심을 갖게 된다. 르네상스이래로 공론장을 서구의 여론 및 이념 형성의 척도가 된다. 글쓰기 자체가 논의의 대상이 되어 감으로써 철학자와 학자공화국 사이의 의미론적 상관관계는 의식적으로 제도화되어 갔다. 이성의 새로운 문화는 '상상의 공간'인 공론장에서 계속 확장되어 갔다.

가장 간단한 문제의식에서 출발하고 그 문제의식에서 결론을 도출할 것이라고 많은 이들은 입을 모은다. 그것은 바로 사람이다. 미래의 우리 사회의 주체는 결코 자동 주행자동차나 '사물인터넷 Internet of things'이 아니라 '사람들의 인터넷 Internet of people'이 우리네 세상의 미래를 보다 더 '좋은' 세상이 되게 할 것이다. 지혜가 지식의 탈을 쓴 정보가 되고, 사유가 여론의 탈을 쓴 통계가 되어, 관점이 아니라 빅 데이터와 광고 수익의 타산이 현실을 지배하는 세상은 뭇 사람들에게는 결코 좋은 세상이 아닐 것이다. '파우스트의 탄식'이 낳은 '산문적 세계관'의 종말을 이야기 하고, 읽기의 고통을 이야기하며 단지 짧은 줄거리만을 '읽어주는' 인터넷 서비스에서 문학의 미래상을 설명하는 사람들은 이미 자신의 아이디/매체가 지워진 채 현실로의 회귀는 잊은 채 알함브라궁전에 이르는 어느 미로 속에서 끊임없는 전투만을 거행하고 있을 것이다. 이러한 '지표성의 상실'을 디지털 시대에도 전통적인 문헌학은 경험하지 않는다. 말하자면 디지털 시대의 작가는 사물인터넷의 관점에서가 아니라 인간들의 인터넷이라는 관점에서 이야기를 하고 있으며, 디지털 시대에 적응한 문헌학은 단지 전통적인 텍스트에 대한 화용론적 이해를 넘어서서 텍스트가 구성하는 이미지의 버츄얼한 공간을 재구성해 내기 때문이다. 돌아갈 집/고향이 없는 자들에게도 위안으로 작용했다던 어린 시절 추억의 공간 '로지아'를 이야기하는 벤야민의 유년기의 추억담이나 '신혼여행'과 '다락방'과 '식민지건설'을 이야기하는 푸코의 '헤테로토피아', 아우구스티누스의 '알터 에고'와 아감벤의 '호모 사케르', 그리고 청년 루카치의 '영혼'에 깃들어있는 생각의 뿌리에는 파우스트의 탄식을 넘어서는 언어의 몸짓과 그 흔적들이 피구라적으로 구현되어 있다. 정서에 기반하고 이미지에 기반 한 글쓰

피구라와 알레고리

기의 전통 역시 한편으로는 항시 아날로그적이었던 셈이다.[51] 말과 소리를 글자에 옮기고자 했던 파우스트의 탄식이 낳은 기재시스템에 맞서 다시금 말과 소리 그리고 이미지와 여타 감성적인 측면을 생산하고 옮기고자 하는 디지털 시대의 문학이 추구하는 바가 빅 테이터와 인공지능의 완성이 아니고자 한다면, 파우스트의 탄식에 버금가는 우리 시대 주인공들의 몸짓과 내면의 아픔에 대해서도 관심을 기울이고 그 함의를 다시금 옮겨 주는 작업에서 그 존재 가능성을 겨룸해야 하지 않을까 한다.

---

51   그럼에도 이러한 작업의 어려움과 문헌학적 전통의 '고루함'은 이 분야에서는 소위 '스타트 업'이 그리 빛을 못 보는 이유가 될 것이다.

2.4
버츄얼리티와 상호매체적 공간의 내러티브

G. 표징과 지표

• 새로운 기술적 매체는 새로운 내러티브를 요구하는가?

인공지능과 휴먼로봇 및 무인자동차의 상용화, 혹은 초연결 사회 the hyper-connected society(유영성 외 2013, 16)라는 표현 등으로 대변되는 소위 "제4차 산업혁명 Industry 4.0"이라는 화두는 새로운 기술적 성과와 혁신적인 커뮤니케이션 방법의 발전, 그리고 이에 따른 인간의 인지능력의 발전과 확장된 세계인식의 결과이다. 작금의 '알파고 신드롬'을 위시한 포스트휴먼 논의의 출발점에서 역시 빼놓을 수 없는 문제의식은 이미 발터 벤야민이 자신의 매체미학을 통해서 처음 테제화한 기술매체의 발전과 인간의 인지능력과의 상관관계에 대한 고전적인 논의이다(Benjamin 1991, 478). 반면에 현대인의 삶이 지닌 정체성 위기에 덧붙여 21세기의 멀티미디어적 통신환경은 '주관성의 객관화'를 이야기하거나, 서사의 중심을 이야기하기 더욱 어렵게 한다. 작금의 매체의 확장 혹은 새로운 기술적 매체의 발전이라는 인류사적 변화에 직면한 문학적 상상력의 미래에 대한 우려 혹은 막연한 자신감은 일찍이 벤야민의 「기술복제시대의 예술작품」(1936)을 위시한 다양한 매체사 및 매체 미학적 논의들에서 출발한다. 잘 알려진 바와 같이 여기에서 벤야민이 주장하고자 하는 바는 새로운 기술적 미디어의 발전이 끼친 예술 형식의 변화를 '아우라 Aura'라는 개념으로 설명하고자 한 것뿐만 아니라 그 예술을 향유하는 관객의 인지 능력의 변화에 대한 논의를 심화시키고자 함이었다(Lindner (Hrsg.) 2006, 233). 매체의 발전과 그에 따른 인간의 인지능력의 상관관계를 규명하는 것은 21세기를 살아가는 현 인류에게도 절대적인 필요성을 지닌다. 기계와 인간('무인주행자동차'), 인공지능과 인간('알파고'), 혹은 인간을 대체하는 휴먼 로봇의 존재가 장차 인간의 문화적 감수성 혹은 창의력의 영역을 대체할 수 있을까에 대한 논의는 아마도 인류가 새로운 매체사적 변환기에 새로운 매체의 습득을 통해서 본연의 인지능력을 적응 발전시킬 수 있었는지에 대한 질문을 통해서 규명 가능할 것이다.

다른 한편 세계문학사는 다양한 매체 형식의 서사적 혁신의 역사로 설명될 수 있다. 물론 이러한 서사적 혁신의 저변에는 인간 지각의 종류와 그 작동 방식이 급격한 변화를 겪고 있다는 현실 인식이 깔려 있음은 주지의 사실이다. 이는 매체사적으로는 마셜 맥루한 Marshall McLuhan에 의해서 '미디어는 메시지이다'라는 명제로 확장된 바 있다. 월터 옹 Walter Ong의 제2의 구술성 개념이나 프리드리히 키틀러 Friedrich Kittler의 기재시스템 Aufschreibesystem, 제이 볼터 Jay Bolter와 리처드 그루신 Richard Grusin의 재매개 Remediation 개념에 이르기까지 다양한 미디어 개념의 형성과 전개에 있어서 가장 본류를 관통하는 문제의식은 아마도 현실은 항시 '상징'으로 매개되고, 이러한 의미에서 보자면, '버츄얼하게'

인지된다는 점이다(Hartmann 2000, 19). 이러한 점에서 보자면 현대의 심미적 상황은 버츄얼한 실재 virtuelle Realität와 현실 reale Realität이 어떻게 서로 영향을 주고받는가 하는 '매개'의 문제를 묻고 있는 셈이다. 본 연구는 이러한 문제의식에서 출발한다. '새로운 매체는 새로운 내러티브를 필요로 하는가?'(Ryan 2004, 354)하는 도발적인 질문은 아마도 작금의 문학적 현실에 기반 한 유보된 답변만을 얻을 수 있을 것이다. 새로운 디지털 매체가 요구하는 문학적 상상력이 기존의 보편적 인식모델을 충족시키면서 새로운 문학적 대안을 제공할 수 있을지에 대해서는 영화라는 '새로운' 미디어를 바라보는 벤야민의 고민과 다름이 없다.

벤야민에게 아우라적 공간의 상실로 여겨졌던 모더니티는 이제 디지털 시대의 초연결성이 낳은 시공의 경계상실이라는 새로운 현실로 다가온다. 21세기의 우리는 '사이버' 공간의 상호교류와 소통에 기반하여 삶을 영위한다. 모바일 컴퓨터, 클라우드 컴퓨팅, 초고속 인터넷, 사물인터넷 internet of things, 빅데이터 현상을 포괄하는 '초연결성'의 시대에는 사람-사물-공간-시스템이 네트워크화된 생태계가 형성되어, 물리적인 세계와 사이버세계의 실시간 연결뿐만 아니라, '사이버 세계를 자신의 내부에 품는 사물 세계 간의 네트워크 연결이 증폭되는 삶으로 진화 발전'하리라고 예견된다(유영성 외 2013, 16). 초연결 사회는 사람과 사물, 데이터, 프로세스, 시간과 공간, 지식 등이 상호 네트워크로 연결되어 센서와 엑추에이터 actuator를 통해 사이버 세계와 물리적 세계가 융합된 사회를 말한다(유영성 외 2013, 135). 초연결 사회 담론은 소셜 미디어를 통한 사람 간의 연결뿐만 아니라, 사물인터넷으로 대표되는 사람과 사물 간의 연결, 사물들 간의 연결, 그리고 증강현실 augmented reality과 같은 사람과 공간, 사물과 공간 등의 연결로 인한 서비스 확장 등을 모두 포괄한다. 소셜 미디어와 모바일기기의 이용수준이 높아지고 다양한 모바일 스마트기기 간에 쉽게 연동되는 현재의 네트워크 환경을 상징적으로 설명할 때 우리는 초연결 사회라는 용어를 사용하는데 더 이상 낯설어 하지 않는다.

초연결사회의 우리는 자신의 기억정보를 노트북이나 스마트폰에 저장하고 있다. 맥루한의 확장된 신체로서의 미디어 개념에 견주어 보자면 우리의 기억과 함께 마음이 신체 외부로 이전 된 것이다. '손 안의 컴퓨터'라 불리는 스마트폰의 보급은 이러한 '기억의 외부화'를 더욱 가속화시켰다. 우리는 전화번호와 주소, 일정을 비롯하여 많은 '기억'들을 그곳에 저장하고 있다. 이는 최근에 학자들이 주장하는 외부로 '확장된 마음 extended mind'의 실례인 셈이다.[52] 새로운 커뮤니케이션 상황의 도래는 항시전통적인 미디어 문화와의 긴장관계를 도출시킨다. 오늘날 초연결 사회의 문화현상들은 그 생산, 수용, 가공, 소비의 영역에서 새로운 기술적 매체의

---

52 기억의 외부화(혹은 기억의 외화)란 기억 주체의 기억내용을 정보화하여 컴퓨터에 저장하는 것을 의미한다. 이는 그렇게 저장된 기억이 나의 통제를 벗어날 수 있으며, 컴퓨터 시스템과 거기에 접속하는 타인들에게 공개될 가능성을 함축한다. 인류의 역사에서 이러한 기억의 외부화 현상은 그럼에도 그렇게 새로운 것이 아닐 수 있다. 문자는 정보의 생산·저장·분배의 측면에서 보자면 기억의 외화를 가능하게 하였던 가장 본질적인 저장 미디어이다. 문자성은 우리 문화의 가장 본질적인 기본 요소이며, 더구나 우리들의 사고·인식·문화의 매체 종속성은 그리 새롭지 않다. 작금의 연구의 결과를 분석하면 인류는 이제까지 문화적 기억력의 재구성과 관련하여 3번의 결정적인 전환점을 맞이하였다. 즉, ① 육체 기억력 brain memory에서 문자 기억력 script memory으로의 전환, ② 육필수기 문화에서 인쇄 기억력 print memory으로의 전환, ③ 책에서 전자 기억력 electronic memory으로의 전환이 그것이다.

활용으로 인해 상호매체성의 복합적인 수용과 영향을 제외하고는 그 존
립 기반을 생각할 수 없다. 이미 플라톤이 새로운 커뮤니케이션 상황인
문자문화의 폐해를 이야기(『파이드로스』)한 것이나, 루터가 활자 인쇄술
에 대해서 언급한 것은 주지의 사실이다. '구텐베르크 은하계'의 종말과
뉴미디어의 출현을 거시적인 관점에서 해명하기 위한 다양한 이론적·실
천적 명제들은 이미 도출된 바 있다.[53] 무엇보다 뉴미디어의 전자 기억력
electronic memory으로의 전환은 5만 년에 이르는 언어의 역사, 5000년
에 이르는 문자의 역사, 500년이 지난 인쇄문화의 역사, 100년이 지난 영
화의 역사의 끝에서 겪고 있는 그 어느 시기보다 인류의 새로운 커뮤니케
이션의 상황이다. 맥루한이 주장한 상호 네트워크에 기반한 글로벌한 지
구촌 개념은 초연결 사회라는 화두를 통해서 완결되어 가는 듯하다. 더군
다나 다양한 문화적 이미지가 시·공간적 한계를 넘어서는 강력한 재혼합
의 산물인 뉴미디어와 그 사회적 부산물들은 궁극적으로 그 재혼합의 기

---

53 각기 매체인류학, 매체미학, 매체사, 매체기술사 또는 매체문화사의 이름으로 행해
진 여러 연구들 중에서 특히 맥루한 McLuhan, 해블록 Havelock, 구디 Goody 등의 북미권
학자들이나, 데리다, 보들리야르, 비릴리오 Virilio, 쭘터 Zumter 등 프랑스어권 학자, 볼츠
Bolz와 플루서 Flusser 등 독일어권 학자들의 저작들은 뉴미디어 이론의 교과서가 되었다.
문학텍스트의 매체적 수용과 그 '생산적 수용'에 해당하는 구체화는 이미 수백 년 전부터 행
해진 바, 그것은 문학연구 및 강의에서도 오래전부터 활용되었다. 영상 매체를 비롯한 뉴미
디어의 기제가 등장하기 이전의 활자문화시대에서는, 예컨대 시작품들의 시화전(詩畵展),
한 편의 시의 연극화 등 주로 문학 장르 상호간의 또한 예술장르 상호간의 경계를 넘나드는
전이의 형태('변용')로의 구체화 양상이 그 주류를 이루었다. 따라서 문학텍스트의 관찰에
서는 (인용, 몽타주 테크닉 등에 근거한) "상호텍스트성"의 주제가 그 핵심이 되었다. 텍
스트상호성의 주제는 특히 지난 세기 1980/90년대, 대중문화를 주도해나간 포스트모던 문학
과 더불어 문학 연구 및 강의에서 적극적으로 다루어졌으며, 영상 매체가 지배적인 이 시기
에는 상호매체성의 테마가 부각되었다.

제를 다루는 창조적 개인의 손에 달려 있다(Mahne 2007, 15).

초연결사회의 도래는 디지털 미디어의 혁신 덕분이다. 디지털 미디어는 다른 플랫폼과의 호환이 용이하고, 네트워크 형성이 쉬워 원격접속에 의한 미디어 활용성을 높이기도 하며, 정보의 저장 및 유통, 복원 등을 효과적으로 처리할 수 있다. 이러한 시대사적 배경하에서 보자면 여러 미디어 플랫폼을 통해 '하나'로 이해될 수 있는 이야기를 전달하고 이를 미디어적으로 경험하는 현상을 지칭하는 트랜스미디어 스토리텔링 transmedia storytelling (Jenkins 2006, 참조)은 이러한 초연결사회가 낳은 디지털 컨버전스 시대의 텍스트 유통양식이자 미디어 경험 양식으로 주장되어진다 할 것이다. 또한 데이터를 생산·저장·전송·복제·복원할 때 데이터의 손상이 거의 없으며, 전송 속도나 수행능력은 과거 시스템과 견줄 수 없을 정도로 발전하였다(Creeber/Martin 2008, 참조). 초연결 사회에서는 전반적으로 인간과 인간을 둘러싼 환경적 요소들이 상호 연결되어 시공간의 제약이 극복되어 새로운 가치 창출이 증대될 것이라 기대된다. 그러나 초연결 사회에서 사적 영역과 공공 영역의 구분은 없다.[54] SNS와 스마트 폰과 위치 추적 등을 통해서 사적인 영역은 자발적이

---

54 초연결 시대는 개인에게 홀로 있는 시간 혹은 혼자 고립되어 있는 순간을 많이 허용하지는 않을 것이다. 인터넷 공간에서의 개인정보 및 프라이버시 노출의 문제뿐만 아니라, 스스로 인터넷에 접속하지 않는 순간에도 한 개인의 활동 내역이 고스란히 기록되는 시대가 초연결 시대이기 때문이다. 이러한 환경은 클라우드 컴퓨팅과 초고속인터넷의 발전 수준에 따라 더욱 심화될 것이며, 빅데이터의 활용이 본격화되면 더욱 정확하고 체계적으로 개개인의 특성을 파악해 활용할 수 있게 될 것이다. 이러한 사회에서 자아는 어떻게 인식되고, 표출될 것인가 하는 문제의식이 대두된다. 최근 논의되는 '디지털 자아'는 디지털 시대

든지 비자발적이든지 최소한 가상적인, 공적인 공간에서 그 내면의 모습들을 더 이상 감출 수 없다.[55] 더욱이 다음과 같은 질문은 피할 수 없다. 사이버공간과 현실과의 상호작용은 자연성과 인공성의 반성적 논의를 치환시켜 이야기될 수 있을까? '매개된' 현실은 단순히 현실을 표상하는 것뿐만이 아니라, 현실을 대체한다. 이미 벤야민은 기술적 복제 앞에 놓인 저자의 기능과 위치에 대한 논지의 출발점을 자리매김 한 바 있다. 벤야민의 '아우라'는 저자라는 인물이 작품 속에 아날로그적으로 확장된 것이라 할 수 있다. 전통적인 작품의 가치는 저자의 창조적 천재성을 아날로그

에 있어 '나는 누구인가'에 대한 답을 추구하는 의미의 자아만이 아니다. 주로 디지털 마케팅과 관련하여 '디지털 자아'라는 표현을 접하게 되는데, 이때 디지털 자아란 바로 초연결 사회에서 제삼자가 제공한 정보에 의해 재구성된 '자아'를 지칭하고 있다. 디지털 마케팅에서 통용되는 '디지털 자아'는 개개인이 다양한 디지털미디어를 활용하면서 남긴 개인정보나, 활동정보를 통합·분석해 제삼자가 제시한 '나는 누구인가'에 대한 답인 셈이다. 이 글에서는 이러한 논의를 포괄하여 인문학의 영역에서 개인의 정체성과 연관하여, 디지털한 시대상황이 낳은 '자아'개념에 집중하고자 한다.

55   인터넷의 등장과 함께 가상 공간이라는 새로운 활동공간이 생겼다. 초기의 가상 공간은 현실공간과 완전히 분리된 공간이었다. 특히 컴퓨터를 매개로 활동하는 공간으로 현실공간에서의 '육체'라는 제약을 벗어날 수 있는 공간이기도 했다. 이후 온라인 커뮤니티를 통한 모임이 활발해지고 오프라인의 관계가 온라인으로 확장되면서, 즉 가상 공간과 현실공간 간에 교류가 활발해지면서 사람들이 자신을 소개하고 알리는 데 어느 정도 현실공간의 정체성을 반영해야 할 필요성이 생기게 되었다. 모바일 기기와 소셜 미디어 등으로 항상 누군가와 연결되어 있는 지금은 현실공간과 가상 공간 간에 경계가 거의 사라졌다는 인식이 높아지고 있다. 다시 말해, 이제 가상 공간은 더 이상 현실공간과 비교되는 또다른 세계가 아니라 현실공간의 하나가 된 것이다. 즉, 가상 공간에서 일어난 모든 일이 실재 세계와 연결되어 영향을 주고받는 융합의 단계에 들어선 것이다. 마치 꿈과 실재의 혹은 상상력과 현실의 상호작용에 비견할만한, 온라인과 오프라인의 경계가 사라진 채 가상 공간의 자아와 현실공간의 자아가 서로 영향을 주고받는, 새로운 특징의 융합정체성이 이야기된다.

적으로 각인한 데서 발생한다. 이러한 아날로그 작가성 Autorschaft은 이제 전자적으로 매개된 커뮤니케이션의 단계에서, 즉 초연결사회의 문학 현실에서는 '현실'과 이중적인 관계를 견지하게 된다. 사적인 영역은 자발적이든지 비자발적이든지 최소한 가상적인, 공적인 공간에서 그 내면의 모습들을 더 이상 감출 수 없다(Benjamin 1991, 495). 이 지점이 본 논문의 문제의식을 포괄하는 곳이라 할 것이다. 초연결 사회라는 담론이 절대적인 현실에서는 신화와 계몽의 변증법에서 이야기되는 '탈(脫)신화화된'(Habermas 1983, 414) 현실인식이 더 이상 유효하지 못한 것일까? 주지하다시피 고전적인 서사의 중심이 상실되어짐과 동시에 우리는 주관성의 객관화 과정을 보았으며, 이는 픽션의 발흥을 낳은 역사철학적 배경이 되었다. 주·객관 세계의 분리와 '세계상의 탈중심화'의 과정은 전래의 세계를 시간화 시키는 데 성공한 바 있다. 그러나 '탈신화화된 현실인식' 또는 '공적영역이 사유화되었던' 근대 이래로의 세계상이 초연결 사회 담론에서는 뒤바뀐 것이다. '사적 영역의 공유화'로 이야기되는 디지털 '자아'의 자의식이 낳은 서사의 '새로운' 조건들 —재매개, 상호매체성, 트랜스미디어 스토리텔링, 디지털 에크프라시스 등— 이 이야기된다. 공간성의 시간화뿐 아니라 시간의 탈공간화가 가능할 수 있을 것인가 하는 문제를 논구하기 위해서 이 글에서는 작가성의 문제와 매체사적 논의들을 그 역사철학적 전제에서 되짚어 보고 초연결성의 시대가 요구하는 서사의 조건을 읽어내 보고자 한다.

• 초연결 사회와 디지털 자아

초연결 사회의 디지털 자아와 가상적 공간에 익숙한 세태의 글쓰기 전략으로 트랜스미디어 스토리텔링이 이야기된다(Jenkins 2006, 95). 이는 디지털 매체 융합의 시대에 여러 개의 미디어 플랫폼을 통해 하나로 이해될 수 있는 이야기를 전달하고 이를 경험하는 것을 지칭하는 바, 이는 일견 새로운 텍스트 유통의 관습이자 미디어 경험의 양식일 수 있다. 멀티플랫포밍의 한 형태인 트랜스미디어 스토리텔링은 개별 이야기들이 모여 하나의 전체 이야기를 만들어 내는 것으로 이용자의 경험에 의해 가능하다고 주장된다(이재현 2006, 참조). 트랜스미디어 스토리텔링은 상업주의 팬덤이지만 전통적인 신화 스토리텔링을 부활시킬 수 있는 참여문화현상으로 간주된다. 초창기 영화의 발전과 그에 다른 글쓰기 방식의 차이와 작가성의 변화에 대한 관찰이 새로운 매체사적 발전이 야기한 새로운 글쓰기의 시작과 그 아날로그 작가성의 본질에 대한 실례로 작용한다면, 초연결 사회의 트랜스미디어적 특성을 규정짓는 것은 사적 영역의 공유화(열린 마음)가 낳은 새로운 매체사적 혁신이라 할 것이다. 일찍이 맥루한은 '두 가지 미디어의 이종교배 hybrid, 혹은 만남은, 거기에서 새로운 형태가 탄생하는 진실과 계시의 순간'이며 다른 미디어와의 만남을 통해서 기성 문화에 만연되어 있는 나르시스적 자기도취에서 벗어나 기존의 미디어에 의해 무감각하게 마비된 감각이 자유를 얻어 해방되는 순간이라고 설파한 바 있다(맥루한 1997, 92). 그러나 기존의 지배적 미디어가 만들어 놓은 일상적인 마비로부터 해방을 전제로 하는 매체간의 만남에 대한 맥루한의 혼종성 개념은 매체 간의 고정된 경계 지움을 전제하고 있어 보인다. '핫' 미디어와 '쿨' 미디어와의 구분에 대한 다양한 논의의 스펙트럼은 논외로 하더라도, 맥루한은 '미디어'라는 개념을 매우 확장하여 사용한 것으로 유명하다. 인쇄술의 발명과 서적의 출간은 구전문화 시대와 문자문어 시대를 융합하는 활자문화의 시대라고 할 수 있는 근대의 세계와 그에 따른 소위 활자문화 중심의 시각적 세계관을 낳았다. 또한 단일 감각의 '정세도'의 높고 낮음에 따라 '핫' 미디어와 '쿨' 미디어로 나눈 맥루한의 규정에 따르자면 인쇄문화는 핫 미디어이지만 전기문화의 총화인 전화는 쿨 미디어였다. 그러나 영상을 전달하는 두 매체인 영화와 텔레비전에 있어서 영화는 '핫'하지만 텔레비전을 '쿨'하다고 규정한 맥루한의 논지에 대해서는 디지털 시대를 살아가는 우리는 다른 견해를 제시할 수 있을 것이다. 물론 맥루한은 작가와 영화감독이 하는 일이 독자나 관객을 하나의 세계, 즉 독자나 관객의 자신의 실제 세계로부터 또 하나의 다른 세계, 즉 인쇄와 필름에 의해서 만들어지는 새로운 세계로 옮겨 놓는다는 점에서 공통점을 지니고 있고, 아마도 그런 이유에서 활자의 인간이 '기꺼이' 필름을 받아들였다고 적고 있다. 이러한 점이 초기 시네마토그래피 이래로의 영화의 발전사에서 문학과의 상호작용성이 이야기되는 이유인 듯하다. 이러한 문제의식에서 보자면 기존의 여러 예술 장르를 포괄하는 종합예술로서의 영화의 매체사적 특수성을 이야기하기 위해서 최근 상호매체성이라는 용어를 선호하는 이유도 자명하다 할 것이다. 장르규정적인 매체사적 특수성에 대한 관심은 오랜 역사적 전통을 지닌다.

일찍이 니체 Friedrich Nietzsche의 문제의식은 고대 그리스의 (비극적) '드라마'의 탄생과 그 '사멸'에 대한 것이다. 후에 발터 벤야민, 한스 가다머, 폴 드 만 등에게서 드러나고, 프랑스의 상징주의자들에게 많은 영향을 끼친 니체 철학의 근간은 '음악적인 것의 운명'에 대한 논구이며, 이는 이론가들뿐만 아니라 슈테판 게오르게 서클이나 토마스 만 등에 영향을 미치고, 그의 예술가 형이상학은 시인 고트프리트 벤에게서 상당한 반향을 얻은 바 있다. 니체에게서 고대 그리스 드라마의 죽음은 문학과 이론이라는 유럽문화현상의 고유성을 부각시킨 세계사적 전환점이라고 파악된다. 니체가 이 '비극의 탄생'이라는 저작을 통해서 제시한 이론적 틀은 이제껏 서구의 문자텍스트에 기반 한 독서전통을 뒤흔들어 놓은 것이다.[56] 니체는 비극의 탄생에서 예술을 형성하는 2개의 상호 모순적인 기본충동, 즉 아폴론적인 성향과 디오니소스적인 성향의 강조를 통해 ―의고전주의의 '소박문학이념'에 맞서고자하는 의도로― 고전적 형식의 엄격성과 명백함을 지닌 그리스 문화를 이와 상반된 경향들에 대한 '승리'라고 이해하고자 한다. "암울한 심연에서 성장한 아폴론적 문화의 개화"가 그 조형적 수단과 형상성에 힘입어 "음악의 정신"을 복종시켰다는 것이다. 그리스예술의 긴장감 넘치는 기본구조는 우선 호머의 서사시에 각인되어 있고, 가장 첨예한 아폴론적 요소와 디오니소스적 요소의 대립은 그리스 비극에서 잘 드러난다. 음악과 이미지, 즉 그리스 비극에서의 합창과 장면의 구조는 전환적, 음악적 격동 속에서 형상성을 담보한다는 것이다. 이러한 논구의 중심에는 고대에는 음악가와 시인이 동일시되었다는 언어관, 즉 선율 Melos이 기호의 근원 형상이자 형성근원이라는 사고가 자리잡고 있다. 이에 니체는 비극의 근원은 합창이고, 플롯(줄거리)은 2차적인 것일 뿐이라고 한다. 드라마의 본질은 마치 오페라의 본질이 리브레토가 아닌 그 음악성에 놓여 있듯이, 드라마의 대사에 놓여 있는 것이 아니라는 것이다. 이런 식으로 보자면 드라마 역시 일차적으로 서정적인 사건이라는 것

56　이점에서 그의 저작은 현대의 문화·문학이론에서 소위 서구 중심주의적 사고비판과 문자문화/구어문화의 문제성의 주요한 단초를 제공한다.

이다. 니체가 이런 식의 장르분석을 통해서 말하고자 하는 바는, 그러한 장르의 변천을 유도한 시대적 토대의 변화에 대한 주목이다. 특히 BC 400 년경부터 도래한 소크라테스 철학은 무엇보다 니체에게는 '이론적' 인간의 도래를 의미하는 것이었다. 이는 이제까지의 예술의 근본충동이었던 디오니스적인 것에 대한 등 돌림을 의미한다는 것이다. 이제부터는 예술은 전적으로 표현적인 성격과 기호적인 성격에만 의지하게 되어 버렸다. 소크라테스와 오이리피데스로 대변되는 이런 전환은 철학과 서사적 언어 Logos가 이제껏 '음악'이 차지했던 자리를 뺏는다는 것을 의미한다. 드라마에는 이제 읽을 수 있는 스토리(플롯)가, 신화에서는 이야기내용 récit이 중심이 되고, 관람 대신에 판단과 독서가 더 우선시되는 결과를 낳는다. 더 나아가 이제 문체, 비평, 문학이론이 갈라져 나옴으로써, 주체와 그 주체의 미적 경험이 성찰의 대상이 되어 버린다. 니체는 바그너의 오페라에서 경험의 위기를 극복하고 새로운 비극의 재탄생으로까지 나아갈 희망을 보았고, 바그너의 오페라에서 소크라테스주의적 철학에 기반한 현대의 문화에 대항할 수 있는 "신화를 탄생시킬 수 있는 음악의 능력"을 보았다는 점은 잘 알려진 사건이다.

오늘날 우리가 자주 듣는 '탈공간화', '무장소성', '공간의 종말'과 같은 개념들은 초연결 사회 담론의 기본 화두와 일맥상통한다 할 것이다. 그럼에도 이는 결코 인터넷 시대와 함께 시작된 개념들이 아니라, 인터넷 시대 이전에 이미 존재했었다. 이는 마치 소위 포스트 모던한 이론, 포스트 모던한 글쓰기 방식, 그 사유방식이 이미 그 이전에 존재했었다는 논의와 마찬가지로, 서로 모순적인 시간개념의 병렬적 공존 가능성을 이야기해야 하는 것과 같다 할 것이다. 푸코의 표현대로 우리는 동시성의 시대, 병렬의 시대에 살고 있다. 가까움과 멂, 나란히 함과 서로 분열됨이 한 시대에 살고 있다는 생각은, 사물들의 질서가 시간적인 순차성이 아니라, 공간적인 병존성에 의존하고 있다는 생각을 하게 만든다. 지구화라는 현대의 담론은 근대 이래 우위에 놓여 있던 시간의 문제가 공간의 문제로 대체되는 것을 이야기하는 셈이다. 이러한 논의의 전개는 문예이론의 경우에서도 새로운 '공간성'을 염두에 두어야 하며, '상호작용적 픽션'의 가능성이 열려있는 '서사의 공간'에서 행해지는 초연결 사회의 문학적 글쓰기에서 삶의 연관성을 여전히 추구해야 하는 것을 역설적으로 보여 준다.[57] 이점이 초연결 사회의 화두인 시공간의 경계의 확장과 열린 마음을 통한 사적 영역의 공유화와 이에 따른 융합 문화 Convergence Culture를 주창하는 전제가 되며, 여기에서 트랜스미디어 스토리텔링의 이상적인 형식은 '각각의 미디어가 최선의 그 무엇을 하게 되는 경우'(Jenkins 2006, 96)라고

---

57 '주관성의 객관화'가 '객관성의 주관화' 또는 사적 영역의 침탈로 이어지는 디지털 시대에 있어 출발점으로부터 멀리 벗어난다는 것은 공간적으로나 시간적으로나 무의미해 보인다. 우리는 이와 유사한 단절의 시기를 르네상스라 부르는 시기의 회화사에서 찾아볼 수 있다. 이시기에 우리는 뒤러의 자화상으로 대변되듯이 신(神)적인 것이 점차 인간화됨을 보게 되고, 인간이 신격화되어 지는 과정이 뒤따른다. 그럼에도 이러한 개인의 발견이 주관의 자의성으로 환원된, 타인들과 고립된 개인의 승리를 의미하는 것이 아니라는 점에 주목해야 한다. 르네상스기의 이 화가들은 항상 동일한 사고방식과 해석의 코드를 공유하고 있을 뿐 아니라, 모두 여전히 기독교의 교리 테두리 안에 있었고 어떤 대상과 몸짓의 규범적 의미를 잊지 않고 있었다. 더욱이 그들은 모든 사람들에게 보이고 그림에 의해 재현되는 공동체와 관계를 맺고 있었다. 그들의 인본주의는 결코 개인주의는 아니었던 것이다. 반면에 우리가 현재 직면하고 있는 '가상현실'은 정신을 통해서가 아니라 가상세계에서는 드러나지 않는 가시적 육체를 통해서 자아를 규정하고 있다.

여겨지는 이유 역시 찾아질 수 있다.

디지털문화가 지닌 공감각적인 종합 예술적 특성과 디지털문화의 혼재적 성격은 뉴미디어시대의 새로운 인문학의 정립에 많은 시사점을 지닌다. 일례로 새로운 커뮤니케이션적 상황에 유래한 새로운 모습의 문화산업과 인문학의 유기적인 상호보완 작업을 들 수 있다. 무엇보다도 오늘날 우리는 뉴미디어 혁명의 한 가운데에 서 있다. 14세기의 인쇄활자나 19세기의 사진 기술이 당대의 사회와 문화에 혁명적인 충격을 주었던 반면에 현대의 모든 문화는 컴퓨터와 인터넷과 같은 디지털 통신기기를 매체로 하는 생산, 배포, 의사소통의 형태로 바뀌었다. 인문학은 궁극적으로 현대 사회가 그 자신의 정체성에 대한 지식을 학문의 형태로 유지할 수 있는 장소일 것이다. 작금의 문화연구의 중심에는 구텐베르크 시대로부터 빌 게이츠에 이르기까지의 매체 변천 속에서의 '텍스트 이해', 또한 현재의 미디어사회에 이르기까지의 수많은 변화로 인한 '문학텍스트의 위상' 변화에 대한 인식 및 텍스트-이미지-뉴미디어의 상호연관성 속에서의 '텍스트 기능'에 대한 이해가 저변에 놓여 있다.

초연결 사회의 가상 공간을 대변하는 인터넷은 탈중심화된 커뮤니케이션의 체계이다. 마치 리좀 미로와 같은 인터넷의 메시지 전달체계는 '포스트 모던한' 문화의 산물이자 글로벌한 시장경제의 총아이다. 인터넷의 기술적 구조가 무비용, 재생산, 정보 유포의 동시성, 그리고 급진적인 탈중심화의 커뮤니케이션을 낳았으며, 인간과 물질, 물질과 비물질 간의 새로운 관계체제를 구성하고, 문화와 테크놀로지의 관계를 재구성하여 테크

놀로지의 결과물들에 대해서는, 과거의 어떤 담론이 발전시켜온 것들과
도 다른 차별성을 보여 준다. 인터넷은 더 이상 기술적 산물이나 소통의
도구에만 머물지 않고, 가상성에 대한 논의에서 볼 수 있듯이, 일종의 사
회공간과 같이 생각될 수 있다. 주지하다 시피 이러한 논지의 핵심은 하
버마스에서 도출된 공론장/공적 영역 res publica/Öffentlichkeit/public
sphere의 논의와 연관될 수 있으며, 공론장/공적영역이라는 개념과 함께
"가상 공간"인 인터넷은 사회적 의미의 공간성을 확보하게 되는 셈이다.
초연결성에 기반한 뉴 미디어 시대의 문화기술은 일상에서 다양한 가상
현실을 경험하고 소비하게 만든다. 새로운 미디어 기술이 현실에 대한 우
리의 지각과 이해를 변화시킨다는 벤야민의 테제가 아니더라도 이미 오
래전부터 시청각 미디어나 전자미디어는 우리네 일상의 일부분이 되었
다. 새로운 미디어적 실존하에서 자신을 자각한다는 것은 기술발전에 의
해 새롭게 만들어진 새로운 차원의 실재성, 즉 가상현실을 심층적으로 이
해한다는 것을 뜻하게 되었다. 현실은 매개된 현실, 즉 상징의 조건 속에
서만 지각 할 수 있기에, 경험 가능한 현실이나 경험된 현실은 언제나 가
상현실로 존재한다(Hartmann 2000, 19 참조). 아름다운 가상과 피상적인
향유의 저수지인 인문학의 전통 역시, 현대의 기술 복제적 특성에 근거
한 '아우라'의 상실이 낳은 매체사적 기술적 토대에 의해 일정 규정된다.
주지하다시피 '아우라의 상실'이라는 토포스는 기술에 의해서 그리고 기
술을 매개로 하여 발생하는 매체사적 변화를 이야기하는 것이며, 아우라
를 '공간과 시간'의 짜임(직물)으로 이해하는 한에 있어서 이는 미적 범주
로서, 선험적 주관성의 일부로 이해될 수 있을 것이다. '탈 마법화되고 이
성적인' 계몽의 시대에 있어서 기술은 실재를 보다 더 잘 제어하기 위하여

피구라와 알레고리

감각의 확장으로서의 매체기술을 사용하고, 매체 기술의 복제적 성격이 가상성의 기초를 이루게 된다. 가상성은 계몽의 주창자들의 의도와는 달리 현실의 안정성을 뿌리 채 흔들어 놓았다. 코드화되지 않는 현실경험이 가능한 '진정한 현실 wirkliche Wirklichkeit'은 결코 존재한 적이 없으며, 모든 현실은 상징적으로 매개되며, 모든 현실은 원래 '가상적으로 virtuell' 지각된다. 우리가 접하는 가상현실들은 항시 현실을 기술적으로 복제하고자 시도하였던 서구의 문화·매체사적 전통을 이어 가고 있는 셈이다. 가상 공간은 컴퓨터 인터페이스나 전자매체가 낳은 새로운 모습 이상이며, 버츄얼한 환경과 모사된 세계로 이뤄진 가상 공간은 우리의 현실감각을 시험하기 위한 '형이상학적 실험실'이 되었다(Heim 1993, 83). 가상현실은 게시판과 채팅방, 인터넷 카페, 이메일, 웹사이트, 페이스북, 카카오톡 등과 같은 다양한 인터넷상의 커뮤니케이션 장치들뿐만 아니라 육체적 현존을 넘어서 공동체적 특성을 야기하는 공간 개념으로 확대되었다. 그러나 실제로 현실을 매개하는 이차적 세계로서의 가상현실은 뉴미디어의 문화 기술적 커뮤니케이션에 의해서 처음 만들어진 것이 아니다. 더군다나 현재의 '공지성의 변형 Transformation von Publizität', 즉 사회적 커뮤니케이션 관계의 패러다임 변화는 일상에서 일어난 '영상적 전환 Pictorial Turn'(밋첼)과 '코뮤니오콜로기적'(플루서) 미디어상황을 직면하고 있다. 주지하다시피 인터넷의 시대에 있어 매체는 더 이상 인간 감각의 의족적 확장(맥루한)만을 의미 하지 않고, 새로운 공지성의 형성과 공론장의 확립을 가능하게 하는 질서원리의 메타포로 작용한다. 초연결사회의 매체는 단순히 '확장된 마음'을 넘어서는 '열린 마음'을 지향하고 있다. 세계문학사에서 보자면, 처음 소설이 만들어 낸 내면의 친밀한 공간

은 컴퓨터에 의해 만들어진 몰입환경과 마찬가지로 매우 가상적인 현실
이라 할 것 이다. 가령 장편 소설은 경험보다 더 실재적이고, 픽션은 사실
보다 더 진실한 까닭에 문학의 한 분과를 이제껏 유지하고 있는 셈이다.
또한 인문학은 궁극적으로 현대 사회가 그 자신의 정체성에 대한 지식을
학문의 형태로 유지할 수 있는 장소일 것이다.

　작금의 문화연구의 중심에는 구텐베르크 시대로부터 인쇄문화가 낳은
이성중심주의에 대한 비판의식이 놓여 있다. 더구나 현대인의 삶이 지닌
정체성 위기에 덧붙여 21세기의 멀티미디어적 통신환경은 '주관성의 객
관화'를 이야기하거나, 서사의 중심을 이야기하기 더욱 어렵게 한다. 가상
현실은, 프레드릭 제임슨의 용어에 따르자면, 문화적 우세종으로서의 시
뮬라시옹(보드리야르)과 같다고 주장되기도 한다. 보드리야르에게는 현
대문화의 규범 그 자체이기도한 스크린 문화는 현실이 아닌 환상만을 보
여 주는 하이퍼리얼한 인식만이 현실을 대체하고 있다. 우리가 만약 가상
현실을 개인의 몰입을 야기 시키는, 컴퓨터가 만들어 낸 공간으로만 인식
한다면 소설이 독자에게 만들어 주는 몰입의 공간 역시 가상 공간이라고
이야기해야 하지 않을까? 그러나 소설을 읽는 독자가 경험하는 이야기 속
으로의 몰입되면서 만들어지는 공간은 작가의 의도에 의해 만들어진 플
롯들과의 상호작용을 통해 독자 내면의 공간인 반면에, 우리가 가상현실
이라고 불러야 하는 새로운 공간은 고정된 텍스트를 읽은 행위와는 뚜렷
이 구별된다(Ryan 1994, 참조). 가상 공간은 참여자들에게 경험을 통해서
세계의 구성에 적극적으로 참여하도록 요구한다.
　마음의 외화는 마음의 확장(사적 영역의 확장)을 가져오지만, 역설적으

로 이로 인해 개인의(고유한) 내면/사적 영역은 축소된다. 사적인 개인의 기억이 정보화되어 컴퓨터에 저장될 경우, 타인에게 개방되거나 공개될 수 있기 때문이다. 스마트폰으로 확장된 마음은 분실되거나 타인의 손에 넘어갈 수도 있으며, 타인이 그것을 공유할 수도 있다는 것이다. 나의 정체성을 구성하는 기억이 나의 통제를 벗어나게 된다고 보아야 할지도 모른다. 이러한 의미에서 우리는 사적인 기억에 근거한 자아 정체성의 토대를 상실했다고 볼 수 있다. 네트워크에 연결된 인간은 자신의 기억과 생각들을 컴퓨터에 저장하고 전송함으로써 기억을 외화하고, 점차 자신의 고유한 정체성을 내주게 된다. 심지어 기억이 외화됨으로써 이를 타자에게 노출하거나, 잃어버리거나, 조작당할 수 있게 된 것이다. 이점이 이제 우리가 '사적 영역의 공유화'가 낳은 서사의 '새로운' 조건들에 대해서 진지하게 이야기해 보아야 하는 이유가 아닐지 싶다.

H. 내러티브의 버츄얼한 공간과 헤테로토피아

서구 문학사에서 보자면 18세기에 이르러 소설은 서사 기법상의 혁신을 통해서 전통적인 서사 장르들을 제치고 가장 인기 있는 문학 형식으로 자리 잡았다. 이후 새로이 등장한 사진은 회화를 위시한 여러 예술 분야에 새로운 시야를 제공하였다(Wagner 1996, 29). 무엇보다도 20세기 초반에 이루어진 영화의 발전은 전통적인 문학 영역, 특히 연극 무대에서는 볼 수 없었던 '이차적인 환상성'(Benjamin 1991, 495)을 낳고 있다. 이제 우리가 '문학'을 이야기한다고 할 때는 더 이상 텍스트 중심의 문헌학적 전통에만 머무르지 않는다. 뉴 미디어의 발명과 디지털 기술의 발전은 21세기 새로운 문화 지형도를 예고한다. '문학'은 이미 오래전부터 더 이상 '활자로 구성된 텍스트'만을 의미하지 않고, '멀티미디어에 기반하여 디지털화된 네트워킹'(Ledgerwood 1998; Mahne 2007)의 심미화 과정을 염두에 두고 있으며, 현대의 문학 행위들은 상호 매체적 역동성에 많은 부분 빚지고 있다. 우리의 '경험세계'의 심미화 과정, 즉 객관적 세계의 기술적 규정과 사회적 세계의 매개적 연결이라는 관점에서 심미적인 것은 '버츄얼한 것'이라는 의미를 지닌다. 의식의 심미화는 결국 우리가 의식의 전제가 되는 토대들 Fundamente을 더 이상 바라보지 못하고, 현실을 우리가 이전에는 단지 예술의 산물로만 이해하였던 표현양식 Verfassung으로만 받아들이게 된다는 것을 의미한다. 이러한 다양한 시각적 형식의 차이는 문자텍스트에서 이미지를 읽어내듯이, 이미지가 텍스트를 읽는 방법을 제시한다. 인문학의 새로운 패러다임에 대한 요구에는 이미지 시대의 인문학에서 전통적인 해석학으로 이해할 수 없는 영역이 점점 증가하고 있다는 인식에 크게 작용한다. 이미지는 폐쇄된 영역을 재현하는 것이 아니라, 시간성과 공간성 속에서 '현전 presentation'하면서 살아 움직이고 내러티브를 구성하며 다양한 미디어문화콘텐츠를 생산하기 때문이다. 이미지의 미디어형식과 이야기방식, 이미지의 현실과 미디어문화와의 관계, 새로운 학문으로서의 이미지학과 미디어문화에의 적용 및 응용 등은 모두 이러한 이미지존재론을 바탕으로 하면서 새로운 해석방법을 요구하고 있다. 또한 이미지문화는 미디어의 내러티브, 공연예술의 텍스트와 표현언어, 이미지로서의 수행성문화, 디지털문화예술 분야 등 미디어문화로 확장되면서 이미지 인문학 및 디지털 인문학을 형성하고 있다.

컴퓨터로 글쓰기를 하게 되면서 전통적인 아날로그적 인쇄와는 상이한 물질적 처리 과정을 경험하고 있는 우리에게 매체의 변화는 저자와 독자, 담화의 주체와 대상, 텍스트, 이미지, 소리를 포함하는 모든 형태의 문화적 교환행위를 새롭게 조명하는 데 매우 중요하다. 19세기에 이미 언어의 물질성에 대한 논의가 이뤄지고 있지만, 인쇄기술이 낳은 매체사적 변화에 주목하기 시작한 것은 19세기 말에 타자기의 도입 이후 일이다. 인쇄는 쓰기의 재생산을 용이하게 했으며, 뿐만 아니라 인쇄는 공간적인 텍스트의 유포를 쉽게 함으로써 쓰기의 민주화를 낳았다. 그러나 인쇄는 여전히 전통적인 쓰기의 형식이 갖는 물질적 속박을 그대로 지녔다. 구텐베르크에서 현대의 자동화된 설비에 이르기까지, 언어의 흔적을 고정시키는 기술적 유형이 무엇이든지 간에, 인쇄는 철저하게 시공간의 제약을 받는 속성을 벗어날 수 없다. 인쇄와 함께 언어가 말과 필사로부터 벗어났지만 동시에 그것이 속하는 물질에 단단히 묶이게 되었다. 이러한 인쇄문화에서는 독자들이 보는 모든 인쇄본은 같은 것이어야 하며, 특히 같은 판본일 경우 차이가 있으면 안 된다.[58] 아날로그 시대의 작가는 반응하지 않는 독자들을 상대로 인쇄된 페이지에 단단히 고정된 채 말하는 반면에 컴퓨터로 대변되는 디지털 글쓰기의 저자들은 다른 공간에서 이야기 한다. 텍

---

58   책의 '저자가 쓴 것과 독자가 읽는 것이 동일해야 한다는 신뢰감이 있어야 한다. 이것이 '아날로그적'인 인쇄문화에서의 작가성의 근간이 되는 것이다 할 것이다. 19세기에 이르러 인문학의 학문분과들이 제도 속으로 편입되는 과정에서 아날로그 저자는 문화상품에 대한 지배력을 상실하고, 저작권의 이름으로 20세기 내내 정보는 부(富)로 정의되고 저작권은 이를 지키는 힘으로서 나타난다. 우리 앞에 놓여 있는 새로운 매체 상황은 '현실이 대중에 적응하고 또 대중이 현실에 적응하는 현상이며 사고의 면에서는 물론이고 직관의 면에서도 무한한 중요성을 지니게 될 하나의 발전과정'이기 때문이다.

스트의 이동과 수정이 용이한 디지털 세계에서 아날로그 저자의 공간적 안정성이 침식되어 나타난다.

1960년대의 로랑 바르트 Roland Barthes에 의해 선언된 '작가의 죽음'이라는 테제와 '누보 로망'과 '누보 누보 로망'의 발흥은 자칫 '자서전의 규약'을 해소시키고, 자서전이라는 문학적 장르의 사망까지도 선고할 수 있었음에도 작금의 자서전적 글쓰기는 무척 활성화되었다. 문자문화의 위기가 이야기되고 전통적인 문학관이 흔들리는 작금의 디지털 시대에 있어서는 아우구스티누스의 『고백록』에서 재구성되어진 성령의 감읍과 그 은사에 대한 자전적인 서술이 지니는 종교적(호소적) 특성은 새로운 의미 맥락하에서 다시 읽혀야 할 것이다. 중세의 종교적 가치관에 기반하여 하느님의 계시를 통해서 문제시되었던 —아우구스티누스의 『고백록』에서 모델적으로 나타나는— 교육적 글쓰기와 자아 정체성의 상관관계는 이후 서구 사회에서 종교적 지향성을 벗어나 주관적인 정향성을 띠게 된다. 데카르트 이래 주체적인 저자의 내면에 존재하였던 '상상의 공간'은 책이라는 인쇄기술이 낳은 새로운 매체/열린 마음속에서 독자들의 독서 행위를 통해서 계속적으로 상상력의 공간을 만들어 왔으며 문학이라는 역사 철학적 기재로 발전시켰다. 이점이 초연결 사회의 뉴미디어적 환경하에서 대두되는 '새로운' 가상성에 대한 선험적 이해의 초석이 된다. 개인의 정체성은 심리적이면서 동시에 사회적 역할과 사회적 코드, 사회적 행위모형에 있어서의 정향성을 제시하는 균형적인 행위로 나아가게 된다.

담론의 공간에서 '과연 누가 말하든지 그게 무슨 문제이냐'라는 푸코의 질문이 전통적인 문학의 영역에서 막대한 파장의 쓰나미를 몰아오기 반세기 이전에 텍스트의 작가성에 대한 문제의식은 문학과 영화의 상호 매체성 혹은 당시의 새로운 매체인 영화를 위한 글쓰기, 즉 시나리오 작가의 작가성에 대한 고찰에서 해명될 수 있다. 이러한 문제의식에서 보자면 초창기 영화의 역사는 여러 가지 점에서 시사하는 바가 크다. 뤼미에르 형제의 영화 실험이 세간의 관심을 자아낸 지 이제 갓 한 세기를 넘어서고 상대적으로 '새로운 New' 미디어인 영화의 역사는 문학작품의 새로운 매체 실험의 역사이기도 하다. 이미 1896년 뤼미에르 형제가 괴테의 파우스트 소재를 바탕으로 작업을 하였을 정도로 특히 고전문학작품의 영화화에 대한 관심은 초창기 영화가 지닌 제작 환경적 제약요소와 제작자의 창의성 사이의 긴장관계 속에서 고조되었다(Kracauer 1961, 12). 처음 시네마토그래피가 선사하였던 기술적 혁신성은 너무나도 빨리 대중에게 외면되었기에, 더 이상 무의미한 동작들의 영상 재현이 아닌 이미지의 서사적 요소에 대한 관심이 고조되었던 것이다. 더욱이 초창기의 영화에는 심지어 자막조차 존재하지 않았던 터이라 모두가 공감하는 고전적인 문학 소재의 차용은 너무나도 당연한 것이었을지 모른다. 여기에 덧붙여서 이제 막 새로이 탄생한 영화라는 매체가 이미 탄탄한 문화적 지위를 향유하던 (고전)문학의 성가에 기생하여 대중의 관심을 끌어 보고자 하는 문화 경영적인 마인드 역시 엿보이는 대목이다. 초기 영화사에서 단골 메뉴처럼 등장하는 스테레오타입의 뱀파이어나 괴물 형상들의 존재가치 역시 이러한 점에서 찾아질 수 있을 것이다. 이후 영화의 비약적인 발전의 과정에서 우리는 수많은 문학작품의 영화화를 경험하게 되었고, 이제는 반대로 문학작품이 영화의 대중적 성공에 기대여 그 존재 가능성을 시험해야 하는 시기가 도래하였다. 그럼에도 한동안 무척 특이하게도 문학작품의 영화화의 경우에는 소위 '오리지널' 텍스트에 영화화된 '내용'을 견주어 보거나, 심지어 저본 줄거리의 완벽한 영화적 재현을 예술적 완결성의 한 척도로 삼는 일들에 익숙해 있었다. 매체적 특수성의 관점에서 저본 텍스트의 '생산적인 수용'이라는 문제의식으로 문학의 영화화를 바라보게 된 것은 그리 오래되지 않은 최근의 일이다. 드라마의 작가는 누구인가라는 질문은 너무나 당연한 대답은 얻게 될 것이나, '영화의 작가는 누구인가?' 라는 질문은 상이한 문제의식을 전제한다. 트뤼포 François Truffaut에 의해 비롯된 '작가주의' 이론은 맥키 Robert Mckee와 같은 시나리오 이론가들에게는 영화 제작에서 차지하는 시나리오 작가의 위상이 평가 절하되는 결정적인 요인으로 여겨진다(McKee 1998, 참조). 작가주의 이론의 미국 내 수용과 세계적인 전파는 영화사의 올바른 이해를 저해하였고 영화 제작 과정에서 극작가의 중요성이 훼손되었다는 견해는 심지어 영화 관객, 비평가, 영화 제작자 간의 암묵적인 합의에 의해서 영화의 작품성에 대한 시나리오 작가의 몫을 찬탈하였다는 논의 등과 같은 다양한 스펙트럼하에서, 오랫동안 잊혀 있던 시나리오 작가의 위상을 복권하려는 노력이 일고 있다. 그럼에도 간단히 영화의 작가가 누구인가라는 질문은 우문에 불과할 것이다. 물론 감독의 역할이 가장 중요하다고 할 것이지만, 한 편의 영화를 제작하고, 촬영하고, 편집하는 스텝들 간의 상호 의존성을 무시하고 그들 중에서 한 명을 골라 영화의 '작가'라고 지칭하는 것은 어불성설인 것이다.

초창기의 영화에는 대본이 존재하지 않았다. 촬영 시간에 기껏 2-3분에 지나지 않게 짧고, 스토리보다는 인물들의 짧은 모션동작으로 이뤄진 즉흥적인 촬영이 일반화되었기 때문이다. 기껏해야 카메라맨이 촬영을 위해 기록한 몇 장의 메모가 전부였다. 이시기의 촬영기사 또는 감독들은 자신이 찍어야 할 내용들의 사전 계획 보다는 매번 촬영지에서 즉흥적인 슈팅을 선호했다. 등장인물이나 촬영된 대상들의 움직임들이 하나의 일관된 스토리를 구성하고 일관된 이야기를 보여 주는 있는 초창기의 영화로는 1903년 제작된 〈미국 소방수의 생활〉(Edwin S. Porter, 1903)을 들 수 있다. 그러나 7분짜리 이 영화에서 역시 카메라맨이 '보스'였으며, 무엇을 어떻게 어디에서 찍을 것인지를 필요에 따라서 즉흥적으로 결정했다고 한다. 이런 식의 소위 '애드립' 제작과정이 지닌 비효율성은 매체 기술의 발전에 따라서 촬영 분량이 점차 길어지면서[1릴(10-15분)에서 4-8릴] 촬영물의 아웃라인이 점차 복잡해지고 촬영 작업을 조직화하고 스토리를 미리 결정해야 할 '작가'의 필요성이 대두되었다. 그러나 1908년경까지 이러한 작가의 역할은 아이디어 제공자 내지는 시놉시스 제작자의 역할 정도로 국한되었으며, 자막의 처리 역시 정형화된 틀을 벗어나지 못한 상태였다. 최초로 영화를 위해 고용된 작가는 맥카델 Roy McCardell(1898)이라고 하며, 매주 10개의 스크립트를 썼다고 하는데, 초창기에는 감독보다 작가의 보수가 2배 높았다고 한다. 초창기 영화의 발전에 있어서, 관객에 이미 알려져 있는 스토리의 차용이 빈번하였던 점이라든지, 영화의 작가가 누구인가 하는 질문에 영화의 작가성이란 결코 감독 한 사람에 국한되지 않고 수많은 스탭들과의 협업에 근거하고 있다는 문제의식은 초연결사회로의 미디어 변환기의 문학에 시사하는 바가 크다. 더욱이 서부극의 창시자라고 불리는 인스 Thomas Ince가 콘티 continuitiy scenario를 발전시키고, 이시기에 스튜디오 제작 방식이 도입되고 탈베르크 Irving Thalberg(MGM 제작자 24-33)는 '팀라이팅 Teamwriting' 제도를 도입하게 되어 콘베어 조립공과 같은 시나리오 작가의 작업 분배가 이뤄진다. 영화 대본에 대한 관심이 고조되어진 가장 커다란 사건은 1927년 〈재즈 싱어〉로 시작된 유성영화 시대의 도래이다. 무성영화에서 자막으로 처리되던 대사가 음성화되면서 자막에 비해 훨씬 많은 대사 작업이 필요하게 된다. 무성영화의 경우에는 자막 screen title의 존재는 시나리오 작가의 가장 유연하고 유용한 수단이었다. 촬영 도중에 빠진 부분이 있거나 경우에 따라서는 장면 전환의 템포나 극적 긴장을 만들어 내는 데 있어서 스크린 타이틀의 존재는 무척 효율적인 수단이었다. 그러나 유성영화의 시대에는 더 이상 자막의 처리로 이뤄질 수 있었던 스크린상의 편집적인 개입은 불가능해 진다. 과거 무성영화의 경우에는 단지 한 장의 스크린 타이틀로 가능했던 시간과 공간의 도약은 유성영화의 시대에는 개연성과 시간성에 근거한 극적 요소들의 도입을 통해서만 해명될 수 있었다. 이러한 매체사적 특성이 유성영화시대의 시나리오 작가의 작업 조건을 규정하고 있으며, 이는 초연결 사회에 이르는 뉴미디어 시대의 서사적 전제이기도 하다.

매체사적으로 보자면, 벤야민이 논의의 대상으로 삼았던, 당대의 사진이나 영화와는 달리 디지털 시대의 예술활동은 보는 주체와 보이는 객체 사이의 공간적 차이가 없어 보인다. 일정한 거리 두기를 통해서만 담보되던 '시야'의 확보 혹은 퍼스펙티브는 따라서 대상의 아우라가 파괴되면서 근대의 공간 개념과 더불어 의미를 상실한다. 이러한 맥락에서 보자면 푸코의 유명한 질문 '과연 누가 말하든지 그게 무슨 문제이냐?'는 포스트 모

피구라와 알레고리

던한 작가성 혹은 디지털 시대의 작가성이 지니는 헤테로토피아적 특성을 여실히 보여 준다(Foucault 2013, 11 참조). 모든 참여자들이 서로 연결되어 주체와 객체의 구분이 없고 안과 밖의 변별력이 사라진다는 초연결 사회 담론에서는 너와 나의 간극 혹은 타자를 바라보는 시선의 거리감은 이미 존재하지 않는다 할 것이다. 유토피아와는 달리 우리들의 현실에 병행하는 '새로운 또 하나의 공간'인 헤테로토피아는 매개 Mediation를 통해서 우리 앞에 그 실재를 드러낸다.

• 앙게로나의 침묵: 매개와 재매개

현대의 이론가들은 가상현실과 같은 투명한 테크놀로지는 데카르트적 자아를 단순히 반복하는 것이 아니라 오히려 재매개 Remediation한다고 주장한다. 그러나 데카르트적 자아에게서 관건이 되는 것은 현실에서와는 다른 또 하나의 공간을 소유하는 것이었다.[59] 이 당시 이러한 일이 가능할 수 있었던 것은 인쇄문화와 출판이라는 근대적 사유의 기본조건이 충족되었기 때문이라는 견해가 지배적이다. 이점에서 보자면 우리는 현대

---

59   데카르트는 '상상의 공간 espaces imaginaires'을 통해서, 자아와 세계 사이의 매개라는 문제성을 이야기하고자 한다. 새로운 지식은 미래에 대한 약속이며, 경험적으로 이미 존재하는 것이 아니라 이제 새로이 생산될 것으로 여겨졌으며, 세계는 아직 쓰이지 않은 채 존재하는 텍스트처럼 여겨졌다. 인간과 세계 사이의 관계 구조와 더불어 사물의 질서를 새로이 규정하는 것은 오성의 사용자로서의 작가의 탄생을 이야기하게 되는 시점에서 가능한 것이다. 신체와 정신의 관계를 정보 전달의 문제로 여겼을 데카르트에게 있어서, 뇌 또는 뇌의 일부분이 정보의 전달에서 미디어의 역할을 한다 할 것이다. 신체적 지각은 매개된 인식인 반면에, 정신과 감각은 내재적이기 때문에 선험적이라 할 것이다. 이는 또한 매개되지 않은 순수한 정신영역의 가능성을 이야기 한다는 것이며 순수정신의 존재는 세계현실에 대한 질문을 가능하게 하는 단초가 된다.

의 가상적인 탈마법화의 세계를 탈신화화된 세계인식의 '재매개적' 발현으로 이해할 수 있을 것이다. 르네상스시대의 철학자는 사유에 대해서뿐만 아니라 글쓰기에 대해서 성찰하고 자신의 내면에서 '상상의 공간'을 찾았다. 이는 자신을 작가로서 새롭게 발견한 것이기도 하다.[60] 이점은 '사적 영역의 공유화'를 초래한 초연결 사회에서의 서사의 위기를 넘어서는 글쓰기 전략으로도 유효하다. 구어적 전통에서 활자문화로, 원고에서 인쇄의 형태로, 책에서 멀티미디어로 변화되는 매체사적 격변에도 불구하고 여전히 살아남은 문학적 상상력의 잠재적 가능성이라는 측면에서 보자면, 새로운 초연결 사회의 문학의 가능성을 단순히 매체 적응성에서 찾는 것은 잘못일 것이다. 이점은 서문에서 이야기되어진 바와 같이, '새로운 매체는 새로운 내러티브를 필요로 하는가?'의 질문이 단지 수사학적 질문에 불과하다는 사실인식과 그 맥을 같이한다.

매체사적으로 보자면 새로운 미디어의 발명과 발전은 이전 미디어 형식을 재구성하면서, 즉 각각의 매체에 결여된 것을 '재매개'하면서 성취해 나아간다 할 것이다. 초창기 무성영화를 의미하던 시네마토그래프 Cinematograph/Kinematograph라는 단어가 '움직임의 기록'이라는 뜻이라면, 영화의 핵심은 시각적 질료와 대상을 물질적인 형태로 기록하고 재

---

60 철학은 사유에 대해서뿐만 아니라 글쓰기에 대해서 성찰하고 근대인들에게 저자성을 부여하게 되었다. 더욱이 근대의 철학은 학술적 규준화의 압력을 탈피하고, 보다 보편적인 공론장에 관심을 갖게 된다. 르네상스이래로 공론장을 서구의 여론 및 이념 형성의 척도가 된다. 글쓰기 자체가 논의의 대상이 되어 감으로써 철학자와 학자공화국 사이의 의미론적 상관관계는 의식적으로 제도화되어 갔다. 이성의 새로운 문화는 '상상의 공간'인 공론장에서 계속 확장되어 갔다.

연을 위하여 저장하는 것이다. 카메라가 필름에 저장하고 영사기는 그것을 다시 읽어낸다. 이러한 영화적 도구는 데이터를 쓰고 읽는 컴퓨터의 기능과 유사한 것이며 이것이 튜링기계와 영사기와의 유사성을 낳은 것이다. 1936년 스펙터클한 베를린 올림픽의 개최가 이뤄지고, 무엇보다도 레니 리펜슈탈 Leni Riefenstahl의 기념비적인 올림픽 다큐멘터리 필름이 만들어지던 시기였던 ─물론 그녀의 올림픽 다큐는 비록 수년 후 공개되었지만─ 그 시기에 벤야민은 당대 미디어의 발전이 낳은 새로운 세상과 그러한 세상에서 도출되는 위험성에 대해서 고민한다. 잘 알려진 바와 같이 벤야민의 논지는 영화와 같은 새로운 미디어의 발흥에 의해 야기된 인간 지각의 변화를 추적하고자 하는 것이며, 인간 본성에 대한 기술의 간섭에 초점을 맞추고 있다. '아우라', 즉 예술작품이 지닌 독특한 현전감이라는 저 유명한 개념에서 출발한 벤야민의 논의는 사진과 영화가 야기한 거리감의 상실에 주목하고 있으며, 거리가 주체와 객체를 구분하고 관람자와 광경 사이에 틈을 만들고, 거리가 있기 때문에 주체가 타자들을 대상으로 취급(대상화)할 수 있었다는 데 주목하게 만든다. 초연결성의 사회가 시간과 공간의 현존성을 극복하는 디지털 주체성과 가상성에 기반하고 있다고 주장되고, 또한 이러한 점에서 매체사의 발전이 이야기되며 더군다나 새로운 시대의 새로운 문학적 상상력과 내러티브가 가능하다고 주장된다면, 이러한 논의의 기저에는 벤야민의 고민이 자리 잡고 있다 할 것이다.[61]

---

61   벤야민은 새로운 매체의 발생과 이에 따른 전통적인 경험 및 인식모델의 변화는 관객을 산만한 시험관(試驗管)이 되게 하였다고 주장한다. 관객이 시험관이고 주인공들은 피시험자들인 무대에서, 대상을 그것을 감싸고 있는 표피로 부터 벗겨내는 일, 즉 아우라의 파

고대 로마의 신들 중에는 앙게로나 Angerona라는 침묵의 여신이 있는 바, 이미 언급한 바와 같이 연구자들은 앙게로나의 침묵을 고대 그리스의 밀의종교에서 비전(秘傳)에 견주어 위대한 침묵의 힘이라고 칭한다 (Agamben 2012, 94). 엘레우시스 밀의종교의 비전가들 initiates에게 비의는 단어와 상징 이전의 이미지와 표징의 형태로 전수되었을 것이다. 단어와 사물을 연결 짓는 이름과 단어, 그리고 그러한 연결 관계를 묘사하는 상징체계 이전의 '침묵'의 힘은 벤야민의 글들에서뿐 아니라, 카프카의 '사이렌들의 침묵'을 통해서 제시된 바 있다. 작금의 인문학이 간직하고 있는 삶의 정체성에 대한 해답은 마치 이러한 '비전(秘傳)'에 견줄 만하지 않을까 싶다. 표징으로서의 비전은 그 지시내용과의 연관성(지표성)하에서만 침묵을 깨트릴 것이다.[62] 새로운 매체사적 발전과정에서 새로운 매체가 만들어 내는 비전들은 그 매체의 발전을 낳은 재매개적/매개적 특성에 대한 이해를 통해서만 읽혀질 것이다. 이런 관점하에서 보자면 우리는 벤야민의 미디어 리터러시 개념에서 초연결사회의 문학적 상상력의 근원을 읽어 낼 수 있을 것이며, 미적 영역의 촉각적 수용을 이해할 수 있다.

괴는 이제 새로운 지각 작용의 징표로 작용할 따름이다. 이것은 '시선 없는 시각 Vision sans regard(비릴리오)'의 혁신을 의미하는 것이다. 사진과 영화와 같은 미디어를 접하는 기술복제시대의 대중의 인식은 더 이상 집중을 요구하지 않고, 집단적이고 분산적인 수용에서만 규정되어진다. 전통적인, '거리를 둔', 관조적인 침잠에 반하는 분산적인 오락성이 대중의 예술에 대한 관여방식의 특질을 이루게 되었다는 것이다.

62　기호가 아닌 표징이라는 단어의 사용은 본 연구가 모더니즘의 세속화과정에 대한 연구의 일부로서 기획되었음에 연유합니다. 벤야민의 의미에서 코드의 재코드화 혹은 최근의 트랜스미디어 스토리텔링 논의의 맥락에서 표징이 이야기된 할 것입니다.

　　　　　　　　　　　피구라와 알레고리

3

피구라의
서사학

성스러움의 모더니티:
피구라의 서사학

3.1
성현 이미지의 토포스와 내면의 내러티브

A. '십자가의 길' 혹은 성스러움의 재매개

'신의 죽음'으로 시작된 20세기가 지속적인 세속화 과정을 통해서 도달한 귀결이, '성스러움'과 '세속적인 것'의 헤테로토피아적인 '예외적 상황 Ausnahmenzustand'에 대한 논의로 나아가는 작금의 이론적 논구를 해명해야 하는 것은 절실하다. 이를 위하여 여기에서는 우선 2014년 현지 개봉한 독일의 영화 〈거룩한 소녀 마리아(원제: Kreuzweg)〉에 나타난 성스러움과 자기희생, 그리고 내러티브의 기반이 되는 '십자가의 길 14처'와 그 스토리텔링에 대한 고찰을 하고자 한다. 여기에서는 무엇보다도 탈마법화/탈신화화되어 모던한, 즉 세속화되어 버린 시대의 성스러움의 문학적/문화학적 현현(顯現)의 문제에 대해 천착하고자 한다. 이는 20세기에 일어난 재세속화과정의 연장선상하에서만 이해될 수 있을 것이다.

감독인 디트리히 브뤼게만 Dietrich Brüggemann과 그의 여동생인 배우 한나 브뤼게만 Hanna Brüggemann이 공동으로 각본을 쓴 영화 〈거룩한 소녀 마리아〉는 2014년 베를린 영화제에서 은곰상(최우수 시나리오 부문)을 수상한 바 있다. 줄거리를 간략하게 소개하자면 다음과 같다.

영화는 성 아타나시오 St. Athanasius 교회의 견진성사 예비 교리를 받는 14세의 여학생 마리아의 이야기를 중심으로 한다. 마리아의 가족이 다니는 성당은 극중에서는 성 바오로 수도회 소속으로 제2차 바티칸 공의회 concilium vaticanum secundum(1962-1965)[63] 이전의 교리와 소위 '트리엔트 성사'를 고집하는 교단이다. 극중의 성 바오로 수도회는 실상은 르페브르 Marcel Lefebvre 대주교가 1970년 스위스에서 창설한 성 비오 10세

---

63 1959년 1월 25일 당시 교황 요한 23세는 가톨릭 교회의 회개와 쇄신을 강조하여 공의회를 소집하였는데, 이는 1545년부터 1563년까지 트리엔트에서 개최된 바 있으며, 이후 1869년부터 1870년까지는 바티칸에서 개최된 바 있었다. 1962년 10월 11월부터 1965년 12월 8일까지 두 명의 교황시기를 아우르며 21회에 걸쳐 2800명이 넘는 주교가 참여한 제2차 바티칸 공의회는 4개의 헌장, 9개의 교령, 3개의 선언으로 공의회를 마감하였다. 교회·사목·계시·전례 등 네 개의 헌장과 주교 직무·사제 직무와 생활·사제양성·수도자 생활·평신도 사도직·동방교회·일치·선교·매스미디어 등에 관한 9개 교령, 그리고 비그리스도교와 교회의 관계·종교의 자유·가톨릭교육에 관한 3개의 선언이 바로 그것이다. 무엇보다도 이 공의회를 통해서 가톨릭교회는 다음과 같은 변화를 낳았다. 1) 현대세계로의 적응 및 전례 거행의 권위주의 철폐: 트리엔트 공의회 이후 라틴어로 봉헌되던 미사가 각국의 언어로 봉헌되기 시작했다. 2) 전례 거행에서의 공동체 중심: 신자들과 함께 제단을 바라보며 미사를 올린 것을 신자들과 마주보며 미사를 올리게 되었다. 3) 평신도 사도직: 소녀 복사가 인정되었다. 4) 갈라진 형제들과의 일치: 1517년 종교개혁 전통에 따라 분열된 개신교를 폄하하는 표현이었던 열교를 '갈라진 형제'로 순화했으며, 1054년 동방교회와 서방교회의 교회 분열로 갈라진 동방교회(동방정교회)와 화해하였다. 5) 타종교와 화해와 협력: 다른 종교에도 배울 점이 있으나, 그리스도의 복음을 전해야 한다는 종교관을 고백했다. 이와 관련해 전 세계 다른 종교인들이 상당히 고무되었다. 6) 대화와 자성: 교회의 사회적 책임에 곧 사회적 불의에 하느님의 말씀으로 저항하는 예언자적인 책임에 더 많은 관심을 갖게 되었다. 로마 가톨릭교회 신학자 칼 라너 사제가 제2차 세계대전당시 가톨릭이 교회의 안위를 위해서라는 이유로 나치독일 등의 전체주의에 저항하지 않은 점에 대해 지적한 일이 영향을 준 것이다. 〈거룩한 소녀 마리아〉에 나오는 성 바오로 수도회/성 비오 10세 수도회의 경우 이러한 공의회의 결정을 따르지 않는다.

수도회 Priesterbruderschaft St. Pius X.를 그 모델로 하고 있다 하는데, 마리아의 본당은 심지어 일상생활에서 접하는 팝음악이나 대중문화에 대한 노출을 금기시한다. 이제 막 사춘기에 접어들었을 나이이지만 신심이 돈독한 마리아에게 이러한 금기와 터부는 너무나도 당연히 여겨진다. 마리아는 견진 성사를 위한 교리 수업에서 주임신부 베버 Pater Weber와의 대화를 통해서 동생 요한 Johannes의 병을 고치기 위한 자기희생을 다짐하게 된다. 만 4세가 지나도록 요한은 어떤 연유에서인지 말을 하지 못한다. 견진 교리 수업 장면을 첫 장면으로 하여 영화는 총 14편의 시퀀스를 통해서 14세 소녀 마리아가 '자기희생'의 결과로 죽음에 이르는 며칠간의 일상을 담고 있다. 이 영화의 국내 제목이 '거룩한 소녀 마리아'인 것은 아마도 영화의 주인공인 14세 소녀 '마리아'에 집중을 하여 그러한 듯하다. 그러나 이 영화의 원래 독일어 제목은 '십자가의 길 Kreuzweg'이다. 십자가의 길은 예수의 수난 Passion을 기억하며 구원의 신비를 묵상하는 가톨릭의 기도 양식에서 유래한다.[64]

이 영화는 어린 소녀 마리아의 동생 요한에 대한 사랑과 희생에 다른 고통과 죽음의 과정을 담은 '마리아의 십자가의 길'을 그리고 있다 할 것이

---

[64] 가톨릭교회는 보통 사순 시기 동안에 매주 금요일과 성 금요일에 고통의 길 via dolorosa 이라고도 불리는 십자가의 길 via crucis 기도를 바친다. 십자가의 길 기도는 초기에는 구체적인 형태를 갖추고 있지 않았으나 14세기에 프란치스코회에 의해 기도문이 체계화되었다. 이 기도의 목적은 당시 이슬람교 세력의 예루살렘 정복 때문에 성지 순례 여행에 차질을 빚게 되자 유럽에서 그리스도의 수난과 죽음 과정에서 주요한 장면을 떠올리며 기도로서 영적인 순례 여행을 도우려는 것이었다. 이 신심은 프란치스코회의 전교활동에 의해 점차 전국적으로 확산하였다. 16세기까지는 각 처의 숫자가 고정되지 않았으나, 클레멘스 12세(1730-1740년)에 의해 현재의 순번으로 14처가 명시화되었다.

피구라와 알레고리

(캡처 화면 3-1: 〈거룩한 소녀 마리아 Kreuzweg〉)

다. 근대 이후 십자가의 길 via crucis 혹은 고통의 길 via dolorosa은 예수가 사형선고를 받고, 스스로 십자가를 지고 죽음을 향해 가는 고난에 찬 노정과 십자가에 못 박힘과 죽음, 무덤에 묻힘의 과정을 14개의 시퀀스(14處)로 이미지화 하고 있다. 브뤼게만의 영화는 십자가의 길의 14처에 맞춰 이야기되는 14세 소녀를 둘러싼 에피소드가 14개의 시퀀스로 이뤄진다. 매 장면은 십자가의 길 14처의 각 내용을 소제목으로 하여 영화가 구성되었다. 각 시퀀스 마다 부제처럼 붙여진 십자가의 길 표제어들은 에피소드의 내용들을 해석하는 데 있어 관객들의 독자적인 역할을 강화시키는 역할을 한다. 이 영화의 14개의 시퀀스와 십자가의 기도 14처는 다음과 같다(도표 3-1 참조).

시퀀스	상영시간	십자가의 길 14처	비고
01	00:00-15:12	제1처 예수님께서 사형 선고 받으심.	
02	15:12-23:46	제2처 예수님께서 십자가를 지심.	
03	23:46-30:00	제3처 예수님께서 기력이 떨어져 넘어지심.	
04	30:00-41:27	제4처 예수님께서 성모님을 만나심.	
05	41:27-52:56	제5처 시몬이 예수님을 도와 십자가를 짐.	
06	52:56-62:16	제6처 베로니카, 수건으로 예수님의 얼굴을 닦아드림.	
07	62:16-66:57	제7처 기력이 다하신 예수님께서 두 번째 넘어지심.	
08	66:57-70:55	제8처 예수님께서 예루살렘 부인들을 위로하심.	
09	70:55-78:08	제9처 예수님께서 세 번째 넘어지심.	*
10	78:08-87:00	제10처 예수님께서 옷 벗김 당하심.	
11	87:00-95:23	제11처 예수님께서 십자가에 못 박히심.	
12	95:23-98:24	제12처 예수님께서 십자가 위에서 돌아가심.	*
13	98:24-104:25	제13처 제자들이 예수님의 시신을 십자가에서 내림.	
14	104:25-110:09	제14처 예수님께서 무덤에 묻히심.	*

(도표 3-1: 〈Kreuzweg〉의 14시퀀스와 십자가의 길 14처)

견진을 앞두고 동생 요한의 치유라는 기적을 위해서 음식을 절제하는 자기희생을 혼자 다짐한 마리아는 학우인 크리스티안 Christian의 성가대 연습 초청을 어머니에게 거짓으로 이야기했다가 매우 꾸지람을 당하기도 하는데, 소위 '공의회 성당'에서는 전통적인 수난곡뿐만 아니라 가스펠 송들을 연습곡으로 하고 있어서 마리아의 본당에서는 금기시되었기 때문이

피구라와 알레고리

며, 더군다나 남학생에 대한 자연스러운 감정에 대해서도 마리아의 어머니와 성당은 마치 중세적인 도덕관을 강요하고 있다.

따라서 점차적으로 마리아는 학교에서 다른 급우들에게 따돌림을 당하기에 이르고, 마리의 일상에서 위안이 되는 유일한 사람은 프랑스 출신의 보모인 베르나데트 Bernadette일 뿐이다(캡처 화면 3-2 참조).

(캡처 화면 3-2: 희생을 위해 추위에도 옷을 벗은 마리아와 걱정하는 베르나데트)

마치 루르드의 성녀 베르나데트를 이름에서 연상시키는 이제 겨우 18세의 오페어 au pair는 나이에 비해서 주관이 뚜렷하고 신심도 깊어서 마리아에게는 어쩌면 부모보다도 더 의지하는 인물로 비춰진다. 고해 성사를 통해서 다시금 신심을 북돋은 마리아는 그럼에도 견진 성사 당일 주교의 면전에서 쓰려져서 병원으로 실려 가고, 극도의 스트레스에 의한 거식증과 그에 따른 영양실조로 입원하게 된다. 마리아는 이후 중환자실에서 병자성사 도중에 성체를 입안에 넣은 채 사망하기에 이른다. 병실의 시계는 오후 3시를 가리키고 있는 때에 마리아는 사망하고, 바로 이 순간 병실에 신부와 어머니와 같이 있던 동생 요한은 태어나서 처음으로 "마리아"라는 단어를 입 밖에 내뱉는다. 마치 성경 속의 예수의 죽음을 묘사하는 장면과 흡사하다 할 것이다. 장의사와 마리아의 장례 절차를 의논하면서, 마리아의 어머니는 요한의 '치유'를 마리아의 죽음이 가져온 기적으로 평가하면서, 마리아의 시성(諡聖)을 언급하기에 이르지만, 아버지는 침묵으로 일관한다. 영화는 마리아의 관이 공동묘지에 묻히는 장면으로 끝을 맺는다.

예수의 수난의 역사를 담은 십자가의 길 14처를 내러티브의 기본 틀로 삼은 이 영화는 견진 교리 수업을 받는 첫 장면에서부터 공동묘지에 묻히는 마지막 장면에 이르기까지 거의 예외 없이 카메라는 마리아를 주시하고 있으며, 두 세 번의 예외 장면(9번 및 14번 시퀀스, 12번 시퀀스는 부분 고정)을 제외하고, 마치 연극 무대를 촬영하는 듯이 카메라는 고정된 채 컷 없이 장면을 담아내고 있다. 영화 〈거룩한 소녀 마리아〉는 예수의 십자가의 길 14처를 따라서 주인공 마리아의 죽음에 이르는 길을 묘사하고 있다. 즉 '마리아의 십자가의 길' 14처를 보여 주고 있다 할 것이다.

뤼미에르 형제의 영화 실험이 세간의 관심을 자아낸 지 이제 갓 한 세기를 넘어서고 상대적으로 '새로운 New' 미디어인 영화의 역사는 문학작품의 새로운 매체 실험의 역사이기도 하다. 주지하다시피 '십자가의 길', 혹은 예수의 수난이라는 종교적 소재는 서구의 역사에서 수난극 Passionsspiel의 형태로 깊이 자리매김 되어 있었다. 영화가 보급되기 시작하면서 수난극의 요소가 새로운 매체로 표현된 것 역시 너무나 당연할 것이다. 예수의 일대기와 수난과 부활의 이야기는 수세기에 걸쳐서 다양한 예술 형태로 변화 발전해 왔다. 새로운 매체인 영화의 발전으로 예수의 이야기를 소재화하는 데 기존의 매체들보다 유리한 점이 부각되었다. 초창기 영화는 수난극을 예수의 생애를 재구성하는 기본 얼개로 인식했던 것 같다. 초창기의 영화사에 잘 드러나 있듯이, 무엇보다도 바이에른의 오버아머가우 Oberammergau에서 1634년 이래 10년마다 열리는 예수 수난극 행사가 1898년에 이미 스크린에 등장한 바 있다(Reinhartz 2007, 13). 그러나 이 역사적 사건의 역설은 대략 19분 분량의 이 시네마토그래프('The Passion Play at Oberammergau')는 비록 오버아머가우의 수난극을 직접 촬영했다는 주장에도 불구하고 실은 뉴욕의 어느 지붕아래서 만들어진 '위작'이었다는 사실에 있다. 이미 1896년 뤼미에르 형제가 괴테의 파우스트 소재를 바탕으로 작업을 하였을 정도로 모든 이에게 잘 알려진 이야기 소재에 대한 관심은 초창기 영화가 지닌 제작 환경적 제약요소와 제작자의 창의성 사이의 긴장관계 속에서 고조되었다(Kracauer 1961, 12). 처음 시네마토그래피가 선사하였던 기술적 혁신성은 너무나도 빨리 대중에게 외면되었기에, 더 이상 무의미한 동작들의 영상 재현이 아닌 이미지의 서사적 요소에 대한 관심이 고조되었던 것이다. 더욱이 초창기의 영화에는 심지어 자막조차 존재하지 않았던 터이라 모두가 공감하는 고전적인 스토리텔링 소재의 차용은 너무나도 당연한 것이었을지 모른다. 여기에 덧붙여서 이제 막 새로이 탄생한 영화라는 매체가 이미 탄탄한 문화적 지위를 향유하던 예술장르 혹은 스토리텔링의 성가에 기생하여 대중의 관심을 끌어보고자 하는 문화 경영적인 마인드 역시 엿보이는 대목이다. 초기 영화사에서 단골 메뉴처럼 등장하는 스테레오타입의 뱀파이어나 괴물 형상들의 존재가치 역시 이러한 점에서 찾아질 수 있을 것이다.

　세속화가 완결된 모더니즘의 시대를 지나 다시금 재신화화된 21세기 디지털 시대에 적합한 글쓰기 전략으로 트랜스미디어 스토리텔링이 이야기된다(Jenkins 2006, 95). 다른 한편 이론가들은 현대의 내러티브는 데카르트적 자아를 단순히 반복하는 것이 아니라 오히려 재매개 Remediation 한다고 주장한다. 트랜스미디어 스토리텔링은 상업주의 팬덤이지만 전통적인 신화 스토리텔링을 부활시킬 수 있는 참여문화현상으로 간주되어진 바와 같이 〈거룩한 소녀 마리아〉의 경우에서 그려지는 가상적인 탈마법화의 세계는 탈신화화된 세계인식의 '재매개적' 발현으로 이해될 수 있을 것이다.

B. '희생과 금기' 혹은 성스러운 시선의 기하학

이상에서 살펴본 바와 같이 성과 속의 대립은 태생적으로 공간적인 문제의식을 낳고 있다. 더군다나 근대 이후의 '성스러운 공간'은 모더니티의 미학과 사상의 접점이며 매우 다양한 의미 연관하에 존재한다. '십자가의 길', 역시 '성스러운 공간'의 이미지화와 성스러운 이미지의 '공간화'의 논의 속에서 규명될 수 있다. 왜냐하면 십자가를 지고 가는 '길'은 세속적인 악이 가득 찬 세상 속에서 거룩함의 길을 여는 행위로 여겨졌기 때문이며, 이 점이 순례 혹은 여행을 떠나는 이유가 아닐까 싶다(Grün 2008,7). 엘리아데가 언술하듯이 종교적인 인간에게 공간은 균질적이 아니며, 공간의 일부가 다른 부분과 질적으로 다른, 즉 성스러운 공간의 현현, 혹은 그 발견은 인간에게 깊은 실존적 가치를 부여한다. 십자가를 지고 죽음을 향해 걸어갔던 예수의 노정이 이후 남은 이들에게 새로운 삶의 이정표를 보여 주었듯이 말이다.

〈거룩한 소녀 마리아〉의 첫 장면은 견진성사를 준비하는 마지막 교리 수업시간을 묘사하고 있다(캡처 화면 3-3 참조). 14세 소녀 마리아는 당연히 본당 신부의 '오른편에

(캡처 화면 3-3: 견진성사 교리수업, 신부 오른편에 앉은 소녀가 마리아)

앉아' 있다. 신부는 견진이 의미하는 바가 무엇인가를 질문하고, 선과 악의 이분법에 기초한 도그마적인 종교관을 설파한다. 마리아는 자신의 마음속에 품고 있었던 질문을 던진다. "다른 어떤 사람을 위해서 제가 희생할 수 있을까요? 가령 아픈 어떤 사람을 위해서요?" 발달 장애가 있는 막내 동생 요한을 염두에 두고 하는 말이다. 수업이 끝나고 모두가 교실을 나가는 순간 탁자 위에 놓인 과자가 맛이 있다는 마리아의 말에 대해서 신부는 다음과 같은 말을 흘리며 첫 시퀀스는 끝을 맺는다. "가령 이 과자에서도 잠재적인 희생을 보는데!" 영화의 다음 장면들에서 보이듯이 마리아는 이로써 거식증을 앓게 되고, 아마도 의식적으로 음식물 섭취를 거부하여, 죽음에 이르며 '자기희생'을 하게 된다. 한낱 과자 부스러기가 성스러운 표징으로 여겨지는 대목이라 할 것인지, 마리아의 맹목적인 믿음이 낳은 자기 암시의 결과인지 알 수는 없지만, 마리아의 죽음에 이르는 길은 일견 기적을 낳는다. '하느님의 군사'가 되어 악의 무리들과 싸워야 한다는 주임신부의 견진에 대한 교리 설파에도 불구하고. 마리아는 결국 견진을 받지 못하고 병원에서 임종을 맞이한다. 병자성사 도중에 마리아의

심장은 멎고, 응급처치를 하는 분주한 의료진들을 바라보는 황망한 신부와 어머니의 표정과 그 상황은 결코 성스럽지 못하다(캡처 화면 3-4 참조). 고해성사 장면에서 그토

(캡처 화면 3-4: 마리아의 임종을 보는 신부, 어머니, 요한. 병실 벽시계는 3시)

록 마리아에게 단호하게 도그마를 설파하던 주임신부의 모습은 어디에도 없다. 견진성사를 위한 교리 수업 장면과 고해성사 장면, 그리고 마지막 병실 장면에 이르기까지 3번에 걸쳐서 주임신부 베버의 행위는 어쩌면 마리아의 성스러운 행위를 부정하는 것처럼 보인다. 더군다나 예수를 죽음

으로 내몬 사람들은 당대의 유대교 종교 지도자들 이었지 않던가. 병실의 벽시계는 오후 3시를 보여 주고 있고, 요한은 난생 처음 '마리아'라는 단어를 입 밖에 내뱉음으로써 마리아의 기적을 완수한다. 예수의 일생을, 즉 예수가 남긴 십자가의 길을 후세에 잘 보존하고 전달한 이가 사도 요한이 었듯이, 마리아의 기적을 가장 잘 보여 주는 사건은 요한의 첫 말 한마디 이다 할 것이다. 이로써 마리아의 십자가의 길은 성현(聖顯) Hierophanie 이 된 것이다.

지난 교황 베네딕토 16세는 추기경 시절인 2004년 1월, 하버마스와의 철학과 종교의 대화를 통해서 21세기의 이성과 종교 Ratio et Fides의 문제를 정치질서에 앞서는 윤리적 문제로 규명하고자 한 바 있다 (Habermas/Ratzinger 2005, 참조). 이와 같이 영성 혹은 '성스러움'과 세속성의 이분법적 대립에 기초한 논의는 매우 장대한 역사적 전통을 지닌다. 라칭어 주교는 일찍이 믿음의 이성적인 측면에 대한 논구를 통해서 단순히 지식 Wissen이 아니라 이해 Verstehen에서 인간존재의 참된 형식을 찾고자 한 바 있다(Ratzinger 2005, 70). 이러한 맥락에서 보자면 하버마스와 라칭어 추기경간의 종교와 철학의 대화는 세속화의 과정 속에서도 여전히 유효한, 보편적인 종교적 가치의 의미를 찾고자 한 것이다. 이는 2001년 하버마스의 프랑크푸르트 평화상 수상 연설인 '믿음과 지식 Glauben und Wissen'에서의 논의를 발전시킨 것이라 할 수 있다 (Habermas 2001). 서구의 계몽주의 전통에서 출발한 "상식 Common sense 또는 보편적 가치"에 대한 논구를 통해서 하버마스가 이야기하고자 하는 것은 탈신화화된 현대 사회에서도 여전히 유효한 선험성인 '성스러움'에 대한 이야기일 것이며, 당시의 라칭어 추기경이 하버마스의 논의에서 발전시키고자 한 것은 서구에서 계몽주의 단계를 거치면서 세속화된 사회 이후의 postsäkular 현대 사회가 지닌 문제의식이다. 이러한 문제의식과 '보편적 가치'에 대한 강조는 9.11 테러로 촉발되어 글로벌한 사회에서 위세를 떨치고 있으며, ―현재 우리사회의 위기의식의 기저에 놓여 있는― 탈세속화된 postsäkular 맹목적 도그마티즘에 대한 준엄한 비판으로 읽혀질 수 있을 것이다. '성스러움'이 서구의 미적 모더니즘에서 지속적으로 중심 담론을 형성하였다. 하나 20세기의 '성스러움'의 사멸에 대한 논의는 주지하다시피 막스 베버의 탈마법화 테제와 결부되어 이야기되어 과학과 이성에 의한 탈마법화/탈신화화는 성스러움을 전근대적 유산으로 치부한 바 있어서 '성스러움'에 대한 논의 혹은 영성 혹은 성현에 대한 논의는 '계몽의 변증법'이 함의하는 인류문화사적 전제로서 읽힌다.

주인공 마리아의 가족과 교회는 현대 사회를 살아가는 동년배 친구들이 향유하는 많은 것들을 포기하게 한다. 매스미디어와 인터넷에서 실시간으로 비춰지는 콘텐츠들과

(캡처 화면 3-5: 고해성사하는 마리아)

음악, 그리고 사춘기 소녀의 내면에 깃든 사랑의 감정에 이르기까지 종교는 마리아의 거의 모든 영역을 감독하고 지시한다. 사춘기 소녀의 애틋한 끌림의 감정에 대해서도 종교는 금기시 한다(캡처 화면 3-5 참조).

마리아에게 이러한 타부는 당연하게 여겨진다. 왜일까? 오토에게 '두려운 신비 myterium tremendum'의 감정으로 여겨진 '성스러움'은 프로이트에 이르러서는 가령 『토템과 타부』에서와 같이 신성함과 동시에 부정적인 양가성을 지닌 타부/금기의 감정으로 설명하고자 한다. 그는 강박신경증

자가 스스로 설정하는 금제와 원시 부족의 타부가 동일한 메커니즘에 의해 형성된다고 설명한다. 프로이트의 타부에 대한 연구는 다음과 같이 요약된다. 즉 타부의 존재는 금지된 행위에 대한 원초적 욕망이 타부 종족 내에 강하게 작용하고 있다는 사실을 의미한다. 무엇으로도 막을 수 없을 것 같은 강력한 욕망의 실현을 불가능하게 하기 위해서 아무 이유도 없이 그 행위를 금지시키는 타부가 필요한 것이다. '성스러운 두려움 heilige Scheu'(Freud 1991, 66)에 부합한 타부의 감정은 성스러움과 '두려운 낯설음 das Unheimliche'의 감정이 양가적으로 내재한다 할 것이다. 자기희생의 감정에 휩싸여 스스로 거룩해지고자 한 마리아의 성스러움의 기저에서는 따라서 이러한 금기/타부의 감정이 너무나 당연하게 여겨진다. 그 어떤 대중문화의 유혹에도 불구하고 한눈팔지 않고 사춘기 소녀 내면의 감정 변화 역시 대수롭지 않아 보인다. 일상에 대한 금욕적인 태도 역시 희생의 다른 이름이 아닐 것이다. 학교 체육 시간에 들려주는 경쾌한 음악을 사탄의 음악이라며 거부하는 마리아와 이를 이해하지 못하는 학우들 간의 대립과 이에 따른 집단 따돌림을 짐작하게 하는 장면(캡처 화면 3-6 참조)에서 잘 나타나듯이 마리아의 거룩함/성스러움을 담보

(캡처 화면 3-6: 체육시간에 팝음악을 거부하는 마리아, 교사, 학우들의 대립)

하는 것은 희생과 금기라 할 수 있다. 이러한 성스러움과 저 편의 세속적인 무리들과의 차별은 영화에서는 여러 차례 공간적으로 분리되어 제시된다.

하나 우리가 보고 있는 현실은 현대의 성스러움과 그 반대급부로서의

피구라와 알레고리

세속화의 특징들이 더 이상 통용되지 않는다는 사실이다. 이슬람 과격 테러리스트들의 자살특공대뿐만 아니라, 종교 간 교파 간의 대립은 그 어느 때보다도 '비이성적'이다. 우리네 세속화된 사회와 종교 간의 갈등은 폭발 일로에 있다 할 것이다. 그럼에도 작금의 포스트 모던한 탈세속화의 시대 는 과거 근대성의 귀결로 야기되었던 과학과 종교의 제로섬 대립이 해체 되는 것 같다. 전래의 종교와 학문의 대립관계는 민주적으로 계몽된 시민 계층의 보편적 가치에 대한 추구, 즉 상식에 대한 요청에 의해서 중재된 다. 구심점이라는 (경험의 공유)공간의 상실은 한사회의 동질성에 대한 물음 자체를 불가능하게 한다. 이는 아도르노의 말을 빌리자면 "경험의 정체성"이다. 더군다나 우리는 성스러움의 발현을 모더니즘의 역사철학 적 전제와 견주어 보면서 현대의 성스러움이 낳은 새로운 논의 공간 에 대한 규명을 하고자 하였다면, 마리아의 죽음을 성스럽게 여기는 어머니가 장례식을 준비하는 장면

(캡처 화면 3-7: 마리아의 장례식을 준비하는 부모, 장의사 이름이 Feuerbach임이 보임)

에서, 장의사의 이름이 포이어바흐 Feuerbach임이 창문에 적힌 간판으로 알게 된다(캡처 화면 3-7 참조).

　탈신화화된 근대, 즉 계몽 Aufklärung의 시대가 지닌 새로운 신화적 상황이 지닌 양가성에 대한 논의의 가장 중심에는 그 무엇보다도『계몽의 변증법 Dialektik der Aufklärung』이 놓여있다. 호르크하이머와 아도르노 는 계몽을 운명의 힘으로부터 탈출하는 데 실패한 시도로 파악한다. 계몽 이란 탈마법화의 과정이며, 동시에 '성스러움'을 몰아내는 세속화의 과정 이라고 할 수 있다. 해방의 황폐한 공허는, 신화적 폭력의 저주가 도망자

를 항상 앞지르는 모습으로 나타난다. 신화적 사유와 계몽적 사유에 대한 서술의 또 다른 차원은 탈신화의 궤도가 근본 개념들의 변형과 분화로서 규정되는 대목에서만 보인다. 마법적 사유는 사물과 인격, 탈영혼성과 영혼성, 조작의 대상과 행위, 행위자들 사이의 구분을 낳고 있지 않다. 하버마스는 '탈신화화가 비로소 우리에게 자연과 문화 사이의 결합으로 나타나는 마법을 풀었다'고 주장한 바 있다(Habermas 1983, 423). 계몽의 과정은 자연의 탈사회화와 인간 세계의 탈자연화를 야기하는 것이다. 이러한 '세계상의 탈중심화'의 과정은 전승된 세계상을 시간화 시킬 수 있었으며, 전래의 세계관은 그 자체 변경될 수 있는 세계에 대한 해석으로서 구별될 수 있게 되었다. 외면 세계는 존재자의 객관적 세계와 규범의 사회적 체계와 분화되며, 이 양자는 다시금 모두 주관적인 체험의 세계인 내면세계와 구별되어 나타난다. 이러한 탈마법화/세속화의 과정은 문학과

(캡처 화면 3-8: 마리아의 하관식, 아무도 참석 않고 기계가 작업을 하고, 비는 내린다)

예술의 영역에서도 실현된다. '성스러움'이 다시금 각광받는 현대는 현실과 그 묘사되어진 세계 사이의 일치성에 대한 믿음이 붕괴된 세계이며, 이는 '세계상의 탈중심화'의 특징이다(Todorov 2005, 참조).

출발점으로부터 멀리 벗어날 수 있다면, 이는 성공적인 계몽일 것이다. 그러나 오디세이의 이야기에서 볼 수 있듯이 신화의 이야기는 근원으로의 회귀를 '지연'시킬 뿐이다. 인류는 계몽의 세계사적 과정에서 근원으로부터 점점 더 멀어지지만, 신화적 반복의 강제로부터 해방되지 못한다. 완전히 합리화된 현대세계는 오직 가상적으로만 탈마법화된 세계이다.

피구라와 알레고리

이 점이 바로 '성스러움'이 이야기되는 지점이다. 왜냐 하면 모든 '탈신화화'는 희생이 아무 쓸모없고 불필요 했다는 끊임없는 경험을 표현하는 형식이라고 이야기하기 때문이다(Horkheimer/Adorno 1988, 61). 희생의 필연성이 이야기되는 곳은 허위에 가득 차 있으며 파편적인 합리성으로 폭로될지 모르지만 희생의 실천 행위 자체는 실재하는 현실이 되어 버린 '현대'의 성스러움을 마리아의 '기적'은 형상화하고 있는 것이다. 호르크하이머는 '희생의 합리성을 완전히 부정하는 희생에 대한 집단적 주술적 해석은 희생을 합리화 한다'고 말한바 있다. 마리아의 십자가의 길이 보여주는 거룩함/성스러움은 이러한 맥락하에서 이해된다.

3.2
모더니티의 공간 미학과 성과 속의 공간

C. 메피스토펠레스와 성경

선과 악, 빛과 어둠, 죽음과 부활은 서로 동떨어진 것이 아니라 하나의 얼굴이라고 한다. 악마는 인간 천성에 담긴 어둠의 총체이며, 빛 속에 사는 자는 신의 이미지가 되려고 애쓴다(융 2012, 380 참조). 악은 선의 결핍이며, 어둠은 빛을 비추기만 하면 아주 작은 빛이라 할지라도 그 어둠은 물러간다. 더군다나 죽음 없는 부활은 있을 수 없음을 '수난 Passion'의 신학은 누차 강조한다. 이점이 아마도 『파우스트』에서 하느님의 메피스토펠레스에 대한 '호감 la sympathie'을 읽어내고 있는 엘리아데 Mircea Eliade의 이론적 논구의 출발점이 아닐까 싶다. (엘리아데 2006, 97 참조) 메피스토펠레스는 주지하다시피 부정의 영이며, 삶의 진행을 거부하고 방해하는 존재이다. 메피스토는 히브리어로는 '길을 막는 자'(satan) 혹은 그리스어로 '길 위에 무언가를 집어 던지는 자'(diabolos)라는 악마의 정의에 부합한 존재이다. 성경에서도 욥은 "내가 지날 수 없게 그분께서 내 길에 담

　　　　　　　　　　　　　　　　　　　　　피구라와 알레고리

을 쌓으시고 내 앞길에 어둠을 깔아 놓으셨네"(『욥기』 19, 8)[65]라고 자신에게 적대적인 신에 대해 불평을 늘어놓고 있다. 또한 신학자 틸리히 Paul Tilich는 악마적인 것에서 '조건 지어진 어떤 것을 절대적 가치로 격상시키는' 또 다른 힘을 읽어 내고 있다. (배철러 2012, 56 참조) 악에 의해 왜곡된 것들이 혹은 확연하고 분명한 듯 보이는 연유가 여기에 있다. 이 악마적 힘이 때로는 우리를 저주하거나 구원할 수 있는 힘의 주체로 이해되기도 한다. 따라서 삶을 멈추게 하는 것, '삶 속의 죽음'을 목표로 하는 메피스토펠레스에 대한 신의 호감은 자칫 모순되어 보인다. 「천상의 서곡」에 나타난 하느님과 메피스토펠레스의 상호 '호감'의 배경에는 아마도 선과 악이 하나의 근원을 지닌다는 총체성의 철학이 놓여 있다 하겠다. 파우스트를 처음 만난 메피스토펠레스가 자신을 "항시 악을 행하지만,/ 항시 선을 만들어 내는 그 어떤 힘의 일부분이다. Ein Teil von jener Kraft,/Die stets das Böse will und stets das Gute schafft."(V. 1335f.)[66]라고 소개하는 표현도 이러한 '호감'의 연장선상에서 이해될 수 있다.

『파우스트』의 발생사에서 『욥기』가 차지하는 의미는 매우 장대하다. 『욥기』에서 사탄이 하느님의 한 식구로 묘사된다는 점은 악의 근원과 선의 근원이 동일함을 보여 준다 할 것이다. 연이어 하느님과 사탄의 대화를 통해서 욥의 불행이 야기된다. 사탄은 욥이 하느님께 신실하지 못하다

65　이 논문에서는 한국천주교주교회의가 2005년 발간한 『성경』을 기반으로 성경 구절을 인용한다.

66　본고에서는 괴테의 다음 판본을 저본으로 인용함. Goethe, Johann Wolfgang von (1996) : Faust, Goethes Werke, Band 3 (Hamburger Ausgabe) Textkritisch durchgesehen und kommentiert von Erich Trunz, 16., überarbeitete Auflage. München.

고 일러바친다. 사탄은 하느님의 명을 받고 욥을 심판하러 내려온다. 『욥기』의 사탄은 하느님 안의 또 다른 신성, 혹은 신성의 빛으로 감싸진 '그림자'(융)로도 이해될 수 있다. 일찍이 융은 『심리학과 연금술』을 통해서 세계를 치유하기 위해서는 사탄 역시 이해되고 통합되어야 한다고 주장한 바 있다. 선의 결핍으로서의 악을 이해한다는 것은 총체성이라 할 수 있는 그 어떤 신성을 전제로 한다. 그런데 본질적인 악은 이러한 총체성 혹은 전일성을 파기하고자 하는 세력이지 않은가? 악마적인 것이 구원받고자 한다면, 즉 처음 그 전체성의 본질에 도달하고자 한다면, 선의 결핍이 야기한 전체성의 파괴적인 상태를 벗어나야 한다. 서구 문화사에서 이러한 시기는 중세 이후 르네상스와 계몽주의시기에 맞이한 '악의 내면화 die Verinnerlichung des Bösen'(Kittsteiner 1993, 55)의 시대를 말할 수 있다. 자신의 운명에 대해서 자율성을 획득한 근대의 인간은 자신을 둘러싼 세상의 죄악에 대해서 이제 스스로 책임을 져야 했다. 중세의 기독교 전통이 사탄이 한때 천사였다는 사실을 애써 잊으려 했고, 악마의 모습을 천사의 얼굴에서 찾아야 한다는 생각을 더불어 잊으려 했기에, 단테의 루시퍼(14세기)와 타소의 플루토스(16세기)가 낳은 암울한 배경 하에서 밀턴의 『실락원』(1667)이 탄생한다. 밀턴의 사탄은 여전히 타락한 미와 그럼에도 비굴하지 않은 자존심을 지니고 있다. 허나 밀턴의 사탄은 복수에 대한 열망과 자아의 확인을 초월하는 선험적인 목표지향성을 지니지 못한다. 드디어 메피스토의 모습에서는 외형적으로는 고래의 악마적 추함은 이제 더 이상 찾아볼 수 없으며, 불확정성 역시 해소되어 나타난다. 근대의 시민들에게 내재된 악의 화신으로 현현한 메피스토의 모습을 설명하기 위해서 안더렉 Johannes Anderegg은 메피스토와 성경 속의 선과 악의 개념을 비교하는 탁월한 연구 성과를 보여 주고 있다.(Vgl. Anderegg 2005; Anderegg 2011) 특히 방대한 성경 인용들과 그 적확한 예시들에 이 글은 많은 빚을 지고 있다. 안더렉은 메피스토의 악마적 성격이 지닌 양 가성을 설명하기 위해서 우선 '나봇의 포도밭'이라는 성경적 모티브에 착 안한다.(Vgl. Anderegg 2005, 317) 즉『파우스트』2부의 제5막 '메피스토 펠레스와 3명의 힘센 장정'이라는 설명이 붙은 초반부 장면은 다음과 같 은 메피스토펠레스의 '관객들을 향한 ad spectatores' 대사를 통해서 마무 리 지어진다.

> 옛날에 있었던 일이 여기서 일어나는 군요.
> 나봇의 포도밭이라는 게 벌써 있었지요. (『열왕기 상』제21장)
> Auch hier geschieht was längst geschah,
> Denn Naboths Weinberg war schon da. (Regium I. 21.)(V.
> 11286f.)

메피스토펠레스의 이 대사는 한편으로는 필레몬과 바우치스를 처리하 라는 파우스트의 요구(V. 11275)에 대한 견해를 피력하는 바이고, 다른 한 편으로는 그 요구에 대한 결과로 일어나게 될 미래의 사건을 암시한다 할 것이다. 메피스토펠레스가 필레몬과 바우치스를 어떻게 처리하는지는 무대에서 이야기되지 않지만, 다음 장면의 메피스토펠레스의 다음과 같 은 외침으로 결말을 미루어 짐작할 수 있다: "용서하소서! 일이 원만하게 처리되지 못했습니다. Verzeiht! Es ging nicht gültig ab,"(V. 11351) 메피 스토펠레스는 이곳에서 마치 전지적 작가와 같이 일어난 사건에 대한 코멘트를 하고 있는 셈이다(Anderegg 2005, 317). 인간은 원래 한계 지어진 존재이다. 우리가 앞만 바라보고 살아갈 때, 우리는 뒤에 놓인 것을 보지 못한다. 우리가 지금 여기에 있다는 것은 , 저기 그곳, 그때를 포기한다는 것이지 않을까. 우리를 붙들고, 우리를 매어두고, 때론 우리를 한 곳으로 밀쳐대는 시간의 흐름 앞에 인간은 한계를 느낀다. 그러한 한계로부터 자유로운 것은 인간의 한계를 넘어서는 일이다. 하지만 때론 내 뒤에 있는 것을 그려 볼 수도 있고, 의식을 통해서 나는 내가 있는 지금 이 자리를 넘어서 다른 곳에서 주인이 되고자 염원할 수도 있다. 이러한 표상을 통해서 우리 자신의 내면성 속에서 나를 구속하고 있는 그 운명이라는 사슬에 마주하여 바라볼 수 있을 것이다. 이것이 '인간의 조건'이리라. 무제한으로부터 나를 배제시키는 행위, 즉 나를 한계를 극복한 인간으로 만들려는 염원이 '악의 내면화'를 낳은 역사철학적 전제가 될 것이다. '악의 내면화'의 표상인 메피스토는 '인간 조건'으로부터 자유롭고, 세계의 앞뒤에 익숙하고 시간의 한계에 개의치 않는다. 더군다나 그레트헨 에피소드나 헬레나 에피소드에서 잘 나타나 있듯이 메피스토펠레스는 단순히 코멘트의 차원을 넘어서서 앞으로 일어나 사건전개를 좌지우지할 수 있지 않나 하는 뉘앙스를 지닌다. 무엇보다도 '관객들을 향한 ad spectatores' 단언적인 대사로 장면을 종결지우는 경우가 파우스트보다 메피스토에게 더 많다는 사실이 보여 주듯이 메피스토의 우월함이 작품 도처에 산재되어 나타난다. 안더렉은 주장한다. 그런데 위의 메피스토펠레스의 단언적인 대사는 '나봇의 포도밭'이라는 성경 속의 에피소드를 인용하고 있다. 성경의 저자가 보는 세계는 형이상학적이며 상징적이다. 색, 숫자, 동물, 나무, 어부와 상인의 세계 등 성경이 그리는 세계는 '실재적'이지만, 성경의 이야기가 보여 주고자 하는 바는 그 실재적인 형상의 침묵 그 너머에 존재한다. 종교적 믿음이 아무리 경험적으로 증명될 수 없는 것이라 하더라도 그 믿음이 하나의 신화적 이미지로 작용하는 것을 막을 수는 없다. 성경의 이미지가 지니는 상징성은 우리의 지식이 언제나 제한적이고 불완전하다는 점을 각인시킨다. 인간이 아무리 학식이 높고 지적이고 박식하다 한들 이성적으로 확실한 지식을 추구할 수 있는 사람은 그리 많지 않다. 인간이 알고 있는 모든 것은 그것이 무엇이든지 간에 도구와 감각, 이성과 두뇌를 통해 검증되어야 한다. 하지만 인간은 자신의 주장을 이러한 도구의 도움 없이 규명할 수 없다.

메피스토펠레스는 이 장면뿐 아니라 『파우스트』의 도처에서 자신의 성경적 지식을 뽐내고 있기도 하다. 인간의 '우매함'을 조롱하며, 자신의 우월성을 자랑하는 것은 '악함'의 특성인 듯하다. 그런데 성경속의 악마 역시 성경을 인용하기도 하는데, 가령 마태복음 제4장에는 광야의 예수님께 유혹하는 악마가 구약을 인용하는 다음과 같은, 인터텍스트적인 대목이 나온다.

1 그때에 예수님께서는 성령의 인도로 광야에 나가시어, 악마에게 유혹을 받으셨다.
2 그분께서는 사십 일을 밤낮으로 단식하신 뒤라 시장하셨다.
3 그런데 유혹자가 그분께 다가와, "당신이 하느님의 아들이라면 이 돌들에게 빵이 되라고 해 보시오." 하고 말하였다.
4 예수님께서 대답하셨다. "성경에 기록되어 있다. '사람은 빵만으로 살지 않고 하느님의 입에서 나오는 모든 말씀으로 산다.'"

5 그러자 악마는 예수님을 데리고 거룩한 도성으로 가서 성전 꼭대기에 세운 다음,

6 그분께 말하였다. "당신이 하느님의 아들이라면 밑으로 몸을 던져 보시오. 성경에 이렇게 기록되어 있지 않소? '그분께서는 너를 위해 당신 천사들에게 명령하시리라.' '행여 네 발이 돌에 차일세라 그들이 손으로 너를 받쳐 주리라.'"

가령 "숲과 동굴" 장면에서 천지창조를 빗대거나("천지창조의 엿새 동안의 신의 위업을 가슴속에 느끼고'(V. 3287)), 예의 서재 장면에서 학생에게 적어 주는 "Eritis sicut Deus scientes bonum et malum"(V. 2048)라는 창세기의 구절과, 연이어서 이브를 유혹한 뱀과의 악마의 혈연성을 암시하는 독백을 하고 있다. "이 오래된 금언, 내 아주머니 뱀의 말을 따르라. 언젠가 너 자신도 신을 닮은 것이 불안해 질 것이다."(V. 2049f.) 뿐만 아니라 필레몬과 바우치스를 불가피하게 해칠 수밖에 없었다고 파우스트에게 변명을 늘어놓으면서 메피스토는 다음과 같이 자신의 행위를 정당화시킨바 있다.

두드리고 두드렸지만,
어디 문을 열어주어야 말이죠.
Wir klopften an, wir pochten an,
Und immer ward nicht aufgetan; (V. 11352f.)

이 구절은 유명한 루카 복음서 11장 9절("내가 너희에게 말한다. 청하여

라, 너희에게 주실 것이다. 찾아라, 너희가 얻을 것이다. 문을 두드려라, 너희에게 열릴 것이다.")과 마태오 복음서 7장 8절("누구든지 청하는 이는 받고, 찾는 이는 얻고, 문을 두드리는 이에게는 열릴 것이다.")을 패러디한 것이다. 위에서 언급한 나봇의 포도밭에 대한 비유에는 성경 구절(『열왕기 상』, 1, 21)이 병기되어 있듯이 아합과 그 부인 이제벨의 부당한 행위에 대한 에피소드가 배경이 되고 있다. 필레몬과 바우치스에 대한 파우스트 일행의 이야기에는 사마리아의 왕 아합이 아봇의 포도밭을 탐내자 왕비 이제벨이 꾀를 내어서 사람들을 시켜서 아봇을 처치하게 하여 그 포도밭을 차지하였는데 결국 저주를 받는다라는 열왕기의 이야기가 배경으로 이해되고, 더불어서 『코헬렛』의 이야기가 배경이야기라고 해석되어진다. (Anderegg 2005, 318) "허무로다, 허무! 코헬렛이 말한다. 허무로다, 허무! 모든 것이 허무로다!"(코헬렛 1, 2)라는 코헬렛의 한탄으로 유명한 전도서는 욥기의 이야기와 더불어서 악의 문제에 대한 성경적 해석의 출발점이 된다 할 것이다.

필레몬과 바우치스의 이야기는 잘 알려져 있다 시피, 오비디우스의 『변신이야기』의 8부에서 그 유래를 찾을 수 있다. (오비디우스 1998, 366-371) 오비디우스의 이야기와 파우스트의 필레몬과 바우치스 이야기는 성경의 스토리텔링 구조에 의해서 재구성되어진 셈이다. 오비디우스의 버전에 따르면, 모든 이들에게서 박대를 당한 주피터와 메르쿠르에게 늙고 가난한 필레몬과 바우치스 부부만이 거처를 제공하고 반갑게 환대한다. 그들의 선행과 수고 덕분에 필레몬과 바우치스는 대홍수의 재앙에서 살아남게 되고, 오두막은 신전이 되었고, 두 노인은 신들의 호의로 평생 신전을 돌보다가 신전 앞의 두 그루 나무가 되었다고 한다. 오비디우스의 이야기에는 필레몬과 바우치스의 최후를 다음과 같이 묘사하고 있다: "이런 저런 이야기를 하던 바우치스는, 필레몬의 몸에 잎이 돋아나는 것을 보았고, 필레몬은 바우치스의 몸에서 잎이 돋아나는 것을 보았네. 이윽고 머리 위로 나무가 뻗어 올라가기 시작하자 이들은 마지막 인사를 서로 나누었네. 말을 할 수 있을 때 마지막 인사를 해 두어야 했던 것이네. '잘 가게, 할미.', '잘 가요, 영감.' 이들이 이러는데 얼굴이 나무껍질로 덮이면서 이들의 입을 막아 버렸지."(오비디우스 1998, 370)

『파우스트』에서 필레몬과 바우치스는 역시나 도움을 청하는 이를 그들의 집으로 청한다. 오비디우스의 이야기에서와 같이 신들이 아니라 괴테의 이야기에서는 언젠가 배가 난파하여 필레몬과 바우치스에게서 도움을 받은 바 있는 나그네가 다시금 그들을 찾아온 것이다. 필레몬과 바우치스에게 감사의 마음을 전하기 위해서 이제금 나타난 나그네를 맞이하는 것은 두 노인뿐만이 아니라, 메피스토펠레스와 그 하수인들인 세 명의 힘센 장정들이었다. 이들은 모두 폭력의 희생자가 되어 오비디우스의 이야기에서와 같은 해피 엔딩과는 너무나 거리가 먼 이야기가 된다. 메피스토와 세 명의 힘센 장정들의 모티브가 될 만한 성경속의 에피소드로 다윗과 세 명의 용사에 대한 사무엘기의 에피소드를 이야기 할 수 있다. 성경『사무엘 하』의 제23장 8-17절에는 다윗의 세 용사를 다음과 같이 설명한다.

8 다윗이 거느린 용사들의 이름은 이러하다. 하크모니 사람 요셉 바쎄벳은 세 용사 가운데 우두머리였다. 그는 한 전투에서 팔백 명에게 창을 휘둘러 그들을 모조리 죽인 사람이다.

9 그 다음으로 아호아 사람 도도의 아들 엘아자르가 있었는데, 그도 세

피구라와 알레고리

용사 가운데 하나다. 그가 다윗과 함께, 싸움터에 집결해 있는 필리스티아인들에게 욕을 퍼부으며 맞서는데, 이스라엘 사람들이 후퇴한 적이 있었다.

10 그러나 엘아자르는 버티고 서서 필리스티아인들을 쳐 죽였다. 나중에는 그의 손이 굳어져 칼에서 풀리지 않을 정도였다. 주님께서 그날 큰 승리를 이루어 주셨다. 그제야 다른 군사들도 그에게 돌아왔지만, 죽은 자들을 터는 것밖에 할 일이 없었다.

11 그 다음으로 하라르 사람 아게의 아들 삼마가 있었다. 필리스티아인들이 르히에 집결해 있을 때, 그곳에는 팥을 가득 심은 밭이 있었는데, 이스라엘 군대가 필리스티아 군대를 보고 달아났다.

12 삼마는 밭 한가운데에 버티고 서서, 그것을 지키며 필리스티아인들을 쳐 죽였다. 이렇게 주님께서는 큰 승리를 이루어 주셨다.

13 수확 철에, 삼십 인의 우두머리 가운데 세 사람이 아둘람 동굴에 있는 다윗에게 내려갔는데, 필리스티아인들 한 무리가 르파임 골짜기에 진을 치고 있었다.

14 그때 다윗은 산성에 있었고 필리스티아인들의 수비대는 베들레헴에 있었다.

15 다윗이 간절하게 말하였다. "누가 베들레헴 성문 곁에 있는 저수 동굴에서 물을 가져다가 나에게 마시도록 해 주었으면!"

16 그러자 그 세 용사들이 필리스티아인들의 진영을 뚫고, 베들레헴 성문 곁에 있는 저수 동굴에서 물을 길어 다윗에게 가져왔다. 그러나 그는 그 물을 마시기를 마다하고 주님께 부어 바치며

17 말하였다. "이 물을 마셨다가는 주님께서 용납하지 않으실 것이다.

이것은 목숨을 걸고 가져온 부하들의 피가 아닌가!" 그러면서 다윗은 그 물을 마시기를 마다하였다. 그 세 용사가 바로 그런 일을 하였다.

골리앗에 대항하여 이긴 다윗과 그 세 명의 부하들은 메피스토와 그 세 명의 억센 장정들이라는 알레고리로 나타나서 파우스트의 덧없는 소유욕과 헛된 권력욕을 상징하고 있는 셈이다. (Anderegg 2005, 319) 인간은 선을 취하고 악을 멀리하고 싶어 한다. 그러나 영혼의 고독과 선을 향한 갈망 사이에서 방황을 인간이 지닌 한계에 닿은 삶의 귀결이다. 어느 한순간 가기 혐오에 불타 가다도 다른 한순간 자기 연민의 엑스타시에 내 실존의 고민을 떠넘긴다. 악마는 바로 여기에 있다. 우리의 내면에 내재한 악마성에 대한 자각, 즉 우리의 심장부에 동거하는 악마의 도전을 처음 직면한 것이다.

내 안의 악마, 혹은 어떤 생각에 대한 과도한 집착이 곧 심리적 지옥의 상태를 만든다 할 것이다. 단테의 『신곡』에서는 아홉 번째 지옥에서 다음과 같이 루시퍼를 묘사한다.

이 비참한 왕국의 제왕은 가슴의 절반 위를 얼음 밖으로 내놓고 있다. 그 팔의 길이가 거인의 키를 훨씬 능가하기 때문에 차라리 내 키가 거인에 가깝다 할 수 있을 정도이다. [⋯] 그것이 우쭐하여 조물주에 반역한 것이다. 모든 재난이 그에게서 원천을 이루는 것도 당연한 이치이다. 오, 보니 머리에 얼굴이 셋 있다. 얼마나 무거웠겠는가. 하나는 앞을 보고 붉은 물감을 쏟은 듯 새빨갛다. 그리고 이 얼굴에 이어져 다시 두 개의 얼굴이 각각 양쪽 어깨 복판에 자리 잡고 뒤는 볏 있는 데서 합쳐져 있다.
오른쪽 얼굴빛은 흰색과 누런색의 중간, 왼쪽 얼굴빛은 나일 강 상류의
골자기서 나온 〈검둥〉이와 똑같은 색깔이다.

(단테 1981, 144)

지옥의 가장 깊은 곳에 도사리고 있는 루시퍼가 '지옥불'이 아니라, 차가운 얼음 속에 갇혀 있다는 단테의 이야기는, 지옥 중의 최대 지옥, 즉 실존의 심연에 자리 잡은 '극악무도함' 혹은 과도한 갈망과 집착이란 곧 삶의 불확정성과 자기 욕망이 낳는 '차가움'을 의미한다는 것을 보여 준다. 지옥의 중심을 향해서 떠나는 단테의 '부활절 여행기'에서 인간이 악마의 심장부를 향해서 다가가면 갈수록 어둠 속에 빛은 그 광채를 잃어 가고, 따스함은 차가움으로 변해 간다는 것을 보여 준다. 악마에 가까울수록 인간은 더 고립과 절망을 경험한다. 지옥은 그리고 악마가 허우적거리고 있는 얼음물은 차갑고 황폐한 절망과 고독의 비인간성에 대한 은유이기 때문이다.

오비디우스의 필레몬과 바우치스와 달리 괴테의 필레몬과 바우치스는 자신들이 행한 경건함과 선행의 대가로 궁극적으로 죽음을 맞이하게 된다. 필레몬과 바우치스는 매립지 공사로 인해 자신의 터전이 고립되고 이전을 촉구 받지만 정든 땅을 고집하여 일상의 기도와 일과를 다음과 같이 지속하고자 한다.

자, 우리 경당 쪽으로 가서
마지막 햇빛을 바라 봅시다!

종을 울리고 무릎 꿇어 기도하면서

예로부터 계시는 하느님에 의지합시다!

Laßt uns zur Kapelle treten!

Letzten Sonnenblick zu schaun.

Laßt uns läuten, knien, beten!

Und dem alten Gott vertraun.

(V. 11139-11142)

'예로부터 계시는 하느님'이라는 표현은 『신명기』 33장 27절의 "예로부터 계시는 하느님은 피난처이시고"와 연관되어 이해될 수 있으며, 현실의 폭력적인 절대적 힘 혹은 현세의 신과 같은 존재인 메피스토펠레스와 그 일당에 대한 거부감에서 현세의 현재의 신에 대한 부정의 마음을 표출한다. (Anderegg 2005, 320) 또한 『고린도2서』 4장 4절의 표현은 다음과 같다.

4 그들의 경우, 이 세상의 신이 불신자들의 마음을 어둡게 하여, 하느님의 모상이신 그리스도의 영광을 선포하는 복음의 빛을 보지 못하게 한 것입니다.

연이어서 자행되는 필레몬과 바우치스 일행에 대한 살인과 방화 사건 이후 '교회'와 '종소리'에 대한 파우스트의 거부감에서 잘 보이듯 종교적인 경건함과 삶에 대한 소박함, 이웃들에 대한 사랑으로 점철된 필레몬과 바우치스의 삶에 반하여 파우스트에게 이러한 덕목은 낯선 것들이었다. 필레몬과 바우치스의 삶은 파우스트가 추구한 소유욕과 지배욕과는 정반대의 삶이었으며, 메피스토가 제시하는 유혹들에 자유로운 삶이었다. 필레몬과 바우치스가 평생을 영위하였던 소박한 삶과 이웃에 대한 사랑의 정신, 그리고 하느님에 대한 경건함은 파우스트에게는 매우 낯선 덕목이었으며 그는 결코 깨우친바 없었다. 그레트헨과의 사건에서나 헬레나와의 일들에서 파우스트의 행위는 이를 잘 보여 주고 있다. 더군다나 경건한 인간들을 처치하는 데 흥미를 느끼는 메피스토펠레스의 경우에는 안더렉이 잘 지적하고 있듯이, 다음과 같은 파우스트와의 대화에서 잘 나타나 있듯이 악을 행함을 부추긴다. (Anderegg 2005, 320)

> 누가 부인하겠습니까? 저런 종소리라면
> 어떤 고귀한 귓전에도 불쾌하게 울릴 것입니다.
> 저 빌어 먹을 딩, 뎅, 동 소리는
> 명랑한 저녁하늘을 안개로 감사 버립니다.
> 온갖 세상일에 끼어들지요(.)
> Wer leugnets! Jedem edeln Ohr
> Kommt das Geklingel widrig vor.
> Und das verfluchte Bim-Baum-Bimmel
> Umnebelnd heitern Abendhimmel,
> Mischt sich in jegliches Begebnis(.)
>
> (V. 11261-11265)

연이어서 파우스트는 메피스토에게 필레몬과 바우치스 부부를 매립지에서 쫓아 낼 것을 요청하고, 그 이야기를 들은 파우스트가 처음 인용한 바와 같이 '나봇의 포도밭' 이야기를 통해서 이 사건의 전개를 미리 속단한다. 나봇의 포도밭을 빼앗은 아합의 부인 이제벨은 마치 파우스트에게 메피스토펠레스의 존재와 같이 악의 조력자를 상징한다. 아합의 부인 이제벨이 그 악행으로 말미암아 벌을 받아 처참한 말로를 맞이한 반면에 결코 인간적 존재가 못되는 메피스토는 자신의 종말에 대한 두려움이 없다. 반면에 성경 속에서는 『요한묵시록』 제2장의 '티아티라 신자들에게 보내는 말씀'에는 다시금 이제벨이라는 이름이 나타난다(『요한묵시록』 제2장, 20절: 그러나 너에게 나무랄 것이 있다. 너는 이제벨이라는 여자를 용인하고 있다. 그 여자는 예언자로 자처하면서, 내 종들을 잘못 가르치고 속여 불륜을 저지르게 하고 우상에게 바친 제물을 먹게 한다). 요한묵시록에서 이자벨은 더 이상 아합의 부인이라는 인명이 아니라 모든 불륜과 독신(瀆神)의 화신으로 여겨지며, 사탄의 하수인이자 모든 악의 대변인을 나타낸다(Anderegg 2005, 321). 또한 1831년 6월 6일 에커만과의 대화에서 언급되고 있듯이 괴테는 파우스트와 아합의 연관성에 대해서 깊은 고려를 하였던 것으로 보이는데, 나봇의 포도밭을 억지로 빼앗은 아합이 종국에는 처참한 최후를 맞이하는 것에 비하여 파우스트의 경우는 조금 다르게 보일 수 있다. 끊임없는 소유욕과 권력욕을 지녔음에도 이제껏 파우스트는 ─아마도 메피스토의 덕분이겠지만─ 별 탈 없이 삶의 목표의 완결을 목도에 두고 있다. 나봇, 이자벨, 아합의 이야기는 추락이 상승 후에 온다는 사실, 권력의 무상함은 권력을 얻은 후에야 느껴본다는 점, 이익이 따르면 손해도 오기 마련이라는 만고의 진리를 기억나게 한다 할 것이다. 바로 이 대목에서 메피스토는 예의 나봇의 포도밭 구절을 끄집어들이

피구라와 알레고리

고 있다. 이제벨 혹은 악의 화신, 더 나아가서 악마에 대한 묘사와 비유들은 아마도 강박적 불확정성에 대한 이야기를 내포하고 있다. 냉혹한 얼음물에 잠겨있는 루시퍼의 차가운 심장과 대조적으로 3개의 얼굴을 지닌 루시퍼에 대한 단테의 이야기는 이러한 강박적 불확정성의 근원에 대하여 보여 주는 것이 아닐까 한다. 머리는 3개나 있으되, 심장에서 결코 따스한 피를 보내지 못하는 루시퍼의 모습이 바로 악의 근원적 모습이다.

D. '성과 속' 혹은 성스러움의 현현(顯現)

안더렉에 따르자면, 메피스토가 나봇의 포도밭 사건을 언급하며 말하는 "옛날에 있었던 일이 여기서 일어나는군요."라는 구절은 『코헬렛』의 다음 구절들을 생각나게 한다.

> 9 있던 것은 다시 있을 것이고 이루어진 것은 다시 이루어질 것이니 태양 아래 새로운 것이란 없다.
> 10 "이걸 보아라, 새로운 것이다." 사람들이 이렇게 말하는 것이 있더라도 그것은 우리 이전 옛 시대에 이미 있던 것이다.
> 11 아무도 옛날 일을 기억하지 않듯 장차 일어날 일도 마찬가지. 그 일도 기억하지 않으리니 그 후에 일어나는 일도 매한가지다.
>
> (『코헬렛』 제1장 9-11절)

메피스토펠레스가 코헬렛을 인용한다는 점은 의미하는 바가 심대하다.

일견 인생의 무상함 혹은 인생사의 무상함을 이야기하는 듯한 이 구절은 메피스토펠레스가 어떤 존재인가 하는 질문에 답을 주는 듯하다. '옛날에도 있었던 일'이 반복해서 일어나고, 지난 일들과 매한가지로 미래에 일어나는 일들에 대해서도 아무도 관심이 없겠지만, 메피스토 자신을 이미 지난 일을 겪어 보았고, 앞으로 일어날 일들에 대해서도 알고 있고 또한 기억하리라는 것이다. 메피스토는 시간의 법칙으로부터 자유로운 존재인 것이다. 메피스토가 마치 코헬렛과 같은 선지자적 능력을 부여받은 자라면 그는 악마적 존재만이 아닌 것은 아닐까?

파우스트와의 처음 만남에서 메피스토펠레스가 파우스트로부터 듣는 질문은 바로 "도대체 너는 무엇이냐? Nun gut wer bist du denn?"(V. 1335)이다. 파우스트는 메피스토펠레스가 악마와 다름이 아니라는 확신 속에서 이런 질문을 던진 것이다. 주지하다시피 '천상의 서곡'에서 하느님과 내기하는 메피스토펠레스의 에피소드는 성경『욥기』의 패러디로 읽힌다.『욥기』제1장, 6-12절에는 다음과 같이 하느님과 사탄의 내기 장면이 있다.

> 6 하루는 하느님의 아들들이 모여 와 주님 앞에 섰다. 사탄도 그들과 함께 왔다.
> 7 주님께서 사탄에게 물으셨다. "너는 어디에서 오는 길이냐?" 사탄이 주님께 "땅을 여기저기 두루 돌아다니다가 왔습니다." 하고 대답하자,
> 8 주님께서 사탄에게 말씀하셨다. "너는 나의 종 욥을 눈여겨보았느냐? 그와 같이 흠 없고 올곧으며 하느님을 경외하고 악을 멀리하는 사람은 땅 위에 다시없다."

9 이에 사탄이 주님께 대답하였다. "욥이 까닭 없이 하느님을 경외하겠습니까?
10 당신께서 몸소 그와 그의 집과 그의 모든 소유를 사방으로 울타리쳐 주지 않으셨습니까? 그의 손이 하는 일에 복을 내리셔서, 그의 재산이 땅 위에 넘쳐 나지 않습니까?

하느님이 사탄에게 "너는 나의 종 욥을 눈여겨보았느냐?" 하는 질문과 마찬가지로 메피스토펠레스에게 "너는 파우스트를 아는가? (V. 299)" 하는 질문이 던져진다. 주님과 메피스토간의 파우스트를 둘러싼 내기가 성사되고 주님은 메피스토의 존재에 대해서 말하기를 그들을 결코 '미워한 적도 없고', 비록 부정을 행하는 자들이지만 인간의 벗이 될 수도 있겠다 싶어 하고 있다. 더불어 메피스토 역시 간간히 저 늙은이 '하느님'을 보고 싶을 때가 있음을 실토하고 악마인 자신에게 인간적으로 대해 주는 하느님에 대해서 '호의'(엘리아데)를 느낀다. 이점이 메피스토펠레스와 『욥기』의 사탄과의 본질적인 차이를 낳는다. 메피스토는 결코 하느님과 대적하는 사탄이 아니며, 오히려 하느님이 인간 가까이에 보내는 '전령'의 역할을 하고 있는 것은 아닌가 싶다(V. 342f 참조). 메피스토펠레스는 『욥기』를 위시한 신약과 구약의 성경에 나오는 사탄들처럼 인간들을 유혹에 빠지게 하여 하느님을 부정하게 하고 죄를 짓고 악의 소굴로 이끄는 형상이 아니라, 메피스토와의 첫 대면에서 하느님이 메피스토펠레스를 지칭하였던 '악동 der Schalk'이라는 명칭에 걸맞은 장난들을 불사한다. 아우어바흐 술집 장면이나, 마르테와의 만남, 가면무도회 장면이나 황제의 어전에서 메피스토의 익살은 악의적이지 않고 혹여 그로인해 무언가 어긋난다

한들 이를 통해서 더 나은 발전이 도모된다. 그럼에도 메피스토는 여전히 자신을 부정의 영(V. 1338-1344 참조)으로 이해하고 방해하고 훼방을 놓은 존재임에는 틀림없다. 처음 욥의 이야기의 패러디로 시작된『파우스트』는 결말부에서는『욥기』의 사탄 역할을 자처한 메피스토펠레스가 파우스트 대신에 고통을 당하게 되고, 메피스토의 한탄은 어느 누구하나 자신을 위해 나서는 자가 없다는 마치 욥의 탄식을 듣는 듯하다.『욥기』제23장 2-9절은 다음과 같다.

> 2 오늘도 나의 탄식은 쓰디쓰고 신음을 막는 내 손은 무겁기만 하구려.
> 3 아, 그분을 어디에서 찾을 수 있는지 알기만 하면 그분의 거처까지 찾아가련마는.
> 4 그분 앞에 소송물을 펼쳐 놓고 내 입을 변론으로 가득 채우련마는.
> 5 그분께서 나에게 어떤 답변을 하시는지 알아듣고 그분께서 나에게 무슨 말씀을 하시는지 이해하련마는.
> 6 그분께서는 그 큰 힘으로 나와 대결하시려나? 아니, 나에게 관심이라도 두기만 하신다면.
> 7 그러면 올곧은 이는 그분과 소송할 수 있고 나는 내 재판관에게서 영원히 풀려나련마는.
> 8 그런데 동녘으로 가도 그분께서는 계시지 않고 서녘으로 가도 그분을 찾아낼 수가 없구려.
> 9 북녘에서 일하시나 하건만 눈에 뜨이지 않으시고 남녘으로 방향을 바꾸셨나 하건만 뵈올 수가 없구려.

(그림 6: il trionfo della morte)

이에 반해 괴테의 작품에서는 파우스트가 아닌 메피스토펠레스의 다음과 같은 하소연이 보인다.

이제 나는 누구에게 하소연한단 말인가?

누가 나의 기득권을 돌려줄 것인가?

Bei wem soll ich mich nun beklagen?

Wer schafft mir mein erworbenes Recht?

(V. 11832f.)

파우스트의 주검을 둘러싼 주도권 싸움에서 패배한 메피스토가 한탄하는 이 장면은 모세의 주검을 두고 벌이는 악마와 대천사 미카엘의 에피소드를 염두에 둔 것이다. 가령 『유다 서간』 제1장의 8-10절은 다음과 같다.

8 저 꿈꾸는 자들도 마찬가지로, 몸을 더럽히고 주님의 주권을 무시하며 영광스러운 존재들을 모독합니다.

9 그러나 미카엘 대천사도 모세의 주검을 놓고 악마와 다투며 논쟁할
때, 감히 모독적인 판결을 내놓지 않고 "주님께서 너를 꾸짖으시기를 바
란다." 하고 말하였을 뿐입니다.
10 저들은 자기들이 이해하지도 못하는 것들을 다 모독하지만, 지각없는
짐승처럼 누구나 본성으로 아는 것들, 바로 그것들로 멸망하고 맙니다

그러나 쉐네 Albrecht Schöne의 주석서에 따르자면, 괴테는 어떤 그림
에서 영감을 받았다고 한다. (Schöne 1999, 764) 이탈리아 피사의 사원
(Campo Santo)의 프레스코 벽화 '죽음의 승리 il trionfo della morte'(그림
3-9 참조)의 동판화 복제품을 괴테는 지니고 있었다는 것이다.

인간의 영혼을 둘러싼 천사 혹은 성인과 악마의 싸움은 당대의 예술 작
품의 주요 소재로 일반화 되어 있었다 할 것이다. 성경의 여러 구절에서
는 악마를 세상의 지배자로 묘사하고, 심지어 사탄을 우리시대의 신으로
까지 이야기하기도 한다. 그러나 사도 바울은 『에페소 신자들에게 보낸
서간』에서 다음과 같이 단호하게 악마와의 싸움을 이야기한다.

12 우리의 전투 상대는 인간이 아니라, 권세와 권력들과 이 어두운 세
계의 지배자들과 하늘에 있는 악령들입니다.

(『에페소 신자들에게 보낸 서간』6장, 12절)

은유로 가득 찬 이 짧은 글이 말하고자 하는 바는 무엇보다도 속세의 인
간들을 옥죄이고 삶을 통제하는 지배적인 힘에 대한 저항의 설파이다. 현

재적인 관점에서 보자면 현대의 시장경제와 상부구조의 면면에 도사리고 있는 반인간적 모순들에서 악마적 면모를 읽어낼 수 있을 것이다. 현세에 존재하는 악에 대해서 현대의 작가들은 허무주의적으로 대하거나 혹은 여전히 타협을 시도한다. 찰나적인 세속적 구원을 형상화한 카프카의 푸른색 8절지 노트의 아포리즘이나 멜랑 콜리한 미로찾기에서 상승을 꿈꾼 벤야민의 유년기에 대한 에세이, 부조리한 현실에 대한 베케트의 기다림, 삶과 예술의 대립 속에서 새로운 가능성을 꿈꾼 토마스 만의 토니오, 사울에서 바오로의 일대 변신을 꿈꾸며 하이델베르크의 금고 안에 지난 시대의 사유의 편린들을 밀봉하고자 했던 젊은 루카치의 노트들에는 이러한 타협의 흔적이 엿보인다. 반면에 종교에서는, 가령 예수의 경우, 사람의 아들은 자신의 운명을 받아들이면서, '사람의 아들이 많은 고난을 받고, 원로와 대제사장들 그리고 율법학자들에게서 버림을 받아' 결국에는 죽임을 당하고, 죽은 지 사흘 만에 다시 부활함('죽음의 승리')의 역설을 이야기한다. 베드로가 예수의 이러한 '자살 행위'를 알고 만류하자 예수는 베드로 향하여 이렇게 말한다. "사탄아, 물러나라!"

이러한 문제의식에서 보자면 신과의 내기에서 궁극적으로 메피스토가 패배할 것이라는 것은 '파우스트가 지상에 존재하는 한'(V. 315) 메피스토펠레스가 마음대로 할 수 있다는 주님의 제안에서 명시적으로 드러나고 있다. (Anderegg 2005, 326) 메피스토는 현세적 존재인 셈이다.

메피스토는 자신의 현세성을 누차 강조한다. 가령 2부의 제4막에는 칠리화(Siebenmeilenstiefel)을 타고 내려오는 메피스토가 구름위에서 독백을 하는 파우스트를 향해 하늘이 아니라 아래에 관심을 가지라는 외침을 하고 있다.

하지만 무슨 생각이 든 거요?

이렇듯 무시무시한 산중,

흉측하게 아가리를 벌리고 있는 바위 틈새에 내리다니요?

이곳은 내가 잘 아는데 내릴 장소가 아니야

원래 지옥의 밑바닥이거든.

Nun aber sag, was fällt dir ein?

Steigst ab in solcher Gräuel Mitten,

Im grässlich gähnenden Gestein?

Ich kenn es wohl, doch nicht an dieser Stelle,

Denn eigentlich war das der Grund der Hölle. (V. 10068-10072)

바보 같은 전설이야기 좀 그만 때려치우라는 파우스트의 대꾸에 대해서, 메피스토펠레스는 '진지하게' 아래와 같이 자신의 현세적 사명에 대한 설명을 한다.

주님이신 신께서-그 이유를 나도 잘 알고 있지만-

우리를 하늘에서 하계의 밑바닥으로 추방했을 때,

그 한가운데서는 작열하는 불꽃을 사방으로 튀기면서

영원한 불길이 활활 타오르고 있었죠,

우리에겐 그 불빛이 너무나 밝아서

아주 답답하고 불편한 몰골들이었어요

악마들은 모두 기침을 시작하였고,

위에서 아래서 불을 끄느라 후후 불어댔습니다.

피구라와 알레고리

지옥에 유황내음과 황산이 가득 차더니

가스가 발생했지요! 그것이 엄청난 일로 변해,

곧 나라마다 평평한 지반이, 비록 두껍긴 했어도

요란한 소리를 내며 파열하고 말았지요

지금 우리는 다른 끝쪽에 위치하고 있은즉,

전에는 바닥이었던 게 이젠 봉우리가 된 셈이지요.

가장 낮은 것이 가장 높은 것으로 바뀔 수 있다는,

저 그럴듯한 학설도 여기에 기인하는 것입니다.

여하튼 우리는 뜨거운 불구덩의 노예생활로부터

자유로운 공기가 충만한 곳으로 도망쳐 나왔습니다.

이건 공공연한 비밀이지만, 잘 간직했다가

훗날에야 사람들에게 공개될 것이외다.

(『에페소서』제6장 12절)

Als Gott der Herr—ich weiß auch wohl, warum—

Uns aus der Luft in tiefste Tiefen bannte,

Da, wo zentralisch glühend, um und um,

Ein ewig Feuer flammend sich durchbrannte,

Wir fanden uns bei allzugroßer Hellung

In sehr gedrängter, unbequemer Stellung.

Die Teufel fingen sämtlich an zu husten,

Von oben und von unten auszupusten;

Die Hölle schwoll von Schwefelstank und—säure,

Das gab ein Gas! Das ging ins Ungeheure,

So daß gar bald der Länder flache Kruste,

So dick sie war, zerkrachend bersten mußte.

Nun haben wir's an einem andern Zipfel,

Was ehmals Grund war, ist nun Gipfel.

Sie gründen auch hierauf die rechten Lehren,

Das Unterste ins Oberste zu kehren.

Denn wir entrannen knechtisch-heißer Gruft

Ins übermaß der Herrschaft freier Luft.

Ein offenbar Geheimnis, wohl verwahrt,

Und wird nur spät den Völkern offenbart.

((ephes. 6,12))(V. 10075-10094)

이 대사는 '진지하게'라는 지문이 붙어 있어서 메피스토펠레스의 본연의 익살스러운 면에 대비되고, 말미에 제시되는 성경 구절(『에페소 신자들에게 보낸 서간』 제6장 12절)이 의미하는 바 역시 메피스토펠레스의 현세적 면모를 강조하고 있다. 이 대목에서 성경구절인용이 잘못 기재되어 있어서 실은 6장 12절이 아니라, 2장 2절이라는 견해도 존재하여,(Anderegg 2005, 326; Schöne 1999, 658) 이미 앞에 제시된 6장 12절과 더불어 2장 2절을 다음과 같이 제시해 본다. 어떤 경우를 대입하더라도 현세의 악의 지배를 제시하는 구절로 읽힌다.

2 그 안에서 여러분은 한때 이 세상의 풍조에 따라, 공중을 다스리는 지

피구라와 알레고리

배자, 곧 지금도 순종하지 않는 자들 안에서 작용하는 영을 따라 살았습니다.

(『에페소 신자들에게 보낸 서간』, 2장 2절)

안더렉이 강조하고 있듯이 이는 현세에 실재하는 악의 존재에 대한 긍정의 이야기이기도 하지만, 다른 한편으로는 현세의 악의 무리들에 대한 결전을 이야기하는 성경구절의 나열은 메피스토의 실존이 지닌 모순성을 보여 준다(Anderegg 2005, 326). 현세에 실재하는 악의 화신으로서의 메피스토와 하늘나라의 악을 척결하여야 한다는 『에페소 신자들에게 보낸 서간』의 성경구절 사이의 차이점은 가령 '비밀을 후대 사람들에게야 공개될 것이다'라는 위의 메피스토의 웅변과 이미 하느님은 모든 이들에게 그 비밀을 알려주었다는 바오로 사도의 이야기("9 과거의 모든 시대에 만물을 창조하신 하느님 안에 감추어져 있던 그 신비의 계획이 어떠한 것인지 모든 사람에게 밝혀 주게 하셨습니다."『에페소 신자들에게 보낸 서간』제3장 9절)와 정면으로 배치된다는 점에서 정점을 이룬다. 뿐만 아니라 하느님은 이 땅에 내려 hinab오셨던 반면에, 메피스토는 (지옥의 지하 세계에서) 인간계로 올라온 존재이며. 다시금 되돌아간 하느님과 달리, 메피스토는 인간들 세계에 그냥 머물러 버린 존재이다. (Anderegg 2005, 327 참조) 이 점이 우리들 인간 세상에 도처에 산재하고 우리 '파우스트'들을 현세에서 지배하는 실존적 존재로서의 메피스토펠레스의 특성이라 할 것이다.

이어지는 대화에서 파우스트는 거대한 바위를 치워 버린 '기적'과도 같은 행위를 악마적 행위와 결부시키고 있으며(V. 10116-10119), 제 5막에서도 필레몬과 바우치스가 간척 사업을 '기적'이라고 이야기하고 있어(V. 11109-11114), 메피스토펠레스의 위력에 악마적인 기운이 스며 있음을 보여 주고 있다. 파우스트의 '악마적' 기적에 대한 예찬에 대한 메피스토펠레스의 대꾸는 그럼에도 매우 심드렁하다.

> 그건 내 알바 아니오. 자연 같은 것은 아무래도 좋아요.
> 중요한 점은 - 악마도 그때 한몫 했다는 사실이죠!
> 우리는 큰일을 해낼 무리란 말이오.
> 소동, 폭력, 발광, 뭐든지! 이 표징을 봐요!-
> 자, 아주 알아듣기 쉬운 말로 하겠는데,
> 이 지상에서 마음에 드는 게 하나도 없었단 말인가요?
> 당신은 무한히 넓은 이 세상에서
> 온갖 나라와 그 영화로움을 보지 않았던가요.(『마태오 복음서』, 제4장)
> 하지만 당신은 만족을 모르는 사람이니,
> 필경 탐낼만한 것을 찾지 못했을 거외다.

> Was geht mich's an! Natur sei, wie sie sei!
> 's ist Ehrenpunkt: der Teufel war dabei!
> Wir sind die Leute, Großes zu erreichen;
> Tumult, Gewalt und Unsinn! sieh das Zeichen!—
> Doch, daß ich endlich ganz verständlich spreche,
> Gefiel dir nichts an unsrer Oberfläche?
> Du übersahst, in ungemeßnen Weiten,

피구라와 알레고리

Die Reiche der Welt und ihre Herrlichkeiten. ((matth. 4))

Doch, ungenügsam, wie du bist,

Empfandest du wohl kein Gelüst? (V. 10124-10234)

악마가 『마태오 복음서』 제4장에서 예수를 유혹하는 장면을 패러디하면서 메피스토가 이야기하는 바는 자신들이 무언가 큰일을 저지를 수 있는 자들이기에 그 표징을 보라는 것이다. 사탄은 광야에서 예수를 유혹한다. 유혹이란 '길을 잃게 만드는 것'이라는 라틴어 어원에서 볼 수 있듯이 주어진 길에서의 일탈을 의미한다. (김영룡 2011, 329 참조) 길을 잃고 방황해본 적이 있는가? 사막에서 길을 잃은 사람은 자신의 앞에 놓여 있는 낯선 발자국을 보며, 희망에 겨워 그 발자국이 이끄는 지평선 너머를 찾아 나선다. 앞서간 사람의 발자국을 쫓아 이 무한한 동일공간의 미로를 탈출할 수 있다는 신념에 찬 그에게 그 발자국이 바로 자기 자신의 것이라는 사실을 깨닫고는 그 희망찬 신념은 순식간에 절망으로 바뀐다. 그가 가는 길이 올바른 것이라는 것을 가르쳐주고 확신을 주는 표식이 존재하지 않는 한 사막을 빠져나올 수 있는 방법은 어디에도 없다. 카프카는 일찍이 세상에서 가장 완벽한 미로는 바로 사막이라고 말한바 있다. 이것이 진정 말 그대로 '악마의 순환고리 Teufelskreis' 그 자체이다. 아리아드네의 실타래도 드넓은 광야에서는 쓸모없다. 별자리들과 '성좌'에 대한 믿음도 이곳에서 너무 어설프다. 낯선 세상에 던져진다는 것은 고통스럽고 충격적이다. 존재의 불확실성을 극복하고 길을 나서, 삶의 여정을 주도하려는 인간에게서 그 길 찾기를 방해하는 것이 유혹이다. 악마의 어원인 '길를 가로 막는 자' 혹은 '길 위에 장애물을 놓는 자'라는 표현 역시 길

찾기를 방해한다는 점에서 공통적이라 할 것이며, 더군다나 삶의 여정을 훼방하고 길을 잘못 들게 하는 '유혹'이라는 점에서 동일한 맥락을 지닌다. 길은 의미와 목적을 상징하는 암호이다. 길은 또한 익숙하지 않은 미지의 영역으로 이끌기도 한다. 낯선 길에서는, 미지의 길에서는 답변보다는 질문이 더 많고, 불확실성이 확실성을 압도한다. 그래서 길 위에서 우리는 수많은 유혹자를 만난다. 인생의 길에는 우리가 소중하게 여기고 염원하는 모든 것이 담겨 있다. 따라서 혼자 걷는 길 위에서 내안에서 번져 나오는 공포와 절망감 역시 악마의 유혹과 다름 아니다. 삶의 여정을 걷는 인간들에게 악마의 순환 고리를 끊고 지향점과 삶의 좌표를 보여 주는 표징은 고래로 종교적인 모티브로 작용한다. 무엇보다도 『창세기』 제9장 12-16절에는 노아와 하느님의 계약의 표징에 대한 이야기가 다음과 같이 나온다.

> 12 하느님께서 다시 말씀하셨다. "내가 미래의 모든 세대를 위하여, 나와 너희, 그리고 너희와 함께 있는 모든 생물 사이에 세우는 계약의 표징은 이것이다.
> 13 내가 무지개를 구름 사이에 둘 것이니, 이것이 나와 땅 사이에 세우는 계약의 표징이 될 것이다.
> 14 내가 땅 위로 구름을 모아들일 때 무지개가 구름 사이에 나타나면,
> 15 나는 나와 너희 사이에, 그리고 온갖 몸을 지닌 모든 생물 사이에 세워진 내 계약을 기억하고, 다시는 물이 홍수가 되어 모든 살덩어리들을 파멸시키지 못하게 하겠다.
> 16 무지개가 구름 사이로 드러나면, 나는 그것을 보고 하느님과 땅 위

에 사는, 온갖 몸을 지닌 모든 생물 사이에 세워진 영원한 계약을 기억하겠다."

대홍수 이후에 멸망으로 부터 살아남은 노아 일행이 본 '무지개'는 그러나 그러한 표징을 깨어 있는 눈으로 바라보는 자들에게만 표징일 것이다. 우리는 누구인가? 바로 이 세상에 참여하고 있는 관찰자이다.

많은 이들에게 "이 표징을 보라(ecce signum)"라는 라틴어 구절로 인용되는, "우리는 큰일을 해낼 무리란 말이오. 소동, 폭력, 발광, 뭐든지! 이 표징을 봐요!"라는 구절은 마치 예수가『요한 복음서』제4장 48절에서 설파하는 "너희는 표징과 이적을 보지 않으면 믿지 않을 것이다"라는 구절을 연상시킨다.

이 "표징을 보라"는 말로서 메피스토는 자신이 원초부터 이 땅에 존재했었다는 점을 상기시킬 뿐만 아니라, 자신의 현세적 존재가 지니는 의미와 악의 존재의 '기능'을 보여 주고자 한 것이다. 천재지변이 낳은 자연재해를 넘나들고 인력으로는 헤아릴 수 없는 일들을 처리하는 등 혹은 프랑스 혁명과도 같은 현세적인 정치적 격변과 같은, '큰일을 해낼' 무리가 현세적 존재로서의 메피스토의 역할이라는 것이다. '항시 악을 추구하지만, 항시 선을 행하는', 그런 힘의 일부라 했던 메피스토의 자기규정에서 출발하여 메피스토가 행한 모든 행위들의 시작과 끝은 그러나 항시 파우스트의 열망에 기인한다. 파우스트의 현세적 열망에 대해서 현세적인 악마인 메피스토가 매사에 도움을 준다는 사실에서 보이듯이 두 존재가 표징을 통해서 상호 유대감을 지닌다. 노아와 하느님의 계약의 표징으로부터 메피스토와 파우스트의 계약의 표징을 읽어 낼 수 있는 것이다. 한편 파우스트가 지상에 존재하는 한 마음대로 할 수 있다는, 메피스토와 하느님의 처음 내기 장면에서 우리가 간과하고 있는 점은 메피스토가 지상세계를 마치 지옥처럼 여긴다는 사실이다. 멈추지 못하는 소유욕과 주체하지 못하는 권력욕에 지칠 줄 모르는 파우스트가 끊임없는 지식욕으로 항시 무언가 발전과 진보를 주장하는 지상 세계는 피안의 세계의 관점에서 보자면 지옥의 다른 이름일 것이다. 메피스토는 그래서 현세의 악마로서 존재하는 것이다.

'표징'을 보라는 메피스토에 대해서 파우스트가 내뱉을 답변은 아마도 "가거라. 네가 믿은 대로 될 것이다(『마태오 복음서』8, 13)"이지 않을까 싶다. 삶의 도정은 고정관념에 가로막혀 당혹감을 느낄 때 비로소 다시금 그 생명력이 되살아난다. 길의 최종목적지는 그 길을 가는 사람이 어떤 질문을 던지는가에 달려 있다.

3.3
지각의 로지스틱과 공간성

E. 공간의 상실과 서사의 내면성

최근 문예학과 문화학을 위시한 인문학 분야에서 논의되는 '공간 담론' 혹은 '공간적 전회 spatial turn[67]에서 대상으로 하는 '공간'의 이해는 전통적인 물리학적 개념에서의 '실체'로서의 공간 이해가 아니라, 문화 이해나 매체사의 측면에서 이해되는 '공간성'에 대한 이해에서 출발한다. 작금의 공간에 대한 관심은 생활 세계에서의 현실의 재현과 그 의미의 재생산 과정에서 도출되는 상징과 그 질서 체계에 대해 새로운 관점으로 바라보려는 노력의 일환으로 이해될 수 있다. 현대 사회에서 '공간'이란 대상을 구분 짓고 차별성을 부여할 수 있는 가능성의 기반으로 여겨지며, 상징적 범주의 전제가 되기 때문이다. 허나 산업화와 다양한 커뮤니케이션 기술로 대변되는 근대의 발전이란 우리 주변의 익숙한 공간으로부터 낯설고 머나먼 무경계의 공간으로 나아가는 과정이었다. 우리는 공간 속에 존재

---

67 '공간적 전회'의 발생사적 논의와 그 문화학적 맥락에 대한 상세한 설명은 다음의 문헌들을 참조하기 바람. Doris Bachmann-Medick, Cultural Turns, Reinbek, 2006; Jörg Döring, Tristan Thielmann , Spatial Turn, Bielefeld, 2007.

하며, 공간을 경험하고 여러 공간을 가로질러 이동하기도 하는 공간 속에서 '세계 내적인 존재'이기도 하지만, 우리 앞에 놓인 공간은 매우 추상적이기도 하다. 1967년 로티 Richard Roty의 언어학적 전회 linguistic turn에서 출발한 이후의 여러 문화학적 '전회'들 중에서 특히 공간적 전회의 경우에는 근원을 쫓아가자면 칸트 Immanuel Kant의 '코페르니쿠스적 전회'로 까지 거슬러 올라갈 수 있다.

'포스트 모던한 모더니즘 Welsch'의 시대가 낳은 메타서사의 불가해성에 대한 자괴감과 더불어 작금 우리는 문학적 서사의 측면을 넘어서서 내러티브 연구의 새로운 발흥을 야기한 '서사적 전환'의 시기를 경험하고 있다. 공간적 전회는 문예학과 문화학의 여러 분야에서 다양한 스펙트럼의 공간 내러티브 담론을 생산해 내고 있다 할 수 있다.[68] 여기에서는 '탈신화화'되고 서사의 중심이 상실되어진 현대 서사조건의 변화를 '사적 공유화'가 낳은 새로운 현실인식에 대한 진지한 논의를 전개하고자 한다. 서구 문화사에서의 공간에 대한 이론적 논의는 서사성의 본질에 대한 논의와 함께 이야기되어진다. 구조주의의 문법모델에 따라 형식적 체계로서의 서사에 대한 포괄적인 묘사에 대한 가능성을 제시하였던 소위 고전주의 서사학과 최근의 인지 서사학 cognitive narratology과 일정부분 공통점을 지닌다고 할 것이다. 인지 서사학의 연구방법론은 고전주의 서사학이 추구하는 서사 담론체계의 법칙성에 대한 질문을 넘어서, 이해의 도구로서

---

68 더욱이 디지털 시대에서는 사적 영역과 공공 영역의 구분은 점차 없어진다. 뿐만 아니라 속도로 특징 지워지는 뉴미디어시대에서는 '회상/기억'의 요소는 '현재성'과 '인스턴트성과 라이브적 특성'을 위해서 소멸된다.

의 서사의 본성에 대한 질문을 던진다.[69]

산업화와 다양한 커뮤니케이션 기술로 대변되는 근대의 발전이란 우리 주변의 익숙한 공간으로부터 낯설고 머나먼 무경계의 공간으로 나아가는 과정이다. 우리는 공간 속에 존재하며, 공간을 경험하고 여러 공간을 가로질러 이동하기도 하는 공간 속에서 '세계 내적인 존재'이기도 하지만, 다른 한편으로 공간은 매우 추상적이기도 하다. '생활공간 Lebensraum'과 달리 근대의 '세계 공간'은 기존의 경험적 한계를 넘어서 무한히 넓고 머나먼 거리로의 확장과 범위규정을 전제로 하고 있다. 경험의 한계를 넘어

---

69   우리의 서사를 구성하고 이해하는 우리의 능력을 가능하게 만드는 정신적 도구, 과정, 행위는 무엇인가에 대한 질문에 대해 답을 한다는 것은 서사와 문화적 경험의 연관성을 해명하고자 함은 아닐까 싶다. 주지하다시피 벤야민은 서사의 전제조건을 서사가와 청중사이에 존재하는 경험의 공유 가능성에서 찾고자 했다. 최근 인지 서사학의 연구 역시 이러한 서사의 경험적 공간에 대한 연구를 도모하고 있다. 가령 허먼 David Herman은 『스토리 논리 Story Logic』(2002)에서 서사를 통해서 그려진 심상 모델 mental model에 대한 규명을 하고자 '스토리월드 Storyworld'라는 개념을 제시하며 새로운 내러티브 연구를 시도한다. 허먼에게 있어서 서사분석이란 서사체에 약호화 되어 있는 스토리월드를 해석자가 재구성하는 과정임을 밝혀내는 것이다. 허먼의 스토리월드 연구는 서사되어진 세계와 수용자 내면에 재현된 세계사이의 상관관계에 대해서 주목하고 있으며, 스토리월드가 의미하는 바는 일반적으로 담론모델 discourse model에 비견할 만하다. 이에 따르자면 서사를 해석하는 작업은 말하자면 이야기되어진 세계에서 스토리 월드를 (재)구성하는 작업이라고 보아야 할 것이다. 담론 모델에 비견될 만한 스토리월드의 개념화 과정에서 눈에 띄는 점은 허먼이 스토리월드를 이루는 마이크로한 측면과 매크로한 측면으로 나눈다는 점이다. 재현된 서사적 세계 내에서 로컬한 영역과 글로벌한 영역을 구분하고 있는 셈인데, 이점이 마치 서사의 가능성을 동일한 경험공간의 존재에서 찾았던 벤야민의 논지와 일견 맥락이 맞는 부분이다. 더군다나 가설적으로 바라보자면 소위 '원형적 서사'와 스토리월드의 매개성을 충분히 이야기 할 수 있는 지점이기도 하다.

서는 근대의 공간이 지닌 측정 불가능성은 이미 파스칼의 『숨은 신』에서 나온 유명한 글귀에서도 잘 나타나 있다. 즉, "이 무한한 공간의 영원한 침묵이 나를 매우 두렵게 한다." 근대 이전의 '총체적'이고 '원환적'이었던 사회에서는 근공간 Nahraum과의 밀접함을 보여 주지만, 근대는 더 이상 대안이 없이 주어진 공간의 무한성 너머에 우리에게 새로운 지평을 열어 준다. 근대는 가까움과 주변의 것에서 해방이자 먼 것, 나와 낯선 것들에 대한 정복을 요구하였던 것이 아닐까? 근대에 이르러서 먼 것이 점점 가까워지고, 원래의 고유하고 가깝고 친숙한 것들이 새로운 낯섦에 의해 낯설어지는 과정을 반복한다. 또한 서구의 근대는 신대륙의 발견과 제3세계의 식민지화와 정복의 과정 속에서, 더불어 공간문제 역시 정복했다는 환상에 빠진 것은 아닐까? 사회적 현상의 시간성에 대한 강조에 비해서 공간의 측면에 대한 소홀함이 이야기되고 있는데, 이는 독일 관념론적 철학에 기반한 시간=의식, 공간=몸이라는 도식성에서도 여실히 드러난다.[70]

현대의 서사 이론에서는 더 이상 새로이 변화된 세상을 서술 가능하게 하는 일관성이 존재하지 않는다는 합의가 지배적 화두를 형성하였다. 근대적 삶이 지닌 정체성 위기에 기인하여 현대의 문학과 예술은 줄곧 그 실현불가능성에 직면하고 있다. 이와 같이 근대화의 과정에서 상실된 경험의 동질성에 대한 강조는 '소설의 형식이 이야기하기를 요구하지만, 더 이상 어느 무엇도 이야기하지 못하는' 현대의 문학이 지니는 어려움을 상징적으로 나타내고 있다. 경험의 동질성이 상실되고 더 이상 상호 이해 가능한 이야기의 교환이 불가하다고 이야기된 '포스트 모던한' 현대에 우

---

70   Otto Friedrich Bollnow, *Mensch und Raum*. Kohlhammer, Stuttgart, 1990, p. 13.

리는 이미 종료 선언을 받았던 공간문제가 다시 대두됨을 목도하고 있다. 지구화 Globalization라는 화두는 신자유주의와 뉴미디어시대의 새로운 공간개념으로 귀환한다. 이렇듯 공간의 재발견은 패러독스하게도 새로이 공간과의 결별을 염두에 두고 있는 듯하다.

　푸코의 표현대로 우리는 동시성의 시대, 병렬의 시대에 살고 있는지 모른다.[71] 가까움과 멂, 나란히 함과 서로 분열됨이 한 시대에 살고 있다는 생각은, 사물들의 질서가 시간적인 순차성이 아니라, 공간적인 병존성에 의존하고 있다는 생각을 하게 만든다. 지구화라는 담론은 더군다나 근대 이래 우위에 놓여 있던 시간의 문제가 공간의 문제로 대체되는 것을 이야기하는 셈이다. 이러한 논의의 전개는 문예이론의 경우에서도 새로운 '공간성'을 염두에 두어야 하며, '상호작용적 픽션'의 가능성이 열려 있는 '서사의 공간'에서 행해지는 뉴 미디어시대의 문학적 글쓰기에서 삶의 연관성을 여전히 추구해야 하는 것을 역설적으로 보여 준다.[72] 그러나 '주관성의 객관화'가 '객관성의 주관화' 또는 사적 영역의 침탈로 이어지는 디지털 시대에 있어 출발점으로부터 멀리 벗어난다는 것은 공간적으로나 시간적으로나 별 무의미 해 보인다. 우리는 이와 유사한 단절의 시기를 르

71　Foucault, Michel. *Von anderem Räumen*, in: ders.: Schriften in vier Bänden. Dits et Ecrits, Bd. 4, Frankfurt M., 2005, S.931-942.

72　뉴 미디어 시대에는 사적 영역과 공공 영역의 구분은 점차 줄어든다. 디지털시대에 이르러서는 마치 문자성이 이미지로 대체되듯이, 공적이라는 의미가 공공성(공론장)의 의미로 변화되는 경향을 지닌다. 여기에서는 매체 자체가 공적영역으로 존재한다는 전제에서 출발하여, 뉴 미디어 시대의 디지털 미디어가 지닌 공론장의 (공간적) 특성변화에 주목하고, 새로운 공간성에 대응하는 상성석 의미층위의 변화양상들을 규명하여 새로운 미디어 시대의 문화 및 문학 담론의 가능성을 추구하고자 한다.

네상스라 부르는 시기의 회화사에서 찾아볼 수 있다. 이시기에 우리는 뒤러의 자화상으로 대변되듯이 신(神)적인 것이 점차 인간화됨을 보게 되고, 인간이 신격화되는 과정이 뒤따른다. 그럼에도 이러한 개인의 발견이 주관의 자의성으로 환원된, 타인들과 고립된 개인의 승리를 의미하는 것이 아니라는 점에 주목해야 한다. 르네상스기의 이 화가들은 항상 동일한 사고방식과 해석의 코드를 공유하고 있을 뿐 아니라, 모두 여전히 기독교의 교리 테두리 안에 있었고 어떤 대상과 몸짓의 규범적 의미를 잊지 않고 있었다. 더욱이 그들은 모든 사람들에게 보이고 그림에 의해 재현되는 공동체와 관계를 맺고 있었다. 그들의 인본주의는 결코 개인주의는 아니었던 것이다. 반면에 우리가 현재 직면하고 있는 '가상현실'은 정신을 통해서가 아니라 가상세계에서는 드러나지 않는 가시적 육체를 통해서 자아를 규정하고 있다. 가상현실과 같은 투명한 테크놀로지는 데카르트적 자아를 단순히 반복하는 것이 아니라 오히려 재매개한다고 주장된다(볼터/그루신). 그러나 데카르트적 자아에게서 관건이 되는 것은 현실에서와는 다른 또 하나의 공간을 소유하는 것이었다. 데카르트는 '상상의 공간 espaces imaginaires'을 통해서, 자아와 세계 사이의 매개라는 문제성을 이야기하고자 한다. 새로운 지식은 미래에 대한 약속이며, 경험적으로 이미 존재하는 것이 아니라 이제 새로이 생산될 것으로 여겨졌으며, 세계는 아직 쓰이지 않은 채 존재하는 텍스트처럼 여겨졌다. 인간과 세계 사이의 관계 구조와 더불어 사물의 질서를 새로이 규정하는 것은 오성의 사용자로서의 작가의 탄생을 이야기하게 되는 시점에서 가능한 것이다. 신체와 정신의 관계를 정보 전달의 문제로 여겼을 데카르트에게 있어서, 뇌 또는 뇌의 일부분이 정보의 전달에서 미디어의 역할을 한다 할 것이다.

피구라와 알레고리

신체적 지각은 매개된 인식인 반면에, 정신과 감각은 내재적이기 때문에 선험적이라 할 것이다. 이는 또한 매개되지 않은 순수한 정신영역의 가능성을 이야기 한다는 것이며 순수정신의 존재는 세계현실에 대한 질문을 가능하게 하는 단초가 된다. 이 당시 이러한 일이 가능할 수 있었던 것은 그럼에도, 인쇄문화와 출판이라는 근대적 사유의 기본조건이 충족되었기 때문이라는 견해가 지배적이다. 우리는 현대의 가상적인 탈마법화의 세계를 탈신화화된 세계인식의 '재매개적' 발현으로 이해할 수 있지 않을까? 이것이 바로 '사적 영역의 공유화'가 초래한 서사의 위기를 넘어서는 글쓰기 전략이다.

르네상스시대의 철학자는 사유에 대해서 뿐만 아니라 글쓰기에 대해서 성찰 하고 자신의 내면에서 '상상의 공간'을 찾았다. 이는 자신을 작가로서 새롭게 발견한 것이기도 하다.[73]

뉴미디어 시대의 디지털문화는 여전히 처음 인쇄문화가 서구문화사에 깊이 뿌리 내린바 있는 언어와 문자의 물질성과 매체성에 대한 논의와 맞닿아 있다. 디지털화는 시공간적으로 언어를 유포하는데 유용한 인쇄의 미덕과 언어의 분절화를 심화하는 알파벳의 특징을 포기하지 않았다. 키틀러 Friedrich A. Kittler는 '정보'개념에 기반하여 서구의 문예사를 매체

---

73   철학은 사유에 대해서 뿐만 아니라 글쓰기에 대해서 성찰하고 근대인들에게 저자성을 부여하게 되었다. 더욱이 근대의 철학은 학술적 규준화의 압력을 탈피하고, 보다 보편적인 공론장에 관심을 갖게 된다. 르네상스이래로 공론장을 서구의 여론 및 이념 형성의 척도가 된다. 글쓰기 자체가 논의의 대상이 되어 감으로써 철학자와 학자공화국 사이의 의미론적 상관관계는 의식적으로 제도화되어 갔다. 이성의 새로운 문화는 '상상의 공간'인 공론장에서 계속 확장되어 갔다.

사적 관점에서 새로이 서술하고 있는데, 문자와 인쇄된 책의 기능을 정보의 저장이라는 관점에서 바라보자면 키틀러는 정보의 저장을 가능하게 하고 그 정보의 확산을 도모하는 기술적 기제들과 그 담론 네트워크를 '기재(記載)시스템 Aufschreibesystem'이라고 명명하고 있다. 키틀러는 기재시스템을 '어떤 문화권에서 데이터의 분류, 저장, 가공을 가능하게 하는 기술과 제도들의 네트워크'라고 정의 한다.[74] 예를 들어 구전문화의 시기에는 운문체의 시구들이 지식과 정보의 저장을 위해서 중요한 '기술'이었던 것처럼 기재시스템에서 논의되는 '기술'은 기계적인 발명들만을 의미하진 않는다. 정보의 저장, 전달, 가공이라는 매체의 3가지 기능은 매체사적인 발전에 따라 순차적으로 출현하고 있다. 처음 정보의 저장체계가 나타나고 그 다음에는 매체는 정보의 전달에 기여하고, 끝으로 현대의 컴퓨터는 사용자에게 데이터의 가공을 가능하게 하고 있다. 뿐만 아니라 키틀러는 미디어의 개념역시 역사적이라는 데 주목하기도 한다. 구전문화의 '선사시대'를 종결짓는 데 기여한 문자의 발명의 경우, 문자는 1900년경에 이르기까지 인류사에 가장 강력한 매체사적 특성을 규정짓고 있지만 매체로서의 문자에 대한 인식은 거의 존재하지 않았다. '축음기, 영화, 타자기' 등의 발전에 힘입어서야 문자가 지닌 매체사적 의미가 두드러지게 되었다고 키틀러는 주장한다.[75]

키틀러는 이러한 기재시스템의 질적 변화에 따라서 역사를 3시대로 구분하고 있다. 키틀러가 1800년대의 '기재시스템 1800'이라고 부르는 시기

---

74   Friedrich A. Kittler, *Aufschreibesysteme 1800 · 1900*, München, 1995(1987), p. 519.

75   Friedrich A. Kittler, *Grammophon Film Typewriter*, Berlin, 1986, p. 27.

는 구텐베르크의 금속활자 발명(1440/1454)에서 19세기말에 이르는 인쇄 서적이 주도적인 매체로 군림하던 시기이다. 괴테를 비롯한 여러 시성들의 권위가 절대적이었던 시기로서 지식을 축적하여 시공간적인 차이를 극복하는 데 활자매체가 가히 독점적인 지위를 차지하였다. 활자매체의 독점적인 지위는 20세기에 접어들면서 사진, 축음기, 영화, 타자기 등의 발명과 연이은 녹음기, 라디오와 텔레비전의 보급에 따라서 활자 매체의 독점 시기와는 판이한 '기재시스템 1900'을 도출시키고 있다. 문자뿐 아니라, 이미지와 소리의 저장이 가능해진 기술적 기제의 발전은 소위 '구텐베르크 은하계'의 종말을 야기하게 된 것이다. 기재시스템 1900을 뒤이은 '디지털시대에 기반한 총체적인 매체결합'의 시기는 컴퓨터기술에 기반하고 있다. 키틀러에 따르면 데이터의 변화과 조작이 용이한 이시기에 이르면 기술이 인간에게 접합되기보다는 절대적인 지식이 무한히 반복하는 루프로 전락하고 있다. 키틀러는 말하자면 매시기 기재시스템을 규정짓는 매체적 기술의 자율성을 염두고 있어서 마셜 맥루한이 인류의 매체사에서 읽어내고 있는 '인간의 확장으로서의 미디어'라는 견해와는 차이를 보인다.[76]

---

76   주지하다시피 마셜 맥루한 (1911-1980)은 저서 『미디어의 이해』(1964)에서 커뮤니케이션 기술의 발전에 따른 인류 문명의 변천사에 대한 규명을 매체사적 관점에서 규명하고자 한다. '미디어는 메시지이다'라는 중심 테제는 '생활세계 Lebenswelt' 영역으로까지 확장된 형식개념에 대한 모더니즘적 강조와 다름 아니다. 맥루한에게 미디어란 인간감각의 확장이며 동시에 우리 사회의 정신생활 전체를 제약하기도 한다. 캐나다 출신의 정치경제학자 이니스 Harold Adams Innis (1894-1952)의 영향을 많이 받은 맥루한은 인류사를 지배적인 미디어의 유형에 따라 구두(口頭)커뮤니케이션, 문자의 시대, 인쇄의 시대, 전기매체의 시대의 4단계로 구분하고, 현대의 전기 매체의 시대, 즉 '지구촌'의 시대에 살아가는 인류는

F. 기술권력과 자아의 매체성

키틀러는 기재시스템이라는 네크워크 담론 체계의 변화에 대한 연구를 통해서 단순히 전통적인 의미의 매체사적 연구에서 한 걸음 더 나아가서 '정보의 기술화'[77]에 대한 분석을 시도한다. 이러한 관점에서 키틀러는 상이한 형태의 정보전달 매체가 분화되기 시작하는 기재시스템 1900에 대한 분석을 시도한다. 이제껏 저장 불가능해 보였던 소리와 동영상 이미지를 처음으로 저장하기에 이른 측음기와 영화의 발전, 그리고 인쇄와 필기 사이의 중간적 텍스트 문화를 일궈 낸 타자기의 보급은 19세기 말 20세기 초반의 담론 네트워크의 질적 변화를 야기시킨다. '축음기, 영화, 타자기'는 각기 정보 데이터의 음향적, 시각적, 문자적 요소를 분화시키는 계기를 제공한 것이다.[78] 이러한 기재시스템 1900의 3가지 영역으로의 매체의 분화 과정은 매체사적으로 보건데 과거의 문자문화의 독점 시기와 이후 예견되는 컴퓨터문화 시기 사이의 중간자적 위치를 지닌다.

키틀러는 기재시스템 1900의 3가지 주요 매체의 분화과정에 대한 설명을 위해서 라캉의 정신분석학적 방법론(상상계, 상징계, 실재계)을 원용하고 있어 보인다. 필름을 상상계에 타자기를 상징계에, 그리고 축음기를 실재계에 연계시키고 있다. 정신분석학과 매체이론의 결부는 역사적으로 추인가능하다는 키틀러의 견해는, 말하자면 현대 정신분석학의 '방법론적 분화'와 '매체의 기술적 분화' 사이의 상관관계에 대한 '역사적 선험성'

문자와 활자매체가 억압하였던 다감각적 권능을 다시금 되찾게 되리라고 믿는다.

77　Kittler, *op.cit.*, 1986, p. 4.

78　*Ibid*, p. 26.

을 주장하는 것이다.[79] 라캉의 이론은 매체의 발전적 분화를 전제로 해서야 가능했다는 키틀러의 주장은 독특한 것이다.

처음 납관식 축음기 Phonograph(최초의 축음기 형태)의 발명으로 인해서 과거 문자가 만들어 놓은 독점적인 매체사적 특질이 해체되기 시작한다. 납관식 축음기의 경우에는 인간의 귀와는 달리 여러 소음들 속에서 단어와 의미를 구분해 내지 못한다. 의미연관에 대한 필터링이 없는 이런 경우에 음향적인 사건들은 단지 그 음향적인 사건 그 자체로서만 들려질 뿐이다.[80] 납관식 축음기는 단지 음파만을 저장할 뿐인데, 물리적 현상으로서의 저장된 음향은 단지 그 자체로만 들릴 뿐이다. 이것은 상징적인 의미 연관만이 들리던 문자매체의 독점기와는 다른 새로운 매체시기의 특성을 보여 주는 것이다. 실재계가 상징계를 밀어내는 현상을 키틀러는 이야기하고자 한다.[81] 키틀러에 따르자면 여기에서 릴케의 해부학 수업에 대한 술회가 이야기될 수 있는데, 릴케는 해부학 수업에서 바라보았던 사체의 두부에 남아 있는 수술자국의 꿰맨 실자국들을 바라보면서 축음기 음반의 홈들을 연상했다고 한다. 마치 음반의 홈에 측음기의 바늘이 돌면서 소리를 내듯이 사체의 수술자국에 난 홈들에서 어떤 소리가 날 것인지 릴케는 되묻고 있다. 아마도 이는 태초에 발생한 '근원의 소리'와 같은 소리가 아닐까 하는 릴케의 상상력은 주체로서의 발화자가 없는 소리의 흔적에 대한 인식을 전제로 한 것이리라. 여기에서 키틀러는 납관식 축음기가 "주체가 없는 문자"의 읽기를 가능하게 하는 기술적 발전에 대한 작가

---

79   *Ibid*, p. 28.
80   *Ibid*, p. 40.
81   *Ibid*, p. 71.

의 반응을 읽어 내려한다.[82] 상징적인 의미연관의 틀 내에서 파악될 수 없는 소리들은 단지 소음에 불과할 것이다. 이러한 실재계의 특징에 노출된 녹음 매체의 경우에는 의미 연관을 지닌 발화의 모델이 예외적인 사례가 된다. 실재계가 질서가 결핍된 카오스적인 현상이라고 이해되어진다면, 측음기의 지지직 거리는 잡음 속에서 실재계의 구현을 보고 있다.

시각적인 데이터의 흐름을 사로잡는 기술은 음향영역에서 보다 훨씬 난해하다. 필름이 지니는 이차원성뿐 아니라 빛의 파장이 지니는 속도감은 기술의 복잡성을 가중시킨다. 필름은 물리학적 파장이 아니라 그것의 화학적 작용만을 저장한다.[83] 시각적 데이터의 저장에 있어서 가장 우선시되는 것은 '컷'이며 이점에서 영상매체의 저장은 실재계와는 다른 상상계적 특성을 지닌다.[84] 필름은 실재계를 시각적으로 재단하고, 1초당 24편의 촬영을 통해서 운동을 분절화시켜 저장하고, 다시 이를 통일체로 투사하는 과정을 통해서 상상계의 데이터 흐름을 만들어 낸다. 컷백, 몽타주 등과 같은 다양한 촬영 및 편집 기술들은 인간 심리과정의 복잡성을 보여주기 충분하며 이는 상상계의 이미지 세계를 보여 주고 있다.

기술적 매체의 상호경쟁은 실재계와 상상계를 책의 세계에서 이탈시켰으며, 문자는 더 이상 종합적인 매체로서 기능하지 못한다. 더욱이 타자기의 출연은 문자의 특성을 탈바꿈 시켰다. 책의 출간을 통해서야 비로소 이뤄질 수 있었던 활자의 통일이 타자기의 자판들에서 이미 규정된다. 표준화되어진 타자기 자판으로 인해서 개인적인 필체의 문화뿐 아니라, 필

---

82 *Ibid*, p. 71.

83 *Ibid*, p. 182.

84 *Ibid*, p. 180.

체에 담긴 개성의 표현 역시 사라진다.[85] 동시에 타자기의 자판에는 글쓰기 행위와는 다른 공간성을 담지하게 되는데, 타자기는 주체와 쓰인 글자 사이의 중간적 기제로 작용하게 된다. 문자가 인간으로부터 분리되고 이를 통해서 상징계가 독자적인 영역을 구축하게된 것이다.

키틀러의 이러한 매체사적 논의에서 특징적인 점은 '축음기, 영화, 타자기'와 같은 매체들에 대한 분석과정에서 일관되게 그러한 기제들의 기술적 연관성에 주목한다는 점이다. 가령 축음기의 바늘과 축음기음반의 홈, 필름과 영사기, 타자기자판과 종이를 주제로 삼는 것처럼 매체의 기능양상에 대한 관심을 표명하고 있다. 이러한 키틀러의 기술적 매체에 대한 관심은 가령 '영상매체'라는 수식어로 사진과 영화, 텔레비전을 동일선상에서 바라보고, 이러한 매체의 기술적 변별점 보다는 미학적 의미에만 천착하는 매체이론들과는 확연한 차별성을 지닌다. 더욱이 키틀러에게 있어서 주체는 더 이상 언어적·영상적·음향적 이미지의 창조자가 아니며, 이념, 이론, 이미지, 꿈들은 주관적인 현상이 아니라, 매체에 의해서 구성되어진 객관적인 구조의 틀 내에서 바라보아져야 한다는 것이다. 키틀러의 주장에 따르면, '인간이 정보화 기계를 발명해 내었던 것이 아니라, 그 반대로 정보화 기계들이 인간의 주체로 작용했었다.'라는 것이다.[86]

키틀러의 매체이론적 관점에서 보자면 현대 사회는 이중적 의미에서

---

85 *Ibid*, p. 332.
86 Kittler, *op.cit.*, 1993, p. 77.

중간시기에 속한다.[87] 오늘날의 매체적 발전을 가져온 제2차 세계대전과 미래의 디지털전쟁 사이의 중간 시기라는 점에서뿐만 아니라, 과거 문자의 독점적 시대와 미래의 컴퓨터가 가져올 종합매체시대사이의 중간시기라는 점에서 키틀러는 매체사적 중간시기를 이야기 하고 있다. 오늘날 텔레비전과 라디오 그리고 차츰 그 영역을 넓혀가고 있는 인터넷 매체가 점차적으로 매체결합적으로 나아가고 있으나 전송되는 데이터는 아직 상호 호환적이지 않다. 키틀러가 바라보는 미래의 매체사적 발전은 기재시스템 1900을 거치면서 분화되었던 이미지, 음향, 문자가 컴퓨터를 매개로 디지털화되고 통합되는 과정으로 나아가게 될 것이라는 것이다.[88] 이미 부분적으로 실현되고 있듯이, 이제껏의 수많은 아날로그적 기재들, 즉 라디오, 시디플레이어, 텔레비전, 비디오, 전화 대신에 컴퓨터 한 대가 이 모든 역할을 수행하게 되고, 음향적·시각적·상징적 정보사이의 차이가 사라지게 될 것이라는 것이다. 이 모든 정보는 계산을 통해서 생산되어 질 수 있다는 것을 의미하기도 하는 것이며, 이러한 맥락에서 바라보자면 컴퓨터는 그 안에서 작동하는 '모든 것이 숫자에 불과한' 상징계의 매체이기도 하다. 뿐만 아니라 이렇듯 모든 데이터가 숫자로 전환된다면, 하나의 기계에 모든 기능이 내재된 총체적인 매체결합으로서의 컴퓨터는 매체의 다양성을 빼앗는 결과를 낳게 될 것이다. 그럼에도 불구하고 키틀러는 이러한 컴퓨터 매체의 독점적 상황에 대해서 부정적인 시각을 내보이지 않는다. 왜냐하면 키틀러는 매체를 '인류학적인 선험적 요소'로 바라보고 있

---

87   Kittler, *op.cit.*, 1986, p. 7.

88   *Ibid*, p. 8.

으며, 인간주체가 이미 기재시스템에 결부되어 있듯이, 컴퓨터가 매체기술사적으로 보자면 새로운 단계를 규정하고 있을지언정 본질적으로 판이하게 새로운 매체상황을 창출해 내지는 않을 것이라는 견해를 피력한다. 자율적인 주체에 대한 이념이나 자유로운 창조정신의 이데올로기가 결코 무한한 유효성을 지니지 못했던 점을 직시하고, 더불어 키틀러가 인간과 그 인간들의 인문주의적 교양이상을 이론적 척도로 삼지 않았다는 점에 주의한다면 키틀러가 컴퓨터라는 새로운 매체를 아마도 어떠한 선입견 없이 매체자체로서만 이해하리라는 것을 짐작하게 될 것이다. 컴퓨터 역시 이전의 다른 매체들과 마찬가지로 인간의 수하에서 작용하리라는 점은 확실하지만, 키틀러는 컴퓨터와 그 이전의 매체들과의 질적인 차이가 결코 간과할 수 없음을 강조한다. 즉, 이미 서술한 바와 같이 컴퓨터는 '기계적 주체'로서 작용한다. 실재로 매체영역에서 이뤄질 미래의 변화는 인식론적 관점변화를 요구한다. 이러한 이론배경에서 보자면 세계 중심에는 더 이상 인간이 홀로 서 있지 못할 것으로 여겨진다. 인류사적으로 바라 보건데 항시 신이나 악마 또는 천사와 같은 초인적인 존재들이 시스템의 일원으로 존재했었으며, 인간이 이 세상의 유일한 주체로서 존재하였던 시기는 근대 이후의 무척 짧은 시기에 불과했다. 이제는 초인적인 존재의 자리를 초인적인 기계가 차지하게 되는 것은 아닐는지 싶다.

컴퓨터 중심의 매체독점의 시기에 있어서는 무엇보다도 중요하게 여겨지는 문제는 이로 야기될 권력의 독점문제가 될 것이다. 이제껏 학문분야에서는 인간관계와 사회구조적 현상으로만 이해하였던 권력의 문제가 컴퓨터 테크노로지에 전이되어 나타나고 있다. 모든 유저가 각기 프로그래밍이 가능했던 초창기의 컴퓨터와는 달리 현재의 컴퓨터는 유저의 프로그램언어로의 접근이 차단되어 있다. 이러한 컴퓨터의 'Protected Mode'로의 전환을 통해서 시스템과 유저의 확연한 구분이 이뤄지고, 유저의 행위는 '이미 이전에 프로그램되어' 있는 셈이다. 뿐만 아니라 미래사회의 물적 토대로서의 컴퓨터와 디지털 기술은 '유저 친화적인' 다양한 소프트웨어들을 통해서, 하드웨어의 로지스틱과 권력의 내재적 구조를 감추고 있는 가상의 세계만을 유저들에게 접근가능하게 할 뿐이다. 이는 유저들에게서 컴퓨터라는 매체와의 접촉성을 배제시키고, 유저 친화적인 소프트웨어들은 유저를 거대 상업자본에 종속시키는 우둔함을 재생산하게 된다는 것이다. 뿐만 아니라 거대 자본은 그 본질적인 차별성에도 불구하고 문자의 시대에 유래한 지적 재산권이라는 개념을 통해서 새로운 기술과 소프트웨어에 대한 유저들의 접근을 제한하여 이익창출을 시도하고 있기도 하다.

매체사적인 '중간시기'라는 현재적 상황에서 키틀러의 매체이론이 의미하는 무엇일까 하는 의문점은 여전히 남아 있다. 키틀러가 바라보는 지향점은 정신과학의 '무료함'을 극복하고 동시에 매체기술의 물질성과 씨름하면서 그 기술적 요소들의 분석에 기반한 새로운 세계의 해명가능성을 보여 주고자 하는 것이 아닐까 싶다. 다음과 같은 키틀러의 언급은 그러한 시도가 인문주의적 이념이나 유토피아와 같은 전통적인 의미체계를 뛰어 넘는 것이라는 점을 보여 주고 있다.

> "오늘날 우리 앞의 현실은 불명료하다.(…) 콤팩트 디스크의 신디사이저사운드에서 그 회로도를 직접 들을 수 있거나, 디스코텍의 레이저조명 속에서 그 회로도를 직접 보는 데 성공한 사람에게만 행복이 깃들지

어다. 니체가 한때 이야기 했듯이, 저 얼음 너머의 행복 말이다. 우리가 처한 법칙성하에 가차 없이 투항하고 있는 순간에 이르러선 인간이 매체의 발명가라는 망상은 점차 사라진다. 그리고 눈앞의 현실은 인식가능해진다."[89]

키틀러의 기계 주체에 대한 논의는 한발 더 나아가서 뉴미디어 시대가 지니는 인류사적 문제의식을 우리에게 던져 주고 있다. 키틀러는 기재시스템 1900의 주요 매체기술인 '축음기·영화·타자기'의 발전사에 대한 논구를 전개하는 과정에서 양차 세계대전의 매체사적 영향에 대해서 주목한다. 군사적 필요성에 의거한 매체사적 발전과 기술적 이노베이션에 대한 일례로는 제1차 세계 대전의 결과로 등장한 라디오를 이야기할 수 있을 것이다.[90] 이전에 존재했던 저장매체로서의 축음기와 전달매체로서의 전신의 결합은 세계대전의 발발과 함께 시급하였던 비행기와 잠수함과의 무선교신과 이에 다른 전쟁수행 능력의 극대화에 대한 요구에 의해 발명되었다. 그러나 독일의 경우 원시적인 형태의 진공관식 무선수신기가 1917년에 개발되었음에도 처음 군사용 기계의 오용을 금지하여 1923년에 이르러서야 민간 라디오 방송이 이뤄지게 된다. 제2차 세계대전에 이르러서는 이러한 매체 기술적 발전이 더욱 진일보하게 이른다. 가령 스테레오 음향기술은 폭격기 조종사의 보다 정확한 폭격지점 유도를 위해서 발명되었던 것이다.[91] 1940년 녹음테이프의 발명은 음향자료의 녹음에 이

---

89   *Ibid*, p. 3, p. 5.
90   *Ibid*, p. 148.
91   *Ibid*, p. 154.

동성을 부여하고 있으며, 더 이상 음향녹음실을 필요로 하지 않는 이러한 녹음테이프의 발명은 전장의 소리들을 보다 직접적으로 녹음하여 전쟁보도에 실감을 불어 넣게 되었다. 뿐만 아니라 이러한 녹음테이프를 통해서 녹음에 있어서 조작이 가능해졌는데, 편집, 지우기, 되감기, 빨리 감기 등의 여러 새로운 기능은 선전 효과뿐 아니라 첩보기능을 개선 시켰다.[92] 뿐만 아니라 키틀러는 시각적·문자적 매체의 발전과 전쟁과의 연관성에 대한 분석을 통해서 매체사적 발전에 있어서의 3단계를 도출해 내고 있다. 즉 첫 단계로 미국의 남북 전쟁이후에 이르러서 저장기술이 발생하고, 두 번째 단계인 제1차 세계대전과 더불어 라디오와 텔레비전과 같은 전달매체가 일반화되었으며, 세 번째 단계인 제2차 세계대전 이후에는 컴퓨터와 같은 계산기의 발전이 이야기될 수 있다.[93]

이러한 전쟁과 매체사적 이노베이션과의 상관관계에 대한 문제의식은 무엇보다도 민간 분야의 매체기술의 군사적 근원이 지닌 의미에 대한 질문에 귀결될 수 있을 것이다. 이런 점에서는 비릴리오 Paul Virilio와 유사한 견해를 전개한다. 처음 전쟁수행을 용이할 목적으로 발명되어진 군사기술이 커뮤니케이션과 오락매체로 전이되어 민간분야 적용됨으로써 일상세계에 전쟁이 각인되어 있다. 매체기술은 그 이용자들의 감각적 인지과정을 각인시키고 있는 것이다. 매체를 통해서 군사적 논리가 간접적으로 일반인들의 몸에 체화되어 나타나고 전쟁의 논리에 알게 모르게 적응하게 된다. 이러한 면에서 보자면 음향적 영역에서 라디오와 같은 전쟁기

---

92 *Ibid*, p. 163.
93 *Ibid*, p. 352.

술의 민간영역에의 전환은 청각영역에서 다음 전쟁에 적합한 반응속도를 자아내고 있고, 시각적 영역에서 보자면 디스코텍은 거기에 현란하게 1초에 20번이나 반짝거리는 싸이키 조명을 통해서 춤추는 사람들의 몸을 다음번 전쟁의 반응속도에 적합하게 단련시키고 있는 훈련소가 되고 있다.[94]

키틀러에 따르면 가장 일관되게 전쟁수행의 명령체계가 일반화된 일례는 컴퓨터의 경우서 볼 수 있다. 컴퓨터는 그 근원에서 부터 군사적 기술이 지속적으로 전쟁 수행에 참여하였던 실례로 여겨진다. 제1차 세계대전 이후에 발명되어진 '암호기'는 제2차 대전을 거치면서 전설적인 '에니그마 Enigma'에 이르는 소위 '타자기들의 전쟁'을 이끌어 내고 있으며, 이러한 난해한 암호체계를 해독해 내기 위해서 튜링 Alan M. Turing의 초창기 컴퓨터 모델들이 발명된다. 자판을 통해서 입력된 정보가 자음과 모음의 복잡한 뒤엉킴을 만들어 내었던 암호기들에 비해 컴퓨터가 지닌 변별점은 무엇보다도 0/1로 대변되는 이진법적 논리체계이다. 'IF-THEN의 논리'에 의해서 작용되는 컴퓨터는 그 자체로서 기계적 주체로 작용한다.[95] 이는 인간과 기계가 동일하다는 점을 강조하는 것이 아니다. 다만 인간이 조정적인 주체로서의 위치를 상실했음을 이야기하고자 한 것이다. 컴퓨

---

94 Cf. Kittler, *op.cit.*, 1986, p. 170, p. 211. 전쟁수행과 새로운 매체의 발전에 대한 키틀러의 논구는 여러 가지 실례를 통해서 규명되고 있지만, 다른 한편에서 보자면 매체기술의 군사적 근원을 일반매체사적 전개의 대전제로까지 일반화시키는 점에 대해서는 논란의 여지가 있을 수 있다. 키틀러는 이러한 문제의식에 대해서 메타퍼적인 실례들의 나열을 통해서 우회적인 설명을 시도하고 있을 뿐이다.

95 Kittler, *op.cit.*, 1986, p. 373

터의 발전을 통해서 기계가 인간의 지배로부터 해방되었다는 것이다. 동물과 기계에 대한 인간의 본질적 우위라고 여겨지던 사유체계가 컴퓨터라는 매체에도 전이가능해진 것이다.[96] 독점적인 문자문화의 종말과 함께 운명을 같이한 자율적인 주체의 몰락에도 불구하고 아날로그 매체의 시기에는 여전히 기술의 발명자이자 지배자라는 인간의 이미지는 존재할 수 있었다. 아날로그 매체에 있어서는 인간이 모든 조정 기능을 수행하였던 반면에 컴퓨터와 함께 기술의 발명가이자 지배자로서의 인간상은 파괴된다. 그러나 컴퓨터에서 이뤄지는 사고 작용은 결코 인간의 두뇌와 같지 않고, 이진법적인 'Yes/No' 매커니즘에 근거하고 있다. 컴퓨터의 이진법적인 사고체계와 인간의 사고체계에는 어떠한 공통점이 존재하지 않고, 자연현상에도 그 어디에서도 컴퓨터식의 이진법적 사고 체계와 비견될만한 실례는 찾아보기 힘들다는 점을 키틀러는 강조하고 있다. 컴퓨터의 이진법적 체계는 다른 영역에 위치하고 있는 셈인데, 키틀러의 견해에 따르자면 '보다 상층 지도부의 언어는 항시 디지털적이다.'[97] 컴퓨터식의 이진법적 명령체계는 말하자면 마치 전쟁 수행 사령부의 명령 형식을 재생산하고 있는 셈이다. 이진법적 논리는 자연의 영역에는 존재하지 않고 단지 전쟁수행 지도부의 명령과 금지의 형식에서만 보이는 것이며, 이러한 면에서 보자면 컴퓨터라는 기술적 매체에는 전쟁의 논리가 내재되어 있는 셈이다.[98]

---

96 Kittler, *op.cit.*, 1986, p. 354.
97 Kittler, *op.cit.*, 1986, p. 361.
98 키틀러의 이러한 테제는 시스템이론이나 소통이론의 주장과는 상반된다. 하버마스의 견해에 따르면 Yes/No의 논리는 언어의 선험적 요소라고 한다.

데카르트 이래 주체적인 저자의 내면에 존재하였던 '상상의 공간'은 책이라는 인쇄기술이 낳은 매체 속에서 독자들의 독서 행위를 통해서 계속적으로 상상력의 공간을 만들어 왔으며 이것은 우리가 인터넷 시대의 뉴미디어적 환경하에서 주장되는 '새로운' 가상성의 선험적 이해의 기반이 되어 왔다. 키틀러의 논의에서는 책이라는 기술적 권력하에서 주체가 구성될 때, 주체는 책이라는 매체가 지닌 물질성을 이해하지 못하고 그러한 '환상성'에 자아가 함몰될 수 있다는 점을 읽어 낼 수 있다.

현대의 기계주체인 인터넷은 탈중심화된 커뮤니케이션의 체계이다. 인터넷은 인간과 물질, 물질과 비물질간의 새로운 관계체제를 구성하고, 문화와 테크놀로지의 관계를 재구성하여 테크놀로지의 결과물들에 대해서는, 과거의 어떤 담론이 발전시켜 온 것들과도 다른 차별성을 보여 준다. 따라서 인터넷의 기술적 결과물들을 정의할 수 있는 방법은 일종의 전자 지형학 electronic geography (포스터)을 구성하는 관계망을 마련하여 인터넷을 자리매김하는 것이라고 주장된다.[99] 1994년 미첼과 뵘에 의해서 주창된 '도상적 전환 Iconic Turn'/'이미지적 전환 Pictorial Turn'이라는 외침이 1967년 로티의 '언어학적 전환 Linguistic Turn'에 비견할 만한 반향과 인류사적 의미를 갖게 될지의 여부는, 더불어 전개된 디지털 미디어의 지향성에 대한 논구를 통해서만 해명될 것이다.[100] 이러한 맥락하에서 우리

---

99 인터넷과 풀뿌리 민주주의를 연관시키는 이러한 논지의 핵심은 하버마스 Jürgen Habermas에서 도출된 공론장(공적영역) res publica/Öffentlichkeit/public sphere의 논의와 연관 지어질 수 있다. 공론장/공적 영역이라는 개념과 함께 인터넷의 사회적 본질의 쟁점은 공간성을 확보하게 되는 셈이다.
100 이미지를 언어텍스트의 라이벌로 이해하던 전통적인 인문학적 논쟁들을 염두에 두지 않더라도, 도형을 위시한 여러 도상과 이미지의 적용이 일반화 되어있는 자연과학과

는 상상 공간의 공간적 전회가 지니는 의미를 올바르게 평가할 수 있다.

의학 분야와 달리 최근의 인문 분야에서의 이미지에 대한 의식전환은 여러 가지 생산적인 결과물들을 도출해내기에 충분하다. 그럼에도, '지시 Denotation는 재현의 핵심이며, 유사성과는 무관하다'(굿맨)라는 명제가 대변하고 있듯이 '이미지의 귀환 die Wiederkehr der Bilder(Boehm)'을 맞이하는 것은 '도상적 차연 die ikonische Differenz'에 대한 인식일 뿐만 아니라 맥락 없는 우상에 대한 속절없는 기대감일지도 모른다.

3.4
시적 자아의 공간화와 성현의 미학

G. 아우어바흐와 벤야민의 문학적 친화력과 피구라

발터 벤야민 *Walter Benjamin*(1892-1940)과 에리히 아우어바흐 *Erich Auerbach*(1892-1957)의 삶은 많은 공통점을 지닌다. 우선 두 사람은 같은 해인 1892년 태어났으며 베를린이 고향이고 또한 부유한 유태인 가정에서 자랐다. 그들이 살았던 시대는 두 사람에게 고향을 등지게 했으며, 망명을 떠난 두 사람 모두 더 이상 고향 땅을 밟지 못하고 만리타향에서 눈을 감아야 했다. 더군다나 둘 중 한 사람은 자살이라는 극단적인 선택을 하기에 이른다. 그러나 이러한 전기적 유사점 말고도 아우어바흐와 벤야민 두 사람은 밀접한 문학적 친화력을 지닌다 할 것이다. 두 사람은 이미 유년기부터 친분이 있었다고 여겨지며, 더욱이 1915년에는 어떤 잡지(『Die Argonauten』)의 같은 제호에 각기 기고를 하고 있다.[101] 베를린의 유서 깊은 유대인 집안 출신의 두 사람에게 세기말의 베를린은 단지 출생지

---

101 아우어바흐는 단테와 페트라르카의 소네트를 번역해 실었고, 벤야민은 두 편의 에세이 「Schicksal und Charakter」, 「Der Idiot」을 실었다.

이상의 의미를 지녔으며, 유태전통이라는 자양분에서 싹을 틔우고 세기 말의 '모던한' 대도시 베를린에서 만개한 아우어바흐와 벤야민의 문화적 잠재력은 20세기를 넘어 21세기에도 세계문화사에 길이 남을 진한 문향을 남긴다.

아우어바흐의 일생은 그가 가장 흠모했던 단테 Dante Alighieri(1265-1321)의 삶을 많이 닮았다. 단테의 『신곡 Divina Commedia』에는 고향에서 영원히 추방당한자의 슬픔이 어려 있다. 베를린 태생의 아우어바흐는 제1차 세계대전에 참전한 이후 그라이프스발트에서 법학과 로만어문학 Romanistik을 전공하여 1921년 박사학위를, 이후 1929년에는 마르부르크에서 단테에 대한 저술(Dante als Dichter der irdischen Welt. Berlin/Leipzig 1929)로 교수자격을 취득한다. 주지하다시피 청년 아우어바흐의 마음을 처음 사로잡았던 것은 비코 Giambattista Vico(1668-1744)의 역사철학이었으나(Lerer 1996, 36), 1921년 단테의 사망 600주년을 계기로 『노이에 룬트샤우 Neue Rundschau』에 기고한 두 쪽짜리 에세이(Auerbach, Erich: Zur Dante Feier, in: Neue Rundschau 23 (1921), S. 1005-6)를 필두로 아우어바흐에게 있어 단테는 비코와 더불어 평생에 걸쳐 연구의 중심 주제가 되었다. 나치의 집권으로 인해 마르부르크에서의 교수직은 1933년에 짧게 그 끝을 맺고, 당시의 다른 유태인 지식인들과 마찬가지로 실존을 옥조이는 위협을 피해 국외 망명을 시도한다. 아우어바흐는 정처없이 1935년 이스탄불로 떠나야 했다. 자신의 평생 주제가 되었던 단테의 『신곡』 역시 단테의 덧없는 망명기에 탄생했다는 사실을 아우어바흐는 주시하고 있었던 것일까? 단테와 마찬가지로 정치적인 이유에서 고향을 떠나야 했던 이시기에 나온 노작이 바로 『미메시스』(Mimesis. Dargestellte Wirklichkeit in der abendländischen Literatur)이다.

아우어바흐는 제2차 대전이 끝나고는 다시금 미국으로 이주하여 펜실베니아 대학을 거쳐 뉴해븐의 예일대학에 정착한다. 1957년 사망하기까지 '마르부르크에서 온 유태인 로만어문학자'는 학문연구를 정진하여 프레드릭 제임슨 Fredric Jameson(1934-)을 위시한 훌륭한 후학들을 양성하였다. 아우어바흐의 수많은 흠모자 중의 한 명이었던 에드워드 사이드 Edward W. Said(1935-2003)가, 발간 50주년을 기념하여 재간행된 미국판 『미메시스』의 앞머리에서 이야기하고 있듯이, 아우어바흐는 '유럽의 대안적인 역사 an alternative history for Europe'를 재현하고, 모더니즘의 파편화된 세계 속에서 함몰된 진리에 대한 인식과 삶의 의미를 구하고자 하는 노력을 다하였다(Said 2003). 마치 단테가 『신곡』을 통해서 '고향에 되돌아갈 수 없는 한 개인의 내면세계로의 여행기'를 완성한 것이라면, 아우어바흐가 단테의 연구에서 얻고자 했던 바는 바로 단테가 이룬 이러한 '세속적인 자아"의 완성이 결코 저주받을 대상이 아니며, 도리어『신곡』이 그린 초자연적인 특수성의 이미지 속에서 회개와 은혜로움을 도출해 내고 있다는 점이다. 서구의 문학사에서 보자면, 이제 단테를 통해서 이제까지의 신성한 근원으로의 회귀에서가 아닌 세속적인 세계에서도 은혜와 축복을 받을 수 있는 근대적 자아의 탄생을 이야기하는 대목이다.

오디세우스의 역경에 찬 귀환의 과정이 전통적인 서사문학을 대표한다면, 단테의 문학은 고향에 돌아가지 못하는 자들의 문학을 대표한다 할 것이다.[102] 이태리의 국민시인이자 서유럽문학의 거장으로 추앙 받는 단테의 문학적 삶이 그리 평탄해 보이지 않는 대목이다. 일찍이 교황파와 황제파간의 정쟁에 휘말려지지 세력의 몰락으로 말미암아 시인은 고향 피렌체를 등진 채 다시는 못 돌아올 정처 없는 망명을 떠나야 했다. 각기 33편의 노래로 이뤄진 지옥, 연옥, 천국 편에 도입부 1편이 합하여져 총 100편의 노래로 이뤄진 '신곡'은 인간사와 그 운명을 스콜라철학적 시각으로 다루고 있다. 이 시에 나타난 시인의 박학다식함, 당대 사회문제의 예리하고 포괄적인 분석, 언어와 시상의 창의성 등은 놀라울 정도이다. 라틴어가 아닌 이탈리아어 방언을 시어로 선택함으로써 이태리 국민문학 형성에 결정적인 영향을 미치기도 했다. 또한 다양한 등장인물들에 대한 묘사와 평가, 그 당시 정치적 상황에 대한 우의적 표현 등을 통해 '신곡'은 중세 알레고리 문학의 최고봉으로 인식된다. 시인이 지옥, 연옥, 천국을 35세가 되던 1300년 부활절 기간 동안에 여행한다는 줄거리로 엮인 '신곡'의 도입부에는 지옥과 연옥을 인도하는 고대 그리스의 위대한 시인 베르길리우스와 단테의 첫 만남이 노래되고 있다. 왜 하필 베르길리우스인가. 베르길리우스는 트로이에서 쫓겨난, 안키세스의 정의감 강한 아들 아에네이아스를 노래한 시인이고, 단테 문학의 스승이었기 때문이다. 이성적 존재인 인간의 모범으로 등장한 베르길리우스는 지옥과 연옥의 여행을 마치고는 천국문 앞에서 단테의 어릴적 첫사랑인 베아트리체에게 단테를 인계한다. 어린나이에 병사한 베아트리체를 그리는 『신생 Vita Nouva』

---

102 지옥편에는 귀향한 오디세우스가 무료함에 좀이 쑤셔 이번에는 머나먼 대서양으로의 여행을 떠나 산채만한 파도에 휩쓸려 단번에 지옥에 떨어졌다는 이야기가 실려 있다.

　　　　　　　　　　　피구라와 알레고리

을 집필한 바 있는 단테에게 베아트리체의 존재는 신의 계시를 의미 하는 것이었다. 베아트리체의 인도를 통해 단테는 천국의 각 단계를 두루 돌아보고 진정한 사랑의 의미를 인식하고 신의 실재를 인지하기에 이른다. 지옥, 연옥, 천국을 순례하는 과정에서 단테는 수많은 신화적·역사적 인물들을 만나게 되는데 각기 자신들의 이승에서의 운명을 이야기함으로써 자칫 종교적 저작으로만 머물 「신곡」에 인간적인 내음을 불어넣어 주고 있다. 한편 「신곡」은 순수한 서사시에서 소설로 나아가는 역사철학적 이행과정을 보여 주고 있다. 단테에게는 서사시가 지니는 완결성이 여전히 존재하지만, 단테가 그린 세계의 총체성은 명백하게 드러나는 개념체계의 총체성이며 전 우주를 피라미드처럼 위계질서가 뚜렷한 체계로 파악하는 중세적 세계관의 반영이다. 오디세우스의 역경에 찬 귀환의 과정이 전통적인 서사문학을 대표한다면, 단테의 문학은 고향에 되돌아갈 수 없는 한 개인의 자아를 찾아나서는 내적인 여행기인 셈이다. 이러한 연유에서 아우어바흐의 단테 연구는 기존의 종교인 단테의 모습이 아니라 '속세의 시인' 단테를 그려내고 있다(「Dante als Dichter der irdischen Welt」). 지옥을 거닐면서도 여전히 현세의 정신을 올바르게 반영하고 있는 단테와 그의 스승 베르길리우스의 부활절 아침의 여행기는 결국 단절과 망명의 삶을 살아가야만 했던 아우어바흐와 벤야민의 삶을 이미 앞서 보여 주고 있었던 셈이다.

주지하다시피 동갑내기이고, 출생지와 가정환경을 비롯한 유사한 성장환경에서 자라난 아우어바흐와 벤야민이 자연스레 유년기 이래로 친분이 있었으리라고 생각되어진다. 이미 언급한 바와 같이 두 사람은 1915년 같은 제호의 잡지에 기고하기도 하였다. 두 사람의 친밀도를 추측해 볼 수 있는 사안은 무엇보다도 1920년대 중반에 이르러 벤야민이 여러 서한들에서 아우어바흐를 언급하고 있다는 점이다. 벤야민은 자신의 서지작업에 많은 도움을 주는 베를린의 프로이센 국립도서관의 사서에 대해서 여러 차례 언급하고 있다.[103] 아우어바흐는 마르부르크 대학에 부임하기 전 1923년에서 1929년까지 베를린 국립도서관에 사서로 일했었기 때문이다. 뿐만 아니라 벤야민의 여러 논문에서 아우어바흐의 교수자격논문을 매우 열성적으로 인용하기도 하였다. 더불어 아우어바흐와 벤야민은 인용문들의 분적적인 나열과 수집에 기반한 글쓰기라는 서로 공통점을 가진다. 잘 알려진 바와 같이 아우어바흐의 저작『미메시스』(1946)에서는 호머에서 버지니아 울프에 이르는 서구 문학 전통에 대한 분석을 시도하면서 각기 수많은 작품 인용을 분절적으로 제시하고 있다. 아우어바흐 자신은 저작에 인용한 작품의 절편들의 선택이 극히 우연적이며 자의적(恣意的)이라고 후기에 적고 있다.[104] '문예학자' 아우어바흐는 고전 명작의 주요 대목을 찾아 읽어 내고, 이 대목들을 서로 엮어서 주해를 더하고 해석하면서 주저인『미메시스』를 완성했다 할 것이다. 이러한 글쓰기 방식은, 만일 벤야민에게 시간이 더 주어졌다면 아마도 완성시켰을 벤야민 최후의 저작이자 미완으로 남은『파사쥬』의 작업 방식과 동일하다 할 것이

---

103 일례로 1924년 3월 5일 숄렘에게 쓴 편지에서 1917년에서 1923년 사이의 최근 불어권 자료의 서지를 구할 수 있었음을 이야기 하고 있는데 이는 아우어바흐의 도움이라고 이야기되어진다. Vgl. Bernardi, Laure: Zur franzözischen Literatur und Kultur, in: Lindner, Burkhardt(Hsg.) : Benjamin Handbuch, Stuttgart 2006, S. 332-343, hier S. 334.
104 Mimesis, S. 517.

다. 여기에서 벤야민이 수천여개의 인용문들과 분절적인 텍스트들을 모아 현실의 광폭함에 반하는 알레고리 정신을 보여 주고자 했다면, 아우어바흐는 그의 서양문학사 연구에서 피구라 Figura라는 개념으로서 전통적인 해석학전통에 맞선 것이리라. 두 사람은 뿐만 아니라 공히 프랑스 문학에 조애가 깊고 특히 마르셀 프루스트 *Marcel Proust*(1871-1922)에 대한 관심이 지대하였다. 특히 아우어바흐는 1925년 프루스트의『잃어버린 시간을 찾아서 *À la recherche du temps perdu*』(1913-1928)에 대한 에세이「마르셀 프루스트. 잃어버린 시간의 소설 *Marcel Proust. Der Roman von der verlorenen Zeit*」[105]을 쓴 바 있고, 반면에 벤야민은 1929년「프루스트의 이미지 *Zum Bilde Prousts*」[106]를 기고하고 있다. 이시기에 두 사람 모두 프루스트의『잃어버린 시간을 찾아서』에 대한 지대한 관심 표명을 넘어서 **무의지적 기억(비자발적 기억)** mémoire involontaire에 대한 논의를 주요한 문학적 명제로 발전시키고 있다.

H. 무의식적 기억과 회상

프루스트에 앞서 망각이 기억의 한 방편이 될 수 있다는 점을 간파한 사람은 프로이트 *Siegmund Freud*(1856-1939)이다. 프로이트는 망각이 억

---

105 Erich Auerbach: Marcel Proust. Der Roman von der verlorenen Zeit, in: Die neueren Sprachen 35, Marburg 1927, wieder in ders.: Gesammelte Aufsätze zur Romanischen Philologie, Bern-München 1967, S.296-300. 이 논문은 1925년 작성되었으니 1927년 발표되었다.
106 Benjamin, Walter: Zum Bilde Prousts (1929) in: ders.: G. W II-1 S. 310-324.

압일 수 있으며, 극복되지 못한 채 잠재적으로 영향을 끼치는 기억의 한 형태일 수 있다는 점에 주목한다. 그는 『기억, 반복 그리고 극복 Erinnern, Wiederholen und Durcharbeiten』(1914)에서 과거의 망각되어진 심적 부담은 적극적인 의식화의 과정을 통해서 극복되어 질 수 있다는 점을 상기시키고 있다. 벤야민은 프루스트의 무의지적 기억에 대한 분석에서 프로이트의 '구성적' 기억(『정신분석학에서의 구성 Konstruktionen in der Analyse』(1937))에 대한 논의를 적용하고 있는 셈이다. 그래서 벤야민은 후에 "의식적으로 뚜렷이 체험되지 않은 것, 즉 주체에게 체험으로서가 아니라 쇼크로 다가온 것"만이 무의지적 기억의 요소가 될 수 있다고 이야기하고 있다. 이렇게 '되찾아진 시간'은 예전에 실제적으로 전혀 일어나지 않았던 것이다. 그것은 생산적인 적극적 회상 Eingedenken을 통해서 비로소 체험된다.

프루스트의 『잃어버린 시간을 찾아서』는 1913년부터 그의 사후인 1927년 사이에 크게 7부분으로 간행되었는데, 이 대작에 대한 벤야민의 관심은 무엇보다도 그자신이 이 대작의 일부분을 직접 번역한 점에서도 잘 나타난다. 벤야민은 1925년 11월 4번째 부분을 번역했고 그 이듬해 파리에 머물면서 2번째와 3번째 부분을 공역한바 있다. 이제껏 벤야민이 번역한 4번째 부분의 원고는 유실되어 발견되지 않고 있으나 다른 두 편은 1927년과 1930년 출간된 바 있다. 따라서 벤야민의 에세이 「프루스트의 이미지」는 『잃어버린 시간을 찾아서』의 번역과정에서 여러 차례 지인들에게 설파하였던 자신의 프루스트 이해를 기술하고 있는 셈이다. 작가 프루스트를 처음 독일에 소개했던 쿠르티우스 Ernst Robert Curtius(1886-

1956)[107]에게는 터부시되었던 동성애와 유태주의와 같이 시민사회의 무자비한 즉물화의 과정에 은폐되어 있는 것들에 대한 관심을 벤야민은 다시금 들춰서 보여 주고 있다. 아우어바흐 역시 프루스트에 지대한 관심을 가지고 있었는데 1925년 프루스트의 소설『잃어버린 시간을 찾아서』에 대한 연구논문인「마르셀 프루스트. 잃어버린 시간의 소설」을 작성한다. 겨우 5페이지에 불과한 이 논문은 그럼에도『잃어버린 시간을 찾아서』에 대한 독일어권에서는 초창기에 출간된 의미 있는 연구물이라 할 수 있다. 아우어바흐는 벤야민과 마찬가지로 프루스트의 작품이 지닌 텍스트의 촘촘한 짜임새에 대해서 주목하고 있으며, 실상 작품의 줄거리와 이야기 내용이 되는 사건들의 스토리 전개는 오히려 지엽적인 것이 되었다는 사실에 주목한다. 아우어바흐가 프루스트의 소설에서 읽어 낸 것은 무엇보다도 1900년경 파리의 부르조아사회와 모더니티, 그리고 동시대 문제적 개인의 참모습이었다. 모더니티의 문학적 발로를 병렬적 텍스트와 기억이 내재화된 텍스트 자체의 모더니티에서 찾고자 했던 아우어바흐에게 프루스트의 문학세계는 중세를 넘어 근대로 향한 단테의 문학세계에 견줄 만하였다. 르네상스와 휴머니즘이라는 서구역사상 근대의 시작을 알리는 장엄한 부활절 아침을 맞이하고자 했던 단테의 문학에 프루스트의 문학이 제시하는 모더니티는 새로운 시대를 보여 주고 있다는 점에서 서로 비견할 만한 것이었다. 따라서 후에 위대한 단테 연구가로 성장한 아우어바흐는 '프루스트 에세이'에서 프루스트와 단테의 세계를 비교하고 있다.

---

107 Curtius, Ernst Robert: Marcel Proust, in : ders. : Französischer Geist im Neuen Europa. Stuttgart 1925.

『신곡』에서 단테와 베르질리우스는 비록 지옥을 여행하고 있지만 그들은 종교적인 가치관이 아니라 당대의 사회현실에 비판적인 현세적인 세계관으로 충만되어 있다. 반면에 프루스트의 화자는 현실에 대한 객관적인 주시보다는 극도의 주관성에 완전히 사로잡혀 있다는 것이다. 아우어바흐는 다음과 같이 설명하고 있다.

> "마치 잘 차려진 병실에 갇힌 정신병자가 섬세하고 상세하게 하나하나 방안의 모든 것들과 자신의 행동을 세밀하게 묘사하는 것 같다. 오직 중요한 사건이란 이렇게 묘사된 것뿐이며, 이 방에서 일어난 사건이란 바로 이렇듯 진지하게 서술되어진 것뿐이다."[108]

이는 프루스트의 '유아론(唯我論)'적인 글쓰기방식의 문제점을 지적하고 있는 셈이다. 프루스트의 글쓰기는 기억 속에서 잃어버린 진실들을 찾아나서는 과정이이 서로 연결되어 있으며, 외부인의 시선으로는 전혀 무의미한 우연적 사건들이 발단이 된다. 어느 겨울저녁, 그리 달갑지 않은 우울한 겨울밤, 홍차에 잠깐 담갔다 꺼낸 쁘티 마들렌의 맛이 화자에게 우울함을 날려 버리고, 화자는 이 행복감의 근원을 찾아 나서게 되는 것이다. 이 행복감의 본질과 근원을 찾아 나선 결과 알아차리게 된 것은 이는 잃어버렸던 것을 다시 찾음으로 생기는 현상이라는 것이다. 어릴 적 화자가 여름철이면 가족과 함께 방문하던, 아주머니가 살던 꽁브레이라는 시골 마을에서 아주머니가 주일날 방문하면 주시던 차에 살짝 담근 쁘

---

108 Auerbach: Marcel Proust, S. 297

띠 마들렌의 맛이었다. 되찾은 이 기억에서 시작하여 어둠속에 묻혀 있던 그의 유년기가 밝은 빛 가운데로 형체를 드러내기 시작한다. 이는 어떤 경험적 현재보다도 더 진실되고 실감나고 이야기할 주제가 되는 것이다. 그리하여 그의 이야기는 시작한다. 프루스트의 화자는 일관되게 '나'이다. 이 '나'는 일인칭적 주관주의의 모습과는 사뭇 다르다. 프루스트는 객관성을 목표로 하며, 사건의 본질을 드러내 보이는 것을 주목적으로 삼고 있다. 이에 이르기 위해서 그는 그 자신의 의식을 길잡이로 받아들이고 있다.[109] 이 의식은 과거의 현실을 모두 다시 살아나게 하는 의식이다. 이는 개인적이고 주관적인 의식과는 다르며 복잡한 심리적, 감정적 개입에서 해방된 새로운 상태에서 의식은 중층적인 과거의 경험과 그 의미들을 거리를 두고 바라볼 수 있는 것이다. 프루스트는 외부적 시간과 내면의 시간 사이의 간극과 이야기하고 있는 것이다. 이러한 차이와 간극 때문에 소설의 화자는 자기분열적인 작태를 하며 제1차 세계대전이 일어난 파리의 밤거리를 방황하고 있지만 결코 정신분열증 환자의 모습을 읽어낼 수 없다. 왜냐하면 프루스트의 등장인물들이 지니는 문제점은 바로 그들이 살아가는 당대의 시민사회가 지닌 문제점에 근원을 두고 있기 때문이다. 벤야민 역시 이 점에 주목하고 다음과 같이 서술하고 있다.

> "이렇게 되면 프루스트의 등장인물의 문제는 포만한 부르주아지사회에
> 서 연원하는 문제가 될 것이 분명하다. 이러한 비평은 저자가 의도했던
> 문제를 하나도 맞추지 못하고 있다. 저자가 의도했던 문제는 이와는 정

---

109 Mimesis, S. 506 f.

반대되는 것이었다. 이를 하나의 공식으로 환원해서 표현한다면 프루스트가 의도했던 바는 상류사회의 전 구조를 수다의 생리학이라는 형태로 구성하려는 것이었다."[110]

수다의 생리학 *eine Physiologie des Geschwätzes*은 상류사회의 편견과 도덕적 기준의 모든 목록들을 희화화시켜 파괴하는데 앞장서고 있는 셈이다. 프루스트의 글쓰기가 자아내는 사회

(그림 7: 프루스트의 교정지)

에 대한 통렬한 비판의 핵심과 그 실체를 이루는 것은 웃음이며, 이 희극적 글쓰기의 문체 속에서 세계의 모순을 지양하고자 하는 것이 아니라 차라리 웃음 속에 세상사를 내팽개치고 내버려 두고 있는 것이다. 부르주아지의 점잖은 웃음 속에서 박살난 귀족계급의 모럴, 더불어 다시금 이 새로운 웃음의 질서에 동화되는 부르주아지의 모습을 보여 주고자 함이 바로 프루스트의 소설이 지닌 사회적 주제이다. 역설적으로 프루스트의 화자가 지닌 "지성은 지난 세기의 전통적인 부르주아지사회가 꽃피운 마지막 영광을 재현하고 있다."[111]

주지하다시피 아우어바흐는 숄렘 *Gershom Gerhard Scholem*(1897-1982)이나 크라카우어 *Siegfried Kracauer*(1889-1966), 블로흐 *Ernst Bloch*(1885-1977)와 같은 벤야민의 절친한 토론자 그룹에 속하지는 않았다고 보아야 할 것

---

110 Zum Bilde Prousts, S. 315.

111 Auerbach: Marcel Proust, S. 298

이다. 그럼에도 1920년대 두 사람이 가진 프루스트에 대한 관심은 그 어떤 이들보다도 상호 친화력을 지닌다. 아우어바흐의 논문은 분석적이며 적확할 뿐만 아니라 실제적인 정보를 제공한다. 많은 부분 벤야민의 견해와 유사하지만 일견 다른 의견도 보인다. 벤야민과 아우어바흐와의 차이는 무엇보다도 프루스트의 문학세계를 바라보는 시점의 차이에 있다 할 것이다. 가령 아우어바흐의 논문 「마르셀 프루스트」에서는 작가와 화자의 철저한 구분에 기반한 분석을 시도하고 있다면, 벤야민의 논문 「프루스트의 이미지」에서는 무엇보다도 프루스트의 작품이 만들어낸 이미지의 세계에 중점을 두고 있다. 마치 자신의 『베를린의 유년시절』[112]의 여러 에세이들 속에서 보여 주고 있듯이, 여러 메타퍼와 이미지들이 서로 엮이면서 중첩적으로 보여 주는 문학적 이미지의 세계에 대해서 탐구하고 있는 것이다. 주지하다시피 아우어바흐의 마지막 대작인 『미메시스』에서는 무의지적/비자발적 기억에 대한 언급을 포함하고 있어 혹자들은 이로써 벤야민과 아우어바흐의 프루스트를 둘러싼 인연을 설명하고자 한다. 그럼에도 벤야민과 아우어바흐는 동시대의 아픔을 이해하고 있기에, 프루스트에 관한 각기 두 사람의 에세이에서는 프루스트가 그토록 찾고자 한 것이 무엇일까에 대한 질문을 던지고 답변을 구하고 있다. 벤야민은 다음과 같이 「프루스트의 이미지」에서 이야기한다. "로마인들이 텍스트라는 단어를 직물처럼 짜인 어떤 것으로 이해했다는 점을 두고 보면 마르셀 프루스트의 텍스트만큼 촘촘히 짜인 텍스트는 없을 것이다. 그의 눈에는 세상의 어떠한 것도 그의 성에 찰 만큼 촘촘하고 지속적으로 짜여 있지 않았다.

---

112 Benjamin, Walter: Berliner Kindheit um Neuzehnhundert, Frankfurt/M. 1987.

그의 저작의 발행자인 갈리마가 전하는 얘기에 따르면 교정을 보는 프루스트의 습관은 문선공을 거의 절망하도록 만들었다고 한다. 교정지는 언제나 여백 가득히 무엇인가 글이 채워져 되돌아왔다. 그러나 오식은 하나도 고쳐지지 않았고, 활용할 수 있는 공간은 온통 새로운 텍스트로 채워졌다. 이렇게 해서 기억의 법칙성은 작품의 전체 범위 내에서까지 그 영향력을 미쳤던 것이다. 그 이유는 체험되어진 어떤 사건은 유한한 데 비해 기억되는 사건은 그 사건의 전과 후에 일어난 모든 일들을 풀어 주는 열쇠 구실을 함으로써 무한하기 때문이다."(그림 7 참조) 모든 사건을 해명해 주는 만능열쇠와도 같은 기억은 적극적인 회상의 다른 이름일 것이다. 아우어바흐 역시 자신의 에세이에서 프루스트의 소설은 기억의 연대기이며, 진정한 의미에서 플롯은 존재하지 않고, 모든 것은 기억 속에서만 이뤄지고 있다는 사실에 주목한다. 아우어바흐는 다음과 같이 이야기하고 있다. "서사적인 동일성 속에서 내면적 삶의 연대기가 흐르고 있을 뿐이며, 이는 단지 기억과 자아관조 속에서 만 이뤄질 뿐이다."[113] 프루스트의 작품에 일관되게 흐르는 공통적인 동일성은 무엇일까? 아우어바흐는 자신의 저작『미메미스』의 후기에서 독자의 중요성에 대해서 언급한바 있다. 일상적인 삶이 허락되지 않는 망명기에 변변한 참고서적을 구할 수 없어 많은 부분 자신의 '기억'에 기대어 쓰인 그의 노작은 그가 그토록 갈구했던 단테의 피구라 Figura 개념에 대한 이해와 더불어 살아남아서 독자들에게 당도할 수 있기를 바라면서 끝을 맺고 있다. 독자들의 기억 속에 아우어바흐의 업적은 길이 기억되고 있으며, 그와 더불어 프루스트에

---

113 Auerbach, Marcel Proust, S. 300.

피구라와 알레고리

대한 그의 기억 역시 중층적으로 남아 있다. 프루스트의 경우 현재적 삶을 '기억이라는 마술의 숲'으로 바꾸어 주는 것은 비가적 행복의 이념이라고 보고 있으며 '유사성의 상태'와 '교감'을 이야기하기도 한다. 프루스트의 충실한 애독자였던 아우어바흐가 읽어낸 프루스트의 문학적 내용을 공유하고 있던 벤야민은 자신이 읽은 프루스트의 이미지를 이야기하고자, 다른 이의 기억 속에 남은 프루스트의 이미지를 바라보며 다음과 같이 이야기하고 있다. "즉 그는 프루스트라는 인간 속에서 맹목적이고 무의미한, 편집광적인 행복에 대한 동경을 보았던 것이다."

1935년 가을 이태리에서 휴가를 보내던 아우어바흐는 당시 파리에 머물고 있던 벤야민에게 편지를 띄운다. 나치의 집권이후 유태인들에게 내려진 직업금지가 아우어바흐에게까지 그 마수를 뻗쳐 아우어바흐 역시 마르부르크 대학을 그만두게 되었던 그 무렵이다. 이 시기 벤야민과 아우어바흐의 서신왕래는 1935년 9월 말에 시작되어서 1937년 1월에 이르는 시기에 걸쳐 이뤄지고 있다.[114] 서로 친하지만 그렇다고 해서 격의가 없는 사이는 아닌지라 이름보다는 성을 부르는, "친애하는 벤야민 씨 Lieber Herr Benjamin"로 시작되는 첫 편지에서, 매우 오랜 만에 서로의 안부를 묻고 있다. 무엇보다도 이 편지는 아우어바흐의 부인인 마리가 신문(Neue Zürcher Zeitung)에서 벤야민의 『베를린의 유년시절』[115]의 한 에세

---

114 Barck, Karlheinz : 5 Briefe Erich Auerbachs an Walter Benjamin in Paris, in : Zeitschrift für Germanistik 6 (1988), S. 688-694.
115 벤야민의 『베를린의 유년시절』에 대한 발생사적 정보는 졸고 「기억의 토포스와 도시의 토폴로지」를 참조바람.

이인 「사교모임 Gesellschaft」을 읽고서 쓰는 참이다. 벤야민은 이미 1933년 나치를 피해 독일을 도망친 탓에 소식은 끊겨 아우어바흐는 벤야민의 소식을 듣지 못한 터였다. 그런데 「사교모임」은 프루스트의 소설에서 가장 많은 영향을 받은 에세이이다. 이 에세이의 화자는 마치 프루스트의 소설 속 꽁브레이의 어린 화자와 마찬 가지로 손님들을 위한 저녁식사준비를 바라보고 있다. 벤야민은 이러한 부르주와의 격식들에 전투적인 측면을 가미하고 있다. 아버지는 이날을 위해서 '거울처럼 빛나는 연미복'을 마치 갑옷처럼 입고, 어머니는 '타원형 장신구'를 마치 부적이라도 되는 것처럼 가슴에 달고 손님 맞을 채비를 한다.

> "사실은 좀 더 떨어진 방으로 모임 장소를 옮겼던 것이다. 사교모임은 그곳에 부글부글 끓어올랐던 수많은 발걸음 소리와 말소리의 침전물을 남긴 채 사라졌다. 마치 파도가 밀려오자마자 해안가의 축축한 진흙에서 도피처를 찾아 사라지는 괴물처럼 말이다. 나는 방들을 가득 채운 분위기가 무언가 미묘하고 잔잔하면서도 사람들을 휩싸면서 그들의 숨통을 조일 준비가 되어 있음을 예감했다. 아버지가 그날 저녁 입고 있던 거울처럼 빛나는 연미복이 내게는 갑옷처럼 보였다. 그리고 모임 한 시간 전에 아직 비어 있는 의자들을 죽 둘러보았던 그의 눈빛이 무장한 사람의 눈빛임을 모임이 시작되어서야 비로소 알았다."[116]

아우어바흐는 이 에세이에서 마치 사라진 고향의 분위기를 읽어내고

---

116 Berliner Kindheit, S. 83.

있다고 쓰고 있다. 고향을 떠난 친구를 염두에 둔 것인지 아니면 자신이 그토록 갈망하던 단테의 문학세계처럼, 그 자신 역시 이제 고향을 떠나야 할 운명을 받아들이고 있어서인지, 고향이란 시민계층의 실존이 보장되는, 즉 가족적인 삶이 영위되는 곳이면 어느 곳이나 고향일 수 있다고 이야기한다. 나치는 독일 역사의 종말을 의미하는 것이기에 아우어바흐는 망명객 벤야민을 돕고 싶다고 말하고는 브라질 상파울로의 독일어 강사로 추천하고 싶다고 피력한다. 그러나 이 시도는 실패하고 벤야민은 브레히트가 있는 덴마크에 대한 언급도 하고 더불어 에른스트 브로흐에 대한 언급을 하고 있다. 희망이 없는 덧없이 강요된 실향의 생활에 대한 멜랑콜리의 표현들 속에서 벤야민의 곤궁함을 읽어 내기는 어렵지 않아 보인다. 연이어지는 편지들에서 아우어바흐는 무엇보다도 벤야민을 실제적으로 돕고자 한다. 그가 여러 차례 마르부르크로 초대한 바 있던 수많은 프랑스의 문인들을 통해서 백방으로 벤야민을 도울 수 있는 일들을 논의하는 동안 아우어바흐 역시 나치로부터 교수직과 강의권을 박탈당한다. 자신 역시 정처 없는 망명을 떠나야 하였던 아우어바흐는 벤야민의 『베를린의 유년시절』에 대해서 '그대의 유년기는 바로 나의 유년기이기도하다'라는 언급을 통해 최고의 격찬을 아끼지 않는다. 마르부르크를 떠난 아우어바흐는 새로이 이스탄불에서 교수직을 얻게 되고 처음 편지교환을 시작한 1년이 지나서야 이스탄불로부터 벤야민에게 소식을 전하게 된다. 단테뿐만 아니라 비코에 대한 관심이 지대했던 아우어바흐는 터키에서 벌어지는 케말 파샤의 개혁을 마치 독일이나 이태리나 여타의 급격한 단절의 역사와 비견하여 언급하고 있다. 역사의 단절과 새로운 야만성에 대한 언급을 하고 있는 아우어바흐의 편지는 마치 벤야민의 역사철학 테제를 읽는 느낌을 준다. 그 편지의 실체가 존재하는 한에 있어서 이 두 사람 사이의 서신왕래는 짧게 끝을 맺는다. 아우어바흐와 벤야민, 이 두 사람의 프루스트 문학에 대한 매우 이른 관심은 결코 우연적인 것은 아니다. 두 사람의 전기적 친화력만큼이나 문학적 친화력은 프루스트의 문학 세계에 대한 관심을 매개로 재구성될 수 있다. 벤야민의 「작은 꼽추 Das bucklichte Männlein」[117]의 이미지에서 프루스트의 영향을 읽어내기는 어렵지 않다. '근원적인 일그러진 모습'인 장애인 꼽추 아저씨의 모습은 언어적으로는 재현 불가능하지만, 구성적인 망각의 시점을 규정짓는 상징성의 차연을 보여 주며, 자의식의 언어적 특성이 마치 꼽추 아저씨와 같은 '왜곡된 이미지의 근원적 모습'으로 상징화되는 것이다. 이러한 상징은 망각이 날줄이 되고 회상이 씨줄이 되는 문화적 기억의 다른 모습이지 않을까 싶다.

파리에서 발견된 아우어바흐의 마지막 편지인 1937년 1월 28일자 편지에는 수신인 벤야민의 수기가 첨가되어 있다. 한쪽에는 벤야민의 실존의 한 단면이 이렇게 적혀있다. "참치 1캔, 정어리 1캔, 버터 1/4쪽," 그리고 다른 한 쪽에는 그의 사상의 단면이 적혀있다. "보냐르/ 줄리앙 케인/ 몽테랑// 푹스// 바따이으/레이리스/아메리카//크라카우어//사랑//모스크바 재판/ 지드."[118]

---

117 Berliner Kindheit, S. 78-79.
118 5 Briefe, S. 692.

I. 결론을 대신하여: 틈의 공간과 대도시의 기억

전통적으로 근대의 대도시가 잉태한 공간성은 디지털 시대의 버츄얼한 공간 미학에서는 응축되거나 소멸될 것이다(Virilio 1980). 심지어 근대의 시민 민주주의를 잉태한 거리와 광장의 민주주의 역시 공론장의 역사에서 읽히는 바와 같은 위상학적 층위의 전위를 경험하고 있다. 그럼에도 광장, 거리, 공원, 묘지, 산책로 등과 같이 우리 모두에게 열린 공간은 그 위상학적 의미에서 뿐만 아니라 의미론적 치환이라는 측면에서 여전히 흥미롭다. 공간의 헤테로토피아적 해석이 의미하는 바는 무엇보다도 전형적인 시공간의 상호매개적 상황에 대한 비판적 성찰에 기반하고 있으며 시간과 공간 범주의 탈중심화를 의미한다 할 것이다.

1989년 11월 9일, 한 세대 이상 도시를 가로지르며 서로 상이한 정치적 문화적 대립체를 구성하던 베를린 장벽이 무너졌다. '토포스 베를린 Topos Berlin'(Glaser 1999, 137)이라는 주제어가 의미하듯이 전후 베를린의 위상학적 위치는 매우 독특하였다. 자칫 '헤테로토피아적'이라 칭할 만한 동·서 베를린의 결코 짧지 않았던 일상성의 병립과 그 확산의 시간을 하루아침에 바꾼 장벽의 건설은 이념적인 대립을 능가하는 공간적 분리와 상호 고립의 삶을 보여 준다. 전격적으로 이뤄진 베를린 장벽의 건설뿐 아니라 브란덴부르크 성문을 가로막은 베를린 장벽의 모습은 냉전시대의 아이콘이 되었다. 더불어 베를린 장벽의 존재는 냉전 시대가 낳은 고립적인 대도시의 삶을 상징화한다. 따라서 작금의 "통일의 위기 Einheitskrise"(Ther 2019, 11)라는 개념은 이념적으로뿐만 아니라 공간적인 측면에서도 깊은 의미를 지닌다. 2019년은 베를린 장벽 붕괴 30주년이 되는 해이며, 석재와 시멘트로 세워졌던 장벽의 잔해는 전 세계인들에게 때로는 역사의 전리품처럼 혹은 회귀 못하는 정신적 실향민들의 부유하는 이정표처럼 여겨진다. 그래서인지 부서진 장벽의 잔해들은 여전히 현지의 관광기념품 상점 한 귀퉁이에서 찾는 이들을 반긴다. 역사적 시간은 양가적이다. 베토벤의 환희의 송가가 어울릴 것만 같은, 독일 통일에의 장애물처럼 보였던 장벽이 무너진 날, 독일의 역사는 같은 날 또 다른 건축물의 잔해에 대해서 숙고하게 한다.

1938년 11월 9일, 히틀러의 지시에 따른 유대인들에 대한 집단 테러와 유대인 상점들에 대한 약탈은 무수히 깨진 상점 유리창들을 은유하여 '크리스탈의 밤'이라는 낭만적인 표현을 낳았다. 그러나 이 밤 Pogromnacht 이후 독일인의 양심은 이미 차갑고 섣불리 만지기 어려운 쇼우 윈도우의 부서진 유리창 파편들처럼 더 이상 복구 불가능해 보였다. 이렇게 보자면 베를린 장벽의 석재와 유대인 상점의 유리 파편은 전쟁, 홀로코스트, 분단, 그리고 통일 과정으로 일컬어지는 독일, 혹은 베를린의 역사를 상징화한다. 과거 동·서독의 통일이 한 세기 전의 역사적 사실임에도 공간적인 통합의 과정과는 별개로 정서적인 분단의 극복과정은 아직 완전하게 이뤄지지 않았다고 여겨진다. 더군다나 관주도의 베를린 장벽 붕괴 30주년 기념행사들을 핵심 매체들이 앞 다투어 보도하고, 일견 모든 이들의 관심을 독식하고 있어 보이는 가운데, 사회관계망 SNS와 지역 네트워크를 중심으로 일반 시민들은 유태인들의 박해를 상징하는 슈톨퍼슈타인 Stolperstein 청소 작업을 요청하는 여론이 병립하기도 하였다(사진 21과 사진 22 참조). 베씨/오씨의 오랜 공간적 대립과 그에 따른 내적 통합의 문제 뿐 아니라 독일의 근대사에 대한 집단 기억은 상이한 버전을 지니고

(사진 21과 22: 정부 중심의 베를린 장벽 붕괴 30주년 행사와
SNS에서 이뤄진 시민들의 슈톨퍼슈타인 청소 행사)

있는 셈이다.

2019년은 또한 바우하우스의 건립 100주년을 기념하는 해이기도 하다. 근대 디자인 교육의 산실이며 미적 모더니즘과 아방가르드 예술의 시발점이라 할 수 있는 바우하우스의 창시자인 그로피우스는 그의 창립 선언문에서 주지하다 시피 건축의 중요성에 대해서 설파한다(김영룡 2011, 292). 바우하우스 100주년 기념을 기리는 다채로운 행사들이 데사우를 비롯한 독일 전역에서 동시 다발적으로 치러진 2019년 초여름 독일 베를린에서는 때 아닌 건축 논쟁이 세간의 관심을 끌었다(Bartetzky 2019; Becker 2019; Maak 2019; 김영룡 2019). 베를린의 발터 벤야민 광장을 둘러싼 '우파의 공간들 rechte Räume'이라는 논쟁이 바로 그것이며(Ngo 2019), 베를린 장벽이 무너진 후 30년이 지난 작금의 현실에서도 여전히 좌와 우의 대립적인 공간 개념은 알게 모르게 독일 사회를 양분하고 있어 보인다. 더욱이 시대의 영욕을 간직한 기념비적인 건축물들이 그러하듯이 베를린이라는 과거 제3제국의 수도는 통일의 환희뿐 아니라 나치즘의 우울한 역사에 대한 기억을 동시에 중첩적으로 지니고 있다.

발터 벤야민의 마지막 생애에 대한 이미지는 파울 클레의 앙겔루스 노부스에 대한 표상으로 읽힌다. 세찬 폭풍우에 서서히 밀려가는 메시아적 시간과 그 떠밀림의 시간이 마주하여, 마치 두 개의 상이한 기압대가 만나서 만들어지는 경계지대 혹은 구름과 같이, 과거와 미래가 마주하는 바로 지금 이때의 순간이 새로운 천사, 앙겔루스 노부스 Angelus Novus 의 모습이다. 원래 클레의 판화 작품에서 영감을 받은 이 천사 이미지는 벤야민의 이미지 Bild 개념을 설명하는데 가장 적합한 실례로 여겨진다 (Weigel 1997, 62f.). 바로크의 알레고리와 변증법적 이미지들에 대한 논의들 속에서 벤야민이 실천한 사유이미지 Denkbild의 글쓰기는 대상과 그 묘사 사이의 제3의 것 das Dritte에 대한 천착에 기반하며, 이는 기존의 미메시스와 메타퍼와 같은 모든 수사학적 논의를 앞서는 소위 '뒤틀린 유사성 Entstellte Ähnlichkeit'(Weigel 1997, 11)에 대한 이해에서 출발해야 한다. 주지하다시피 그 천사의 응시하는 두 눈 속에 비춰지는 것이 바로 세속적인 시간의 잔해 더미이고 어쩌면 망각의 잔해인 것이다. 그러나 이러한 망각에 대한 곁눈질과 응시는 바로 그 망각 속에서 새로이 되살리고 싶은 기억에 대한 응시이며, 처음 출발한 곳으로 되돌아갈 수 없지만, 떠밀려 나가면서도 항시 잊을 수 없는 그 곳을 향한 멈출 수 없는 '곁눈질'을 아마도 발터 벤야민은 '회상 Eingedenken'이라고 부를 것이다.

운명이라는 폭풍우에 밀려 고향 베를린 샤로텐부르크를 떠나 망명지로 택한 파리, 그러나 그 바람은 멈추지 않고 다시금 그의 날개를 휘감아 몰아세운 곳이 지중해가 보이는 목가적인 피레네 산맥의 작고 아름다운 항구 '포르트보'였다. 이곳에 세워진 유해 없는 기념비 Kenotaph는 발터 벤

야민의 삶을 반추하는 '기억의 공간'이며 회
상의 장소이다(사진 23 참조). 떠나온 고향
에 대한 향수, 망명지 파리의 추억, 다가올
미래에 대한 불안감, 이 모든 것들이 피레
네 산맥의 가파른 국경 초소에서의 실망감

사진 23: 포르트보의 유해가
없는 벤야민 기념비

과 거친 숨소리만으로 남아, 비록 여전히 찾을 수 없는 벤야민의 유해의
행방에 대한 소리 소문들 속에서 1994년 건립된 작은 기념비가 아마도 '천
사의 날개'가 멈춰 있는 장소이지 않을까 싶다.

벤야민의 많은 유년기의 기억들이 과거로부터가 아니라 미래로부터 지
표성을 얻어 오는 바, 포르트보의 유해없는 벤야민 기념비에 대한 선취를
우리는 벤야민 자신의 다음과 같은 유년기의 추억에서 읽어 낼 수 있다.

> 이제 내가 뢰조우 강가에 가면, 나는 항시 그녀의 집을 눈으로 찾아보았
> 다. 우연히 작은 정원이 건너편 강가에 물가에 맞닿아서 놓여 있었다. 그
> 리고 나는 오랫동안 그 정원을 그녀의 이름과 내심 결부시켜 생각을 하
> 여, 저 건너편에 닿을 수 없이 펼쳐진 그 꽃밭이 어려 죽은 그녀의 유해
> 없는 기념비 Kenotaph가 아닐까 확신하게 되었다.
>
> (Benjamin 1987, 34)

어린 나이에 유명을 달리한 친구 루이제 폰 란다우에 대한 기억이 티어
가르텐을 둘러 흐르는 운하의 강변을 거닐면서 강변 건너 그녀의 집 앞에
마련된 작은 꽃밭에 투영되어 마치 그 꽃밭이 란다우를 기념하는 유골 없
는 기념비와 다름이 없다는 벤야민의 어린 시절의 경험에 대한 회상은 마

치 포르트보 해변의 벤야민 기념비와 마찬가지로 유해가 없는 '텅 빈 무덤'이라는 메타퍼를 낳는다. 루이제의 집이나 작은 꽃밭/빈 무덤은 운하 저 건너편에 놓여 있으며, 루이제 폰 란다우와 같이 배운 헬레네 풀팔 Helene Pufahl 선생님의 이름 알파벳 P와 L이 부여하는 기억이 그 어떤 그림이미지 보다도 명확하다는 벤야민의 도입부의 회고에서, 우리는 그 선생님의 이름 철자가 바로 마치 묘비와도 같이 보인다는 점을 깨닫는다. 루이제의 빈 무덤은 저 강 저편에 있고, 저 넘을 수 없는 저 강 너머에는 새로이 바뀐 크노케 Knoche 선생님의 '기사의 노래'가 울려 퍼지며, 유년기의 기억을 뒤로하는 성인의 세계가 나를 기다리고 있다. 유해가 없는 빈 무덤은 마치 예수의 부활을 상징하는 메타퍼로서 4대 복음서에는 예수의 시체가 사라진 것에 대한 제자들의 발견과 그 황망함에 대해서 각기 묘사하고 있다(마태 28, 1-8, 마르 16, 1-8, 루카 24,1-12, 요한 20, 1-10). 빈 무덤이 바로 예수 부활의 상징이라는 베드로 사도의 언급에 따라 서구의 기독교 사회에서 빈 무덤은 결코 허명의 상징이 아니라, 빈 공간에 무엇인가를 새로이 채울 수 있는, 또한 완결을 향한 새로운 도전의 표상이다. 따라서 빈 무덤은 부활을 향한 새로운 출발의 이미지이다. 이리하여 성경에 나타난 것처럼 제자들은 부활한 예수를 알아보지 못하거나, 아니면 스승님은 이미 먼 길을 떠나서 그들은 예수를 볼 수 없다. 이 빈 무덤에서 부활한 예수의 이미지는 벤야민이 어쩌면 그토록 간구하였던 사유이미지의 종착점이 아닐까 싶다. 부활한 예수는 알아차리지 못하거나 여기에 없어서 볼 수 없다. 제삼자의 이미지로서 예수는 그러나 보이지 않고 볼 수 없어도 희망을 상징한다. 이를 우리는 빈 공간의 공간성이 부여하는 생산성이라는 이름으로 이해한다(Günzel 2007, 113). 그러나 이는 결코 고전적 공간의 빈 공간과는 일치하지 않으며, 비시간적 시간이 낳은 틈새 시간과의 불일치 역시 염두에 두어야 한다.

일찍이 파노프스키 Erwin Panofsky는 뒤러의 수난극 판화 시리즈 중 4번째 작품('에케 호모', 사진 24 참조)에 대한 설명에서 '시각적 틈새'에 대해 이야기한 바 있다. 왼쪽에 서 있는 예수와 두 명의 죄인은 계단 위에 있고, 흥분한 오른쪽 아래의 대중들과는 어떤 간극이 있어서 기존의 르네상스적인 조화가 아니라 서로 대립적인 두 힘의 충돌을 보여 주고 있

사진 24: 알브레히트 뒤러의
판화, 에케 호모

다 할 것이다. 친구 란다우의 빈 무덤에 대한 이야기를 하는 벤야민의 기억에서 이쪽과 저쪽을 가르는 운하의 존재 역시 마치 이러한 시각적 틈새의 장치로 여겨진다. 공간적 틈새는 다시금 시간의 간극이라는 의미층위의 전위를 경험한다. 사물과 인식을 연결시키는 이름의 특성은 지표성에 근거하고 있다면, 빈 무덤은 아우라의 소멸에 대한 애잔함의 표현이어야 할 것이다.

주지하다시피 벤야민의 미학은 새로운 매체상황하에서의 시각적 수용과 촉각적 수용이라는 대립적 설정을 통해서 후대에 맥루한의 미디어 이론에 대한 초석을 낳았으며, 이러한 맥락하에서 보자면 벤야민은 전통적인 가치체계의 붕괴를 아우라의 붕괴로 바라본 것이다. 그러나 프랑크푸르트 학파의 문화산업 비판과 달리 벤야민의 '아우라'는 일견 가치중립적인지라, 마치 유해가 없는 묘지가 아우라를 발산하고, 대도시의 재개발 사업으로 등장한 건축물에서도 마치 자본이 고동치는 심장에서 품어내는

것과 같은 아우라를 느낄 수도 있다.

　지중해의 강렬한 태양 아래 소소하게 방문객을 맞이하는 포르트보의 소박한 벤야민의 기념비에는 비록 벤야민의 유해는 존재하지 않지만 그곳을 '순례하는' 모든 이들에게 벤야민의 최후를 '회상하게 하는 공간'이다. 반면에 탄생지 베를린의 광장은 그곳이 발터 벤야민 광장이라는 표지판이 없다면, 그곳을 걷는 이들에게는 아무런 감흥을 주지 못한다. 일찍이 벤야민이 사진의 제목달기 Betitelung라는 테제를 통해서 이야기하고자 했던 지점이다. 사진과 그 피사체 사이에 도해적 대응이 사진의 진실성을 담보하지 못하고, 지표적 해석체의 존재가 진실성을 담보하게 된다면, 매트릭스로서의 대중, 예술의 사회적 수용에 있어서 해석자로서의 비평가의 역할에 대한 이야기가 선행되어야 함을 이야기한다. 페터 쫀디가 벤야민의 유년시절에 대해서 말하기를 '공간에서는 미로가 그러한 것처럼, 시간에서는 기억이 그러하여, 기억은 지나간 것들 속에서 아직 도래하지 않은 미래의 징후를 찾고자'(Szondi 1973, 84) 한다고 이야기했듯이, 살아남은 자의 기억이 떠난 자의 행복마저 담보할 것이다.[119]

　발터 벤야민 광장의 무수한 석판들 사이에 '눈에 띄지 않게' 새겨진 에즈라 파운드의 '우수라' 싯구(김영룡 2019)와 베를린의 거리 구석구석에 널려 있는 소위 '슈톨퍼슈타인'을 바라보는 대중들에게 여전히 필요한 것은

---

119 "지도를 보는 것이 실제 여행을 결코 대체할 수 없는 것과 마찬가지로, 직접적인 세계 지각은 어떤 상징체계를 통해서도 대체되지 않는다. 그러나 매개적인 것과 비매개적인 것이 사회현실에서 이제 더 이상 간단하게 구분될 수 없는 디지털 미디어시대에는 이러한 직접 경험은 그다지 중요하지 않다. 우리는 습관적으로 '우리의 세계'라고 부르는 구성체 속에서 우리의 방향성을 제공하는 합리성의 상징적 도구들을 제시한다"(김영룡 2014, 119).

대상에 대한 촉각적 수용일 것이다. 이는 벤야민의 이미지적 사유가 추구하는 바이다. 그리고 이는 우리 눈앞에서 목도되는 그 수많은 현재적 문제의식들이 결국 합법성과 정당성 사이의 위기에 기초하고 있는 것은 아닐까 하는 질문을 던지게 한다(vgl. Agamben 2015, 10). 단지 자기만의 골방에 파묻혀 세상과 단절된 냉소와 허무만을 재생산하는 자발적인 격리자들이 지닌 차가운 지성을 자유롭게 하고자 현대의 오디세우스들은 여전히 우리의 도시를 모험의 장소로 여기며 새로운 체험의 공간을 찾아서 길을 걷는다.[120] 강요된 '고립'과 '지표성 상실'에 저항하는 대도시의 산책자/배회자 flâneur들은 매번 변화하는, 마치 문자처럼 도시에 각인된 도시의 이미지를 읽어내는 '근원적인' 독자와 같다. 따라서 벤야민의 다음과 같은 회상은 이 글의 결론으로 적합할 듯하다. "후에 더 이상 내 길을 누군가에게 이끌리지 않아도 되어서, 이제 그 '기사의 노래'를 이해하게 되었을 때, 나는 가끔 육군운하 바로 옆의 꽃밭에 가보았다. 그러나 이제 그 꽃밭에 꽃이 피는 일은 드문 일이 되었고, 당시 우리가 함께 알던 이름들은 기억에 남은 게 없고 '기사의 노래'의 마지막 구절만 남았다. 음악 시간에 크노케 선생님이 크면 알게 될 거라던 그 의미를 지금 이젠 이해하게 되었다. 그러나 그 노래 구절에 담긴 두 개의 불가사의한 이미지, 즉 빈 무덤과 벅찬 가슴, 이 두 이미지의 뜻을 해명하는 일에 내 남은 삶은 빚지게 되었다(Benjamin 1987, 35)."

---

120 작금의 '코로나 19 사태'로 인해 연출된 전 지구적인 데카메론적 상황은 '격리'의 문제가 중세적 문제를 넘어서 디지털한 시대의 새로운 도전이 될 수 있음을 여실히 보여 준다.

Adorno, Theodor W.(1991): Noten zur Literatur. Frankfurt/M.

Adorno, Theodor W.(1992): Ästhetische Theorie, Frankfurt/M.

Agamben, Giorgio(2002): Homo sacer. Frankfurt/M.

Agamben, Giorgio(2005): Profanierung. Frankfurt/M.

Agamben, Giorgio(2006): Die Zeit, die bleibt, Frankfurt/M.

Agamben, Giorgio(2012): Image and silence. in: Diacritics. 40(2), 94-98.

Agamben, Giorgio(2015): Das Geheimnis des Bösen. Benedikt XVI. und das Ende der Zeiten. Berlin.

Anderegg, Johannes(2005): Maphisto und die Bibel. in : Johannes Anderegg und Edith Anna
     Kunz (Hrsg.): Goethe und die Bibel. Arbeiten zur Geschichte und Wirkung der Bibel,
     Bd. 6. Stuttgart, 317-340.

Anderegg, Johannes(2011): Transformationen. Über Himmlisches und Teuflischen in Gothes
     Faust. Bielefeld.

Anz, Thomas(2007): Handbuch Literaturwissenschaft. Stuttgart.

Aristoteles(1994): Metaphysik. Reinbek bei Hamburg

Aristoteles(2004): Die Nikomachische Ethik. München

Assman, Aleida und Jan/ Hardmeier, Chr. (Hrsg.)(1992): Schrift und Gedächtnis. Frankfurt/M.

Assmann, Jan/ Hölscher, Tonio (Hrsg.)(1988): Kultur und Gedächtnis. Frankfurt/M.

Auerbach, Erich(1921): Zur Dante Feier, in: Neue Rundschau 23 (1921), S. 1005-6.

Auerbach, Erich(1927): Marcel Proust. Der Roman von der verlorenen Zeit, in: Die neueren
     Sprachen 35, Marburg 1927, wieder in ders.: Gesammelte Aufsätze zur Romanischen
     Philologie, Bern-München 1967, S.296-300.

Auerbach, Erich(1938): Figura In: Archivum Romanicum Jg. 22, 1938, S. 436–489.

피구라와 알레고리

Auerbach, Erich(1994): Mimesis. Dargestellte Wirklichkeit in der abendländischen Literatur 9. Auflage. Francke, Bern 1994.

Auerbach, Erich(2001): Dante als Dichter der irdischen Welt, Berlin/N.Y. (original. Berlin/ Leipzig 1929).

Augé, Marc(2010): Nicht-Orte. München.

Bachmann-Medick, Doris(2006): Cultural Turns, Reinbek.

Barck, Karlheinz(1988): 5 Briefe Erich Auerbachs an Walter Benjamin in Paris, in: Zeitschrift für Germanistik 6 (1988), S. 688-694.

Bartetzky, Arnold(2019): Blos nicht die steile These erschuttern! in: Frankfurter Allgemeine Zeitung, vom 30.06.2019.

Baudrillard, Jean(1978): Agonie des Realen. Berlin.

Bauer, Markus (Hrsg.)(1997): Die Grenze: Begriff und Inszenierung. Berlin.

Becker, Peter von(2019): Spiel mit der Provokation. in: Der Tagesspiegel, vom 04.06.2019.

Behrens, Roger(2004) : Postmoderne. Hamburg.

Behrens, Rudolf u. Figge, Udo (Hrsg.)(1902): Entgrenzungen. Studien zur Geschichte kultureller Grenzüberschreitungen. Würzburg.

Benjamin, Walter(1978): Briefe, Frankfurt/M.

Benjamin, Walter(1987): Berliner Kindheit um neunzehnhundert, Frankfurt/M.

Benjamin, Walter(1988): Das Kunstwerk im Zeitalter seiner technischen Reproduzierbarkeit. Frankfurt a. M.

Benjamin, Walter(1991): Einbahnstraße. Frankfurt a. M.

Benjamin, Walter(1991a): Abhandlungen. Gesammelte Schriften(hrsg. von Rolf Tiedemann und Hermann Schweppenhäuser). Bd. I. Frankfurt/M.

Benjamin, Walter(1991b): Aufsätze Essays Vorträge. Gesammelte Schriften(hrsg. von Rolf Tiedemann und Hermann Schweppenhäuser). Bd. II. Frankfurt/M.

Benjamin, Walter(1991c): Kritiken und Rezensionen. Gesammelte Schriften(hrsg. von Rolf Tiedemann und Hermann Schweppenhäuser). Bd. III. Frankfurt/M.

Benjamin, Walter(1991d): Fragmente Autobiographische Schriften. Gesammelte Schriften(hrsg. von Rolf Tiedemann und Hermann Schweppenhäuser). Bd. IV. Frankfurt/M.

Benjamin, Walter(1991e): Passagen-Werk. Gesammelte Schriften(hrsg. von Rolf Tiedemann und Hermann Schweppenhäuser). Bd. V. Frankfurt/M.

Benjamin, Walter(1991f): Fragmente Autobiographische Schriften. Gesammelte Schriften(hrsg. von Rolf Tiedemann und Hermann Schweppenhäuser). Bd. VI. Frankfurt/M.

Benjamin, Walter(1991g): Nachträge. Gesammelte Schriften(hrsg. von Rolf Tiedemann und Hermann Schweppenhäuser). Bd. VII. Frankfurt/M.

Benjamin, Walter(2002): Medienästhetische Schriften. Frankfurt a. M.

Benjamin, Walter(2011): Kritiken und Rezensionen. Hrsg. von Heinrich Kaulen. Werke und Nachlaß. Kritische Gesamtausgabe. Berlin 2011, Bd. 13.1.

Blumenberg, Hans(1979): Die Arbeit am Mythos. Frankfurt/M.

Bollnow, Otto Friedrich(1990): Mensch und Raum, Stuttgart.

Bollnow, Otto Friedrich. Mensch und Raum, Kohlhammer, Stuttgart, 1990.

Bolter, David/ Grusin, Richard(2000): Re-Mediations, Cambridge/Massachusetts/ London.

Bolz, Norbert(1989): Auszug aus der entzauberten Welt. München.

Bolz, Norbert(1993): Am Ende der Gutenberg-Galaxis. München.

Bolz, Norbert(1994): Das kontrollierte Chaos. Düsseldorf.

Bolz, Norbert/ van Reijen, Willem(1991): Walter Benjamin. Frankfurt/M.

Bongardt, Michael (Hrsg.)(2003): Verstehen an der Grenze: Beiträge zur Hermeneutik interkultureller und interreligiöser Kommunikation. Münster.

Bürger, Christa und Peter(1988): Postmoderne. Frankfurt/M.

Bürger, Peter(1992): Prosa der Moderne, Frankfurt/M.

Bürger,Peter(1995): Ende der Avantgarde? In: Die Neue Rundschau Jg. 106 H. 4.

Canal, Hector u.a.(Hg.)(2013): Das Heilige (in) der Moderne. Bielefeld.

Cassirer, Ernst(1930): Mythischer, ästhetischer und theoretischer Raum. Hamburg.

Creeber, G./Martin, R.(2008): Digital Cultures: Understanding New Media. Open University Press.

Deleuze, Gilles(1997): Differenz und Wiederholung. München.

Derrida, Jacques(1992): Die Schrift und die Differenz. Frankfurt/M.

Dörfler, Thomas(2001): Das Subjekt zwischen Identität und Differenz: zur Begründungslogik bei Habermas, Lacan, Foucault. Neuwied.

Döring, Jörg/Thielmann, Tristan(2007): Spatial Turn, Bielefeld.

Dünne, Jörg u.a. (Hg.)(2007): Raumtheorie : Grundlagentexte aus Philosophie und Kulturwissenschaften, Frankfurt/M.

Eco, Umberto(1986): Nachschriften zum "Namen der Rose". München

Eliade, Mircea(1998): Das Heilige und das Profane. Vom Wesen des Religiösen. Frankfurt/M.

Engel, Manfred(Hrsg.)(2004): Rilke Handbuch. Stuttgart.

Faber, Richard (Hrsg.)(1995): Literatur der Grenze - Theorie der Grenze. Würzburg.

Febel, Gisela u.a. (Hrsg.)(2004): Kunst und Medialität. Stuttgart.

Foucault, Michel(1974): Die ordnung der Dinge. Frankfurt/M.

Foucault, Michel(2005): Von anderem Räumen, in: ders. : Schriften in vier Bänden. Dits et Ecrits, Bd. 4, Frankfurt M., 2005, S.931-942.

Foucault, Michel(2013): Die Heterotopien. Der utopische Körper. Frankfurt-M.

Freud, Sigmund(1991): Totem und Tabu. Frankfurt/M.

Glaser, Hermann(1999): Deutsche Kultur. 1945-2000. Berlin.

Goethe, Johann Wolfgang von (1982): Werke Bd. VI, Hamburg.

Goethe, Johann Wolfgang von(1996): Faust, Goethes Werke, Band 3, (Hamburger Ausgabe) Textkritisch durchgesehen und kommentiert von Erich Trunz, 16., überarbeitete Auflage. München.

Grün, Anselm(2008): Auf dem Wege. Münsterschwarzach.

Gumbrecht, Hans Ulrich/ Mariann, Michael(2003): Mapping Benjamin. Stanford.

Günzel, Stephan(2007): Topologie. Zur Raumbeschreibung in den Kultur- und Medienwissenschaft. Bielefeld.

Habermas, Jürgen(1983): Die Verschlingung von Mythos und Aufklärung. In: Bohrer, Karl Heinz(Hrsg.): Mythos und Moderne. Frankfurt/M., 405-431.

Habermas, Jürgen(1993), Strukturwandel der Öffentlichkeit. Frankfurt/M.

Habermas, Jürgen(2001): Glauben und Wissen. Frankfurt/M.

Habermas, Jürgen/Joseph Ratzinger(2005): Dialektik der Säkularisierung. Freiburg.

Halbwachs, Maurice(1985): Das kollektive Gedächtnis, Frankfurt, M., 1985.

Hartbaum, Verena(2019): Rechts in der Mitte. Hans Kollhoffs CasaPound. in: Arch+, Nr. 235, vom 29. 05. 2019, 217-225.

Hartmann, Frank(2000): Das Technische als Kultur. in: Ders.: Medienphilosophie. Wien. 196-211.

Hartmann, Frank(2000): Medienphilosophie, München.

Heidegger, Martin(1993): Sein und Zeit. 17. Auf. Tübingen.

Heidegger, Martin(1996): Aus der Erfahrung des Denkens. Stuttgart.

Heim, Michael(1983): The Metaphysics of virtual Reality. NY.

Herman, David(2002): Story Logic, Lincoln/London.

Horkheimer, Max/Adorno, Theodor A.(1988): Dialektik der Aufklärung. Frankfurt/M.

Howe, Irving(1959): Mass-Society and Postmodern Fiction In: Partisan Review XXVI, 420-436.

Jenkins, Henry(2006): Convergence Culture. Where Old and New Media Collide. NY.

Jocks, Heinz-Norbert(1999): Andreas Gursky. Hamburg.

Jung, Carl Gustav(2001): Archetypen, München.

Kafka, Franz(1919): Ein Landarzt. Kleine Erzählungen, München/Leipzig.(Nachgedruckt bei DTV, München 2008)

Kafka, Franz(1983a): Gesammelte Werke.(Hrsg. von Max Brod) Taschenbuchausgabe in acht Bänden, Beschreibung eines Kampfes, Frankfurt/M.

Kafka, Franz(1983b): Gesammelte Werke.(Hrsg. von Max Brod) Taschenbuchausgabe in acht Bänden, Hochzeitsvorbereitungen auf dem Lande und andere Prosa aus dem Nachlaß, Frankfurt/M.

Kafka, Franz(1983c): Gesammelte Werke.(Hrsg. von Max Brod) Taschenbuchausgabe in acht

Bänden, Erzählungen, Frankfurt/M.

Karlheinz Barck, Martin Treml (Hrsg.)(2007): Erich Auerbach. Geschichte und Aktualität eines europäischen Philologen. Kulturverlag Kadmos, Berlin.

Keen, Andrew(2015): Internet is not answer. Atlantic monthly press.

Kittler, Friedrich A.(1986): Grammophon Film Typewriter, Berlin, 1986.

Kittler, Friedrich A.(1993): Draculas Vermächtnis. Technische Schriften, Leipzig.

Kittler, Friedrich A.(2003): Aufschreibesysteme 1800 1900. München.

Kittsteiner, Heinz Dieter(1993): Die Abschaffung des Teufels im 18. Jahrhundert. in: Schuller, Alexander u.a.(Hrsg.): Die andere Kraft. Zur Renaissance des Bösen. Berlin, 55-92.

Klarer, Mario(1999): Einführung in die neuere Literaturwissenschaft. Darmstadt.

Kracauer, Siegfried(1961): The Nature of Film: The Redemtion of Physical Reality. London.

Largier, Niklaus(2012): Allegorie und Figuration, in: Paragrana 21, 2.

Ledgerwood, Mikle D.(1998): The Semiotics of Cyberspace: Part One, Persona. In: Hess-Lüttich, Ernest W.B. /Jürgen E. Müller/Aart van Zoest (Hrsg.): Signs & Space. Raum & Zeichen. Tübingen, 275-289.

Lindner, Burkhardt (Hrsg.)(2006): Benjamin Handbuch. Leben-Werk-Wirkung. Stuttgart.

Maak, Niklas(2019): Antisemitische Flaschenpost? in: Frankfurter Allgemeine Zeitung, vom 29.05.2019.

Mahne, Nicole(2007): Transmediale Erzähltheorie. Göttingen.

Martin, David(2005): On Secularization. London.

Mattenklott, Gert(1986): Blindgänger. Frankfurt/M.

Mattenklott, Gert(1992): Postwendend. Eine Retourkutsche an die Verfechter der Moderne. In: Guggenberger, Bernd (Hrsg.): Postmoderne oder Das Ende des Suchens? Eggingen 1992, 127-139,

Mattenklott, Gert(2010): Ästhetische Opposition. Essays zu Literatur, Kunst und Kultur. Hamburg.

Mattenklott, Gert u.a.(2001): Ästhetik des Ähnlichkeit. Zur Poetik und Kunstphilosophie der Moderne. Hamburg 2001.

Mckee, Robert(1998): Story. Berlin.

Mitchell, William J.(1992): The Reconfigured Eye. Cambridge/London.

Mitchell, William J.(2003): The Work of Art in the Age of Biocybernetic Reproduction. in: Modernism/modernity 10/3, 481-500.

Moholy-Nagy, Lazlo(1927): Malerei, Fotografie, Film. München.

Müller, Jürgen E.(1996): Intermedialität. Münster.

Muschg, Adolf(1996): Der Raum als Spiegel. in: Reichert, Dagmar (hg.): Räumliches Denken, Zürich, 47-55.

Nagl-Docekal, Herta (Hrsg.)(1996): Der Sinn der Historischen. Frankfurt/M.

Ngo, Anh-Linh(2019): Die Geschichte gegen den Strich bürsten. in: Arch+, Nr. 235, vom 29. 05. 2019, 1-3.

Nietzsche, Friedriech: Die fröhliche Wissenschaft. In: Ders.: Sämtliche Werke. München 2003, S. 343-651.

Nitsche(2010), Jessica: Walter Benjamins Gebrauch der Fotografie. Berlin.

Nünning, Angsgar(1998): Metzler Lexikon Literatur-und Kulturtheorie. Stuttgart, 1998.

Otto, Rudolf(2004): Das Heilige. München.

Politzer, Heinz(1965): Franz Kafka, der Künstler, Frankfurt/M.

Probst, Peter(1992): "Die Macht der Schrift. Zum ethnologischen Diskurs über eine populäre Denkfigur", Anthropos 87, 167-182.

Rajewsky, Irina O.: Intermedialität. Tübingen 2002,

Redman, Tim(2009): Ezra Pound and Italian Fascism. Cambridge.

Reinhartz, Adele(2007): Jesus of Hollywood. Oxford.

Rilke, Rainer Maria(1966): Die Aufzeichnungen des Malte Laurids Brigge. In: ders. Sämtliche Werke(Hrsg. vom Rilke Archiv) Bd. 6. Frankfurt a. M.

Ryan, Marie-Laure(1994): Immersion vs. Interactivity: Virtual Reality and Literary theory, Postmodern Culture 5.

Ryan, Marie-Laure(2004): Narrative across Media. Lincoln/London.

피구라와 알레고리

Said, Edward W.(1994).: Culture and Imperialism, N.Y.

Said, Edward W.(2003): "Introduction", in : Erich Auerbach : Mimesis. The Represantation of
   Reality in Western Literature. Fiftieth-Anniversary Edition, Princeton-Oxford.

Schlesier, Renate (Hrsg.)(1991): Faszination des Mythos. Studien zu antiken und modernen
   Interpretation. Basel u. Frankfurt/M.

Schlesier, Renate(1991): Kult, Mythen und Gelehrte. Anthropologie der Antike seit 1800. Frankfurt/M.

Scholem, Gershom(1975): Walter Benjamin - die Geschichte einer Freundschaft. Frankfurt/M.

Schöne, Albrecht(Hrsg.)(1999): Faust. Kommentare. Frankfurt am Main.

Schöttker, Delev(2002): Walter Benjamin. Medienästhetische Schriften. Frankfurt/M.

Schulte, Christian(Hrsg.)(2005): Walter Benjamins Medientheorie. Konstanz.

Schultz, Stefan(2019): Was nach der Leistungsgesellschaft kommt. Bedingungsloses Grundeinkommen
   und wahre Gleichstellung: Deutschland könnte auf der Schwelle zu einem neuen
   Zusammenleben stehen. Warum, erklärt ein entwicklungspsychologisches Konzept. in: Der
   Spiegel, am 09.02.2019.

Soja, Edward W.(1989): Postmodern Geographies. The Reassertion of Space in Critical Social
   Theory, London.

Steinert, Otto(Hrsg.)(1952): Subjektive Fotografie. Bonn.

Stiegler, Bern(Hrsg.)(2010): Texte zur Theorie der Fotografie. Stuttgart.

Stiegler, Bernd u.a.(2011): Meisterwerke der Fotografie. Stuttgart.

Szondi, Peter(1973): Nachwort zu: W. Benjamin, Städtebilder, Frankfur/M.

Szondi, Peter(1976): Theorie des modernen Dramas. 1880-1950. Frankfurt/M.

Taubes, Jacob(2005): Die Politische Theologie des Paulus, München.

Ther, Philipp(2019): Das andere Ende der Geschichte. Über die Große Transformation. Berlin.

Todorov, T.(2005): La naissance de l'individu dans l'art. Paris.

Todorov, T.(2005): La naissance de l'individu dans l'art. Paris.

Treml, Martin und Daniel Weidner(Hrsg.) (2007): Nachleben der Religion, München.

Trüby, Stephan(2018): Wir haben das Haus am rechten Fleck. in: Frankfurter Allgemeine

Sonntagszeitung, vom 08.04. 2018, Nr. 14, 46.

Virilio, Paul(1980): Geschwindigkeit und Politik. Ein Essay zur Dromologie. Berlin.

Virilio, Paul(1989): Die Sehmaschine, Berlin.

Vries, Hent de(1999): Philosophy and the Turn to Religion, Baltimore.

Wagner, Birgit(1996): Technik und Literatur im Zeitalter der Avantgarden. München.

Wagner, Birgit(1996): Technik und Literatur im Zeitalter der Avantgarden. München.

Weidner, Daniel(Hg.)(2010): Profanes Leben. Walter Benjamins Dialektik der Säkularisierung, Berlin.

Weidner, Daniel(Hg.)(2010): Profanes Leben. Walter Benjamins Dialektik der Säkularisierung, Berlin.

Weigel, Sigrid(1997): Entstellte Ähnlichkeit. Frankfurt/M.

Weigel, Sigrid(1997): Entstellte Ähnlichkeit. Walter Benjamins theoretische Schreibweise. Frankfurt/M.

Weigel, Sigrid(2002): Zum 'topographical turn'. Kartographie, Topographie und Raumkonzepte in den Kulturwissenschaften. KulturPoetik 2/2,151-165.

Welsch, Wolfgang(1997): : Unsere postmoderne Moderne. Berlin.

Welsch, Wolfgang.(1989): Grenzgänge der Ästhetik. Stuttgart.

Wiggershaus, Rolf(1986): Die Frankfurter Schule. München/Wien.

Wortmann, Volker(2003): Authentisches Bild und Authentisierte Form, Köln.

괴테(1998):『파우스트 -비극 제1부』(박환덕 역), 서울대출판부.

괴테(1999):『파우스트 2』(정서웅 역), 민음사.

김영룡(2008):「뉴미디어 시대의 자서전적 글쓰기」, 독어교육 41, 173-187.

김영룡(2010):「기억의 토포스와 도시의 토폴로지 -발터 벤야민의『베를린의 유년시절』과 자아의 기억공간에 관하여」,『독어교육』(48), 2010, 121-135

김영룡(2011):『내안의 너. 삶의 시화와 문학의 탈신화』, 이담. 파주.

김영룡(2011):「서사의 원형성과 경험의 동질성」, 독어교육 50, 177-196.

김영룡(2014):「기억의 토포스와 생활세계의 토폴로지」, 독일문학 제130집, 107-129.

김영룡(2014):「기억의 토포스와 생활세계의 토폴로지, 공간담론과 유년기의 자전적
　　　　서술」, 독일문학 130, 107-129.

김영룡(2015):「성스러움의 토폴로지. 〈거룩한 소녀 마리아〉에 나타난 희생과 성현
　　　　(聖顯)의 내러티브 연구」, 독어교육 제63집, 257-277.

김영룡(2015):「'지금 이때'와 '남은 시간', 발터 벤야민의「역사의 개념에 관하여」에 나
　　　　타난 성스러운 구원의 시간연구」, 카프카연구 제34집, 169-187.

김영룡(2019):「카리아티드의 노래, 최근 베를린의 건축논쟁과 발터 벤야민의 로지
　　　　아」, 독어교육 75, 371-391.

단테(1981):『신곡』, 동서문화사.

마노비치, 레프(2004):『뉴미디어의 언어』, 생각의 나무.

맥루한, 마샬(1997):『미디어의 이해』, 커뮤니케이션북스.

바디우, 알랭(2008):『사도 바울. '제국'에 맞서는 보편주의 윤리를 찾아서』, (현성환
　　　　옮김), 새물결.

배정희(2012):「카프카와 혼종공간의 내러티브,「국도 위의 아이들」과 헤테로토피아」,
　　　　카프카연구 22, 2009, 43-60.

배철러, 스티븐(2012):『선과 악의 얼굴. 인문학과 과학의 눈을 통해 보는 선과 악의
　　　　진실』, 소담출판사.

벤야민, 발터(2007):『1900년경 베를린의 유년시절. 베를린 연대기』, (윤미애 옮김),
　　　　발터 벤야민 선집 3. 도서출판 길.

보르헤스, 호르헤 루이스(1989):『알렙』(황병하 역), 민음사.

블랑쇼, 모리스(1990):『문학의 공간』, 책세상.

아감벤, 조르조(2005):『세속화 예찬』, 난장.

엘리아데, 미르체아(2006):『메피스토펠레스와 양성인』, 문학동네.

오비디우스(1998):『변신이야기 1』, 민음사.

오스터, 폴(2001):『오기렌의 크리스마스 이야기』, 열린책들.

유영성 외(2013):『초연결 사회의 도래와 우리의 미래』, 한울.

융, 칼 구스타프(2012):『레드 북』, 부글부스.

이재현(2006):「모바일 미디어와 모바일 콘텐츠」, 방송문화연구 18(2), 285-317.

파운드, 에즈라(1995):『칸토스』(이일환 옮김), 문학과 지성사, 서울.

하이데거, 마틴(1998):『존재와 시간』(이기상 옮김), 까치, 서울.

한국천주교주교회의(2005):『성경』, 한국천주교주교협의회.

*** 이 책에 실린 많은 논문들은 대한민국 교육부와 한국연구재단의 지원을 받아 기 수행된 연구들에 기반하여 집필되었습니다. 연구지원에 감사드립니다. ***